U0922055

NovoLand · 龙悸

唐缺 著

天津出版传媒集团
天津人民出版社

图书在版编目（CIP）数据

九州·龙悸／唐缺著．-- 天津：天津人民出版社，2019.9

ISBN 978-7-201-14996-7

Ⅰ．①九… Ⅱ．①唐… Ⅲ．①长篇小说－中国－当代 Ⅳ．①I247.5

中国版本图书馆 CIP 数据核字 (2019) 第 188884 号

九州·龙悸

JIUZHOU · LONGJI

唐缺 著

出　　版　天津人民出版社
出 版 人　刘　庆
地　　址　天津市和平区西康路 35 号康岳大厦
邮政编码　300051
邮购电话　（022）23332469
网　　址　http://www.tjrmcbs.com
电子信箱　reader@tjrmcbs.com

责任编辑　章　赪
封面设计　吴黛君

制版印刷　涿州汇美亿浓印刷有限公司
经　　销　新华书店
开　　本　787×1092 毫米　1/16
印　　张　19
字　　数　236 千字
版次印次　2019 年 9 月第 1 版　2019 年 9 月第 1 次印刷
定　　价　49.00 元

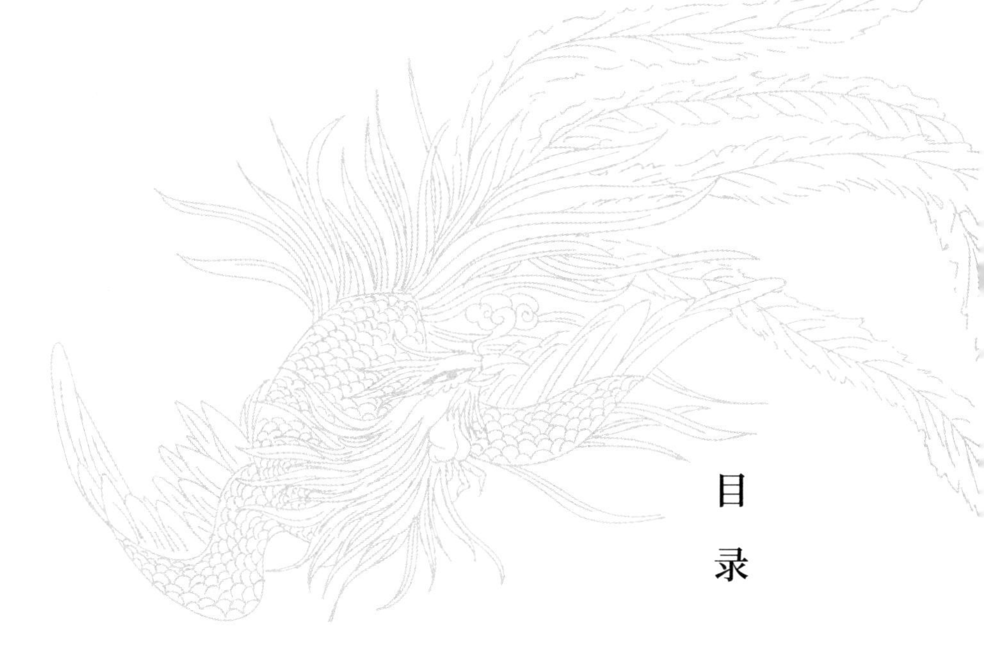

目录

前　尘

一

人们总说，在一场战争中死去的最后一名士兵是最倒霉的，以此类推，席峻锋的父亲也是最不幸的。根据各方面的历史记录所得出的结论，在那个令人窒息的黑暗年代的末期，在曙光已经降临的一刹那，席峻锋的父亲或许是最后一个死在净魔宗手里的无辜平民。

在那个原本宁静的早晨，一个晨起散步的老人走到席家附近时，发现地上有一大摊深色的液体。老眼昏花的老人并没有辨认出那是什么，还以为是被无意间泼洒的颜料或是酱醋，但走近之后，鼻间传来的味道让他的身子一下子僵住了。

那是一种刺鼻的、黏稠的、仿佛还带着温度的血腥气味。走得越近，味道越浓。

老人颤抖着抬起头，望向前方那棵挺拔的大树。树枝上挂着一样东西，正在滴滴答答往下滴落着液体，并顺着倾斜的小路流下去。那样东西呈一种细而长的奇怪形状，在老人模糊不清的视野里，散放成白森森的一片，中间还夹杂着许多黑色的斑块，那是数不清的苍蝇在嗡嗡乱飞。

不久之后，这具挂在树上的死状奇惨的尸体，成了人们瞩目的焦点。南淮城的居民们围在尸体旁，好奇、兴奋、害怕、困惑、恶心……人们带着复杂的情绪，发出种种嘈杂的声响，看着尸体在清晨的微风中摇摆不休。太阳刚刚升起，柔和的光芒照在死者的脸上，带有一种奇特的平静——和尸体的惨状完全不匹配的平静。

“太惨了，怎么会被弄成这样？”

“凶手胆子也太大了，这儿可是南淮城的城中心啊！”

“废话，净魔宗杀人什么时候顾忌过场合？吏部尚书难道不是在尚书府里被杀害的吗？”

“净魔宗？不可能，魔教不是已经被朝廷消灭了吗？”

“笨蛋，‘百足之虫，死而不僵’，没听说过这句话吗？那么残忍的手段，除了魔教的妖孽，还有谁能干得出来？”

人们从事不关己到忧心忡忡，议论着、猜测着，直到捕快们赶来。为首的中年人很多人都认得，那是按察司邪教署直属的高级捕头田炜，不受衙门管辖，多年来一直负责着打击邪教事务之类的大案子。他的出现，很能说明这起凶案的性质。

田炜站到树下，阻止了捕快们试图把尸体解下的行动，看着半空中那些触目惊心的伤口，脸上的肌肉微微抽搐了一下。他绕着树走了几圈，查看完四周的足印，叹了口气：“解下来，带回去吧。小心点儿，保持尸体的完整，别弄散了。”

“田大人，这不是净魔宗的人干的吧？”围观群众当中有人高声发问，与其说是在提问题，不如说是表达某种内心的恐惧和希冀，“魔教已经被消灭了不是吗？我们能过安稳的日子了对吗？”

田炜没有回答，回身上了马车。放下帘子的一刹那，他低声嘟哝着：“我也希望不是啊……”

那时候，席峻锋就站在人丛里，看着父亲的尸身发呆。整个世界好像只剩下了一种颜色，父亲身上的血在不断放大，笼罩了他的全部视野。汹涌澎湃的仇恨像海潮一样把他淹没。

仇恨……仇恨……无法抑制的、撕心裂肺的仇恨……席峻锋知道，那种仇恨会贯穿他的一生。

二

郑仕财不安地发现，哥哥这两天的举动相当不正常。他不再借故殴打嫂子，不再践踏自己辛辛苦苦养出来的花，不再偷看女邻居换衣服，甚至连吃饭都不再骂骂咧咧地说自己养了一窝饭桶。而他也没有出去干活儿挣钱了。两天的时间里，除了吃饭和便溺，任何时候他都把自己关在房间里，把门别上，不理会任何人。家里人自然也不敢问。

哥哥是不是病了？郑仕财疑惑地想着。虽然哥哥总体上来说是个浑蛋，但该浑蛋毕竟还在辛苦工作、赚钱养家，他如果不去赚钱，过不了几天，大家都会饿肚子的。想到这里，十二岁的少年憋不住了，他偷偷溜出门，跑到镇上去想要请大夫，但镇上唯一的大夫刚刚因为治死了一个病人，而被家属修理了一顿，看看那双鸡爪子一样颤抖的手和面条一样绵软无力的腰，郑仕财知道这大夫恐怕连自己的命都难保了，只能郁郁地回家。

回到家里已经是深夜，郑仕财迈着疲惫的双腿推开门，蓦然爆发出的一声惊叫，差点儿把他吓得瘫软在地。紧接着油灯被点亮了，哥哥就站在灯前，身子像筛糠一样抖动着，两眼血红，那模样别提有多骇人。在他的身后，年迈的母亲和嫂子躲在厨房的门后，隔着门缝往外看，却不敢走出去。

是为了我跑出去而生气吗？是要惩罚我吗？郑仕财心里嘀咕着，知道躲不过，索性横下一条心，两眼一闭迎了上去，等待着哥哥蒲扇般的大巴掌。

但等了许久，哥哥并没有动手，郑仕财微微有些奇怪，他悄悄睁开眼，发现哥哥压根儿就没有看他一眼。这个粗壮的汉子只是迅速把门重新关上，然后缩到角落里，失神地盯着黑漆漆的窗外，手里捏着一个形若六角星的玩意儿；郑仕财勉强分辨出来，那是哥哥他们这一行当的人必备的护身符，据说是可以用来驱逐妖邪。只是哥哥生来天不怕地不怕，每次出去干活儿，从来都不会带着护身符。

“再有什么亡灵鬼怪，也经不起老子几拳头！”哥哥总是挥舞着自己钵大的拳头，不屑地说。

但眼下，哥哥的脸上带着深深的恐惧，高大的身躯几乎缩成一团，手里的护身符简直要被捏碎了。他在害怕些什么？

没等郑仕财多想，哥哥突然跳了起来，大吼道：“他们来了！他们来了！”

“谁？谁来了？”郑仕财问。

“他们来了！那些鬼魂！”哥哥叫得声嘶力竭，“我不该走得那么远！我终于撞到他们了！都是真的，真的有鬼魂，我们逃不掉的！”

手舞足蹈的哥哥不小心碰翻了油灯，灯火熄灭了，屋子里登时漆黑一片，但明亮的月光从窗外透了进来。

郑仕财忽然间觉得自己的心脏猛地抽紧了。他可以很清楚地看到，窗纸上映出了许多狰狞的黑影，那是屋外种植的一些柳树。可是这个夜晚没有风，一丝风都没有，为什么那些柳枝会疯狂地摇动起来，就像是被赋予了生命？

紧接着，一阵异样的响动传来，屋子不可思议地晃动了起来。“砰”的一声响，房门忽然洞开，狂舞的黑影中，夹杂着一些白色的、人形的物体，正在向屋里慢慢移过来。

郑仕财差点儿尖叫起来，不只是为了这些人影，还为了哥哥。他从来没有看到过哪个人被惊吓到这种程度。哥哥的五官已经完全扭曲变形，双目瞪大到几乎快要裂开，双手紧紧压住心脏部位，嘴里发出“嘶嘶”的喘气声。

“他们来了！”哥哥的声音已经变得低沉暗哑，“他们真的来了！”

“谁来了？”母亲和嫂子的惊呼声中，心胆俱裂的郑仕财绝望地问。眼前，那些恐怖的白色身影正在步步靠近。

“他们来了！”哥哥的嘴角流出了鲜血，然后整个世界就一起暗了下去。

三

国主石之衡临终前把弟弟石之远召到了病榻前。脸色蜡黄的国主费劲儿地呼吸着，伸出自己枯瘦如柴的右手，石之远含泪抓住了他的手。

“我快要死了，这个国家就托付给你了。”石之衡用微弱的声音说。

“不，哥哥不会死的！”石之远哽咽着说，“我才不要当什么国主，我要你好好活着。”

石之衡微微一笑：“生死由天定，这世上没有不死的人。你也不必紧张，治国并不难，我们衍国国力本强，臣工们也都经验丰富，让他们辅佐着你，你一定能做个好国主的。”

这之后，石之衡慢慢陷入昏迷状态，已经无法再言语。石之远跪在他身前泪如雨下，直到宦官总管李鑫半劝半推地把他扶出去休息。两人来到御花园里，石之远停下了脚步。

“你还真是懂我的心思啊，”二十岁的年轻王弟脸上犹有泪痕，嘴角却已经带上了笑意，“我还一直跟你说时机不成熟呢，没想到你真敢冒险，趁着他重病的时候偷偷下手。”

李鑫一脸苦相：“您冤枉我了，我根本没找到机会下手，国主他……他是自己心绪郁结，没有求生之志，这才病入膏肓、无药可救的啊！”

石之远一愣：“没有求生之志？他为什么想不开？为了那个女人吗？”

李鑫肯定地点点头，石之远“哼”了一声：“没半点儿出息。死一个嫔妃算什么，能比得了国家大事吗？南淮那么多漂亮女人，偏要鬼迷心窍。所以这个国主迟早得我来当，不然国家不知道被他搞成什么样。不过说起来，那个女人死得很奇怪，你有什么消息吗？”

李鑫谄媚地一笑：“碰巧了，箩妃死前那一夜，我碰巧在宁清宫侍奉。我没有弄错的话，箩妃说不定是自杀的。”

“自杀的？”石之远皱皱眉头，“为什么？”

“因为那一晚他们争吵了很久，”李鑫回答，“虽然夜风太大，听得断断续续，但我还是听到点儿只言片语。他们说的话……很奇怪，好像包含了很多隐情。”

“先是国主对箩妃说：‘我对你一片真心……你为什么始终都……你就不能抛开过去……’接着箩妃回答：‘我没办法抛开……不可能当它不存在。’接着两个人再吵了几句，我没有听得太清楚，下一句话却让我一下子全身冷汗。”

“国主说：‘你们……罪孽深重……这是个机会……你正好可以……’箩妃则回答：‘洗不清的罪孽……无数条人命……他们也不会让我走……更何况你已经杀害了……为什么还要……’两个人越吵越凶，国主突然大叫起来。我们连忙冲进去，已经看见箩妃倒在地上，动也不动，鲜血流了一地。国主就坐在她身边，泪流满面，拼命伸手摇晃她，但是箩妃已经没有反应了。她胸口插着一把匕首，双手就紧紧握在柄上。”

石之远听完后，陷入了沉思，很久之后才开口：“真是有意思啊！这个女人……会有什么样的过去呢？听起来，她似乎是做过一些很不好的事，而且地位曾经很高，以至于过去的同伴不能放她离开。她来到宫里，大概有半年了吧？”

李鑫小心翼翼地说：“我也一直在纳闷儿，不过，按照您的要求，我的手下一直在关注着各国动向，就在她来之前，的确有一个很有名的女人失踪了，不知道和这事有没有联系。”

“什么女人？”石之远问。

“净魔宗的魔女，”李鑫回答，“皇帝联合诸侯剿灭净魔宗的战役顺风顺水，很快拔除了这个邪教，但是他们的魔女始终没有被找到。事实上，在战斗打响之前，魔女就早已失踪，去向不明。”

石之远静静地听完，面无表情地说：“知道了。你去吧。”

当天黄昏时分，国主石之衡去世了。由于石之衡没有子嗣，根据遗命，他的弟弟石之远登上王位，成了这个富庶的宛州公国的新国主。

四

在我接触过的种种妖邪怪谈中，净魔宗是最让人感到不愉快的一个邪教。虽然它已经在三十年前被皇帝的大军屠灭，所谓的魔女也已经在那场战役前就不知所踪，早已无法再继续威胁九州生灵，但时至今日，那种极度的恐怖和黑暗仍然在我心中萦绕不休。很多时候我甚至会在恍惚间产生这样的动摇：万一净魔宗说的才是真话呢？人类的历史如此短暂，真正能认识自身的时间更是微不足道，谁能笃定无疑地说，创世之初的史诗年代就是如此这般，没有第二种解释呢？

毕竟我们只是目光短浅的生物，既不能看到未来，也不能确定过去。在那些消逝已久的传说年代，在那些迷雾笼罩的岁月里，就连天空的星辰都和现在不同，总会有什么东西隐藏在我们的记忆深处，隐藏在灵魂最黑暗的角落，等待着复苏，等待着重生。就像是净魔宗所宣扬的魔女复生一样。

魔女复生，每当想到这四个字我就会浑身一颤，并且在鼻端隐隐嗅到一点儿鲜血的气味。这简简单单的四个字，却包含着常人难以想象的残酷。我的足迹几乎踏遍了九州大地，如果说有什么后悔，那就不是不该好奇心起，混在净魔宗的信徒中去观看他们的祭祀。那噩梦一般的场景也许会在脑海里陪伴着我一直到死。

——节选自邢万里《九州纪行·邪事录》

从名字就能看出净魔宗的与众不同。寻常的邪教，要么假托天神附体去劝诱信徒入教祈福，要么以邪魔灭世为由头去吓唬人皈依保命。净魔宗走的却是另一条奇怪的路子。这个原本属于红魔教旁支的宗派，公然推翻原教旨，声称魔主才是世界的主宰，神话传说中的创世神们不过是窃据其位。总有一天，被封印在大地最深处的魔主将会恢复魔力，重新掌控天地万物、星辰宇宙，驱逐世间的邪恶与污秽。也就是说，世界属于魔主，但魔主却代表着正义和纯净。“净魔”二字，就由此而来。在这一定义中，神才是邪恶的化身。

根据净魔宗的教义，魔主在地底蓄积着力量，很快就将裂地而出，惩罚邪恶，净化世界，即所谓的“净化之日”。当然了，按照一般邪教的思路，我们不难想象，想要不被惩罚的人们，就必须得提前获得对魔主的信仰。而这种信仰的指向，就是魔女。魔女是魔主的女儿，她会在最终的“净化之日”到来前，一次又一次地在人间转生复活，指引着魔主的信徒信教赎罪，得到魔主宽恕。

从上述种种很容易看出，净魔宗所玩的，不过是一点点文字上的小花招，假如把“神”与“魔”两个字相互对掉，这个邪教的教义就变得毫不新鲜了。但我们无需在此处做魔与神的名实之辨，因为邪教的本质不会因此而产生任何变化，净魔宗更是有史以来最为残忍嗜血的教派之一。他们的教义经典《净魔救世书》几乎就是一本酷刑大典，包含了众多令人毛骨悚然的可怕酷刑和血腥祭典。魔女复生就是其中最诡异、最复杂、最神秘的一个祭礼。这个祭礼在《净魔救世书》里也只有最简略的介绍，其真正的具体实施步骤，据说只有教中世代相传的地位最尊崇的三大长老才知道。

——节选自宇文非《九州邪教考据·净魔宗》

这个世界从诞生之日起就存在着无穷无尽的罪恶，那些愚昧无知的生灵占据了大地、海洋和天空，肮脏污秽的身躯让星辰的光芒都变得黯淡。他们从来不懂得感激魔的创造，从来不懂得珍惜魔赐给的智慧，而只知道无休止地掠夺、攫取、杀戮，让魔为他们而蒙羞。但最不可饶恕的罪过在于，他们漠视魔的存在，竟然以罪恶的荒神和墟神作为自己的信仰。这是对真理的彻头彻尾的歪曲，也是对魔最大的亵渎。

罪人们啊，魔是不会永远沉默的。他就在大地的最深处，用他能看透世间每一个角落的智慧双眼观察着你们。你们所有人的每一次最微小的行为，头脑里每一个最一闪而逝的念头，都会被无所不能的魔所掌握。当“净化之日”到来时，只有虔诚事魔的信徒才能得到宽恕，这大地上的其他生灵，都会遭到毁灭。

来吧，罪人们啊！在那个最后的日子到来之前，净化自身，获得魔的宽恕与拯救吧。复生的魔女就在这里，她就是魔在人间的化身。让魔女指引你们的灵魂之路吧！

来吧，罪人们啊！……

——节选自净魔宗经典《净魔救世书》

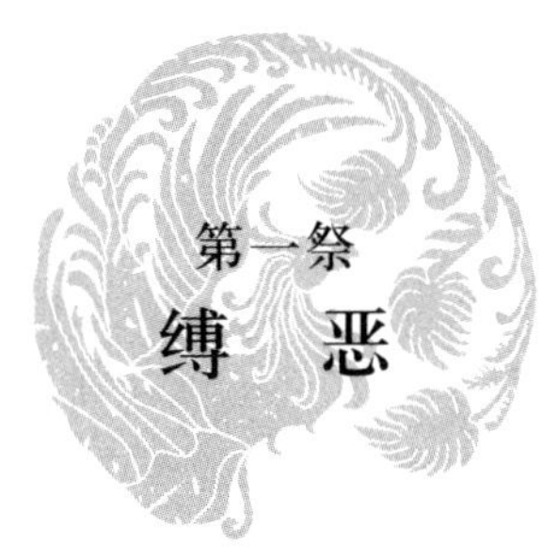

第一祭
缚　恶

魔的信徒们，约束自身，是你们得到拯救的第一步。当你们被罪恶浸淫的心灵还无法自主控制躯体的时候，就先借助一切方法强制自己的身体，把恶欲用外力的枷锁紧紧束缚住吧。纵使是以恶缚恶，魔主也允许你们这样做。

——《净魔救世书》

我花了很长时间才弄明白我究竟在哪儿。

在此之前，我的头脑一直处于混沌状态。我好像一直都在一条黑暗的长廊里穿行，四周没有一丝光芒；我也无法看清方向，只是漫无目的地向前走。后来出现了光亮，却都是无法辨清的刺眼光晕，各种各样的颜色混杂着包围了我，让我有溺水的错觉。那些沉重的色块伸出触角，把我拖向深深的水底，让我几乎无法呼吸。

再后来，我的眼睛终于睁开了，耳朵里也听到种种细微却纷繁的声音，但我完全不懂那些声与光的意义。我就像是一个初生的婴儿，头脑里是广阔的无限空白，等待着这个世界把它的种种印记烙进来。

“这是很正常的，”大长老对我说，“当你复生之时，整个头脑里并不存在任何过往的记忆。人世间的污秽都已经从你体内清除出去，你是魔主最为纯净的信徒。”

原来如此，怪不得我的身体和我所学到的所谓婴儿的概念大不一样。我的躯体已经是个成人了，但头脑却像婴儿一样刚刚开始接受知识。在长老们的精心照料下，我不会受到半点儿尘世中种种邪恶的沾染，能够保证对魔父的最大虔诚。

我也不知道这样学习了多长时间，因为我始终没有形成精确的时间概念。书上说太阳东升西落就是一天，但每当我抬起头，能看到的始终只有黑沉沉的粗糙石壁。我在长老们的要求下每天低声细语、轻手轻脚，而长老们时常会把耳朵贴在壁上，聆听外面的响动。

“因为我们不得不蛰伏于地下，”二长老告诉我，“自从三十多年前的浩劫之后，邪恶的力量就占据了整个九州，魔的信徒们不得不东躲西藏，苟且偷生，就像我们现在身处的这个地道一样，就像我们紧张不安的日夜警惕一样。然而现在，我们终于有了新的希望，那就是你了。”

我很吃惊地望着他：“我？二长老，我……我是所有人的希望吗？”

这话说得我很是不安。我从头到脚打量着自己，也没有觉出我和其他人有任何区别，大家都只是普普通通的凡人而已，我真的能承担起那么重大的责任吗？

“你是魔女，是魔主在人间的代言者，这是你必须承担的责任！”三长老的声音很高，却不得不努力压低嗓音，那声音钻进耳朵，就像锥子一样，很不舒服。他和二长老本来是亲兄弟，在皈依魔父之后，感情更加深厚。据说在我从零开始学习说话的时候，就是他们俩一直在教导我。据说他们虽然是兄弟，但成长过程中的经历略有不同。所以三长老显得年轻许多，二长老却看来很是苍老。但不管曾受过怎样的折磨，二长老也从未有过半点儿动摇。在他的坚定信仰面前，我不禁有点儿惭愧。

大长老安慰我说：“不必心急，你的困惑来自力量的丧失。只要重新拥有了魔的力量，你就能带领着教民们铲除邪恶，让九州回归到魔的手中。”

我忙问他：“那我怎么才能恢复力量呢？”

“你现在需要等待，”他回答说，“魔主会考验你的忠诚。只要完成魔女复生的祭典，魔主就会将力量赐给你。”

我更加不明白了：“什么祭典？该怎么完成？”

大长老微微一笑：“这个你就不必担心了，我们会替你完成的。”

一

南淮城的人们提到知名游侠云湛，总是难免又恨又爱，这种矛盾的心理不难体会。一方面这厮身手不凡兼一肚子坏水，有着比罪犯更高一筹的狡黠和阴险，委托他查案总能有所收获；另一方面他成天不务正业四处逛荡，想要抓住他可还真不容易——尤其当他收了预付款又试图赖账的时候。据说他那间简陋破败的事务所里至少藏了六七个不同的机关，以保证他在任何复杂的情况下都能安然脱身而去。

多半是因为听说过这种传闻的缘故，眼前的这位委托人显得很是紧张，说话时头始终不敢抬起来，好像地上有钱。她“吭哧吭哧”了好一阵子，才算连羞带怨地把自己想要委托的事情说明白。就这么几句话工夫，她的衣袖都快被自己的手无意识地扯烂了。

每次遇到这样显而易见的雏儿，云湛总是相当放松，心里盘算着能如何漫天要价多捞一点儿。这位一头银发的羽人在南淮城居住已久，多年游侠生涯更是令他在人类社会里滚了个遍。在某些方面，他的品行比一般的人类更加恶劣，与自己一向自视高贵的同类们大相径庭。

“调查丈夫偷情这种事，原则上我是不接手的，”云湛严肃地说，“那是下三流的游侠干的活儿。我们有身份的游侠，对案件都有严格的选择标准。”

对方低垂着头，一副楚楚可怜的样子，最后咬着牙从身上摸出一个钱袋，放到云湛身前三条腿长一条腿短的木桌上。钱袋里叮当作响，似乎数目不少。

“我就只有这么一点儿私房钱了，”委托人用比蚊子还细的声音说，“钱都被他拿去讨好那个女人了。如果您能抓住他通奸的证据，他身家殷实，付给我的赔偿金绝对不会少。否则的话，我就只能……只能……”

她没有再说下去，大滴大滴的眼泪落在了地板上。

云湛盯着钱袋陷入了沉思。过了好久，他以很不情愿的口吻开口说：“唉，我这个人就是太心软了。一个漂亮女人，被老公抛弃也实在可怜，我就勉为其难破例一次吧！”

委托人感激得几乎说不出话来，云湛的右手看似不经意地伸向了桌上的钱袋。然而他的手刚刚触及钱袋，钱袋里忽然发出“咔嚓”一声轻响，有什么东西从里面射出来；他当即大叫了一声，捂住了右手。

“你到底是什么人？”他怒吼着，两条腿却已经在开始颤抖，只能强行靠在桌上，以免倒下去。

委托人抬起头来，刚才的柔弱无助已经一扫而空，取而代之的是一脸得色："没办法呀，不用这个法子，你总是不愿意去见她。"

"放屁，谁说我不愿见她？"云湛愤怒地叫道，"只不过是她总是喜欢扔给我一些强人所难的案子，还总找借口不给钱。我才不伺候呢！"

他猛然跃起，做了一个漂亮的后翻，身体已经从狭窄的窗口钻了出去，身子刚好贴着窗框而出，当真是分毫不差，身手之灵活敏捷果然不负其名。但委托人并不急着追赶，而是静静地站在原地等待着，显得胸有成竹。她的胸有成竹并非没有道理：窗外没有传来云湛落地的脚步声，倒是有一声很轻的闷响，似乎是什么东西砸在了柔软的被单之类的物品上。

委托人这才探头到窗口，向下看了一眼，脸上露出满意的微笑。

"抬回去！"她不知对谁下令说。

不久之后，云湛已经出现在了南淮城的王宫——公主寝宫宁清宫。南淮城是富庶的宛州公国衍国的国都，国主石之远的女儿、衍国公主石秋瞳正站在宫门口，仪态万方地看着云湛。而云湛的模样则不怎么好看——他正被捆在一张渔网里，呈一种肉粽子的姿态被几条彪形大汉抬在半空，以一副半死不活的神情和石秋瞳对望着。云湛与石秋瞳十多岁时就开始结识，然后总是被命运的蛛丝莫名其妙粘连在一起。许多年来这两人见面次数不少，有一半的情形几乎都是这样的奇怪而不同寻常。

"好好地叫你来，你偏不来，非要逼得我辣手摧花，"石秋瞳摇头叹息着，"你现在这德行很好看吗？"

"因为你每次叫我来总没好事，"渔网里的知名游侠一脸委屈，好似被地主催债的佃农，"上一次查西宫失窃案，老子好容易给你把罪犯揪出来，又把赃物也夺回来了，你居然一分钱都不付。总这样友情出手，我会饿死的。"

"你夺回来那只失窃的碧玉狮子，本来是件好事，"石秋瞳悠悠然说，"可你为了抓住那个装成太监的窃宝贼，打塌了宫里一间房子，弄倒了我老爹最喜欢的一棵桂花树，踢伤了德妃的宝贝兔子，还偷吃了很多御供的水果……惹出那么大的麻烦，我没有倒扣你钱让你赔得倾家荡产，已经算很给你面子了。再说了，你这样的恶棍，即便南淮城的人全都成了饿殍，你也一定是那个最后饿死的。"

“承蒙夸奖。”云湛叹口气，忽然之间从渔网中站了起来。他刚才明明完全动弹不得，现在却好似渔网完全不存在，也不知什么时候在那上面划出了一个大洞。

石秋瞳两眼发直：“你没有中招？”

云湛“哼”了一声：“这种破烂渔网就能网住我，那我岂不是白混了？”

“可是，可是那只钱袋……”石秋瞳有点儿结巴。

云湛扬起右手，指缝间夹着的一根钢针在阳光下闪过一丝刺眼的光芒。他头也不回地指了指正站在一旁面色发白的“委托人”：“下次找人冒充怨妇，麻烦装得专业一点儿。这位小姐哭得倒是挺像，但显然忽略了一点儿小小的破绽：她老公既然把钱都拿去养情人了，怎么舍得送给她一个金灿灿的新镯子呢？”

“委托人”下意识地把手缩回袖子里，脸上一阵儿红一阵儿白。云湛冲着石秋瞳坏笑一下：“以后要宫女替你办事，办成了之后再赏东西。不然您老赏赐的都是好东西，谁都会忍不住往身上戴的，太容易露馅儿。”

“那你为什么还要装作上当的样子呢？”石秋瞳问。

“为了给足你面子嘛。咱们俩谁跟谁？”云湛像顽童一样眨眨眼，似乎生怕石秋瞳还不够郁闷。

宁清宫对云湛而言并不陌生，许多年前，他第一次钻进这座人类的王宫，就是混进宁清宫去探望石秋瞳。而定居南淮后，他也不止一次坐在这间书房里，为石秋瞳解决问题。在茶水的清香味中，和石秋瞳在一起从容地待上一会儿，往往能让云湛心情平静，并不断在脑海中缅怀起过去的时光。然后这种缅怀会打破平静，在两人心里溅起小小的涟漪。此时此刻，坐在石秋瞳的书房之中，那种熟悉的怅然又再度涌起，促使他不得不赶紧找出话题，打破那种令人不安的沉寂。

“这次又是什么事？”云湛问，“丢东西了？死人了？某王妃和御前侍卫偷情了？什么人又搞恶作剧伪造犯罪现场了？”

石秋瞳的手无意识地摸着桌上的茶碗，神情有些凝重：“这一回不是那种小事了。我找你来，是要你帮我调查一个人，我担心他可能会阴谋篡权。”

“政变？”云湛一怔，“有人打算推翻你家老头儿？”

石秋瞳肯定地点点头：“没错，而且想推翻他的，就是他的亲哥哥，我的伯父石隆。”

云湛半点儿也不吃惊：“这就对了。兄弟相残一向是政变的经典路数。”

石秋瞳不去理睬他的挖苦：“三十年前，上一位国主石之衡去世。由于他一直没有子嗣，所以临终前把王位传给了三弟石之远、我的老爹。然而石之衡原本还有个二弟，也就是我伯父石隆，传三弟而不传二弟，伯父心里难保没有怨言。”

“为什么不传给二弟呢？”云湛问。

“石之衡没有来得及解释就去世了。旁人推测，原因无非有二：其一，石之衡和石之远是一母所生，石隆则是同父异母，总是亲疏有别；其二，石之远虽然年轻，却比石隆更成熟稳重。”

这一点云湛倒是听说过。石隆这位亲王年轻时就很不安分，不好好在宫里读书，也不好好学习贵族的骑射功夫，成天喜欢在市井里鬼混，多次赤膊上阵与平民动手殴斗，还曾经把试图帮他忙的马屁拍到了马蹄上的御林军胖揍了一顿——“我们江湖上的恩怨，你们来搅和什么？”——在南淮本地乃至于整个宛州的黑帮里都声望卓著。这样一位人物，要把一个国家托付给他，恐怕谁都难以放心。因此，石之远的即位应该是顺理成章，没什么争议。

“可是，三十年前的传位，为什么到今天才想起不高兴了要政变？这位亲王的反应是不是过于慢了？”云湛又问。

“这正是我觉得奇怪的事。老头子即位后，石隆一直都没有过任何不满，安心做他的优哉游哉的隆亲王。老头子对他也很好，每年都要赠送大量礼物。但根据我所掌握的种种迹象，石隆在最近数月里的举动明显反常，即便不是政变，也一定有什么不可告人的秘密。”石秋瞳回答。

“反常？比如说？”

“比如说他恢复了和江湖人士的来往，总有一些奇形怪状身份不明的武士或是秘道家在他的府上进进出出，看上去很像是有点儿什么图谋，”石秋瞳说，“又比如说，他似乎对太子很感兴趣。”

“太子？是你那个养得比小女孩儿还扭捏的弟弟、你老爹的第七个老婆生的？”

“就是他。石隆倒是一直和太子关系不错，事实上，他几乎是唯一一个还能和孤僻的太子说上几句话的人。但这几个月也未免不错得有点儿过火了，隔三岔五就要见他，还背地里送他一些奇怪的东西。”

“奇怪的东西？”云湛来了兴趣，“都是些什么？”

石秋瞳招来一名宫女，对她耳语几句，宫女很快拿来一个包袱，把包袱解开后摊在桌上。云湛站起身来，看着包袱里的东西，眉头皱了起来。

首先是一块看上去像是鹿角的骨质角，却又比一般动物的角更短更细，呈一种丑陋的扭曲形状，外表也疙疙瘩瘩，看起来很让人不舒服。云湛拿起这块角，放在鼻端嗅了嗅：“这是殇州雪原的尸鹿？一股子洗也洗不掉的腐尸味。”

石秋瞳点点头：“以食尸体为生，当然是这股味道。”

他再用两根手指夹起另一个灰蒙蒙、毛茸茸状若老鼠的物品：“风干的蓝血蝠？因为专以毒虫为食，所以血质中含有剧毒。秘术师们甚至可以用蓝血蝠的血液来提炼抑制魂印兵器的药物。”

剩下的玩意儿也都是这样鸡零狗碎、稀奇古怪，但都带有共同的特色：肮脏、污秽、畸形或是带有剧毒，散发着黑暗的味道，每一样都足以看得人头皮发麻、汗毛倒竖。云湛兴致勃勃地把玩了好一阵儿，才把它们收起来，小心地包好：“三年前我对付天童教的时候，教主的儿子就拥有那么多这样的令人羡慕的玩具。”

天童教是一个名气稍小的邪教，主要在宛州南部盛行，但鼎盛时也残害过不少无辜百姓，当时衍国专司对付邪教的捕头席峻锋正在应付另一个案子无法分身，于是石秋瞳请了云湛帮忙调查。云湛最后倒是不辱使命，将该邪教教主连窝端掉，然而最后他的酬金还是被石秋瞳扣得七七八八，理由是他最后为了抓获教主，毫不犹豫地撞进了国主宴请宛州商会的重要晚宴，几乎把现场所有酒桌都掀翻了，搞得国主大失颜面。

“这些可不是玩具，”石秋瞳摇摇头，“都是在太子的宫里发现的，也亏得我多心去搜查了一下，不然还发现不了。它们分别藏在各种不同的角落，比如嵌在宫门门槛的下方，钉在树干里，埋在花盆中。太子的寝室也许藏了很多，但他坚决不许人进去，就没法找到。”

云湛以手托腮："把这些污秽的供物藏得到处都是？越听越像邪教的做派了。"

"这正是我最担心的，"石秋瞳面色凝重，"虽然还不清楚具体是哪一种邪教，但如果真的沾了边，就是大事了。我老爹对各种邪教有着近乎偏执的仇恨，即便是自己的亲生儿子，说不定他也会……"

"你们没有盘问一下这位受宠的太子？"

"我们不是不想，但他一向性格孤僻，不和我们交流，近几个月来更是变得举止异常、性情暴躁，让我们很难接近。毕竟他是老爹唯一的儿子，谁也不敢拿他怎么样。我爹倒是没发现，最近半年他一直忙着和外国沟通来往，几乎没时间见太子，不知道他又想干点儿什么，所以这件事我也暂时瞒着，省得他烦心。就在今年三月，他还钦命石隆主持了重修王陵的浩大工程，上个月刚刚完工，对于石隆的异状半点儿都不知情。"

"性格孤僻？"云湛问，"孤僻到什么程度？"

"总之是相当不像我，"石秋瞳的话语里带点儿不屑，"那小子不喜欢练习武术骑射，不喜欢触碰任何兵器，虽然贵为太子，和谁说话都是细声细气的，好像提高点儿嗓门儿就会死人一样。而实际上，他也极少和人说话，大多数时候都是自己闷在寝宫里，赶跑所有的太监和宫女，除了看书、写字没有别的事情做。他读书倒真的很有能耐，几乎就是无师自通，或许那也是我老爹不忍心废掉他的原因之一。"

"废掉他？那么你来做女国主？"云湛坏笑着。

石秋瞳"哼"了一声："成天跟在我老爹屁股后面救火补窟窿还不够累？要我去做国主，还不如直接废了我，让我去做个平民好了。我不过是做好我分内的事情，别的嘛……想多了也没用。我早就和你说过，这不过是命运的一种。"

石秋瞳从少女时代开始，就作为父亲的特使四处出访，为衍国笼络友邻关系，后来更是一点点地学着操持政务，一点点地学习带兵打仗，尽可能地替父亲分忧——尽管她其实只不过是石之远的私生女。

"您要是做平民，那也至少是女大王级别的，"云湛哼唧着，"不过和我这样的民间游侠倒是正好配对。"

石秋瞳瞪了他一眼，神色有些黯然，云湛知道自己的玩笑又开坏了，大概勾起了她对两人之间往事的追忆，连忙把话题岔开：“你老爹……和石隆关系如何？”

“他和我老爹的关系一直都不怎么好，始终只是表面的和气。两人时常会互相馈赠礼品，重大典礼仪式的时候会共同出席，老爹也偶尔给点儿差遣以示重视——比如我刚才和你说的重修王陵。但总体而言，他们其实感情很淡漠，也不知是天性不和，还是后来争王位伤了感情。”

云湛耐心地听着，好久都没有说话，石秋瞳忍不住问：“你想到了什么吗？”

“我已经想清楚了，”云湛点点头，“马马虎虎十来个菜就够了吧。”

“什么？菜？”

“我大老远来一趟，你不会连顿午饭都不招待吧？”

羽人的饮食习惯与人类迥异。比如说，贵族阶层都不吃鱼肉之外的任何肉类，认为那样有失身份，但没落贵族出身的云湛显然不在其列。当他还是个孩子的时候，就已经学会了在街边和玩伴们一起生起火堆烤肥硕的花鼠，用那种脂香四溢的油滑来填饱饥饿的肚肠。在南淮摸爬滚打了这些年，他吃起肉来更是比一个普通人类还要欢，看得石秋瞳叹气连连：“可怜的孩子，多少年没吃过饱饭了？”

“自从姬承他老婆不许我上门蹭饭之后，”云湛满足地拍拍肚子，“可见交友时一定要连朋友的老婆也考察清楚，不然多吃亏。”

石秋瞳盈盈一笑：“如果这件事你不帮我查清楚，我会像姬夫人整治姬承那样收拾你的。”

这话说完她立即发现不妥，咳嗽一声，喝了杯酒来掩饰自己微红的脸。云湛却突然问：“为什么非要我去查？你父亲亲设的猛虎卫不是专管这类大臣王公的案子吗？”

石秋瞳摇摇头：“这个人好歹是国主的哥哥，地位比一般大臣尊崇得多，而且仅仅是一些可疑的举动也不能作为篡权夺位的确凿证据，派官差去明着查反而打草惊蛇，而且说不定会逼得他提前动手。所以我才想到了你。也许你能混进亲王府，或是通过别的方法接近他，应该不难。”

“不难才怪。”云湛瞪着眼说。近些年云湛在南淮城声名鹊起，不只是手头经办了很多复杂的案件，还多次替石秋瞳抛头露面，全城认识他的人数目绝对不会少。而石隆本人虽然贵为亲王，却与市井江湖多有往来，手下斥候众多，就算瞒得过他，也瞒不过他的手下。

当然也可以易容改扮，但容貌易换，武功家数却不好伪装，尤其在石隆这样的行家面前。石隆多年来养了大批食客，都是各具才能的高人，没有几分惊人的艺业是很难接近他的。南淮城内的羽人原本就不多，自己被认出来的可能性极高。

石秋瞳听完云湛的苦水，高深莫测地摆摆手："放心吧，怎么混进去，我会替你安排的。"

云湛一脸无所谓："那就行，你要安排不了，这笔业务就不做也罢。不过既然这位亲王交往面那么广，我一个人没法分身顾及两头，还是需要你安排一个捕快给我做助手，根据我的指令，专查那些黑道中人。"

石秋瞳犹豫了一下："好吧。记住他只负责那些江湖人士，不能和石隆沾边。你要谁协助你？"

"当然是我的老朋友，安学武。"云湛笑得十分邪恶。

二

见鬼，这个该死的捕快怎么那么玩命？

许鹏跑得上气不接下气，一边跑一边回头看。他一向对自己多年苦练的轻功很有信心，这也是他能在宛州各地当飞贼的资本。他总是趁着月黑风高的时候，神不知鬼不觉地越过高墙，从富商们的钱柜里盗走财物。偶尔有被人发现的时候，只要撒腿狂奔、上房上树，就没有人能追得上。

然而今天，他似乎是遇上了对手。背后那个身材壮实的捕快一直跟着他穷追不舍，从城中追到了城边，再一路跟到城外。这个捕快身躯魁梧，一身肌肉纠结，显然并不是练轻功的材料，事实上他的腿脚也并不算快。可恶的在于，他比许鹏以前遇到过的任何一个追捕者都更加有恒心，更加不屈不挠。虽然已经累得"呼哧呼哧"直拉风箱，但这位捕快就是不肯停下半步，始终像影子一样死死跟住许鹏。他的同伴们都已经被甩得无影无踪了，只剩下他一个人还在拼命地迈着腿。

其实许鹏也累了，这一夜间他作案四起，由于收获颇丰，回到客栈后一直处于兴奋状态没有睡觉。到了中午好容易困倦了，这个狗日的捕快居然就找上门来了。

此刻两人已经追逃了两个对时，日头都已经西斜，对方竟然还是不依不饶。

真的累了，许鹏想。他已经多次提速把对方甩开，但只要稍微放慢脚步喘口气，对方摇摇晃晃的身影又会在远处出现。这已经不像是一场追逐了，倒像是在比赛谁会比谁先累死。

王八蛋！两腿酸疼得几乎要失去知觉的许鹏一阵恶向胆边生。他看看周围，已经跑到了一片荒废的田地上，四处没有人烟，而对方只有一个人。他停住脚步，摸了摸藏在腰间的匕首。不行就干掉他吧！虽然贼和强盗理应有所区别，但兔子急了还咬人呢！

捕快追了上来，在许鹏身前三尺的距离停了下来。两个人都没有说话，因为他们除了喘气之外根本顾不上别的。捕快更是微微弯腰，两手扶着大腿，一副快要不行了的样子。但到了最后，还是他强行先开了口："把赃物交出来！跟我……跟我走！"

许鹏做出胆怯而懊丧的样子，迎着捕快走了上去，把一直捏在手里的包袱递给他。就在捕快伸手接包袱的一瞬间，许鹏猛地把包袱砸向对方的脸，同时已经把匕首从腰里拔了出来。

该捕快虽然长得五大三粗，反应却也不慢，先伸手挡掉包袱，眼前见到寒光一闪，身子已经迅速侧移，虽然动作狼狈不堪，还是勉强躲开了这一刺。许鹏收势不及，一个踉跄差点儿摔倒。捕快趁机飞起一脚踢掉了许鹏的匕首，接着合身扑上，狗熊扑食般把许鹏扑倒。两人在地上扭作一团，滚得浑身尘土。许鹏竭力想要摆脱。但对方力大体重，很快把他死死压住，然后挥起拳头一拳拳砸在他的脸上；几拳下去，许鹏就被打晕了。

捕快松了口气，从身上取出镣铐，把许鹏铐了起来，这才顾得上伸袖子擦掉满脸的灰尘、汗水以及灰尘和汗水和成的泥浆。他正准备把地上的包袱捡起来，忽然之间，背后一阵劲风毫无征兆地袭来。从速度就能判断出，袭击者是个绝顶高手，和许鹏这种三流蟊贼绝不一样。

在那一瞬间，捕快的动作陡然间比之前和许鹏缠斗时快了好几倍。不再是一分钟前笨手笨脚的招架功夫，他的右手迅若闪电地从一个匪夷所思的角度反手切出，带着凌厉的风声，力量速度都无懈可击，而且蕴有一种逼人的气势。对方不敢怠慢，连忙变招。捕快已经抓住这一下机会转过身来，双手齐出，令人眼花缭乱地连续攻出七招。每一招都精妙无比，但这些招式刚刚打出一半，他就硬生生地停住了，脸上的表情难看至极。

“云湛，你这个浑蛋！”他破口大骂，“没事做来消遣老子吗？”

云湛微微一笑：“我一路看着你像乌龟爬一样追这个小蟊贼，再用比狗熊更漂亮的姿势和他打架，把自己弄得像个唱花脸的，实在有点儿忍不住了。整个南淮城的戏子都找不出一个演技比你更好的，夯货。你们天罗果然出人才。”

这个被云湛称为“夯货”的捕快，就是他向石秋瞳要求来协助自己的安学武。此人看起来五大三粗貌似缺点儿心眼儿，有着一身说好不好、说坏又不算太坏的武艺，在南淮城勤勤恳恳工作多年，凭借着对各种琐碎案件的韧性一点儿一点儿地升迁到捕头。他没什么本事，偏偏十分自信，最痛恨私家游侠，张口闭口就是“国家律法神圣不可侵犯”，原本向来为云湛所看不起。但在一年前的一起案件中，面对着一位可怕的强敌，安学武无意中暴露了自己的真实身份，原来他竟然是杀手组织天罗的一员，是个隐藏不露的高手。他那副庸庸碌碌的伪装，竟然连云湛这样精明的人都骗过了。

那一次之后两人算是真正认识了，彼此的关系则变得很奇怪，除了表面上的捕快与游侠之争和背地里的暗中较劲儿之外，还多了几分类似友谊的惺惺相惜。这一回云湛点名要安学武协助自己，一方面固然是想过过使唤对方的瘾，一方面也的确看重安学武的能力，两个理由一半对一半。

把罪犯送回衙门后，两人回到安学武的居所，云湛简单说明了情况。安学武的脸立马就绿了：“什么？要我听你的差遣，暗中替你办事？”

“我的口齿不清吗？为什么你还要重复问一遍？”

安学武一拍桌子：“第一，老子凭什么要听你的？第二，最近老子手里还有三桩案子要倒腾：盐商金城被飞贼盗走的珠宝，大学士邓文翰被小白脸拐走的爱妾，乐坊教头匡林被小流氓打断腿的儿子……”

云湛遗憾地一摊手：“没办法，按照国家律法，你得听上头的命令呀！你看，你在南淮城苦心经营这么多年，积攒了那么多人脉，关键时刻未必比认识一个公主更好用。我的案子优先，你没有讨价还价的余地。”

安学武瞪着他，看起来像要把他扔进油锅炸了，但最后还是不得不嘟囔一声：“好吧。”

云湛却很意外，盯着他看了好一会儿：“怪了，这可不像你啊，夯货。我以为你至少会和我磨蹭上半天才会答应，怎么三言两语就妥协了。”

“偶尔我也会突然好心，帮助一下弱者，”安学武两眼望天，“谁叫你是一个可怜的天驱武士，为了你们和平的理念，迟早要和石之远这样有野心的国主一战呢？有了这种顾忌，你就没法和那个漂亮的公主在一起了，真是可怜哪！”

云湛正想趁热打铁再打击安学武两句，没想到安学武几句话点到了他的痛处。他正打算反唇相讥，几个捕快的到来打断了他们的愉快交流。一名捕快满头大汗地来到安学武身前，嘴唇颤抖着，声音里充满了压抑不住的恐惧：“安头儿，西郊发生了命案。尸体……尸体很怪。”

尸体的确很怪。

最早发现尸体的农夫是在自家的田地里看到它的，当时他正准备去浇水，刚刚踩到田埂上，就发觉一直竖在田里的稻草人颜色有点儿奇怪。这个稻草人在田里立了多时，用来吓唬偷吃的鸟雀，本身应该是深褐色，但现在，它却在下午的阳光中反射出类似肤色的浅黄的光。

这又是谁家的小孩儿搞的恶作剧？农夫摇晃着脑袋，走近前去查看。稻草人除了颜色不对之外，形状好像没什么变化，还是那样软绵绵地紧贴在木杆上，填满稻草的脑袋向一边歪下去，穿在身上的破旧衣衫正在微风中轻轻摆动。

但农夫仍然感觉不对。那具躯体上似乎正在散发出某种令人不安的气息，让人心里阵阵发紧。他小心翼翼地转到稻草人的正面，当耀眼阳光造成的晕眩消失的那一刹那，他看清楚了稻草人的脸。接着他发出了一声自己一辈子也未曾发出过的凄厉尖叫，连滚带爬地冲出了田地，刚刚向循声而来的同村人喊了一句“死人”，就栽倒在地上昏了过去。

安学武赶到时，这块田地周围已经被捕快们控制起来，闲人免进。但在此之前，好奇的乡民们早就在围观中把地上踩得乱七八糟，想要找出点儿什么罪犯的脚印看来是不可能的了。他只好叹了口气，无奈地先装模作样发了通脾气，以便维持他平时的粗鲁作风。一回头，云湛却已经站在了尸体前。

“你不是说只是跟来看看热闹的吗？”安学武说。

“连尸体都不瞧清楚，怎么叫看热闹呢？”云湛的声音很古怪，“你来看看，这样的手法我过去从来没见到过。”

安学武从云湛的语气中听出一丝严峻的意味，他走上前去，视线刚刚落到尸体上就怔住了。

如云湛所言，这样的尸体还真是罕见。死者是个年轻男性，整个身躯看似完整，毫无外伤，却像稻草人一样软绵绵的，给人一种不真实感，头颅更是歪到了一个不可思议的角度。他被绑在两根交叉成十字的木杆上，代替了以前的稻草人，但那些绳子……全都深深地陷进了躯体里，就好像被绑住的不是人，而是一床可以任意挤压的棉被。

或者换一种说法，这就像是把一个人的皮完整地剥了下来，再在其中填入稻草、棉絮，最后虽然成了人形，却怎么看怎么让人感觉恶心。

神色阴沉的安学武伸出手，在尸体的手肘部位按了一下，肘上立刻出现一个深深的凹陷。虽然寻常人死后肌肤都会慢慢失去弹性，但手肘部位是不可能被按得那么深的。因为那里本应该有骨头。

“没了，”安学武下意识地捏着自己的胖脸，“所有的骨头都没了。似乎是被人一下子全都抽空了。现在这个人皮肉和五脏俱全，但是骨头……没有了。”

“骨头被抽走，总得有什么伤口留下来吧，”云湛说，“但是尸体上并没有任何外伤，你仔细看，皮肤上有许多微小的斑点，很像是内部出血。”

安学武面色一变，拔出腰刀，在尸体的小臂上划开了一条口子。虽然血液都已经凝固，但还是能在血块和肌肉中看到一些极细小的白色骨渣。

“全都被用某种方法磨碎了，”云湛看来很感兴趣，“这是一种绕过皮肤、血管和肌肉，直接作用到骨头上的力，据我所知，最厉害的武功也只能在局部上做到这一点，而且绝对不会有这样的效果——简直就像是把骨头抽出来研磨碎了再放回去。”

“那么就是秘术或者某种药物了，”安学武耸耸肩，“反正到头来也不归我管。”

云湛笑了起来：“别用那么哀怨的口吻。虽然你要替我办事，我还是希望你先查查这件事。别忘了，太子手里的那些玩具，多半和邪教有点儿关联，而这个死者的样子，也像是受了点儿邪术。说不定二者之间会有什么联系。”

安学武“哼”了一声：“别自作多情，我说不归我管，可不是你的缘故。一看这案子的情状我就知道，会有人插手来把它抢走的。”

“但如果你不管的话，谁来管呢？南淮城还有比你更有名的捕头吗……等等，你不会在说那个家伙吧？”

安学武听着这句明显饱含讥讽的话，正打算回应，一个沉稳而温和的声音忽然响起：“没错，就是我这个家伙。”

听到这个声音，两人的脸上都不自觉浮现出一丝厌恶的表情，安学武更是毫不客气地回过头：“席捕头，是不是一切稍微出格一点儿的杀人手法，都是邪教在作祟呢？”

“那可说不准，任何可能性都不能轻易排除。”对方仍然温和地回答说。这是个三十出头的男人，身材精瘦，与魁梧的安学武形成鲜明对照。只是他的脸上虽然带着礼貌的笑容，但周身却散发出一种掩饰不住的阴冷气息和一种比驴子还僵的固执，让他看起来就像是一把锋锐的匕首，能切开任何阻挡他的事物。

安学武和他对视了两眼，打了个哈欠：“既然这样，就转给你处理吧。我们衙门里的苦力，当然不能和你们按察司较劲儿。”

“不必。我会按照合法程序向你的上级要求移交这个案子。”席捕头一面说，一面已经走到尸体前开始观察。

安学武摇摇头，不再理睬他，招呼着云湛离开了。走到半途，他忽然转过身来，冲着席捕头咧嘴一笑：“过去几年里，你已经从我手上拿走了七宗案件，不知道最后其中有几件和邪教相关呢？”

“一件都没有，”席捕头毫不迟疑地还以一笑，“但也许第八宗就是了。”

安学武做了个“请便”的手势。

“席峻锋真是整个南淮城最招人讨厌的捕快，”云湛边走边抱怨，“稍微有点儿鸡鸣狗叫的破事就要扯到邪教头上去。难道邪教当年杀了他全家吗？这么深的恨意。”

“云湛，你真是个天才，”安学武拍拍他肩膀，“一猜就中啊！”

云湛好似喉咙里被塞了个稻草人：“什么？真是那么回事？”

“差不多，他父亲是被邪教杀死的，”安学武说，“三十年前，正好是净魔宗刚刚被剿杀，邪教余孽已经被逼入绝境的时候，他父亲遭受了净魔宗的残酷刑罚，惨死在南淮城里，那时候他还只有五岁吧。他母亲早亡、无依无靠。当时按察司专负责邪教事务的田老头儿看他可怜，就收养了他。剩下的事情你就可以想象了，怀着对净魔宗的刻骨仇恨，外加养父的便利，十多年之后，他已经成为田老头儿接班人的不二人选。”

“我最怕这种偏执的性格，”云湛冲着地上的一块石子甩起一脚，仿佛是为了泄愤，“他父亲当年又是为什么被净魔宗杀害的呢？”

“这就没人知道了。他父亲只是一个普通的街头小贩，无钱无势。至于背地里有没有其他隐情，席峻锋当时年龄也太小，弄不清自己的父亲究竟在做些什么。不过根据一般的分析，他父亲要么是与净魔宗敌对的人，要么是净魔宗的叛徒，不然不会遭到那种刑罚。”

“什么刑罚？”

“和凌迟差不多，身上的肉被一片片地割下来，却又不伤及要害，主要目的在于让受刑者遭受到最大的痛苦。只有对仇敌或者叛徒，净魔宗才会使用这一手，”安学武说，“而且，有一种很悲惨的说法，说是根据统计，虽然后来净魔宗余孽还和追捕他们的人有所交锋，杀伤不少，但就被屠戮的平民而言……他父亲可能是最后一个，至少是公开场合的最后一个。”

“那可真是太不走运了。”云湛的脸上居然现出了真正的同情。

三

石秋瞳的许诺十分简单：“放心吧，怎么混进去，我会替你安排的。”这话说来容易，云湛却想不到她会怎么做。他也懒得费心，与安学武分手后，慢慢踱回居所，这里离他的事务所只有几步之遥。

云湛的游侠事务所开在一条被称作“游侠街”的街道上。这条街位于南淮城的城南，略偏东一些，狭窄而泥泞，房屋皆老旧不堪，挤满了自称为“游侠”的那些人。后来有人总结说，所谓“游侠”，大概就是游手好闲成天到处游荡的人。在如今这个街头打架都能成为新闻的和平时代，游侠最大的作用大概就是勒索、恐吓、追踪、替妻子寻找失踪的丈夫、替遗产继承人调查竞争者的丑闻之类琐碎小事。

这时候夕阳已经坠下，夜色中的南淮慢慢点亮了灯火。这是夜的南淮，与白昼忙碌奔命的南淮截然不同的另一座城市。其他的游侠们早早关了门，拿着自己的微薄的收入出去享受了，云湛却还得先去检查一下，自己被绑走后，门有没有被石秋瞳的宫女关好，尽管那个房间里压根儿没有值钱的东西。

门关好了，上了锁，钥匙被放在门上方的一个墙洞里，看来这位宫女倒是满熟悉云湛的风格。但当他开门进去点燃蜡烛后，多年练就的敏锐感觉却让他很快意识到，有人碰过他的东西。最直接的证据就是刻意夹在抽屉夹缝里的一根头发不在了，如果有人拉开抽屉，那根头发就会落到地上去。

现在头发就在地上。会是宫女干的吗？云湛拾起头发，想了想，认为不像。石秋瞳对自己知根知底，要的只是把自己抓进宫去，绝不会去动其他东西，因为这里根本就没有任何有价值的事物。只有对自己不了解的人，才会做这等无用的搜查。

他把头发夹回抽屉，慢吞吞下了楼，向着城中走去。他肚子饿了，需要觅食。自从十六岁那年离开贵族的家庭后，他虽然多经困苦，但始终还是有一样东西没学会，那就是做饭。

“人生苦短，不能把生命浪费在无谓的琐事上。”云湛说得像煞有介事。

“原来你的生命也曾经‘有谓’过……”他的损友姬承嘀咕着，“说白了还不是总到我这儿来蹭饭吃。”

但眼下，云湛已经被忍无可忍的姬夫人扫地出门，只能自己掏腰包去城里吃东西。石秋瞳毕竟太了解他，给他的预付费少得可怜，让他无法挥霍浪费，更可气的是，不知道是不是又在整顿市容了，这一天晚上，那些云湛早就光顾熟了的小摊都没有开张。最后他好不容易找到了一个小面摊，捧起一碗烧肉面“呼噜、呼噜”吃起来。

面摊老板有点儿好奇地看着他：“你不是一个羽人吗？怎么会那么能吃肉呢？”

“多吃点儿肉，才有力气拉弓。”云湛回答。

“拉弓？做什么？”老板有点儿纳闷儿。

云湛放下面碗，懒洋洋地捋捋头发：“你的面摊背后那栋小楼你看到了吗？”

“瞧您说的，我又不是瞎子，怎么会看不到呢？”

“那么小楼里藏着的人，你能看到吗？”

“人？我可没有千里眼。”

“我有。现在这栋楼的二楼左数第三个窗口后面，就站着一个人，我打算射他一箭。”云湛摸了摸背上的弓。

老板还没来得及说话，从云湛所说的那个窗口忽然传来一声低喝：“看招！”随即寒光一闪，一支短小而锐利的弩箭射了出来。

云湛没有动弹，甚至连眉头都没有皱一下。那支弩箭擦着他的面颊飞过，钉在了桌上，吓得面摊老板一屁股坐在地上。他双膝撑地，两手在地上乱抓，似乎是要爬起来，云湛却偏偏在这时候动了起来——他一个箭步跨过去，捉住了老板的手腕。

“你、你要干什么？”老板很吃惊。

“那支箭无意伤我，你也无意伤我，但要是被你的绳索捆起来，那就不好看了。”云湛手上不知做了个什么动作，放开对方时，自己的指缝里已经夹住了一根细细的绳索。这根绳索的一头带有绳圈，缠住目标时能迅速收紧。

老板苦笑一声：“看来石爷想要你为他效力，不是没有道理的。可我还是没想明白，你能注意到楼上的埋伏不足为奇，能发现他射出的箭只是吓唬你一下也不足为奇，但为什么能看穿我？我曾在亲王府做过多年的厨子，做出来的面绝对地道，不会有破绽的。”

“就是因为过于地道了，所以你才露了馅儿，”云湛把绳套交还给他，“你其他地方都装得很像，甚至面的味道都调得很好，但显然从来只是替有钱人做饭，而没有当过面摊老板。任何小本经营的小摊像你那么舍得放肉，早就赔得精光了。”

“你以后要是还卖面，我天天来光顾你。”他补充说。

石隆的大名，云湛一直有所耳闻，等到石秋瞳向他讲述了当年的传位之事后，这个人的形象已经在他头脑里大致勾勒出来：一个粗鲁的、暴躁的、自以为是的武者，与其说像一个显赫的亲王，不如说更像一个黑帮头目——面摊老板“石爷”的称呼就是明证。此人对石之衡没有传位给他大概一直心怀不满，所以应该是个满眼闪动着嫉妒光芒的肌肉纠结的老头子，坐在一把虎皮交椅上，周围跳动着阴森森的火把，无数怀抱鬼头大刀的恶汉在厅堂里侍立，随时准备把他看不顺眼的人拖下去砍掉脑袋……

一路上胡思乱想着，等真正见到石隆后，他才发现原来自己的想象全都是错误的。石隆在自己的画室里接待了他，云湛走进去时，石隆正在挥毫作画。云湛摆摆手，制止了带他进入的面摊老板的通禀，轻手轻脚走到石隆背后。面摊老板犹豫了一下，居然听之任之。

石隆正在画一个女人。云湛对书画几乎没什么研究，但一张女人的脸蛋是美是丑，还是能看出来的。石隆笔下的这个女子，虽然还没有完工，但从他细细勾勒的五官线条和身形可以看出，实在是个冰肌玉骨的绝世美女。

“这个女子怎么样，云湛先生？”石隆头也不回，原来早就注意到了云湛的接近。

“很漂亮。”云湛真心实意地回答。

石隆叹了口气，放下笔：“果然如此，人总是有美化过去的倾向。我的亡妻从来都不是一个美人，但不知怎么的，我每次下笔，总是不知不觉把她画得十分美丽，为了追求美而失去了真。就画技而言，算是堕入魔道了。”

他摇摇头，很有礼貌地说：“太过专注，怠慢了云先生，快请坐。”

喝茶的时候，云湛细细打量着石隆。他虽然年过五旬，却保养得很不错，几乎没有白发，一身儒雅的气质，宛若一个博学大儒，既不像是个富贵尊隆的亲王，也不像是个凶神恶煞的黑帮头目，让人很难相信此人年轻时曾在江湖中和一帮子平民凶徒搏命厮杀。

“你是不是在想，我这副样子，不像是年轻时在街头和人玩刀子的那种人？”石隆忽然问。

云湛哑然：“任何一个第一次见到你的人，都会有这样的想法吧。”

石隆摸着自己的胡须说：“确切地说，最近十四年来，任何一个第一次见到我的人都会这么想。要是放在十四年前，我的形象应该正好符合你的期望。”他卷起了一点儿袖子，云湛看到他的小臂上肌肉结实饱绽，还有几道显然年深日久的老伤疤，可知他所言不虚。

但云湛仍然有点儿不解：“为什么是十四年来？”

“因为我的女儿十四年前刚刚出生，”石隆的脸上浮现出一丝为人父母者常见的慈爱表情，“我年轻时再怎么荒唐胡闹，也不过祸害我一个人。但有了女儿之后，一切就都不一样了。这世上不会有哪个当父亲的愿意看到自己的女儿成天和人打架斗殴吧？”

他紧接着叹了口气：“可惜的是，我女儿身上还是流着我的血。我再怎么装腔作势隐藏自己的本性，对我女儿都没有什么效果。她比我年轻时还要胡闹，下地掘土上房揭瓦，六岁的时候就能把太子打得哇哇大哭，让我在国主面前下不来台。我经常想，这要是个儿子就好了，我还能任他自生自灭。”

云湛莞尔。作为一个常年和种种奸恶狡猾之徒打交道的人，他很容易就能判断出，石隆在提到他女儿时，语气是诚恳的，感情也应当是真挚的。正因为如此，石隆接下来的那句话才会让他心里一紧。

“请你一定要帮我把她找回来，云先生。”石隆的声调陡然转低，沉郁的脸上多出了无数道深深的皱纹。

到这时候云湛才明白过来，为什么石秋瞳对安排他接近石隆那么有信心。毫无疑问，她早就听说了石隆的女儿失踪的消息，并且一定通过某些渠道、甚至于自己亲口向石隆推荐了云湛。石隆未必愿意和云湛这样底细未知的私家游侠打交道，但一个丢了女儿的父亲，干出什么病急乱投医的事情也不足为奇，何况云湛虽然职业道德令人不敢恭维，职业素养却是一贯有相当的口碑。

难道会是石秋瞳故意绑架了石隆的女儿？云湛脑子里闪过这个念头，但又很快否定了。石秋瞳是干不出这种卑鄙勾当的，她大概宁肯明刀明枪地和自己的伯父干上一仗。

真有意思，云湛想，为了替石秋瞳调查篡位的阴谋，先要帮篡位嫌犯寻找失踪的女儿，这趟生意可真划算，一气儿赚双份钱。看这位亲王的排场和豪爽的性格，一定不会像石秋瞳那么抠门儿——虽然云湛心知肚明，石秋瞳绝不是抠门儿，只是在想方设法地约束自己，免得自己手里有点儿钱就要去惹事而已。

想到赚钱，云湛精神一振，认真地听石隆讲述女儿失踪的经过。

“我女儿是在两个多月前失踪的，当时她刚刚代表我去探望了她的叔父、我的哥哥，也就是国主石之远，”石隆毫不避讳地说出了国主的名字，“从王宫出来后，她在禁卫的眼皮子底下进了马车，此后却再也没有回到家。”

“半道上被劫持了？”云湛问。

“不算半道，”石隆的脸上隐隐有怒意，“应该算是在家门口。”

按照石隆的说法，石雨萱好动不好静，颇有几分野气，性喜惹是生非，管教女儿一向都是他极为头疼的事情。比如她不爱待在亲王府里闷着，一向喜欢在外面闲逛，哪儿不安全往哪儿窜，他也制止不了，只能暗中派人跟着她。那一天也不例外，但到了夜深之后，意外发生了。

在那个寂静的秋夜，郡主的马车声响听来分外清晰。按照惯例，那辆车会现在亲王府门口停下，郡主从车里跳下来，用她的靴子狠狠踢门，直到门打开为止。然而那一夜，马车还没有来到门口，只是在顺着院墙行驶的时候，保镖们的呼喝声突然响起。很显然，这些暗中跟随的保镖发现了不利于郡主的险情，所以立刻现身护卫。

接下来就是一连串激烈的打斗声。训练有素的亲王府侍卫们在一分钟之内就循声赶了出去，但当他们赶出去时，所有的保镖都已经横尸当场。几名秘术师放出了几个极具攻击力的秘术，逼得他们不能近前，原本已经停下了的马车却突然狂奔起来，无疑是有人占据了车夫的位置，赶着车就走。而郡主……那时候就在车里。

秘术师们连续施放秘术，在耗光了精神力之后，迅速逃离。小部分侍卫去追他们，大部分都赶紧去追寻马车。事实上，他们的确找到了马车，但已经是在第二天清晨，因为城南曲里拐弯的巷陌像蜘蛛网一样复杂，追踪起来十分不易。而找到的马车已经被大卸八块，碎片扔在了不同的地点，半点儿也没法看出出事地点究竟在哪儿。

连追踪的侍卫也失踪了好几个，五个人的尸体在不同的地方被发现了。尸体的死状各异，有两人身上带有明显的外伤，分别被刺穿小腹和扼碎喉咙而亡；剩下三人则都受的是内伤，由于血液沸腾而亡——那是一种高明的秘术。原本待在马车里的郡主的贴身侍女也早已气绝身亡。

唯一稍微值得欣慰的是，并没有发现石雨萱的尸体——然而也没有活人。谁也不知道她是死是活，在什么地方。石雨萱就像是一滴水，在南淮的阳光下蒸发了。

云湛一边听着石隆的讲述，一边留意他的表情。能看得出来，石隆对女儿的关心是真的，这个不惜改变自己的作风、把自己打扮成读书人的古怪老头儿，无疑是真的很疼爱他的女儿。但是另一方面，石隆的讲述过于有条理，过于冷静，缺乏那种恨不能把自己的心挖出来的焦躁不安，让云湛隐隐觉得有点儿不对劲儿。

那像是什么感觉呢？云湛苦苦思索着，脸上还要装出若无其事，向石隆询问着种种细节。石隆唉声叹气，眉头紧锁，让人全然看不出他昔日纵横江湖的风光豪情。云湛做出不经意的样子问：“在我之前，你也尝试着找了别人去寻找你的女儿吧？”

石隆苦笑：“有什么办法呢？我这张老脸总还值点儿人情，求助昔日的朋友们，他们多半是会买账的。但他们大多不在南淮定居，人生地不熟，基本都是徒劳无功，至少黑道上的人没有任何一个承认此事。所以我最后只能求助于你这个陌生人了。如果南淮城最好的游侠都找不到她，我也没办法啦。”

这顶高帽并没有让云湛飘飘然，反而令他敏锐地意识到一点：石隆不想张扬此事。所以他先找了自己黑道的朋友帮忙，失败之后又求助于自己这个私人游侠，而始终不愿意动用官方的力量。实际上，亲王的女儿、郡主被绑架，绝对算得上是大案，如果动用全城之力进行搜捕，效果可能会更好。但他为什么不这么做呢？

——除非他不敢把这件事张扬出去。

回到家里躺在床上之后，云湛还在思索着。为什么不敢？其中别有隐情？或是牵扯什么丑闻？石隆肯定不愿意说出来，这一点得靠自己去慢慢发掘了。

石隆还有一点说了谎，那就是他把他和江湖人士的紧密联系归结到了寻找女儿这一理由里。但事实上，石雨萱两个月前失踪，石隆频繁活动却是从四五个月前就开始了。

掩饰！云湛忽然心头一亮，石隆是在用女儿失踪这一事件，为自己的活动做掩饰！

云湛一下子坐了起来，在心里把此事的前因后果都理顺了。石隆不断勾结外人，必定有所图谋。但他也意识到自己的行为可能会引起他人注目，于是利用了女儿失踪来作为苦肉计。正因为女儿是他的心肝宝贝，所以这起苦肉计才会显得真实可信。这样的话，他那些关系不明的旧友们才能打着寻找石雨萱的旗号放心活动。如果真的动用了官府的力量闹得满城风雨，反而不利于他的行动了。

这么说来，会不会连石雨萱失踪的事情都是假的，其实她压根儿没有失踪，只是被石隆藏起来了？云湛冒出了这个更大胆的猜想。但回想之前石隆的神态，那种担忧又并不像假的。当然了，察言观色并不一定绝对可靠，某些人天生就是一流的戏子，判断一个人究竟是诚实的还是虚伪的，最终仍然要靠证据。

那我就先把失踪的郡主找出来吧！云湛想，好歹也得对得起亲王优厚的预付款。他满意地哼了一声，慢慢沉入梦乡。

四

梦里是一片血红色。无论天空还是大地，无论房屋还是树木，一切的一切都是血红色。人们的脸上带着诡异的笑容，围成了一圈。他们都伸出长长的手臂，向着圈子中央指点着、议论着。但他们在说些什么完全听不清，只有一阵令人心烦意乱的嗡嗡声。

他们究竟在看些什么？

他也把头转过去，看向人丛的中央。但什么也看不清，只有浓厚的血光笼罩着一切，血色中有蒙眬的剪影在晃动不休，恍如妖魅。拂过全身的风滚烫如烈焰，让他隐隐闻到从皮肤上传来的焦臭味。

那是什么？他无法遏止地想着，他们在看什么？那里到底有什么？

他迈着灌了铅一般沉重的双腿，分开人群，向着中央走去。那些人纷纷回过头来看着他，露出森白的牙齿，眼神里饱含着凶戾和嘲弄。他心里阵阵发紧，总觉得那些目光就像阴冷的刀锋，直刺自己的心脏。

但他还是咬着牙，坚定地走了进去。空气仿佛液化成了巨大的血池，那些沉滞的颜色蒙住了他的眼睛，堵住了他的呼吸。

我看到了，就在那里，那个悬挂着的影子……

从噩梦中醒来后，席峻锋并没有急于动弹。他知道，和过去三十年来无数个相似的黎明一样，他的全身都被冷汗浸透了。他半闭着双眼，让梦中所见的景象再在头脑里过一遍，好像是为了把那些早已烙在脑海里的记忆更加深化。过了很久，他才慢慢起身，换过干净衣服，坐到餐桌旁。妻子已经为他做好了简单但是分量十足的早餐。这是他多年来一直坚持的习惯，在一天的工作开始之前，一定要摄入足够的食物。因为一旦开始办案，下一顿饭什么时候能吃得上，可就说不准了。

“今天特地给你多煎了两个蛋，”妻子接过他刚喝完的空碗，又给他盛了满满一碗粥，“我昨天晚上就听说了，发生了一桩很可怕的命案，这案子一定已经被你接下来了。”

席峻锋慢慢咽下嘴里的食物：“我不是早和你说过了么，我的日常事务，你不必过问。”

妻子默然，坐在桌边，无言地看着席峻锋。席峻锋轻叹一声，语气变得柔和：“我知道你关心我，放心好了，我会照顾好身体的。”

这句话是骗人的。一般而言，当一个男人经常把“放心好了”这四个字挂在嘴边时，通常意味着他绝不能让人放心。自从入行以来，席峻锋就以疯狂的工作态度而闻名，最高峰时连续四天四夜没有合过眼。那一次的案子办完后，他像死人一样在家里睡了足足两天。

妻子仍然没有再说什么，只是默默地替席峻锋整理好东西。

席峻锋和以前一样，第一个踏入尸检房。借助着熹微的晨光，他再次打量着这具怪诞之极的尸体。死者为男性，人族，年龄在二十五岁上下，有着一张平凡而不引人注目的脸，虽然这一次他的现身是那么引人注目。

仵作老韩来到时，正见到席峻锋对着尸体发呆。老韩是整个宛州数一数二的仵作行家，曾经协助官府破获过无数疑难案件，每一具死尸对他而言，都是证据的集合体。

“昨天已经检查了一夜了，还想找出点儿新东西？”老韩问。

“你都找不出来，我更没可能，”席峻锋说，“只是习惯了。看着冰冷的尸体去推理案情，不容易走神。”

“你知道这种伤是怎么造成的吗？”老韩又问。

席峻锋的眉毛拧作一团：“说实话，我办了那么多年的案子，见过的死人也不少了，还真没见到过这种死法的。以前曾经有黑道寻仇的案子，受害人全身每一处骨骼都被用重手捏得粉碎，但所谓‘粉碎’，不过是一个夸张的用词手法。而这一位……是货真价实的粉碎，每一块骨头都成了几乎无法再小的粉渣——也许只有把骨头取出来用磨子碾，才有这样的效果。而且，皮肤表面完全没有外伤，可见根本不是外力捏碎的。”

老韩注视着尸体上那道丑陋的解剖切口：“关于这一点，我也思考了一夜，结合着以前遇到过的案例，大致有一点想法。这应该是毒药和秘术的双重作用。就我所知，有一种毒药能够让骨骼慢慢酥化，但那样的毒物一来达不到这种效果，二来同时也会侵蚀内脏。当骨头断裂时，内脏也会受损严重，而这具尸体的内脏基本完好。”

“后来我想到点儿什么，连夜去求教我认识的一位秘术师。他向我提到了他目睹的一次斗法。那是一位明月术士和一位暗月术士，使用两种正好完全相反的秘术吟唱抗衡，就像是站在水边的人和水中的倒影一样。他们两人碰巧精神力强弱相当，这一战进行了将近两个对时都没有分出胜负。但在两人罢手之后的第二天，这两个人几乎同时全身瘫痪了。”

“瘫痪？为什么？”

“因为那两种秘术碰撞在一起后，产生了某种难以察觉的细微震荡，把他们全身的骨头都震碎了，”老韩回答，“当时那种效果并没有显现出来，而是之后才发作，好像被水侵蚀的墙泥不会立刻就剥落一样。”

席峻锋想了想：“我明白你的意思了。如果先使用酥化骨骼的药物，再用这种秘术的震荡，大概就能达到类似效果了。”

“所以接下来就轮到你去头疼了，”老韩幸灾乐祸地挤挤眼睛，“死者是谁？谁会用那么麻烦的方法去杀一个人？既然这个案子是你接下来的，你一定又想到邪教身上了吧？其实你太多心了，这世上哪有那么多邪教异端？”

席峻锋不置可否，替尸体拉好白布单，离开了尸检房。

衍国国主石之远一向对邪教警惕有加。他在位的几十年里，按察司始终保留着邪教专署，用以应付各类可能发生的邪教事件，所以席峻锋在按察司里有自己独立的捕房，直接受按察使管辖，而不听衙门使唤。他从尸检房回到捕房时，下属们也都已经到位了。

席峻锋向他们讲述了一下老韩的结论：“所以，大家都想想看吧，有没有什么邪教的刑罚、祭典能和这种手法挂上钩。”

下属们一向最不情愿听到席峻锋说出“大家都想想看吧”这句话，因为这短短几个字所意味着的，往往就是好几天没日没夜地查找资料、埋头苦干。但他们也很清楚，上司说出来的话不容抗拒，所以都不声不响地离开座椅，默契地分工合作，开始翻检那些砖头一样的厚重纸页。

“张可佳，”席峻锋叫住其中一人，“死者的身份查得怎么样了？”

张可佳是一个干练的年轻人，却长着一张讨人喜欢的娃娃脸，总是带着可亲的笑容，容易得到被问询者的信任。所以查询死者身份、追问目击者这种事一般都落到他头上。

“昨天晚上，我把那个村庄的人几乎问了个遍，”张可佳回答，“没有任何人认识死者，甚至都没有人见到过他。至于原本的稻草人的主人，也就是第一个发现死者的农夫，赌咒发誓说那个稻草人在前一天晚上还是好好的。第二天他一早就进城卖菜，下午才回家，所以尸体可能是在夜间或是在中午之间被换上去的。”

“时间上倒是吻合，”席峻锋点点头，“老韩推断，死者的死亡时间大致是在前天夜里到昨天凌晨。”

他顿了顿：“既然村子里没人认识，你就只能到衙门里去查一查、看有没有此人的记录了。”

张可佳一愣：“为什么要去衙门查？这个人是罪犯吗？甚至连他是不

是本地人都不知道呢。”

席峻锋端起茶杯：“正因为不知道他是干什么的，所以只能从衙门的记录查起，不然你难道一家一家问遍南淮城所有的住户？何况，这个人很有可能在衙门有案底的。”

“为什么？”张可佳不解。

“这个人手指头上都是茧子，皮肤上有一些旧伤痕，尤其右臂曾经被整个刺穿，说明他经常持械与人斗殴，”席峻锋说，“何况他的肩膀上还有一个明显的文身图案，形状特别，很像是黑帮中人的标志。”

张可佳答应着，向门外走去；刚走到门口，他又忍不住扭头说：“这么说来，这案子也可能是黑帮火并报复了？为什么非要我们自己查呢？”

席峻锋“咕嘟、咕嘟”喝了一大口茶，吐出嘴里的茶梗子：“因为我们需要随时表现出忙碌做事的样子。这个部门要是被裁撤了，你就只能去衙门里当差，每个月少拿半个金铢呢。”

张可佳看着自己言不由衷的上司，喉咙里“咕噜”了一声，转身而去。席峻锋其实是个蛮不错的上司，除了总是不愿意告诉别人他的真实想法，张可佳一边走一边想着。这位高级捕头的身世其实已经是一个半公开的秘密了，但他始终把自己内心熊熊燃烧的复仇之火隐藏起来，半分不露痕迹。这是何苦呢？尤其他那些“我们必须找点儿事做不然就没饭吃”的戏言，经常被按察司和衙门的人故意拿出来讽刺，真是让人好没面子。

比如那个叫安学武的头脑简单、四肢发达的白痴捕头，就总爱拿这些戏言说事。现在他看见自己走进衙门，脸上就已经挂上了那副自以为是的冷笑：“张捕快，又来和我们抢生意了吗？”

张可佳没有生气，公事公办而不乏礼数地向他说明了自己的要求。安学武也不多问，很爽快地安排人领他去档案室查阅，并不像以前那样，总是随便找点儿借口刁难一番。这让张可佳十分意外。好半天之后他才重新回想起安学武当时心不在焉的神态，并且得出这样一个结论：安学武大概也遇到了麻烦事缠身，所以顾不上为难自己了。

和往常一样，张可佳随身带上了干粮，以便翻阅卷宗到紧要关头时不必因为出去吃饭而浪费时间。他在充满了陈旧纸张气味的室内待了整整一天，直到那昏黄的烛火晃得他双眼发涩，才扔下那些乱七八糟的纸张，出去呼吸一下新鲜空气。

此时太阳早已落山，秋夜的寒意在一瞬间将他包围，令他禁不住打了个寒战。比起天气，更让他发冷的是辛苦一天的结果。死者身上的文身图案被证实不属于任何一个已知的帮派，很有可能只是一般的个人标记。而他的相貌太过普通寻常，这样的人，在南淮城就能找出不下二十个，何况还不能排除这是个外地人的可能性。想到席峻锋很可能会皮笑肉不笑地对自己下令“那就问遍南淮城的黑帮线人，再缩小一点儿范围”，他只能叹一声命苦，抓紧活动活动已经僵硬的脖子，准备回去继续忙碌。

“张捕快，还不回去吗？”有人向他打招呼，不必看也能听出那是安学武的声音。这倒是安学武的优点，张可佳想，虽然又蠢又自以为是，工作勤奋敬业却是半点儿不假。据说平时除了看门老头儿之外，他总是衙门最后一个离开的人，不过看起来今天他只能做倒数第二了。

“席捕头的性子您也知道，”张可佳作悲愤状，“我不饿瘦三圈都不敢回去见他！”

安学武哈哈大笑：“那你就慢慢瘦下去吧，走的时候别忘了灭掉火烛。”

这可不像安学武，张可佳有点儿疑惑，以前自己彻夜借阅资料的时候也不少，安学武虽然每次都任由他留了下来，却总是免不了风讥刺、警告几句，似乎是为了把在席峻锋那里受到的鸟气都发泄到自己身上。但今天，他竟然轻易放过了自己。

张可佳看着安学武离去，他的脚步有点儿匆忙，而且很奇怪。张可佳觉得安学武有些紧张，像一根绷紧了的弦。这个素来大大咧咧的捕头，难道今天别有隐情？

现在可管不了别人的事。他晃晃脑袋，继续回到档案室，查对着资料。刚一踏进门，他就觉得散落一地的卷宗的摆放好像和刚才略有不同，有两叠自己已经看过并整理好的资料又散开了，像是被人碰过。

张可佳有点儿纳闷儿，但回头看看门，忍不住哑然失笑。自己出门时，只是把门轻轻带上，没有锁住，自然能被风吹开，而风也不会对遍地的纸张有什么客气。他看看桌上，蜡烛已经快要熄灭了，火焰摇摇晃晃的，于是随手拿起放在一旁的新蜡点燃，把旧蜡烛吹灭，然后继续开始工作。

没过多一会儿，他忽然隐隐觉得有点儿胸闷，呼吸也急促起来。该死，不是刚出去放了风的吗？张可佳很为自己的身体状况感到羞愧。他站了起来，想把门缝再开得大一点儿。但刚刚直起腰，他就觉得眼前一片金星乱舞，胸口就像压了一块巨石，几乎没有办法呼吸。

恐惧的魔爪一下子抓住了他的心。我这是怎么了？他努力地想要吸气，但气管好像被堵住了，再也吸不进哪怕一丝空气。接着一股极度的痛楚从心脏部位传来，那是一种撕裂般的可怕痛苦，让张可佳立即倒在了地上。他把身子蜷作一团，手死死按在胸口，仍然无法阻止那种疼痛。

疼痛，难以忍受的疼痛，一波一波地冲击着他的心脏，让他甚至没有办法发声呼救。眼睛已经看不见东西了，四周的一切都发出刺耳的嗡嗡声，又很快开始变得沉寂，意识在模糊，甚至来不及思考究竟发生了什么。

我快要死了，张可佳带着这最后的念头沉入了永恒的黑暗之中。

第二祭
弃　邪

魔的信徒们，摒弃存于灵魂中的肮脏秽恶的邪念，是你们得到拯救的第二步。约束自身只是开端，只是一种违背意愿的自我钳制，你们需要真正认识到何为罪恶，并将罪恶之源从身体里驱逐出去。魔主是宽仁的，只需弃邪，他便将赦免你们过往的罪孽。

——《净魔救世书》

大长老再次夸奖了我。因为我的学习速度很快，超出了他们的预期。他向我保证，只要这样坚持不懈地学习，我一定能成为真正合格的魔父的代言人，引领愚昧的人们摆脱黑暗，迎接魔主的降临。

“我们已经准备好进行第二步的祭礼了，”大长老鼓励地拍拍我的肩膀，“耐心等待吧。只要复生血祭完成，你就能获得魔主恩赐的力量了！到了那时候，也许我们就敢于堂堂正正地出现在地面了。”

大长老总是这样和善，相比之下，二长老和三长老要略凶一点儿，但我不会怪他们。我很清楚，他们从内心深处都对我抱着最高的期望，希望我能成为拯救世间众生的复生的魔女，把魔父的福音传遍九州大地。为了魔女复生的那一天，他们殚精竭虑，付出了自己的一生，我又有什么不能忍受的呢?

“我们兄弟俩年轻时也曾经富贵过，”三长老有一天对我说，他所谓的兄弟俩，就是他和二长老，“我们生在大商贾之家，从小锦衣玉食，享乐无边。可是终于有一天，父亲贿赂当朝大臣事发，被抄没全部家产，我们立刻陷入了困顿的窘境。我们肩不能挑，手不能提，却不得不做着艰辛的苦工，那时候想死的心都有了。”

“是魔主拯救了我们的心灵，”二长老接口说，“比起众生的苦难，我们受的那点儿折磨根本不值一提。只有魔主才能荡涤世间所有的罪恶，让人们的灵魂得到救赎。”

“那我呢？”我忍不住问，“大长老以前是乐师，二长老、三长老是商人的儿子，那么我呢？在成为魔女之前，我是谁？”

提这个问题时我有点儿战战兢兢，因为我不明白这样的问题究竟是可以问还是不可以问，但我确实很好奇。过去的记忆都丧失了，但任何婴儿都不会是一生下来就长到这么大的——这是长老们教授给我的人类知识。我应该有过和现在截然不同的生活，甚至会有父母家庭和朋友。那些失去的记忆，究竟代表着怎样的一段人生呢？

我已经做好了被劈头盖脸一顿训斥的准备。但出乎意料的，三位长老听了这句话，神情都一下子变得肃穆。

“你有着一个非同一般的身份，这也是魔主选择你的原因，”大长老说，“魔的信徒们正在这个世界上遭受到最严酷的剿杀，但如果你能以自己的身份影响世界，一切都能得到转机。身为魔女，你的责任重大。”

我似懂非懂地点点头。再要问，他们又不肯细说了，但我至少清楚了一点，在被选作魔女之前，我似乎曾经有着较为重要的身份，那会是什么呢？

五

“郡主丢了？那身份可不低呢！”姬承对云湛说。

云湛手里转动着酒杯：“大小不过是个郡主，有什么了不起的？我还认识姬野的后人呢，那身份，比一个无名的郡主威风多了吧。”

姬承“呸”了一声：“我以为你今天叫我出来喝酒是良心发现抵还一点儿饭钱呢，结果还是要羞辱我。”

云湛怪叫一声：“我还拿你当好朋友呢，吃你几顿粗茶淡饭你都惦记着要还？”

两个人异口同声地发出哀叹：“择友不慎啊！”

从各方面看起来，云湛和姬承站在一起都不怎么搭调。姬承是个相貌平平的小个子男人，除了混迹青楼似乎也没有别的本事，倒是家中夫人常年作河东狮吼，管束得他叫苦不迭。但别看姬承貌不惊人，却居然是名门之后，他的祖先是上一次乱世时期的风云人物，大夔王朝的开国之君姬野，可惜姬家血脉传到了姬承这一代，已经和当年气吞山河的英雄气概半点儿不沾边了。他靠着在姬家祠堂展览姬野的兵器虎牙枪赚钱维生，无论谁见到他，都很难联想起他声名显赫的祖先。

一年半前，虎牙枪被人盗走了。无奈的姬承只能去游侠街寻求帮助，就此结识了云湛。两人展开了一场曲折的寻枪之旅，又共同经历了此后的叛乱之战，就此成了朋友。云湛每到囊中羞涩时，就会跑到姬承家蹭饭，为此没少受姬夫人白眼。不过此人脸皮之厚非比寻常，到了下回没钱花时，照蹭不误。

“我老婆已经逼了我好多次要我和你绝交了，”姬承喝得满脸通红，“你小子还把我往火坑里拉。”

“这个‘拉’字用得很精确，”云湛说，“你我都在火坑里，你还有什么可抱怨的？”

姬承哼了一声，没有回应，过了一会儿才说：“说起来，我倒是有事找你打听，你现在既然绑着安学武替你查案，应该知道点儿前天那起杀人案的底细吧？”

“市井流言果然是全九州速度最快的东西，”云湛叹气，“不过是一桩普通的杀人案，杀人手法稍微离奇一点儿罢了，何必那么大惊小怪？再说了，那案子不归安学武管，已经移交给……”

他意识到自己说得有点儿多了，赶紧闭嘴，好在姬承没有听出他的弦外之音，还在自顾自地唠叨。

“不是大惊小怪，到处都在传啊，”姬承的声音微微有点儿发抖，“他们都说，那要么是什么可怕的邪教祭礼，要么是二十年前没被抓到的雨夜屠者又出现了。不管是哪一样，都是吓死人不赔命的玩意儿哎！”

云湛面色一沉：“说起风就是雨！谁乱传的谣言？回头让安学武抓起来治罪。”

“我也忘了……”姬承搔搔头皮，“反正到处都在传呗。”

云湛探头看看天色：“不早了，你赶紧回家吧，半路上买点儿水果去去酒气，免得又跪搓衣板。”他又从怀里摸出几个金铢递给姬承，“这个月零用又被扣光了吧？别以为你和凝翠楼的小铭关系好，如果你身上没钱，她也会抓起扫帚把你赶出去的。”

姬承神情尴尬，嘴里嘀嘀咕咕着，还是接过钱，站起身来灰溜溜离开了。云湛却坐在桌前没有动，慢悠悠地小口酌酒，在心里整理着这一天所调查到的信息。

上午的时候，他沿着王宫宫门到亲王府之间的路线走了一次。亲王府大大的与众不同，一定要建在龙蛇混杂的城南贫民区，这足以让所有达官贵人都紧皱眉头。但石隆脾气古怪，旁人也奈何不得。

最令人匪夷所思的是，他在修建新的亲王府时，愣是把一座久已废弃的过去贵族修筑的高塔也贴着院墙圈了进去，使他好端端的府邸里愣是多出那么一个长长高高极不协调的东西。人们没少猜测为什么亲王大人那么偏好这座石塔，甚至有人联想到了某些很不雅的象征，但无论怎样，谁也架不住亲王喜欢。

“沿途我都派人查问遍了，没有任何一个人见到了马车。”石隆这样告诉云湛。

云湛并非不信任石隆的调查，然而按照习惯，他仍然花了半天时间，亲自再走了一遍这条路。如石隆所说的，这条路上可下手的地方虽多，但城南居民对身外之事表现得相当淡漠甚至抗拒，何况亲王府孤零零的。不知道这位亲王有没有后悔自己府第的选址呢？

但路过斗兽场遗址时，他还是忍不住进去格外细心地查看了一番。斗兽乃至于斗人这种残忍的娱乐方式已经被禁止许久了，不过斗兽场的规模仍在。云湛站在斗兽场内部高高的阶梯上，看着下方杂草丛生的广场、碎裂的石阶、歪斜的石柱和已经被涂抹得乱七八糟的墙壁，忽然想：这也许是赶走马车后进行绑架与销毁证据的最佳地点。这里有那么多的遮蔽物，还有很多当年用来囚禁野兽与斗士的监牢，足够让罪犯完成劫人、毁车等步骤。我如果是罪犯，就会挑这个地方下手。

而最关键的在于……斗兽场有多个出口。当年的斗兽场为了方便观众进出，就一共开了六个大门，而在废弃之后年久失修，石墙上还被恶意破坏的人又弄出了一些勉强可供人出入的洞。即便有保镖之类能追踪到这里，进去之后也会不知该往哪个方向追。

我真该做一个罪犯，云湛想着，向亲王府走去。以他一人之力，想要检查这座宏大的建筑物几乎是不可能的，必须让石隆的手下也来帮忙才行。走出去之前，他不经意地抬起头，却发现晴空中矗立着一根灰色的石柱，一愣之下，反应过来那是亲王家的观景塔。忽然之间，他明白了那个早已消失于历史洪流中的无名贵族当年修筑这个塔的本意——正好用来居高临下地观赏斗兽场中的精彩战斗啊！

石隆没有犹豫，立刻派人按照云湛的指示在斗兽场内搜寻了一番，果然在一片乱草中找到一枚形状很像月牙的飞镖。两个月前死去的五名追踪出去的侍卫中，就有一人使用这种暗器。以这枚飞镖为中心细查四周，还能找到一些早已干涸的疑似血迹的污渍。可以想象，这些忠心的侍卫执着地追到了这里，却还是被一一灭口，然后转移尸体。

除此之外也找不出别的了，罪犯还是尽可能地消除了一切痕迹。眼下虽然经过一天的忙碌确认了绑架发生的地点，但要借此找到失踪的郡主，仍旧困难重重。

“居然真的就在我的家门口绑走了我的女儿……”石隆很恼火。斗兽场遗址距离亲王府只有半里路，难怪他有此一说。亲王府门口赶走马车，距离亲王府半里地的斗兽场绑走郡主，换了谁都会觉得被人结结实实打到了脸上。

云湛耸耸肩，看看和姬承的约会时间快到了，找个借口告辞而去。

月上中天时，安学武也大步踏进了这间小酒店。把与姬承和安学武的会面都安排在同一地点，正是云湛的典型作风：尽量让别人动，我自己不动。安学武看起来眉宇间隐含忧色，一屁股坐下后，就开始迫不及待地倒酒。

“我记得你一向都不怎么喝酒，说是喝酒容易让脑子不清醒。”云湛替他往喝空的酒杯里再斟上酒。

“但有时候，喝酒也能让人胆子变大，身手变得灵活，”安学武说，“当你即将面对最危险的敌人时，尤其需要这两样。”

云湛听出安学武并没有开玩笑，不由得皱了皱眉头：“最危险的敌人？”

安学武的声音很沉重：“昨天夜里，有一个捕快死在了衙门里。他是席峻锋派来调查那起碎骨杀人案的，一直待在档案室里翻检罪犯资料，以期望找出那名死者的身份。我离开之前他还半点儿事没有，结果到了今天早晨，人们发现他已经成了一具尸体。”

云湛感到了事态严重。竟然能有人潜入衙门里杀人，而且杀掉的是为国家执法的捕快，杀人者的胆量与手段可见一斑。

“杀人者用的是毒粉，现场还找到一丁点儿残余的药粉，但已经远不够致死量，而且被风吹得已经移位，无法辨认最初药粉究竟放在什么地方。”

“这么说，凶手很有可能是为了阻止这起调查才下的手？”

安学武苦笑一声：“我本来也有这样的猜测，但在弄清楚了毒药的成分后，我又不这么想了。那种毒药，我很熟悉。”

安学武很熟悉的毒药？云湛猛然反应过来安学武的身份，压低了声音：“是天罗干的？”

“没错，”安学武疲惫地点点头，“那是一种通过吸入鼻腔而让人极快地停止呼吸的毒药。除了天罗，并没有其他人会配制。”

“天罗冒出来杀一个捕快干吗？”

“他们并不想杀捕快，只是误杀而已。”安学武回答。

云湛一怔：“误杀？那他们的目标，本来应该是……难道是……”

安学武额头上隐隐冒出几颗冷汗：“没错。他们本来想杀的人是我。因为我总是衙门最后一个离开并熄灭火烛的人，他们把毒粉撒在了烛台上，只要我一吹气，毒粉就会四散飞起并被吸入。但他们没想到，昨天最后一个离开的人并不是我，而是那个捕快。”

“那么，为什么一个天罗会成为自己人的目标呢？”云湛盯着安学武。

安学武脸上的表情犹疑不定，显然拿不定主意是否该说出来。云湛也不催他，往椅子上一靠，目光不时从他脸上溜过。

“我脸上有苍蝇吗？”安学武有点儿忍耐不了了。

“我只是在想，作为我的助手，心不在焉可不是什么好事，”云湛说到“我的助手”四个字时，语气格外加重，“我还有很多事需要你去忙，也许会把你使唤得像狗一样累，但如果在此之前你就先垮掉了的话，未免太让人失望了。”

“你想威胁我？”安学武面色一沉，“别忘了，你们天驱比天罗还遭当权者厌恶，大不了我们鱼死网破！”

“我可没这个意思，”云湛夸张地做了个投降的姿态，“我只是在想，如果有小人向公主殿下进谗言，在你的升官之路上扔一点儿小小的障碍物，那样后果会不会很严重呢？要知道，一个高级捕头的手里是掌握着整座城市的犯罪秘密的，那可不是区区一个月几十个金铢能衡量的。”

“扯来扯去，还是非逼着我说出来。”安学武咬着牙，“你这孙子能不能少管点儿闲事？”

“维护正义、打击犯罪是一个正直的游侠应该做的。”云湛作正气凛然状。

“而且身为天驱，没事做打听我们天罗分裂的秘密，也是你分所应当的，对吗？”安学武冷冷地说。

云湛愣了：“天罗分裂了？这是怎么回事？”

安学武懊丧地甩甩头，忽然站了起来：“找个没人的地方说话吧。”

安学武的真实身份是天罗的一员。所谓天罗，乃是九州历史上出现过的最可怕的杀手组织，每一个成员都自幼开始进行近乎非人的严酷训练，以掌握最完美的暗杀技能。在战争年代，他们能在千军万马中无声无息地取走王公大将的头颅；在和平岁月里，他们能在将目标杀死后，仍然让死者的枕边人毫无知觉。天罗从来不公开现身，从来不在不收钱的情况下卷入任何的纷争仇杀，也从来不为了虚名而出手。他们谨守着最古老的杀手信条：把自己埋在泥里，不到杀人的一刻，绝不露出牙齿上的寒光。

天罗的杀手分散在九州各地，但有一个总部负责指挥调遣。这个总部位置神秘，且不定期地更换，被称为“天罗山堂”。

在上一次乱世结束后，大概是震慑于天罗过于强大的威力，上至诸侯国君，下至富商财主，人们达成了一个共识：天罗的存在，只会让时局一步步乱下去，最终雇佣天罗者也会反受其害。于是天罗开始遭到长时期的压制与追杀。虽然他们平时露出的痕迹很少，组织的整体实力没有受到太大削弱，但不得不长时间处于隐藏状态，能接到的杀人委托越来越少。天罗慢慢沉寂下去，这个曾经令整个九州大地颤抖的威名也遁入了无边的黑暗中。

但天罗毕竟是顽强的，无论怎样摧残，他们都如百足之虫，死而不僵。熬过了最艰难的一段时日后，当天罗的名号渐渐被大多数民众所淡忘时，他们再次悄然出山。最近几十年里，天罗又开始在特定范围内累积声望，虽然整体而言，他们仍然低调行事。

“这也是我为什么要做捕头的原因，”安学武说，“至少在宛州南部的地域内，我能想方设法掩盖天罗杀人的案件，使天罗的锋芒不至于过早外露。”

两个人喝了不少酒，都感觉热度在身上积聚，正好借着夜晚的秋风凉快一下。他们随意地踱着步，慢慢来到城南一片已经几乎无人居住的破烂街区。这里的房屋早已糟朽不堪，只有无家可归的流浪汉和乞丐们在这里睡觉，间或有逃犯在此处避风，对一般民众而言并不安全。但云湛和安学武不会在意那些蟊贼，已经慢慢拐向了一条阴暗的小巷。

“这些我早就知道了，”云湛有点儿不耐烦，“我需要你解释的是，为什么会有你的自己人跑过来试图谋杀你？还有你说你们天罗分裂了……”

“我这不是正在解释吗？”安学武眉毛一扬，“正因为天罗一直没有在人们的视线中出现，所以他们才并不知道，天罗早就分裂了。天罗和天罗之间的相互仇杀，并不是什么值得奇怪的事件。”

“早就分裂了？”云湛吃惊非常，停下了脚步，“为什么？”

安学武长叹一声，往肮脏的墙上随便一靠，抬头望着夜空。今夜月色明亮，连天空中的其他星辰光芒都被衬得愈发黯淡。

“那颗星你看得到吗？”他伸出手，指向西面的天空。

“郁非吗？”云湛问。

“不是，仔细看，郁非的旁边。”

云湛于是很仔细地望向郁非的周围。郁非是九州十二主星之一，带有火红的颜色，云湛费了很大劲儿才在那团红色光晕的边缘看到一颗小而黯淡的辅星。它的光芒几乎完全被郁非遮蔽，视力稍差的人就难以看到。

“就是这颗辅星，它是所有天罗的信仰，被称之为‘暗杀之星’，”安学武说，“对于天罗来说，天罗山堂中的天罗宗主，就是这颗指引自己前进的星。然而，三十年前，天下杀手的指引者天罗宗主却遭到了杀害。”

云湛心中一震，同时反应过来这个时间：“三十年……真巧啊，好像皇帝剿灭邪教净魔宗，也是在三十年前。”

“不是巧，是有关联的，”安学武仰视着那颗发出细微光线的暗杀之星，“那时候虽然号称皇帝联合众诸侯剿杀，但实际上的主力军是国力最强的衍国，而指挥者也是衍国国主石之衡。皇帝不过是发个勤王令然后坐享其成罢了。石之衡这个人是个军事奇才，自己坐镇南淮城运筹帷幄，却能指挥着前方的兵将们接连打胜仗。所以净魔宗几乎倾其所有，请天罗刺杀石之衡。天罗先后派出了四名高手，却都没能成功，石之衡平安无恙，他们却都失踪了。在此过程中，净魔宗的势力被消灭得差不多了，这个危害巨大的邪教，至今都没有东山再起。”

“好个厉害人物！”云湛赞叹说，“既然如此，最后多半是天罗宗主亲自出马为荣誉而战了吧？虽然委托人已经消失了，但天罗的荣誉胜于一切，对吗？”

安学武的头垂了下来：“云湛，你还真是天罗的知己呢。确如你所料，虽然净魔宗已经覆亡，天罗宗主仍然亲自出马，也就是第四名刺杀者，但他却……和之前的几个人一样没有成功，反而被杀害了。更糟糕的是，唯有宗主才能拥有的、号令全体天罗的天罗宗主令牌，也丢失了。”

“天罗宗主，天下杀手的头儿，为什么那么容易被人杀死？”云湛皱起了眉头，“就算武艺不行，能当到宗主的，也一定是绝顶狡诈的人啊！”他想起了自己曾和安学武联手对付过的辰月教主，那可是极其深沉难缠的角色，天罗宗主怎么会那么不济？这样的人物，要是放在坊间流传的打斗小说里，怎么也得支撑到一个故事的最后十页，把主人公身边能杀掉的配角统统灭光，再和主人公死斗三天三夜，来一个极度华丽的败亡。像这样一声不吭由于执行任务失败而死在王宫里，可真够丢人的。

“这方面有一些传闻，”安学武吞吞吐吐地回答，“据说在剿灭净魔宗的战役里，最重要的魔女一直没有被找到。而恰恰就在那段时间，石之衡新纳了一个妃子。那个妃子神神秘秘的，很少有人能见到。”

“这可有点儿蹊跷，石之衡难道是看重魔女美色，把她藏起来了？不过我也明白了，天罗宗主输给净魔宗的魔女，倒也是正常的事情；而由于没了天罗令牌，天罗失去了宗主，所以开始了争权夺利自相残杀，是吗？”

“你的用词虽然难听，但也基本是事实，”安学武叹了口气，“如今的天罗，分裂成了南、北、东三个派别。我是南天罗的头号杀手，北天罗和东天罗却看我不顺眼得很。尤其近些年来，我说了一些他们很不喜欢的话，所以就不只是看不顺眼，还要加上听不顺耳了。”

“什么话？”云湛问。

安学武犹豫了一下：“我们三家虽然斗得厉害，但还是谨守着一条誓言，如果哪一家找到天罗令牌，就是当然的天罗大宗主。我一直不大同意这一条，觉得天罗要强大与团结，宗主之位必须能者居之，因此经常劝说我们的南天罗宗主放弃这条誓言，虽然他并没有同意。南天罗一向实力最强，我说这话，其他两家自然不高兴。”

“看不顺眼、听不顺耳和动手暗杀之间，还是有差别的吧，”云湛敏锐地注意到了这一点，“那些充其量算是积怨，却并不是直接的导火索。如果你最近没干什么事招惹他们，他们也不会来杀你吧？”

安学武的语调中充满一种敷衍和言不由衷：“是啊，我也想知道究竟是怎么回事。北天罗和东天罗的人潜入南淮，其实我老早就知道，并且一直在担心他们究竟想要搞什么阴谋。可是直到昨天晚上那个捕快死后，我才明白过来，他们这次来南淮是为了杀我。”

“恭喜你，”云湛幸灾乐祸地说，“不知道我有没有这个荣幸看到天罗内部的死斗。”

“你的荣幸远不止站在一边看热闹。”安学武淡淡地说。

“你这话什么意思？”

安学武正准备回答，云湛却陡然听到一声异响。他只来得及大喊一声“小心”，身旁的一间木屋忽然破裂，从木板里飞出一柄短小锋利的匕首，向着他的颈上要害刺去。

这一击突如其来，但由于之前击破木板已经先有声音示警，云湛身手敏捷，一侧头轻巧地躲过了这柄匕首。然而刚刚把头转开，目力敏锐的他看到眼前有一道银光微微闪过，极微弱的银光，如果不是清朗的月色，只怕根本反射不出来。

糟糕！云湛甚至顾不得多想，身体本能地往后一仰，好似僵尸一般直挺挺地后背着地。这一下摔得不轻，背脊一阵生疼，与此同时，一股锋锐的寒意从他鼻端擦过，差一点点就能把他的头颅切成两半。

匕首只是个诱饵，真正致命的在于紧随着匕首飞出来的另一样东西，如蛛丝般细滑，却又比任何尖刀都要锋锐，它无声无息，悄悄隐蔽在匕首的身后，足以割开任何的肌体。而碰巧的，云湛曾经见过这样东西。

天罗丝。天罗所有的武器中最危险、最难控制，却也是最具威力的一种。它形体细微，肉眼都很难看清，还可以任意转换攻击方向，足以令人防不胜防。

如果不是自己过去曾和安学武交手，早已见识过天罗丝的威力，这一下说不定脑袋已经被切掉了，云湛想着。但现在不是回忆的时候，一刹那的迟疑就会导致身首异处的结局。他的身子落地后，并没有立即弹起，而是背部紧贴地面，手中已经以不可思议的速度取下了弓箭，向着天罗丝飞出的方向一箭射去。

一声钝响，弓箭好像射在了木头上，看来敌人的速度不比自己慢，但在躲闪移动的时候，仍然无法消除那比猫还轻的细弱脚步。云湛趁着对方躲闪的时机，这才以一个杂技般的动作笔直地立起，腰刚起到一半，又是三箭射出，虽然仍被对方躲开，但对方这次躲得更加狼狈。云湛借机站定，心里明白，自己已经在气势上占了上风。

这时云湛才有空儿去注意安学武，他也正在以飞快的步伐在地上踏过，双手如提线木偶般摆动，一阵阵金属碰撞摩擦的刺耳声音在夜空中荡开。云湛猛醒，安学武正在以天罗丝对抗敌人的天罗丝！看来敌人不止一个，至少有一个对付自己，一个袭击安学武。但除此之外，是否还有其他的伏兵，一时半会儿无法判断。如果缠斗久了，难保不会被隐藏的敌人偷袭。

电光火石的一瞬间，云湛已经想清楚了策略，他挺起身来，避过敌人的又一击后，再度弯弓搭箭，以连珠五箭的高深射术把五支箭射了出去。这五箭看似对着偷袭他的敌人，在即将拉弦的一瞬间却突然转向，朝着安学武天罗丝的攻击方向射去。他深信，没有人能挡得住他和安学武的同时出手，除非是自己的师父亲至。在这种敌我对比尚不分明的局势下，集中力量先伤害一个敌人才是上策。

一声闷哼，敌人似乎中了箭，攻势缓了下来。安学武借机挥动天罗丝掩护住云湛，两人跃到了小巷的巷口外，准备迎接下一波攻击。

但是敌人的攻势却就此戛然而止，小巷在忽然之间静了下来，静得连两人的呼吸声都能听清，秋风拂过，带着几片碎叶撞上两人的鞋，就好像刚才那短短几秒钟间的惊魂搏杀根本就没有发生过。

云湛仍然紧紧握着弓，安学武拍拍他的胳膊："不必了，已经走了。一击不中，全身而退，这是天罗暗杀的法则。"

"走得真干脆。"云湛喃喃地说，这才发现自己浑身都是冷汗。刚才的交手虽然耗时极短，如果自己反应稍微慢点儿，只怕已经做了天罗丝下的亡魂了。

"所以我才说，你的荣幸远不止站在一边看热闹。"安学武说。

云湛愣住了，忽然感到自己陷入了某种不怀好意的圈套里，果然安学武悠悠然继续说："我早告诉你那是天罗内部的事情，和你没关系。你一定要刨根问底，我没办法，只好把你一起带到贼船上了。我刚才走进那个小巷时，早就在留意有没有埋伏。因为躲在那种不起眼儿的角落是天罗惯用的埋伏手法。如果有需要，我们可以不吃不喝连续好几天地蹲守。"

"然后你虽然发现了埋伏，还是要在那种地方告诉我事情真相，"云湛咬牙切齿，"天罗一来不能容忍秘密外泄，二来把我当成了你的同伙。所以他们只要还想杀你，就一定得杀我。"

"我们本来就是同伙啊，"安学武眨眨眼，"我现在是在替你办差嘛，老板，我们俩是一条线上的蚂蚱。"

"那你至少得告诉我，他们为了什么要杀你吧？"云湛恶狠狠地追问着。

"我刚才已经说过了，我真的不知道，"安学武的脸看起来无比正直诚实，"要不你顺手帮我查清楚，我们哥儿俩也就算相互利用了？"

云湛摇摇头："你瞒不了我。如果对方是没有原因的突然袭击，以你的脾气，早就布置反击了。南淮是你的地盘，召集此地的南天罗为你出战，也不是什么难事吧？但你最后的选择却是来找我喝闷酒。"

"明明是你找我……"安学武"哼"了一声，但脸上讪诮的神情已经消失了，看来被云湛说中了痛处。云湛接着说："一定是你做了什么亏欠他们的事，所以才内心有愧吧？你们天罗内部的争斗，看起来已经到了你死我活的地步了。"

"所以不是你死，就是我活，"安学武的声音很低沉，"这一战是死是活，胜负难料，而我个人的事情，也实在无心惊动其他的伙伴们。不过……"

他一脸感动地拍拍云湛："幸好有了你这个自己送上门来的帮手，我就算是死，也会有那么一个垫背的了。"

云湛看着那张貌似人畜无害的四方大脸，恨不能一脚踹上去。现在自己要替石秋瞳调查石隆，要替石隆寻访失踪的女儿，还得随时提防着九州最危险的杀手的暗算，不知道得长几个脑袋、几双眼睛才能够用。

六

石秋瞳一向都对自己的弟弟没有太多好感。作为一个男孩儿，太子石懿从小到大都表现出一种让人厌恶的柔弱与孤僻。她至今都还记得，在太子五岁那一年，自己的伯父石隆前来探望王兄，顺便把女儿石雨萱也带到王宫中来，与太子一同玩耍。太子很不情愿自己的安宁受到打扰，却也不能拒绝父亲的命令。结果大人们谈话还不到十分钟，太子的哭号声就响起来了。原来是两个孩子玩闹，也不知具体怎么回事，石雨萱抓起一件木制玩具就往太子头上砸去，当场砸出了血来，幸好只是破点儿皮，不算严重。那以后太子再也不愿意见任何人，即便自己的姐姐石秋瞳，也很难得见上一面。

要是换了我，她敢打我的头，我肯定翻身把她的耳朵撕下来，石秋瞳在心里轻蔑地想。从此她对这位父亲唯一的儿子失去了好感，觉得他那样懦弱、窝囊的性格只怕很难承担起下一任国主的重任，但这个想法也就是随便在脑子里转转。尽管很多人都在传言，这个不争气的太子必然要被其父废掉，而国主之位会传到谁手里，仍然是个悬念。最不靠谱的流言甚至说，石秋瞳也许会废其弟夺其位，成为衍国历史上第一位女国主。

石秋瞳对此类传言嗤之以鼻，她可没有这种野心。要说她一生中最大的心愿，也许还是云湛这个总是让人生气的穷小子。但云湛不敢和石秋瞳走得太近，而石秋瞳也心知肚明其中的纠葛。身居其位，她也无意去抗争什么，冲破什么，只是经常在情绪低落时冒出这样的念头：是不是等老头子死了，太子即位了，我就能抛开这一切了呢？

所以太子好歹得像点儿人样吧，她充满无奈地想着，过去太不成人样，最近却走了个极端。眼前站着的宫女又在怯生生地向她汇报着太子的怪异举动，她不得不去瞧上一眼。

其实也没有什么特别的大事。这已经是连续第二个月太子拒绝修理头发了。他的头发已经留得有点儿长，不加以修剪的话，乱糟糟好似蓬乱的树冠。但他就是坚决不让理发师碰他的头发。负责照料王子生活起居的宫女隔着门劝了太子几句，太子突然暴怒，不知道砸烂了什么东西，发出一声脆响。宫女不敢再自讨没趣，只好去找了石秋瞳。

“还算好，太子虽然已经十三岁了，始终都还没有长出胡须，”宫女也不知是在自我安慰还是在挖苦太子，“不然两个月不修面，更没法看啦！”

石秋瞳没有回答，轻轻叩着门：“别闹脾气啦，头发总是得修修的，身为太子，仪容不能不管嘛。”

她说话的声音很柔和，太子也知道这位姐姐的厉害，没敢再发脾气，只是低声回答：“姐姐，我会自己试着梳好，不会影响仪容的。我会把它梳好的。”

那语声中饱含哀求之意，石秋瞳想了想，没有再逼迫她。转过身的时候，她还在回味着太子的这句话：“我会自己试着梳好。”

为什么只是梳而不是剪、削、修？是为了头发不能碰吗？

石秋瞳心里骤然一紧，一下子想起了一些年代久远的传说。自从三十年前净魔宗被剿灭后，邪教的势力在九州大地迅速衰微，那时候石秋瞳还没有出生呢。然而净魔宗余威犹在，也有种种离奇的传说流传下来，所以她也对之有所耳闻。

在净魔宗的教义里，好像有这样的说法：头发是人体的魂魄所在，是人身上最需要保护的部位。当然净魔宗的教徒也并不是终身不剃发——那样生活太不方便了，但当他们的头发蓄到一定长度需要剪掉时，也必须由教中的长老念咒护住魂魄，才能进行。当然了，请长老念咒的过程可不是免费的，需要向魔主上供，要不怎么说邪教害人呢，剃个头发都能刮一层油水……

石秋瞳回到自己房里，看着忠心的侍卫们偷偷从太子宫中挖出的那些奇怪物品，心里一阵烦乱。短短半年时间，太子的性情就产生了这样的变化，这都是石隆的阴谋吗？他用这些邪恶的迷信把太子改变成这样，究竟为了什么呢？

她想要立刻把太子揪出来问个究竟，但转念一想，石隆还不会这么笨。他纵然有图谋，也一定会放在最后时刻才下指令。在此之前，只怕太子仍然会把他当成最亲近的亲人和朋友。

更何况太子是个逼不得的角色。若干年前，石秋瞳实在觉得自己的弟弟太过窝囊，曾经想要强迫他学习武功，石懿竟然跑到御花园的池塘试图跳水自尽！幸好宫里到处都是人，他刚刚入水就被人发现救了起来。那一次石秋瞳被父亲狠狠训了一顿，以后再也不敢逼迫弟弟做什么了。

脑子真累啊，石秋瞳疲惫地揉着眼睛，得想办法查一查邪教的蛛丝马迹，至于石隆那边，还是得靠云湛这个浑蛋早点儿找出真相。可云湛现在究竟在忙什么呢？

“你家小姐平时喜欢忙点儿什么？”云湛问。

侍卫总管洪英毫不迟疑地回答：“什么事不像女孩子干的，她就专忙什么事。”

“那可真像你们亲王年轻时候了。”云湛坏笑着。

“不像，”洪英摇摇头，“我们王爷年轻时比郡主疯多了，只可惜我无缘亲见。王爷总说，郡主如果是个儿子，也许就能赶上他了。”

在经受了天罗原因不明的偷袭后，该干的工作还得干，所以云湛若无其事地又回到了亲王府。他很清楚，天罗的出手讲究成功率和安全性，不会在大白天冒着被人发现的危险在大街上出手的。

石隆安排了侍卫总管洪英全权负责协助云湛。这个三十出头的年轻人人如其名，一脸英气，平时不但负责保卫石隆的安全，也经常帮他料理府内事务，俨然是亲王府的半个管家。云湛向洪英要求看看石雨萱的闺房，对方踌躇了一下，还是答应了，把他领了进去。

如他所料，这位小郡主的闺房没有半点儿女孩子该有的气息，房间里陈列得最多的就是各式各样的武器，这让云湛很自然地联想到了石秋瞳。云湛注意到，房间被打扫得很干净，虽然两个月没人住，仍然一尘不染。

“王爷命令下人每天打扫，说是没准儿哪天郡主就会回来。”洪英解释说。

如果这不是刻意的伪装，那还真是一颗慈父之心呢，云湛想。他毫不客气拉开抽屉，打开柜子，连枕芯里和床底下都检查了一遍。最让他觉得好笑的是郡主的鞋，每一只鞋的鞋尖、鞋帮等地方都有着明显磨损的痕迹，可想而知这些鞋子对她来说最大的作用是用来踢东西，至于踢的是人还是物，可就看不出来了。他还注意到，从鞋的里子判断，这些鞋都几乎是新的，可见她的鞋换得比较勤，毕竟是身份高贵的郡主嘛，只不过换鞋的速度赶不上毁坏的速度罢了。

“你究竟在找什么？”洪英忍不住问，“郡主又不是在这个房间里失踪的。你要找，也应该在斗兽场去找吧。”

“我需要确认一下，她究竟是主动失踪还是被动失踪，”云湛拍打着袖子上在床底沾的灰尘，“而且即便是被人绑架，也不能就认定一定是针对亲王本人的，说不定是小郡主年少志高，招惹了不该招惹的人呢。”

“你的后半句话我赞同，”洪英说，“但要说这起失踪是郡主本人策划的，绝不可能。不谈动机，单说那些被杀的保镖和侍卫，郡主不可能那么残忍，而她也很难认识那么高明的秘术师。”

云湛翻了几口装兵器玩物的箱子：“对我而言，任何可能性都不能轻易排除。比如说，你有没有想到过你们这位比男人还男人的郡主，其实还有着这样的爱好？”

他从一口箱子的最底部掏出了一个木匣子，刚刚打开。洪英凑上来一看，眼睛都直了：“这是……这是……眉笔！”

不只眉笔，还有胭脂、唇纸、沤子、铅粉等女性化妆用的物品，混杂在一些粘胶、剪刀之类的杂物中，分外醒目。洪英看着这个木匣子，简直比看到石雨萱突然归来了还要吃惊：“这实在是……太想不到了。”

“就像一头猪突然开始天天洗脸一样，对吧？”云湛恶毒地说，“郡主看来也挺不好意思的，把这个化妆匣藏得那么深。”

他拿起一个沤子壶：“而且看来她用得不少啊，都快用光了，其他的胭脂之类也是，都只剩了一点儿。可是，你们平时见到过她化妆吗？”

“从来没有，”洪英简直是玩命摇头，“不仅如此，她见到那些浓妆艳抹的女人就会出言挖苦，连亲王的姬妾也不放过。”

云湛脸上带着大人纵容小孩儿玩闹般的微笑：“欲盖弥彰嘛。我小的时候，喜欢上了身边哪个女孩子，一定会经常说她的坏话。不过，既然你们都没见到过她化妆，这些东西到哪儿去了呢？难道就是自己躲在屋里，对着镜子臭美一下，再赶紧洗掉？”

洪英沉思了很久：“也不见得。郡主胡闹起来，有时候会半夜三更溜出去再回来的。黑夜里就没有人会注意到她的脸上是否涂过什么了。”

云湛眼前一亮：“好家伙！堂堂郡主，夜半私会情郎，简直是戏班子的好题材！”

洪英也有些震惊，但眼前的物证明明白白，不由得人不信。他大张着嘴愣了半天神，还是有所质疑：“好吧，就算如你所推断的，郡主真的在外面有一个……朋友，那和这起失踪案又有什么关系？”

云湛斜他一眼：“你从小到大就没听说过‘私奔’两个字吗？比如这位情郎身份低微，和金贵的郡主无法做到门当户对，害怕我们的王爷会拒婚。然而两情相悦时实在是忍不住啊……”

他还要拿腔作调地发挥下去，洪英已经不客气地打断了他：“还是刚才那个问题。如果只是私奔这种小事，值当付出那么多人命吗？”

云湛阴森森地一笑：“如果是真正的情郎，当然不会做出这种大扫未来岳父颜面的事。可万一他只是虚情假意呢？万一他那能让郡主动为之对镜梳妆的情感后面包藏着阴谋与祸心呢？”

洪英觉得背上凉飕飕的，似乎已经被冷汗浸透了：“我们需要告诉王爷吗？”

“先不用，”云湛说，“找到证据再说吧。免得他冲动之下干出什么错事，反而帮了倒忙。”

他向洪英吩咐了几句，洪英频频点头，答应立马照办。

“对了，”云湛像是突然想起了点儿什么，“你们家王爷对郡主是不是很好？”

“好得不能再好了，”洪英立即回答，“别看他老是爱说郡主太过顽皮，但据我观察，郡主越在外面惹是生非，他就越高兴。郡主失踪前三个月，曾经追着王爷手下一位黑道的朋友要学艺，对方不同意，她把人家的胡子给活生生揪下来一半，差点儿没疼死。王爷自然是又道歉又数落郡主，但背地里，我看到王爷很开心地喝酒，好像对郡主的神威相当满意……”

蹭了一顿不错的午饭后，云湛装模作样地在亲王府里询问着下人们郡主的种种细节。他并不指望在这些人身上得到什么重要的信息，主要目的还是做出一副努力干活儿的假象，以便找到借口在亲王府里溜达，观察一下石隆的势力。

很快他就发现，自己似乎不必如此矫情，因为根本不会有人在意自己的行动。石隆大概是有史以来最不像亲王的亲王，府里总有很多江湖人士进进出出。这让云湛想起了古代那些在家里养食客的政治人物。那些醉心于权力斗争的知名人物，通过豢养食客来挑选对自己有用的人才，并且能在关键时刻让他们派上用场。

但石隆并不是那样的人，至少半年前的他绝不是那样。

"王爷从来不在意自己的交往圈能给自己带来多少利益，只是享受那种物以类聚、臭味相投的过程，没错，真的就是臭味相投，"洪英一副十分了解石隆的样子，"他喜欢和那些不大讲究出身、不大讲究身份、不大讲究规矩的人打交道，而不是站在朝堂里板着脸、挺着腰；他喜欢一群人席地而坐，大块割肉、传递酒葫芦的感觉，而不是在华丽的宴席上像鸟嘴啄虫子那样地使着筷子；他喜欢一言不合拔拳相向，而不是面对着政敌内心恨不能生啖其肉，脸上还要挂出虚伪的微笑……"

"过去的王爷大概的确是这样，可他后来收敛了，不是吗？"云湛想起和石隆见面时的对话。

洪英笑了起来："江山易改，本性难移。我们王爷即便为了教养女儿而有所收敛，偶尔还是会忍不住露一下本性。比如他在四十四岁那一年还曾隐匿身份，以假名参加过一场江湖中人的比武大会，结果一路过关斩将，最后进入了前六名。这件事传开后，他的名声就更响了。"

"显然你是你们王爷的崇拜者。"云湛说。

"我当然是。"洪英骄傲地说。

也许石隆确实有过不计较利益结交朋友的时候，云湛想，然而就最近半年的情况看来，那种形象更像是刻意的伪装。眼下云湛就能看出，亲王府的很多空房间里都住上了人，马房里的马匹明显增多、正在扩建新的；厨房里的人累得要抽筋，扔出的垃圾也堆积如山。

石秋瞳的情报是正确的，石隆不再像以前那样只是呼朋引伴了。他在招募手下。

当然，一个亲王府里多那么百十号人，是绝对不够叛乱的，但假如这些人背后各自又有那么几百个甚至上千个人呢？石隆如果真有野心，招募在身边的，说不定都是些帮主之类的领袖人物。那些人就像他伸在外面的触须，可以伸出更多更长的枝蔓，替他做很多事。

我得去找安学武查一查，云湛琢磨着，问问他，最近这几个月来，宛州各地的黑道势力有没有什么值得一提的动向。

人民心中的好捕头安学武此刻正在焦头烂额中。作为一个事必躬亲的模范执法者，即便已经混到现在这样的地位，他还是从来不挑剔案件是否太小太琐碎，只要自己有时间，就会去照管。从在南淮城开始其捕快生涯时起，他就努力地塑造着自己死心眼儿、脑子不大灵光、喜欢使蛮力气的形象，以便掩盖自己骇人听闻的真实身份。

于是他照例卷入一场市井小民的无聊纷争之中，一个浑身圆滚滚的中年妇女正叉着腰站在他面前，飞溅的唾沫不时飞上他的面颊："大人，我们平时一贯老实本分，谁都不招惹，可是有些人总招惹到我们头上来，我们能怎么办？"

旁边的里正一脸的麻木，向安学武介绍着情况。原来这位威武而本分的妇女是本街区出了名的麻烦人物，稍微有点儿事就要到里正那里去讨说法。里正管不了，她还真敢闹到衙门去。安学武巡逻经过此处时，她正在纠缠着里正。活该安学武见到点儿事端就要凑上去展现一番法律的无所不在，里正自然顺手把这烫手山芋扔给了他。

这里是位于城西南的一片平民住宅，居民们比城南的人生活稍宽裕些，但也和富人不沾边。这位妇女在一栋两层木房的一楼居住，并把向着大街的一间房改成门面卖点儿杂货，却总和住在二楼的住户发生龃龉。

安学武头昏脑涨，勉强从该妇女的唾沫攻势中听出点儿头绪。原来住在二楼的是个所谓"不三不四的女人"，平时昼伏夜出，总在深更半夜他人熟睡时制造种种噪声。这位杂货店老板娘自述常年身体虚弱，在噪声下夜不能寐，但屡次温和地提意见均告无效，让好脾气的她十分无奈。

"我做人的原则一向是忍一句，息一怒，饶一着，退一步，"老板娘嘴顺溜得好似说评书，“平时能忍也就忍了。可是今天这事也太过分了！我好好的几块布料全被染了，这损失她非得赔偿不可！”

安学武走进这间堆满了货物的杂货铺，抬头看去。二楼的地板正在不断流下红红黄黄的黏稠液体，果然是染透了老板娘的几卷布料，苍蝇在嗡嗡乱飞。他走近前，俯下身子小心地闻了闻那不明液体，忽然之间，浑身的肌肉都绷紧了。

“大人，我敲了一上午的门都没人应，实在没办法了才去找的里正。您可得替我们老百姓作……哎哟！你这狗娘养的货干什么？”

老板娘话还没说完，就重重摔在了地上。那是安学武近乎粗暴地一把推开她，向着楼梯跑去。一阵急促的脚步声后，他已经奔上了二楼，站在了老板娘那位招人厌的芳邻的门口。他向后退出两步，接着猛然前冲，狠狠一脚踹在了门板上。木板门“轰”的一声砸在地上，在明亮的秋日阳光下，房内的一切都可以看清了。

女人正安静地坐在一张靠背椅上，确切地说，是被绑在上面的。安学武一步步谨慎地靠近，强忍着胃部的不适，查看着她的情状。可以肯定的一点是，她从此再也不可能搅扰楼下的邻居了。

她已经变成了一具干尸，绝对完美的干尸，毛发、表皮、骨骼甚至指甲都是完整的，还保持着一个微微低头的恬静的姿势。但这具身体上，已经没有一丁点儿水分了。所有的血液和体液，所有筋肉、皮肤、脑髓中包含的水分，全都排干了。各种颜色的不同液体混杂在一起，在木质的地板上纵横流淌，正顺着木板缝滴滴答答地落到楼下。女尸的颜色则变得灰蒙蒙的，再无半分生命的气息，死亡张牙舞爪地在她的脸上书写出最深沉的恐怖。

安学武低下头，看着女尸黑洞洞的眼窝。已经呈现出骷髅形态的曾经美丽妖艳的头颅，仿佛正在陷入沉思，干瘪如杏核的双目凝视着虚空的远方，一头青丝无力地披散着。女尸的嘴唇微微裂开，露出里面白得瘆人的两排整洁的牙齿，好像是在用尽生命最后的力量，绽放出一丝微笑。

“老席的生意还真是好啊！”安学武自言自语着，顺手捂上耳朵，免得被背后骤然响起的尖叫震坏。

按察司内部气氛凝重，笼罩着一片阴云。张可佳是一个很讨人喜欢的小伙子，热情开朗，也很能吃苦，堪称一个开心果。他的死，也让这个奇怪的碎骨杀人案变得更加扑朔迷离，前提是把安学武的话当作放屁。

张可佳死在衙门里，因此安学武亲自把尸体送了过来，脸上也恰如其分地带着几分悲痛。这一点本来令席峻锋和手下们对他恶感稍减，没想到这蠢材介绍完死亡时间和尸检结果后，接着蹦出来的话还是那么的不着调：“席捕头，就我看来，这起案子……也许并不是针对张捕快的。”

席峻锋眉毛一挑：“你这话是什么意思？”

“因为我办案太多，得罪了不少宛州黑道人物，他们总是威胁要找我的麻烦，”安学武悲伤的语调中仍然掩饰不住一丝令人厌恶的自豪，“张捕快是因为想要换新蜡烛，吹灭了旧的蜡烛，才中毒的。事实上，平时衙门最后一个离开和熄灭火烛的人，通常都是我。如果有人想要杀我，只需要把毒粉撒在了烛台上，等着我吹气，就能得逞。所以我在想，张捕快也许是被误杀，所以这个案子我也应该尽一份力……”

尽你妈的力！自作多情！捕快们都有些忍不住了。就凭安学武那几手三脚猫的功夫，要杀他还用得着冒险潜入衙门、在烛台上下毒？有那种身手的人，直接闯入安宅就能稳吃他了吧？这分明是借机显摆炫耀自己的重要性！众捕快个个怒火中烧，恨不能就把他当场按在地上揍一顿。席峻锋却翻翻眼皮，很客气地回答：“谢谢您的重要信息。总之这个案子死的是我的兄弟，就由我负责一并侦破了，不劳你费心了。”

这话说得很坚决，也隐含逐客之意，安学武审时度势，不敢多说什么，翻了翻眼皮灰溜溜走掉了。席峻锋一面加紧查案，一面安排人找毒药专家检验致死毒物的成分。这两天正忙得不亦乐乎，安学武居然又派人传口信来了。这条口信却震惊了所有人。

“又发生了一起很像是邪教做派的杀人案，”传信的捕快满头大汗，“安捕头请您去接手。”

赶到现场的时候，已经临近黄昏，整条街上充满了饭菜的香气。但毫无疑问，任何一个曾亲眼见到了那具尸体的人，都不太可能有胃口吃得下饭。

安学武无疑对不停聒噪的一楼老板娘很有意见，他并没有遵循办案者对现场的保护原则，没有阻止这位充满幸灾乐祸的中年妇女往门里瞄上一眼的好奇心。席峻锋走进杂货铺，正看到老板娘失魂落魄地靠着柜台坐在地上，身子像筛糠一样抖个不停。谁稍微靠近她一点儿，她就会神经质地往后缩，似乎她视线里的所有人都变成了和那位死者相同的形态。

席峻锋看了老板娘一眼，命人把她看起来，随时准备传唤，然后带着其他人走上了二楼。和上一次那具仅仅是骨头被磨碎的尸体不同，这具尸体留下了一地的水，散发出地狱般的可怕气味。除了席峻锋，剩下的人都有忍不住想呕吐的感觉。他们中即便有办案多年的，也从来没有在短短三天内连续见到两个以无比诡异的死状被夺走性命的人。

假如两起案子真是同一个人干的，这会是怎样一个彻头彻尾的疯子？或者是怎样一个无比冷静的大奸大恶之徒？

“这样的死法，你们以前见到过吗？”席峻锋沉缓地问。这也是他办案的习惯，总是对任何一个人的意见都很重视，喜欢从讨论中找到方向，然后自己再来归纳整理。

下属们你看看我、我看看你，最后记性最佳并且爱好读书的捕快刘厚荣开口说：“我虽然没见过，但在历史记录里看到过类似的事件。大约在二三十年前吧，淮安城曾经连续发生居民惨死案件，死者的情状完全一致，都是肌体彻底脱水，化为干尸。可惜这件事还没能调查出来，淮安就爆发了著名的毒雾事件，人们被迫撤离。最后这件事也没能有结果。”刘厚荣一向擅长记忆这样的资料，不只是历史案例，南淮城现如今有点儿名气的犯罪分子都在他脑子里装着，连安学武有时候都会来向他求助。

席峻锋微微摇头：“书本上的历史，总是有许多的隐瞒与篡改，不然你也不会把淮安的凶案和眼前这一起联系起来。淮安那个案子，其实有着极度恐怖的真相，所以后来官方做记录的时候，并没有把这个真相录入供大众阅读的版本里。”

“那是什么？”捕快们都按捺不住好奇心。他们都知道，这位上司多年来为了研究邪教的犯罪手法，把大量精力花在了收集整理各种奇案上，可以说装了一肚子的真实的奇闻怪谈。

“我也是翻阅了很多偏门的逸闻杂谈才找出来的，”席峻锋说，“淮安城当时在两天之内死了三四十个人，死状奇特，每一具尸体都变成了干尸，却偏偏保留了完整的头颅。确切地说，那些头颅变得更生动、更好看了。”

人们听得不寒而栗，等着席峻锋解释，结果席峻锋说出来的话让他们大感失望：“那是一种来自云州的奇特植物的花粉，叫作珈蓝花。任何动物一旦吸入了它的花粉，就会变成那副德行。而珈蓝花的花奴则会割下头颅，用去装点主人的美丽。”

“头儿，你这怕不是什么逸闻杂谈，明明就是说书人的乱弹嘛！”刘厚荣很不满意地嘟着嘴，“云州那鬼地方，被剧毒沼泽和海上风暴封锁着，从来没人能进去。云州究竟有没有活物还不知道呢，怎么会有什么云州的生物跑到隔着大洋的宛州来，还胡乱杀人。”

“你们都不信我说的吗？”席峻锋看上去有点儿惊奇。

众人你看看我、我看看你，最后都一起摇摇头。席峻锋望着他们，忽然笑了起来：“你们是对的。实际上，那是一起人为的案子，是一个疯狂的邪教组织为了宣传他们的末世理论，故意干出来的。他们宣称云州是神的放逐之地，那些被神抛弃的可怕生物即将大规模登陆东陆，而只有跟随着他们才能获得保护。而其后发生的毒雾摧城事件，更是他们精心策划的。但在当时，所有的市民都陷入了无比的恐慌中，完全失去了理性的判断，旁人说什么只怕他们就信什么。”

捕快们默然，小捕快陈智忍不住问：“头儿，你绕了这么大一个圈子，就是为了提醒我们……”

“没错，因为我后脑勺儿上的眼睛看到，只要不在我的视线里，你们的腿都在发抖，”席峻锋说，“恐惧是一种了不起的武器，能让人丧失信心和判断力，所以一切的邪教下手都会无比血腥，就是为了让人产生恐惧。从恐惧到寻求庇护，再到虔诚信仰，其间的距离往往只有一线之隔。我倒不担心你们改投邪教什么的，但因为一点点恐怖的场景就开始缩手缩脚，叫我怎么把自己的身家性命都交给你们？”

这番话说得捕快们热血沸腾。席峻锋看着他们的表情，知道自己不必多说了，命令他们开始查找房间内外的种种线索，向街坊四邻尤其是被吓得不轻的老板娘询问死者的更多细节，自己则和仵作老韩一起检查尸体。

老韩压低了声音在他耳边说：“你就编吧。淮安那件事我可听说过，好像真的和云州有关，但绝对没邪教什么事。”

席峻锋叹了口气：“带这帮家伙就像捋猫毛，逆着捋是不行的，一定要顺着。”

老韩瞪着眼睛，悄悄竖起大拇指。

太阳落山之后，两个人也查明了死因。这个女人先被掐死，然后被剖开胸腔，在心脏部位放置了一片极微小的星流石碎片。这一块碎片来自天空中的星辰“印池”，其星辰力对各类液体都有控制作用，只需要在上面加一个逆转的法术，就能达到最完美的脱水效果。

对任何尸体都已经麻木了的老韩就在这间充满血腥味的房间里轻松地吃着晚餐，与他相比，席峻锋显然差了点儿。

“也亏你能吃得下去。”他喃喃地说。

“每次看到尸体的时候，我就在想，有一天我也会变成那样，”老韩含混不清地说，“所以吃一顿少一顿，干吗不吃？”

“你这样的人就活该一辈子和尸体打交道。”席峻锋说着，走下楼去。陈智等人已经把这条街上的人问了个遍，但可惜的是，虽然获取了不少有价值的信息，仍然无法确定该女子的身份。

“谁都不知道她是干什么的，”陈智说，“她在这条街上已经住了快半年了，一向行踪诡秘，从来不和街上的人有什么交流往来。不过杂货铺老板娘知道，她总喜欢在深夜外出。”

“这个房间是租来的还是买下来的？”席峻锋问。

“应该是买下来的，但买主不详，”陈智回答，“这房子原来的主人是个滥赌鬼，因为缺赌债，先卖掉了二层，再把一层也卖给了那个老板娘。二层早就被买下，但一直都没人住，直到这女人搬来。她有房契、有钥匙，自然没人能阻止她住进去。”

“听上去像是老早就买好了，准备以后用来藏身的，”席峻锋思索着，“那个卖房子的赌鬼呢？”

陈智一脸的遗憾：“这就是为什么我刚才说可惜的原因。那个赌鬼去年就贫病交加而死了，死的时候孤零零一个人，可能亲人什么的都走光了吧。”

“走光了并不意味着死光了，”席峻锋说，“去找任何可能认识那个赌鬼的人，无论如何，把房子的买主找出来。不能每一个死者都身份不明，这一个，一定要查清楚！”

而对犯罪现场的勘察，则和上一桩案子一样，没有任何收获。罪犯显然是此道中的老手，没有留下任何有价值的痕迹。几个捕快的神色都有点儿沮丧。虽然他们都被席峻锋鼓舞起了干劲儿，但现在，这样的干劲儿有点儿无处发泄。几天之内，两起恐怖的谋杀案，死者身份不明，杀人动机不明，凶手更加没有留下半点儿破绽。反倒是死者的惨状已经被不少普通市民见到了，而市井流言的传播速度超过这世上飞得最快的信鸽。很快，这两起案件就会被添油加醋地传遍全城，制造莫名的恐慌。

“这是一种炫示，”席峻锋说，“既然凶手故意不隐藏尸体，又故意把尸体摆布成这样的形态，就说明他想要炫示。而这种炫示，有两种最大的可能。小刘，你来说说是哪两种。”

刘厚荣用微微颤抖的声音说：“第一种，这是个以自我为中心的杀手，想要向外界世界挑战，以证实他的不可战胜；第二种……第二种……”

他的呼吸变得急促起来：“这是某些一直隐藏于黑暗处的组织，在向世人公布，他们准备现身在阳光下了。”

七

洪英无疑是一个相当具备执行力的人。他非常迅速而认真地完成了任务，按照云湛嘱托的，把能调查到的郡主的交往范围划了出来。

“那些夜半私自出去的，实在没办法，从来没人知道她到底去哪儿，”洪英说，“但剩下的应该都在这里了。”

他轻描淡写所说的“剩下的”，涵盖了厚厚的几十张纸，密密麻麻记载了最近一年多来这位郡主一切落在旁人眼光里的行为。然而云湛细细筛来，有用处的寥寥无几。这位郡主喜欢在南淮到处闲逛，但从来不去什么买衣服的、卖胭脂水粉的、卖金银饰品的地方，而是专门光临各种兵器铺、武馆、马戏班子甚至路边卖艺的拳摊。此外她还偶尔会去一下赌场，这一点倒是颇合云湛的胃口。他十六岁之前，几乎所有的月例钱都花在了赌场里，就像把一勺盐倒进水里，连点儿泡沫都溅不出来。

没有办法，云湛只能硬着头皮一项一项地读下去，把完全没什么用的都划掉。他想起了自己所认识的朋友宇文非，那是一个龙渊阁的弟子，成天就是和书卷文案打交道，写的字比吃的饭还多。要是有他来帮自己读这些令人头疼的东西就好了。但这终归只是空想。

所以他无奈地枯坐了两天，慢慢整理出一些可疑的细节，最大的疑点就在那合他胃口的赌场上。作为一个曾经的赌徒，云湛对赌棍的心理相当了解。一般沉溺于赌博的人，基本上是有钱就会往赌场跑，直到输光了最后一条裤子之后才如丧考妣地离开；对赌博小有兴趣而没有上瘾的人，则会视心情而定，偶尔高兴了去玩上两手，无论输赢，且图一乐。

对于后者来说，去赌场不会有什么固定时间；对于前者，如果这是个穷人，那一般会是在拿到薪水或是月例的时候，好比云湛年轻时，每月初拿到钱就去输个精光。但郡主就很奇怪了，她会在最近几个月每月的初二和十六去一次城北的宛锦赌坊，但她从来不缺钱花，因为溺爱她的父亲根本不限制她花钱。

如果郡主是个日常生活很有规律的人，那倒也罢了，偏偏她是个相当随性的人。

“她可以连续十来天去听相同内容的评书，因为书里说的英雄很讨她喜欢，也可以追着亲王府厨房里制作糕饼的行家磨上一天一夜，不教她点儿什么她就不让对方睡觉。”洪英如是说。

这样一个人，偏偏每月定时而刻板地光临赌场，其他时候则绝不去，那简直像是在履行某种义务。

云湛心里一动。履行义务倒是未必，但那完全可能是……某种定期的约会。赌博只是一个幌子，去赌场见人才是她真正要做的。赌场是一个喧嚣嘈杂的场所，充满了各式各样的人，而赌博的刺激也会让人们的性格变得相当开朗，易于与身边任何人交流。在那种地方，任意两个人凑在一起说话，都不会引起太多注目。

我只是为了去赌场办案，云湛很正义地想着，我可不是为了去重温旧梦的。怀着这个高尚的目的，我可以在戒赌多年之后回到赌场里晃一圈了。

许多年前，云湛曾经是宁州宁南城最知名的赌徒之一，但时过境迁，已经很久没有踏入赌场的大门了。再次听到熟悉的摇骰子的声音时，他居然隐隐有些激动。

当年赌钱的时候，他完全是凭运气，加上从来不懂得见好就收，几乎每次都是输得精光再回去。但现在不同，十六岁后经受的严酷训练让他的双手灵活而稳定。多的不说，想要在骰子上扔出自己所需的点数，实在是轻而易举的事情。当然了，鉴于老师给他的“你要是敢用我教你的武艺去赌钱我就剁了你的手”的警告，他并没有真正去试验过。

今晚例外，云湛想，这是为了办案，而不是为了赢钱，何况我也根本不会去赢。他已经盘算好了，在不同的花样上都尝试一下，故意输出去一些，然后借着旁人赢钱的热乎劲儿打听出一点儿什么。按他对赌徒心理的了解，赢了钱的赌徒嘴巴会比平时稍微松一些，也更容易从他们口中掏出情报。

但这个如意算盘还没实施就已经破灭了。他刚刚准备换筹码，肩头上就被人拍了一下，回过头来，眼前是一张无比冷硬的男人的面孔。这个男人看来不到三十岁，却有着十分稳重老到的气质。

“云先生，大驾光临宛锦赌坊，有何贵干呢？”对方不紧不慢地说，“是不是想要混在人堆里打听点儿什么呢？”

“你是什么人？”云湛反问。

“钟裕，宛锦赌坊一个小小的总管而已，”对方回答，“其实根本就没有‘总管’两个字听上去那么好听，说到底，只是打手的头目。通常看到什么可疑分子，就由我出马把他踢出去，以维持赌场秩序。”

“你还真是直白，”云湛的目光在赌场里来回扫视着，根本没有正眼瞧他，“照这个说法，我也是可疑分子了？”

“从不赌钱的知名游侠突然光顾，总是难免让人产生点儿不好的联想。”钟裕对云湛的轻蔑态度半点儿也不动怒。

说话尖锐，直指要害，却又能克制自己的情绪，不受他人挑拨，云湛迅速地给钟裕定了性。这是个很不好对付的对手，所以要对付他，就得比他更尖锐直接。

“那么，是不是按照你们的规矩，凡是你看着可疑的人，都需要赶出去？”云湛示威性地亮出自己还算鼓胀的钱袋，石隆的预付金还剩了不少，“如果是，请动手；如果不是，我可以换筹码了吗？”

他这副摆明要对着干的姿态给钟裕出了个难题。如果换成一般人，只怕钟裕早就动手了，但谁都知道云湛打架厉害。如果真动起手来，肯定是鸡飞狗跳一片混乱，难免大大惊扰其他客人，有损赌场的声誉。所谓投鼠忌器，云湛就是抓住这一点开始耍无赖。

钟裕神情不变，但也没有说话，似乎是在想着对策。其实云湛心里也有点儿紧张，钟裕不必干什么，只需要拒绝给他换筹码就行了。那他怎么办，动手抢吗？那可就着道了。

“既然这样，祝您玩得愉快。”钟裕忽然甩下这句话，然后扭头就走。云湛反而愣住了，有点儿不明白他的意图。

这之后他心不在焉地尝试着各种赌博花式，心里总在想着钟裕为什么那么轻易就放他进来。与此同时，他在赌场里问了一圈，竟然没有任何人对石雨萱有什么印象。

这可奇怪了，云湛有些纳闷儿，按照洪英的记录，石雨萱的马车的确是每个月来到宛锦赌坊两次，那是综合了几名轮班的马车夫的叙述而得出的结论，而且目的地也确实是石雨萱亲口宣布的，不存在拉一个假货出门的可能性。

半路跳车？也不可能，到了终点得有人下车，马车夫们也不是傻子。而这位郡主出门从来不带任何侍女，也没法让别人冒充她。

看来再待下去也问不出什么了。云湛带着满腹疑团，从赌场大堂走出去。正在这时，一辆马车从远处疾驰而来，车夫大呼小叫着“让开让开”，十分嚣张。云湛也不以为意，在南淮这地方，这样有点儿钱或有点儿势的跋扈角色实在太多了，根本不值得去生气。但在目送着马车在赌场外停下后，他忽然僵住了。

原来是这么回事，他想，那么简单的道理，我的猪脑子居然没反应过来。刚才的那辆马车根本没有在正门外停，而是停在了一扇不起眼儿的偏门外，因为马车的主人根本不会进入大堂。他会从一个特别的通道直接进入到一个类似贵宾室的地方。

我早该想到的，云湛有点儿懊恼，如果石雨萱真要和什么人密会，以她的身份，到哪儿都会引人注目，所以一定会选择一个安静的地方，而绝不会是喧闹的赌场大堂。她必定也是每次都进入贵宾室，那么钟裕……

钟裕知道自己是为了石雨萱的事情而来！所以他装模作样地阻拦自

己，就是为了把自己的视线转移开。因为他清楚，在外间询问，是无论如何得不到答案的。

云湛的嘴角浮现出一丝冷笑。钟裕弄巧成拙了，他这么一拦，反而说明了他的知情。钟裕和那个石雨萱秘密约见的人，一定与石雨萱的失踪事件有什么联系。自己如果盯紧了钟裕，也许就能有所收获。不过，也可以压根儿就不盯他，反逼他来找自己。

想到这里，云湛从鼻子里狠狠出了口气，转身再回到宛锦赌坊。刚才他所换的筹码已经故意输得差不多了，大概还剩下两个金铢。但有两个金铢也就够了。他认真地开始了新一轮的赌局。

"手要快！尤其是手指！那关系到你取箭、搭箭、开弓的基本速度，"当年他的老师、也是他的叔叔云灭这么教导他，"要快到什么程度？一个厨师切菜的时候，你可以把手指放在他的菜板上，每次刀抬起来就把手指伸出放到刀下，刀落下的一瞬间再屈指闪开。以后你出师的时候，我就会这么考试，动作慢了就抱着自己的手指头哭吧。"

云湛当时咋舌不已，并陷入了对出师考试的无限恐慌中。为了保住自己的手指，他几乎没日没夜地疯狂练习，结果到了出师时，云灭轻描淡写地说："哦？菜刀？那是随口编来吓唬你的。"

云湛气得七窍生烟，但十指的灵活性确实被练出来了。除此之外，稳定、敏感、精确、瞬间爆发力等也都是云灭训练的内容。把这些训练的成果应用到赌博上，那还真是小儿科。所谓十赌九骗，能在赌台上常胜的赌徒，基本都是靠手法来使诈的。但这些人的手指，比起云湛来，又显得太钝太慢了。

所以这一夜的宛锦赌坊成了他一个人的天下。他以区区两个金铢起家，到了后半夜，已经赢走了好几千铢，让其他的赌徒们瞠目结舌。到后来他走向哪张桌子，那张桌旁的人们就赶紧散去，好像他身上带着致命的瘟疫。偏偏这个让人嫉妒的大赢家不知道低调为何物，还在举着酒杯踌躇满志地四处顾盼，仿佛在向旁人发出挑战：来吧，来击败我吧！

钟裕握着酒壶走到他面前，为他斟满酒杯，同时压低声音说："喝完这杯就走吧。"

云湛微笑着摇头："不够，少说也得再喝个百八十杯，等我把赢的钱再翻一倍。”

钟裕的声音更小了：“我知道你为了什么而来，不要太过分了。”

云湛针锋相对：“我知道你知道，所以我故意过分的。”

钟裕的脸上还是带着礼貌的笑容：“事情并不像你想象的那样。”

云湛斜眼睨他：“哦？”

钟裕犹豫了一下，还是说了下去：“我知道你在调查什么案子，南淮地头的事情很少有我不知道的。你不就是怀疑郡主的失踪和本赌坊有关，所以才来挑事的吗？云先生，我很诚实地告诉你，郡主的确和本赌坊有点儿关系，但她的失踪绝对和我们无关。你还是节省一点儿时间，去寻找有用的线索吧。”

云湛一面豪放地大笑着，一面搂住了钟裕的脖子，同他一起走到大堂的角落——虽然这么做其实没太大用处，因为所有的目光都交织在他们身上。

“那你至少得告诉我，郡主每个月来这里两次究竟是为了什么？”云湛说，“然后我才能判断是否可以信任你。”

“我不告诉你的话，你就会死缠到底，对吗？”

云湛坚定地点点头。钟裕叹息一声，低头思索着，好像是碰上了什么很为难的事情，但最后还是仰起头：“这样吧，能给我几天时间考虑一下吗？三天，三天之后你来这里，要么我告诉你实情，要么……你就把这里赢空吧。”

“三天时间考虑？恐怕是三天时间请示吧。那个人不在南淮城，所以需要计算三天的路程，对吗？”云湛紧逼不放。

“随你怎么说，”钟裕并不接茬儿，“总而言之，三天，否则的话，你现在就可以向我动手。”

云湛把杯里的酒一饮而尽，将酒杯交给钟裕：“我怕我打不过你，三天就三天吧。”

他不再理会钟裕，走向柜台，把手里的筹码“哗啦”一声全丢在桌面上：“把我的六十金铢本金都兑给我就行了，剩下的不要了，不然你们的钟总管只怕下次不让我进门了。”

不知不觉间，长夜已经过去。走出赌场时，天边开始微微发白，秋季的清晨带着深重的凉意把他包围起来。一滴露珠从发黄的树叶上滴落，溅在他的脖子上，让他禁不住打了个寒战。

这个石雨萱的见面对象还真是神秘呢，云湛想，如果来回需要三天，也就是单程至少要一天以上的路程，已经远离南淮城了。那会是在什么地方呢？

他又想到，虽然钟裕答应了此事，却仍然要当心他变卦，比如偷偷逃离什么的。只是自己分身乏术，不可能一直盯着他的动向，必须找其他人帮忙。是让亲王府的侍卫长洪英派人，还是让安学武派人呢？想来想去，安学武那张欠揍的脸在脑海中越来越清晰。

他在困倦中思考着问题，打完一个哈欠后，注意到前方有一阵喧闹声，在安静的早晨显得格外刺耳。他皱着眉头走上前，正看到一个捕快在拦住一个路人，似乎是要检查他的随身包袱。路人死死抱住自己的包袱，急得眼泪都要下来了。

“大人，这包袱里什么都没有，您不必打开看了！”路人哀求着。

“既然什么都没有，为什么不能打开看？”捕快严厉地呵斥着，“我看你那副鬼鬼祟祟的样子就不像个好人！”

他伸出手去就要拽那个包袱，路人一发急，猛地推开他的手臂，向前直奔。捕快在后面大呼小叫地急追不舍，眼看着就要撞上云湛。云湛懒得管闲事，往路边一闪，把路让出来。无论是真的缉捕嫌疑犯，还是捕快假借办案找人麻烦，都是南淮城的常见节目，他可没心思去蹚这趟浑水。

就在逃跑者已经和云湛擦肩而过，追赶者还在他身前时，两个人的动作忽然产生了变化。拿着包袱的路人把包袱往地上一扔，停了下来。追赶的捕快也停了下来。两人慢慢转过头来，看着云湛。

“为什么不动手？”云湛懒洋洋地问，“你们两个，加在树上躲着的那一个，三面夹击，胜算很大的。那个包袱里是什么？毒烟？”

“是毒烟，”逃跑的路人说，“不过这毒烟不会散发出来。我们今天根本就不想动手，只是想和你谈谈。”

“那我首先需要知道，你们是北天罗还是东天罗？”

“你不必知道得太具体，那些与你无关，”对方回答，“你只需要清楚一点，北天罗和东天罗都行动起来了，安学武是我们非杀不可的目标。那天晚上我们的人袭击你，是因为还不明白你的底细，只想杀了你灭口。但在此之后，我们调查了一下你的身份。为了慎重，你能让我们看看你的扳指吗？”

“自从被安学武知道身份后，我就没有把扳指戴在身上的习惯了，”云湛说，“不过不必看扳指，你们的调查没错，我是一个天驱武士。”

“正因为你是天驱，我们对你保留一份尊重。只要你远离安学武，我们以天罗的名誉保证不会找你麻烦。”打扮成捕快的天罗开口说话，声音十分严厉，好像是在谴责他，“天驱的宗旨，好像是阻止无谓的战争，应该不包括干扰其他组织正常清理门户吧？”

“当然不包括，除非这种清理门户会杀死我重要的助手，导致我的重要调查无法进行，最终无力阻止一场政变，于是导致无谓的战争爆发……”云湛一口气说完，“我说得还算明白吗？”

“也就是说，在安学武的事情上，你一定要和我们作对到底？”路人模样的天罗听起来有些失望，语气却冷酷起来。云湛能感觉到，三个天罗身上都有杀气散发出来。是准备动手了吗？

“我不是太明白，”捕快说，“你好像并不是安学武的朋友，以前还曾经和他斗得你死我活，为什么这次一定要袒护他？对你有什么好处？”

云湛微微一笑：“没好处，我也并不打算袒护他。如果你们一开始就开诚布公地找我谈，我多半就不管了，任由那头夯货自生自灭就行。但是你们的做派太虚伪，让我略有点儿不满。”

捕快皱起眉头：“你这是什么意思？”

“你们不过是在刚才发现找不到杀我的机会，才决定和我谈的，偏偏要说得那么冠冕堂皇，”云湛淡淡地说，“从一开始你们就做了两手准备，如果能直接杀掉我，就压根儿不需要谈。我不知道天不怕地不怕的天罗什么时候变成了这副猥琐的模样。”

路人和捕快对望一眼，脸色变得很难看。云湛背后那棵树上却突然传来一个声音：“有了第一次失败的教训，这次我们的确并没有打算一定动手。刚才他们两人追逐的举动，不过是想观察一下你的反应速度，以及你发现形势不对时的应对能力。如果你完全没有戒心，或者没有发现暗藏的第三个人，我们就会出手。不过事实证明，我们并没有低估你。”

“那你们观察的结论如何？”云湛问。

树上的天罗缓缓地说：“敌人离你还有两丈远的时候，你已经开始戒备；当两名敌人所处的位置对你呈夹击之势时，你已经开始观察可以帮你挡住后背、以便防止被夹击的障碍物，立即注意到了这棵树，并且第一时间发现我在树上。”

“于是你的脚轻轻挪了一下又放了回去，并没有动，目光却看向前方。在你不明白我的底细之前，你不会冒险靠近我，而是盘算好，当面前的两名敌人准备出手时，你会假装退向这棵树，却抢先开弓进击，获得出其不意的优势，那就是你活动手指的原因。”

云湛很放松地挠挠脸：“那么短时间，你还真观察出了不少。那我再问一遍，你的结论是什么？”

“结论是，和你硬碰硬是不明智的，很可能两败俱伤。所以先谈一谈比较好。”

云湛一摊手：“杀得死就杀，杀不死再谈，这本来没什么不对的。但是你们先摆出的那副‘老子施恩于你’的架势，真的恶心到我了。恕我不能从命。”

他迈开步子，脸上带着支配者的迷人微笑，旁若无人地从两位危险杀人的中间走过，走向对面的大街。他很清楚，气势上自己已经占据了上风，两名天罗不会贸然出手的。等到自己拐过街角，消失于天罗们的视线之外后，他脸上的笑容消失了。

这个夯货！他心里愤怒地咒骂着，居然把老子扯进那么大的旋涡里。仅仅是为了斗气，一念之差，自己赌气把命运和安学武这个老对手拴在了一起。其实从话刚刚出口他就颇有几分悔意，但正因为话已出口，又不能反悔——真是一笔糊涂账。

而且他注意到对方用的词：“清理门户”。通常用到这四个字的时候，就说明事情不是一般意义上的门派仇杀，而是安学武做了什么对不起整个天罗的事情。这夯货一向扮猪吃老虎，精明得像条雪狐，他会干出什么蠢事呢？又或者他的野心已经大到了可以牺牲天罗？

这个念头让他打了个寒战。算算时间，已经到了衙门开始工作的时候，作为南淮城头号尽职尽责的捕头，安学武安大人现在必定已经到岗了。他一时间睡意全无，招了辆晨起揽活儿的马车，向衙门驶去。

刚到衙门外他就看到一幅热闹场景。往常这时候，懒散的捕快、衙役、官员们大多都还没有到，衙门口应该无比冷清。但奇怪的是，今天早上这里却堆满了人，无数捕快在门口杀气腾腾地站着，脸上的表情有的充满悲愤，有的则带着掩饰不住的幸灾乐祸。

云湛产生了一点儿不祥的预感。他匆匆付了车资，跳下车来到门口。虽然安学武平时总是利用职权打击他这个国家体制外的私人游侠，但他在捕快们当中还是颇有威望，立马有认识的捕快向他迎过来，说出的话却让他浑身一震，几乎不敢相信自己的耳朵。

“云大哥，不得了啦！”捕快带着哭腔说，“安捕头……安捕头遇刺，生命垂危！现在他就在衙门里，伤得太重不敢移动，大夫正在抢救。”

他絮絮叨叨讲了一遍安学武遇刺的过程，但实际上，基本只是旁人发现伤者的过程。前一天夜里，安学武照例在衙门里忙到很晚，处理着那些一般的知名捕头不屑于处理的小案子。从他的窗外，可以看到他的影子在烛光中摇曳。

这一天安学武好像是遇到了什么特别难以处理的文书，一直忙到了后半夜都没有走。那正好是云湛大侠在赌场里大杀四方、所向披靡的时候。此时衙门里的人早就走光了，只剩下巡更的和负责锁大门的老头儿。正是这个老头儿夜半起床小解，从茅厕出来时，无意中发现蜡烛还亮着，安学武的影子却不见了。他以为安学武累到趴在桌上睡着了，心里对这样鞠躬尽瘁的捕头生起一丝敬意，转身回屋拿出一件棉袄想替安学武披上。

没想到刚刚进屋，赫然眼前一个浑身染红的血人正靠墙而立！看门老头儿苦胆都要吓破了，刚要开口叫，血人已经扑上来，捂住了他的嘴，艰难地在他耳边低声说：“别叫！是……是我。”

老头儿听出这是安学武的声音，这才略松了一口气。他也顾不上追问详情，按照安学武的指示，先扶他躺下，简单包扎伤口，然后让巡更的衙役们迅速去把南淮最有名的几名大夫请来，再一家家敲门，把附近的捕快们都叫过来保护他。所以云湛到来时，就见到了这么一幅场景。捕快们都是从热被窝里被叫起来的，个个睡眼惺忪。

云湛一边听着他的叙述、在他的带领下往里走，一边脑子里飞快地转着。不大对啊，他想，如果安学武真的在半夜遇刺了，为什么天罗还要在天明时多此一举地来警告自己，那不是吃饱了撑的、脱了裤子放屁？此外，安学武从来不是个怕死的人，何至于召唤那么多捕快过来——这些普通捕快在天罗面前也没有用啊，一根天罗丝过去，十个捕快就能分成二十段。

走到门口时，他忽然心中一动，随即现出满脸喜色，看得身边的捕快不明所以。他一脚踢开门，轻快地走向床上放置着的那个裹在被子里的人形，低喝一声："夯货！你假死骗谁呢！"

安学武"哼"了一声，没有回答。云湛一愣，随即听出他的气息确实很微弱，这一点很不容易假装，再看看他的脸，惨白而无血色，眼眶深陷。云湛慢慢伸手掀开被子，立刻闻到一阵鲜血和药物混合在一起的刺鼻气息。新换的绷带上，血水正在一点点渗出来。

云湛还不敢相信，伸手搭了一下安学武的脉搏，还在缓慢跳动，但已呈衰竭之势，这可绝对做不了假了。他放下被子，摇了摇头："我看你弄出那么大的声势，唯恐整个南淮城的人不知道你快要嗝屁了，还以为你在故意示弱，引诱敌人入瓮呢，结果你是在……反其道而行之。"

"至少连你都上当了，不是吗？"安学武低声说，声音嘶哑无力。

云湛不答，想起了刚才三名天罗来找自己的情景。看起来，他们也的确被安学武蒙蔽了，以为对方是在诈伤示弱，否则的话，也就不必再警告自己了。

"我必须用这个办法，"安学武又说，"虽然很冒险，但好歹能拖一段时间。否则他们转头再来，我就死定了。"

"我有点儿想不明白，"云湛先挥手让屋里其他人都出去，扭过头说，"看门老头儿和巡更人都没有听到任何动静，可见是并不是一帮子人一拥而上的群殴，而是倏来倏去的偷袭。你是暗杀的大行家，怎么可能着道？如果说南淮城里有什么人能躲过天罗的暗杀，一个是我，一个就是你。"

安学武"哧哧"笑起来："凭什么你排在我前头……老实跟你说吧，按理我的确是不会中招的。可是，那时候我分心了。在天罗面前，一刹那的分心，几乎就意味着死亡。当然我运气好，躲过了心脏要害。小腹上的伤势，看起来严重，却并不容易置人于死地。"

云湛点点头："这点我清楚，你死不了。可是你为什么会分心？有什么东西居然能让你分心的？"

安学武眼珠子一转，云湛顺着他的眼光看向床头，那里放着一张纸。

他拿起纸来，发现上面不过是记录了几个人的基本信息而已：

胡松阳，男性，四十一岁，南淮城东响记烟花店账房先生

一月十七，杀南淮城粮商梁万才

三月二十四，杀青石城游侠郑浩

……

霍剑，男性，二十五岁，无业，居所在南淮城东郊橡木村

二月初三，杀白水城总捕头王竹

四月十一，杀南淮城苦修士金力

……

岳玲，女性，二十一岁，南淮城著名青楼天香阁妓女

……

“这都是些什么人？”云湛问，“好像每一个都挺能杀人的样子。”

“昨晚我翻看卷宗的时候，已经有人在里面偷偷夹上了这张纸，”安学武咳嗽一阵儿后回答说，“就是看到这张纸，让我一下子分了神。”

八

纸钱烧过后的灰烬漫天飞舞，吸入鼻腔后，感觉很呛人。眼前是一座新坟，廉价的墓碑上面简单地刻着父亲的名字和生卒年月，并没有多多余的字。父亲就在几尺深的地下，离自己很近，却永远不可能坐起来听自己在他耳边唠叨吵闹了。

你们要听从魔主的训导。纵然他还在深深的地底，也仍然能听到你们虔诚的祈祷。

“逝者如斯，”田炜轻轻拍着他的肩膀，“但你的眼光需要向前看。你还有漫长的人生之路要走。”

你们要走魔主指给你们的路，唯一的光明之路。

田炜牵起了他的手：“走吧，回去吧。”

他并没有抗拒，跟在田炜身后，慢慢离开了坟场。在他的身后，他人的

孝子贤孙们或哭泣，或号啕，或长跪不起，把阴郁的气氛散布开来。白色的纸花落了一地，此起彼伏的刺耳鞭炮声冲击着耳膜。而父亲就在那些纸花和鞭炮碎屑的下面，在触摸不到地表的地方，慢慢地、一点儿一点儿地腐烂。

魔主就在地下，他的身躯永不会朽烂。总有一天，他会回到地面之上。

又是一夜的噩梦。席峻锋慢慢睁开眼睛，调节着自己的呼吸。他总是在各种各样千奇百怪的梦境中回到童年时代，回到父亲死亡的时候，回到那股血腥味的笼罩中。这样的睡梦让人疲惫不堪，醒来时甚至会感觉喘不过气。对于席峻锋而言，唯有把这样的梦化作支持自己前进的动力，才能在白昼的时光中迅速排解掉那种仇恨和愤懑。他从不讳言这些梦，甚至于把它们用来激励自己的下属。

“很奇怪，每当我觉得工作太辛苦，想要稍微偷点儿懒时，就会做那样的怪梦，”席峻锋每次都对下属们说，“那种感觉，就像是死去的老爹给我托梦、以此警告我一样。他似乎是在提醒我，在把九州大地上最后一个净魔宗的信徒绳之以法之前，决不能松半口气。”

那几乎是席峻锋仅有的提到自己仇恨的时候，其余时间，他都在插科打诨。

他利用吃早饭的时间调节着自己的情绪，等到走进按察司的时候，已经是一副精神饱满的样子。这也是他多年来养成的习惯，不管什么时候都要在下属们面前打起十二分的精神，因为上级的懒散会加倍地传染给下级。

他先向按察使汇报了一下近期的邪教案件与破案进展，回到捕房时，捕快们都到得差不多了。他们一个个神情奇异，见到席峻锋进门，立马围了上来。

“我们冤枉安学武了。他说杀小张的人其实是找他的，居然是真话，”刘厚荣忙不迭地说，“他昨晚遇刺了，受了重伤，不过命大没有死。”

席峻锋的脚步顿了一顿，随即加快步子走了进去：“怎么回事？快说说。”

刘厚荣简要讲述了安学武遇刺的经过：“安学武昏迷之前嚷嚷了几句，说那是天罗下的手。可是，天罗不是一个很多年都没有出现过的杀手组织吗，怎么可能和他这么一个……这么一个捕快扯上关系？是不是他伤重昏了头呢？”

席峻锋摇摇头：“恐怕不是。安学武这个人，表面上看起来粗枝大叶，但身上恐怕藏着一些我们都不知道的秘密。不能太小看他了。你们去把门窗关上。”

捕快们最喜欢听到席峻锋说的话，第一句是“好了，大家安心休息两天吧”，这句话意味着一个案子正式结束，永远拿着鞭子猛抽着他们干活儿的席峻锋也会暂时放下鞭子，让他们喘口气；第二句话则是“去把门窗关上”，这句话说明，席峻锋将要告诉他们一些按他们的等级原本不应当知道的秘密。这也是对工作要求严苛的席峻锋能在下属当中极得人心的原因之一，他们总能有一种被当成兄弟的亲密感。

这话一出，不过几秒钟，门窗真的都关上了，还专门有两个人负责侦听门外的动向。席峻锋舒舒服服地坐下来，接过陈智为他沏的茶，摆出老爷爷给小孩儿讲故事的姿态。

“要说别人刺杀安学武，我还未必信，但说是天罗……那就多半假不了了，”席峻锋呷了一口茶，“几个月前，就是这个安学武提供了一张名单，按照这张名单，我们精心策划、巧妙设伏，抓住了潜伏在南淮城的两个职业杀手，并将他们统统斩首。另外三个逃掉了。虽然被擒获的杀手死也不招认自己的身份，但从他们高明的武功和对组织的忠贞看来，极有可能是天罗。至少我坚信这一点。”

“原来天罗真的还存在啊！”捕快们惊叹着，“可安学武怎么能弄到天罗的名单呢？”

“这张名单的确是我亲笔列的，”病床上的安学武眼神中流露出某种悲哀，“多年以来，我们三家天罗一直在暗斗。我是南天罗最好的杀手，还在官家有一个不错的身份，自然成了他们的眼中钉。名单上的五个人，两个属于北天罗，三个属于东天罗，都是他们布控在南淮的眼线。”

“但是他们都被你一一查出来了，于是你把这份名单捅到了官府？”云湛恍然大悟。

安学武艰难地摇着头：“不，你错了，这张名单并不是为了告官而存在的，我们无论再怎么内斗，也有基本的准则要遵守。把天罗的身份暴露给官府，是最严重的背叛行为之一。这张名单，只不过是我列出来威胁他们的而已。当时北天罗的一位杀手接受了委托，万里迢迢从殇州赶到宛州来刺杀一个目标。而按照我们心照不宣的规矩，他们是不应该进入我们的地盘来揽活儿的。”

“你们可真狠，”云湛评价说，“宛州有钱人最多，生意自然也最多，你们霸着肥肉还不让别人吃……”

安学武“哼”了一声：“我可没兴趣和你讨论这个问题。总之那时候我知道他潜入了南淮，并查知了他的落脚之处，就选了一天的深夜，带着这张纸条去见他。我把纸条交给他，目的仅仅是警告他一下，告诉他，他们的一切动向都在我的掌握之中，没有什么能瞒得过我，所以不要试图耍花样。他看了纸条后，神情不变，却在把纸条放入怀里的一瞬间忽然向我动手攻了过来。”

“当然我的武功本来就比他高，又一直提防着他的出手，他的偷袭没能奏效。我们在他所住的那间客栈里打了起来，一时间桌倒椅翻，弄出了不小的动静。住在我们楼上的房客显然有些恼火，在楼上开始用力踹地板，落下了不少灰尘。而我们两个正在以命相搏，自然无暇他顾。但再走了二十来招，我们忽然发现自己中了毒，手上的招式也一起缓了下来。”

“你们俩一起中毒？”云湛也感到很意外，“也就是说，当时有一个第三者在暗算你们？”

“没错，就是存在着这么一个第三者，让我倒了大霉，”安学武苦笑着，“那是一种强力的迷药，不会致晕，却能让人迅速地丧失行动能力，甚至连逃跑都迈不开腿。摔在地上的时候，我倒是一下子想明白了毒药的来源，那是一种用火一烧就能放出迷烟的药粉，暗算我们的人一定是趁着白天他不在客栈的时候，在蜡烛上方的天花板缝隙里填入了药粉，然后在我们交战正酣时，他在楼上一跺脚，药粉就抖下来了，而我们误以为那是灰尘。这种药和杀张可佳的那种正好相反，一个遇火才释放毒性，一个耐火却本身带毒。”

“也就是说，暗算你们的人，其实当时就住在你们楼上的房间。查到他的身份了吗？”云湛问。

“没有，整件事他做得滴水不漏，”安学武脸上一半憎恶一半佩服，“他先雇用了一个街边闲汉去替他开房，回头再把那个闲汉杀死在房间里灭口。谁也不知道他什么时候进去的，自然更不可能见到他的人。”

云湛叹息一声：“好吧，你总算是遇到对手了。那么后来呢？”

“后来客栈掌柜就破门而入了，安学武和那个天罗正在地上徒劳地挣扎，但中毒太深，谁都没法站起来。好在安学武在南淮城大名鼎鼎，谁都认识他，”席峻锋语含讥讽，“再后来捕快们来到了，救走安学武，把他的那个对手捆了起来。那时候那张写着名单的纸条就从那天罗的衣襟里掉了出来，上面是安学武的笔迹，列明了每一个人今年犯的案子，居然全都是确实发生过的悬案。根据名单，南淮城潜伏的这些杀手全部暴露。但他们实在厉害，衙门并没有用普通捕快，而是直接从大内调拨高手，仍然连一半人都没抓到。”

“大内高手……难怪我们都不知道。但是破门之前究竟发生了什么？”捕快们很好奇，“安学武和天罗为什么都中毒了？”

席峻锋耸耸肩：“那就只有安学武知道了。他事后的说法是，天罗向他放毒，被他把毒粉挡散了，于是两人一起中毒了。我倒倾向于认为，是他自己准备的毒药，结果毛手毛脚地把自己也毒翻了——一个天罗要对付安学武这种废物，还需要下毒？”

大家一起大笑起来，稍微纾解了一点儿这些天的沉郁心情。席峻锋忽然一板脸，正色说：“别光顾着取笑，那张纸条上的名单和案件，可是安学武亲笔写的。虽然安学武事后很难得的表现得非常谦虚，说都是线人查出来的，但这个功劳只能算在他身上。”

“可惜当时你不在场，”陈智十分遗憾，“不然他那副狼狈相落在你的眼里，以后一辈子也抬不起头了，看他还敢在我们面前那么横不？”

席峻锋叹了口气：“说起来，那天夜里我还真在外面办案呢，就是查那家可能与邪教有染的钱庄老板。那个有钱老板家里有河络制造的计时钟，我进门时看了一眼钟，记住了时刻，而在那一个时刻之前大约六七分钟，城西发生了一场大火，火光在城东都能看到。事后才知道，碰巧就在大火燃起的时间，安学武和那个天罗一起中毒了。可惜他在城西平康巷，我却在城中的银禄大街，中间隔着建河，约有大半个对时的路程，恐怕只有插上翅膀才能赶过去取笑他啦！”

众人又是一通哄笑。虽然此事让安学武立了功，但想象着他在地上像肚皮朝天的乌龟一样手脚乱蹬爬不起来的样子，还是有些解气。倒是席峻锋看不过眼了：“行了行了啊！别忘了人家现在还生死未卜呢！同行之间的一丁点儿意气之争，不至于在人家身负重伤时还那么不厚道吧？”

“是啊，再说安学武这一次对我们挺不错的，”刘厚荣接口说，“几乎没有什么刁难，就把两起案子移交给了我们。说不定就是天罗这事闹得他顾不上和我们作对了。”

“也就是说，有人陷害你？”云湛开始明白过来，“那个人根本不想杀你，而是要故意让纸条被人发现，然后让你被天罗当成叛徒。”

安学武看上去憔悴不堪：“我一直在猜想那个人究竟是谁，却始终不得要领。说起来很巧，就在我中招的时候，隔邻的街上发生了一起大火，火头燃起时很多人都看到了，所以我意外地得到了自己中毒时的精确时间。但事后我专门调查过，无论是南天罗内部的人，还是黑道中和我有仇的人，或者是官府里看我不顺眼的人，在那个时候都有证人可以证明不在现场，想来是唆使同伙去干的，完全无迹可寻。总而言之，那两个天罗因我而死，这件事情搞得我一直心绪不宁。我知道北天罗和东天罗迟早要来报复，昨晚看到那张纸条又出现之后，更是有些震惊，不然也不会被偷袭成功。幸好我被袭后立即逃脱，并且一直压着伤口没有让血流到地上，所以敌人不知道我的伤势轻重。”

“但我知道，”云湛很郁闷，“一时半会儿你是没法动了，我也不能指望你帮我忙了。”

“信别人不如依靠自己，”安学武冲他眨眨眼，“顺便说，你如果能把陷害我的人找出来，我的同宗们大概就会放过我们了。”

“你是想骗我去替你卖苦力吗？”云湛没好气地说。

“不是骗，而是你不得不替我卖苦力，”安学武虽然伤口疼痛，还是笑得很得意，“不然你就等着应付天罗一波又一波的袭击吧。对了……”

他似乎还有话想说，但伤口疼痛，一时间歪着嘴说不出来。云湛没好气地撂下一句：“先歇着吧。我回头再来看你。”

第三祭
净　体

魔的信徒们，过往的罪孽生活，在你们的身躯上留下了无数罪恶的印记。那是你们曾经堕落的见证，那是你们曾经背离魔主的证据，那是你们灵魂的污点，让你们在朝见魔主的时候也没有颜面抬起头来。来吧，在魔主的烈焰中洁净你们的躯体吧！

——《净魔救世书》

时间长了，我也难免会感到一丝孤单。

我的世界里，除了三位长老之外，就再也见不到其他的人。既没有我们净魔宗的其他教徒，也没有外世界那些不信教的罪人。三位长老不在身边的时候，即便是一声无意的咳嗽，都能在石砌的甬道中来回碰撞，传出去很远。

我平时尽量不发出多余的响动，地道里非常安静，令我可以隐隐听到石壁外的杂音。我以为那是老鼠在钻洞（这是我从书本上看来的，其实自从复生以来，我从没见过活生生的老鼠），长老们却阴沉着脸，告诉我，那也许是来自地面的外人的脚步声。

看来这个世界上有很多外人，可魔主的信徒们呢？为什么我见不到？还是说，整个净魔宗只剩下了我和三位长老，其他的一切都已经湮没于时光的尘埃中？

我没有把我的疑问主动说出去，但显然我还不会隐藏自己的情绪，大长老很快看了出来。

“你在忧虑什么？”晚餐的时候，大长老不紧不慢地问，“不必隐藏，如果你有什么话，只管说出来。魔主会判断正误的。”

我犹豫了一阵子，支支吾吾说出了我的不安。大长老哑然失笑：“我以为你在想什么呢？魔女是魔主在人世间的代言者，对信徒有着仅次于魔主的至高威望，同时也是他们心灵的寄托。如果你在魔力没有恢复之前就贸然出现，也许会动摇信徒们的信心，所以我们才一直没有让他们来朝见你啊！”

原来如此！我为三位长老的深思熟虑而感动，也为自己无端的怀疑而羞惭。大长老话锋一转：“不过，我们既要考虑信徒们的信心，更重要的是，不能让你有丝毫的动摇。我们净魔宗虽然屡遭残害，但魔主的号召力永远不会消失，我们的实力也永远都在。今天晚上，我们就安排你展示一次力量吧。第三步的祭祀已经完成，虽然魔主的力量还没有降临到你的身上，但你已经可以用你的祈祷向魔主祈愿了。你将会在这个黑暗的地道里见证一次奇迹。”

见证一次奇迹吗？会是什么样的奇迹呢？我忐忑不安地一直等到了天黑。二长老庄重地为我披上白袍，戴上象征魔女身份的指环。我在他的带领下，第一次走出我起居的石室。在幽暗的火把的照耀下，我们沿着阶梯继续深入地下，最后在一座石壁前停下来。我按照长老们的指示，垂首跪向西方，在心里默默地祈祷着魔父的恩慈。

伟大的魔主啊，赋予我生命的魔父啊，请用你的力量照亮这黑暗的人间，让你的子民感受到你的光辉吧！

我看到了什么？我的眼前出现了什么？难道我眼花了吗？

我使劲儿揉了揉眼睛，仔细再看，幸福的泪水立即充盈了我的眼眶。魔父啊，你真的听到了我的祈祷，把这不可思议的奇迹赐予了我！

我陶醉地半闭着眼，用模糊的视线感受着眼前只在书本上读过却从未亲眼见过的温柔的光芒。那么明亮、那么柔和，就像是魔父慈祥的训诫。

“看到了吗，月光，这是月光！只有魔主，才能让月光照进这幽深的地下啊！”大长老喃喃地说。

九

人们在形容某种混乱不清、完全纠结在一起的形势时，最喜欢用“一团乱麻”这个词。但对于云湛来说，眼前的事情简直比一团乱麻还要糟糕。那似乎是无数股乱麻纠缠在了一起，没有一根线头能够找到，形成巨大的旋涡，把他困在其中，缠得他呼吸不畅、眼冒金星。

从被石秋瞳绑架进宫到现在，不过短短七八天，他的面前就突然多出了无数的麻烦。他尝试着在纸上划拉了一下，不写还好点儿，写完之后，他觉得自己的脑袋都快炸了。

一、石隆突然和江湖中人往来密切，究竟为了什么？

二、石隆为什么送给太子那些邪教祭祀用的肮脏物品？太子身上又发生了什么？

三、石雨萱被谁绑架了？藏在哪里？目的何在？

四、石雨萱每个月两次光顾宛锦赌坊，是为了见什么人？

五、陷害安学武的人是谁，有何阴谋？

六、最近几天突然出现的两桩奇特而残酷的杀人案，凶手是谁，动机如何？真的是邪教作祟吗？

七、我他妈的该怎么去应付能把安学武都刺成重伤的王八蛋天罗？

……

他扔下笔，愤怒地骂了两句，但心里的闷气还是无法排解。除了两起杀人案自有席峻锋去头疼，自己不必操心之外，石隆的秘密、石雨萱的行踪、陷害安学武的幕后真凶都得靠自己的智慧去挖掘，与此同时还得随时小心天罗无孔不入的暗杀。他心里隐隐有点儿后悔了，早知道这笔佣金那么难挣，还不如继续厚着脸皮到姬承家蹭饭呢……

但后悔归后悔，抱怨归抱怨，云湛在多数时候还是能表现出令人敬佩的职业节操，尤其当他的委托人是石秋瞳时。他定了定神，慢慢回想起师父云灭当年的教诲。

那时候云灭向他提了一个问题："你被锁在一间木屋里，屋子很坚实，凭你肯定没办法撞开。四周的墙壁都在燃烧，很快会把你烤成焦炭；门外有人不断向里放箭；地上爬着无数的毒蛇，随时可能扬起头来咬你一口；房梁在吱嘎作响，说不定什么时候整个屋顶都要塌了；屋里放着一罐子火药，引信已经被点燃，眼看就要被引爆，足够把十个你都炸成粉末。这时候你该怎么办？"

云湛想啊想啊，想了很久，最后颓丧地说：“你不如直接让我去死好了。”然后他又自作聪明地嚷嚷起来：“对啦！我听到过类似的故事，这是个讲述应该如何笑对人生的寓言吧？是不是我应该在桌上找找有没有什么蜂蜜可以拿来舔舔……”

云灭二话不说，“啪啪”两记惊天动地的大耳光，打得他晕头转向，好半天才回过神来。他捂着热辣辣的脸颊，很不服气地哼唧着：“那照你说该怎么办？那么多危险凑一块儿了，怎么都是个死。”

云灭语气平淡：“当然是先去断掉火药罐子上的引信，再把罐子挪开或者用水将火药泼湿，避免它把你炸成几百几千块。”

“可是剩下的那些呢？大火、毒蛇、房顶还有冷箭，那些怎么应付？”云湛嚷嚷起来。

“火药罐子是最急迫的，比其他的都要急迫，”云灭说，“如果不先对付它，你干别的都没用。不管你干别的会不会有用，至少也应该先把这一步走完。”

云湛一怔，琢磨着他的话：“你的意思是说，哪怕是一线生机，也绝不能放弃，而且在任何复杂的情况下都要学会冷静分析，如果有一百把刀子对着你，先躲开离你最近的那一把？”

云灭“哼”了一声：“那么简单的道理，想那么久才想明白。人生在世，总难免遇到各种各样复杂的甚至于复杂而致命的状况，可能会搅得你恨不能一刀把自己捅死算了。但是仔细想想，与其捅死自己，不如先理清顺序，一样一样地慢慢干——总比什么都不做好吧？想要舔蜂蜜，死了之后慢慢舔去，但在此之前，先把火药的引信熄灭了吧！”

其实现在就是这样的形势，而且虽然复杂，还远不到燃火的小木屋那样糟糕的境地。云湛想着，再多的线头，找出一个就少一个。一件一件地去办就好了，别埋怨那么多。比如眼看着三天的约期快到了，自己也应该准备准备，再去一次宛锦赌坊，找新朋友钟裕聊聊了。自己手里握着洪英和安学武的手下，他们也许破案不行，但要帮自己做一些调查，却应该比较拿手。

赌场是一锅成分复杂的老汤，在文火慢炖之下“咕嘟、咕嘟”冒着泡翻滚着，将世相百态都熬煮于其中。人们带着野心和贪欲而来，却十中有九带着失落的愤懑离去，金钱流转之间，怎样的尊严与假象都可以抛开，只剩下赤裸裸的人心。

所以赌场的安保总是做得比任何一个其他的行业都要严密，不仅仅是因为这里积聚了大量的财富、吸引了无数有身份的人，更重要的在于，这里发生的事情往往都不可预期，也不可控制。一个倾家荡产、一无所有的绝望的穷光蛋，往往比身怀绝艺、头脑缜密的劫匪更加可怕。因为你完全无法估料他会在什么时候发狂，也完全无法估料他发狂之后会做些什么。

能在一个赌场里做到“打手的头目”的，绝对不是普通人，云湛边走边想。在上一次的交锋中，自己虽然通过近乎无赖的举动逼得钟裕勉强同意了这次三天后的会面，他却未必真的肯心甘情愿地告诉自己实情。安学武的意外受伤打乱了自己的计划，虽然之后云湛还是以安学武的名义安排了人去监视钟裕，中间毕竟耽搁了半天。半天时间，也许足够钟裕干出一些毁灭证据的事情了。

走进宛锦赌坊的时候还不到中午，正是一家赌场一天中生意最清淡的时候。鏖战一夜的狂热赌徒们都已经回家睡觉，只是在黄昏过后来享受一下悠闲夜生活的人们又还没有到来。现在赌场里冷冷清清，钟裕也似乎做好了迎接他的准备。

“他不同意见你，也不同意把他与郡主见面的原因告诉你。”钟裕开门见山地说，“但得到他的允许，我可以告诉你他的身份。除此之外，别的都不能说。”

“看来你这三天的奔忙还是有一定效果的嘛。”云湛略带点儿讥诮。进入赌场前，他已经和负责监视钟裕的捕快通了气，结果令人失望。钟裕无疑是个摆脱追踪的行家，那几个普通捕快根本盯不住，唯一有价值的信息是，钟裕至少每天都会在赌坊里露面几次，说明他并没有去外地。既然如此，这三天时间的约定就有点儿耐人寻味了。

钟裕领着云湛，进到了一个设在赌场内部的高级包间。这里是供夜晚来此赌博作乐的有身份人士享用的，所以白天空无一人，正好可以用来密谈。

“你一定在奇怪，为什么我根本就没有出城，却一定要向你要求三天时间吧？”钟裕说。

“没什么太奇怪的，”云湛随手把玩着桌上的骨牌，“统治者胆小怕死毛病最多，宫里宫外的，联络起来很费事。三天时间比较把稳。”

钟裕愣了一下，接着长出了一口气：“云湛，你果然是个很聪明的人，只可惜聪明的人往往好心办坏事。”

云湛摇摇头：“我从来不存好心，所以最多不过是坏心办坏事。不过你承认了这个人本来是宫里的，他的身份也就比较好猜了。这位小郡主之所以每月初二和十六才来这里，不是为了她方便，而是为了她要见的这个人方便。宫里嘛，御前侍卫随时可以出宫，只有太监、宫女很麻烦，有事才能出宫。要是每月固定那两天的，多半是有点儿职务，负责定期采买后宫用品的太监了。”

钟裕一向没什么表情的脸上也显出了一丝紧张，他轻声说：“看来你的聪明还在我想象之上。”

云湛看着他，终于忍不住笑了起来：“钟裕，我很想就这样维持在你面前的绝顶聪明的高人形象，但是仔细想想，还是不必如此。”

钟裕不解地看着他：“什么意思？”

云湛抄起赌桌上的三粒骰子，扔在桌上，点数分别是五点、三点、三点。他再用手把三粒骰子都遮住：“从刚才骰子滚动的声音，我能听出来，加在一起有十一点。”

“你的眼睛分明已经先看过了。”钟裕哼了一声。但紧接着，他明白了云湛的用意：“你的意思是说……你已经先知道了，然后再来消遣我？”

他不禁捏紧了拳头，云湛神情轻松地冲他摆摆手：“我并没有知道，其实大多也是靠猜，但并不是简单根据‘三天时间’和‘每个月两天’这两条线索来猜的。那样的话，延伸出去的可能性太多，得到的结果并不严谨。但如果在此之前多了解一些你的背景，那就能排除掉许多不合理的支线，剩下的也许就离答案不远了。说书人总喜欢塑造无所不能的神捕形象，但那些形象，在现实中是不存在的。”

钟裕想了想，颓然坐在椅子上：“你利用这三天调查了我的身世？”

“做太监的干儿子并不是太丢脸的事情，”云湛说，“很多年轻人为了往上爬难免都是要做点儿错事的。郡主所见的，就是你的干爹，曾经权势颇大，但被国主削职为采买太监的伍正文，对吗？”

伍正文曾经是个妆容妙手，以至于许多后妃宁可不用宫女，也要等着他来为自己梳妆。但这位只擅长为他人涂脂抹粉的伍公公，在得宠几年后有点儿忘了自己有几斤几两了，仗着后妃们的撑腰开始在太监群中变得跋扈，终于惹恼了国主。只是看他并无大错，一把鼻涕一把泪的认错也很诚恳，国主也就是把他削职了事，外加一条禁令，再也不许他为宫中女人梳妆，违令则斩。

“我现在已经完全靠自己双手在打拼了，”钟裕低声说，“但干爹当年对我不错，我不能学那些人走茶凉的畜生，干爹一失势就对他弃之不理。干爹每次出宫，我都会陪他喝两盅、说说话。五个月前的初二，干爹忽然要借我这个地方用，要求我给他准备一间雅间，每次出宫采买时在里面见客。我虽然不明所以，但还是替他准备了。到了那个月的十六，他早早到雅间里等着，不久客人来了，竟然是……郡主。”

“以后他们就每月见两次，具体为什么见面我并不清楚，干爹也不肯告诉我。直到最近两个月，郡主再也不来了，后来我追问干爹，他才勉强告诉我，宫里朋友透露的一点儿风声，郡主可能失踪了。我所知道的全部事实就是这样。”

云湛背往椅子上一靠，跷着腿看似悠闲，心里却一阵迷惑。他一直都在猜测，石雨萱是在亲王府外有了一个关系亲密的情人，所以才会有那么多的奇怪举动，而这个身份未知的情人，很可能就是造成她失踪的关键因素。现在虽然这个念头仍然没有动摇，但怀疑的方向已经被堵死了一条了——至少这个人不会是每月在宛锦赌坊和她见面的人。因为伍正文是个宦官。

每月跑来两趟，都是为了见一个宦官——这是什么乱七八糟的事。云湛在心里咒骂着，这个该死的小妮子头脑不正常吧，一个太监能教她点儿什么？受气挨骂吗？给人端茶送水吗？替人……替人……

他忽然心里一颤，想起了伍正文的特长是什么。他再联想到从石雨萱房中找出来的她秘藏的那些宝贝，一个近乎荒诞的结论产生了：一向都和男孩子没太大区别的石雨萱想要变得漂亮。她和伍正文会面这件事，间接上更加证明了云湛的判断，也许石雨萱真的有一个秘密的情人。这个情人无疑能把她迷得神魂颠倒，以至于开始格外注重自己的妆容。

而她出手也够狠的，云湛苦笑着想，居然抓住了也许是整个南淮城最擅长装扮女人的那个家伙。他扭头对钟裕说：“我要问的已经问完了。谢谢你。”

他站起身来，拍拍钟裕的肩膀：“你是一个很不错的人，尤其是在伍正文完全失势后还愿意帮他这一点……希望以后能和你交个朋友。”

钟裕默默点头，眼圈微微有点儿红。他咬咬牙，忽然大声说：“我可以再劝劝干爹，让他和你见一面，告诉你更多内情。”

“谢谢你的好意，这倒不必了，”云湛微微一笑，“我来找你就是为了证实我的推断。确认是他之后，我直接进宫问他好了。我在宫里也有内应，不必花三天时间那么长。”

距离王宫的路还有点儿远，云湛晃晃悠悠地走着，想到了些别的问题。和钟裕交谈之后，总让他的心里有一些隐隐的疑点，但具体指向那里，一时半会儿又把握不住。那种感觉，就像是偶尔有时候背脊发痒，却总是找不准痒处一样，真是难受到家。

进宫时照例要经受无比苛刻的盘问、搜查、通报和放行，随身弓箭也不得不暂时被扣下。虽然每次都是如此，仍然让云湛觉得不太高兴。要不是为了给足石秋瞳面子，或者说，不给她找麻烦，他倒宁可像个刺客一样自由地翻墙而入。

奇怪，那种始终把握不住的疑点越来越强烈了，那到底是什么呢？那些各种各样交织在一起的线索中，一定是有什么东西露出了破绽，为什么我不能精确地找到这一点呢？

见到石秋瞳的时候，他又注意到了另一点，那是他之前从来没有留心过的。石秋瞳也并不是个爱装扮的女人，至少云湛混在人群里见过她出席那些重要的祭祀典礼时，都是一副素面朝天爱谁谁的德行，但似乎每次在见他之前，都会略施薄粉，在脸上补一点儿淡妆，其间包含的情感不言而喻。以前每一次会面，其实她都是在等着我赞扬她的美丽吗？云湛忽然心里微微一酸，为什么我过去从来没有意识到过，非要靠这个该死的化妆事件来提醒呢？

他不禁悄悄打量起石秋瞳的脸。在外人眼里，公主依然年轻，虽然在流行早婚早配早结姻亲关系的王族圈子里算是年龄大的，云湛的损友姬承曾以行家的眼光评价说，石秋瞳看起来“像二十岁刚出头”。但只有云湛能看出来那双眼睛里包含的寂寞与无奈。

他定定神，把近些日子发生的事情向石秋瞳讲述了一遍：“所以让我去见见那个伍正文吧。你不介意的话，我想用点儿手段逼他吐露真相。”

石秋瞳一脸的幸灾乐祸：“没问题，我会替你兜着的。那种靠替女人在脸上涂涂抹抹、盘盘头发往上爬的货色，我一向看不顺眼，你能揍他一顿反而解气。”

云湛没有回答，跟着她指派带路的宫女走了出去。出门的时候，他忽然回过头去：“人族小姐，你今天很漂亮。”说完之后，他逃也似的往前疾走，没敢回头去看石秋瞳的反应，心里回忆起两人初次见面时的对话。那时候他是宁南城里一个输得精光的小赌徒，正在想方设法花言巧语地找人借钱：

——“九州各族如果还在你杀我、我杀你，你今天就不会站在这里，我也就无缘认识那么漂亮的一位人族小姐。”

——“而且你也就无缘从这位漂亮的人族小姐手里借到钱——我大概忘了告诉你，人类的赌徒借钱之前也是喜欢拐弯抹角地拍马屁的。”

——“可我说的是实话，我喜欢你们人类黑色的头发。”

他默默地陷入过往岁月的羁绊中，有些恍惚地跟在带路宫女的身后，直到对方告诉他已经到了，才回过神来。幸好这是在禁宫里，他自嘲地想，不然要是这会儿跳出个天罗来趁自己走神偷袭一下，那可大大不妙。

伍正文失势已久，如今在宫里还能保留一份职司，有一间单独的卧房，已经算很不错了。但此人的架子倒是不小，任由云湛怎么拍门，都没有出来开门的意思。

“他大概不在吧？”带路的小宫女疑惑地说。

云湛摇摇头，对着门里喊道：“伍公公，我并不想把你怎么样，只是想问你一两个问题，你不必太多心。请开门吧，你的呼吸声是藏不住的。”

又是一阵儿沉默。云湛不屈不挠，一直不停地拍门，看样子不把门板拍烂誓不罢休。终于，缓慢地，门里传来了一阵迟疑的脚步声，紧接着门开了。一个肥肥白白却面容憔悴的老太监站在门里，做了个请进的手势。

宫女知趣地退去，云湛掩上门，回身看着伍正文，后者似乎早就知道云湛会来找他，看起来不算太慌乱。

“我一直在等着有人来找我，”伍正文平静地说，“只是没想到来得那么快。”

云湛轻咳一声：“那个，我没有恶意，只有一些小问题请教一下，而且一定会替你保密。”

伍正文的脸上浮现出一丝奇怪的笑容：“世上永远没有不透风的墙，也没有可以保守得住的秘密。一个人知道了，终究会变成所有人都知道。”

云湛正想说话，突然之间，他的脸色变了，一大步跨上前去，抓住了伍正文的手臂。

“你干了什么？”云湛吼道，“解药在哪儿？”

“已经太晚了，”伍正文用一种解脱的语调说，“三叶蜈蚣的毒汁，无药可解。”

他身子晃了晃，眼看要倒下，云湛扶住他，让他坐在了椅子上，看着他已经发紫的嘴唇，知道他没有说谎。伍正文咳嗽一声，嘴角流出黑色的血。

“你至于那么想不开吗？”云湛简直恨不能趁他毒发之前先亲手把他掐死。

伍正文摇摇头：“我犯了大罪，理应付出代价，但是……但是……你也不可能从我嘴里再问出什么东西了。”

“大罪？”云湛愣住了，“什么大罪？”

但他已经不可能再得到回答了，伍正文慢慢阖上双眼，头低垂了下来。云湛探手试了试他的鼻息，确认他已经断了气。

辛辛苦苦找到了伍正文，一丁点儿有用的信息都没问出来，对方就自尽身亡了。看着这具突如其来的死尸，云湛心里一时难以理解。不过是在赌场里和石雨萱会一下面，何至于要说“犯了大罪”，更何至于要如此决绝的自杀呢？而且听他的口气，看着他从容的神态，好像他对于这个结局早就有了心理准备。当自己敲着门指出他就在门内时，他就已经坚定了死志，吞下了事先备好的毒药。这到底是为了什么？

他不管三七二十一，先把伍正文的房间细细搜索了一遍。除了一瓶用了一小半的三叶蜈蚣毒汁之外，并没有其他值得一提的线索了。不过他注意到一点，这个房间里真的是没有一丁点儿可以用于女子梳妆的东西，可见对于国主的命令，他还是忠实地执行了的。他即便有什么犯禁的事情，也都是在宫外做的。

云湛一脸迷惘地走了出去，通知着惊慌失措的小太监们去收尸，只觉得那一团乱麻的线头不但没有解开，反而增多了。他忽然意识到，石雨萱的失踪绝不是一件小事，里面一定包含了什么骇人听闻的、精心策划的大阴谋。

我实在不该就这么直截了当地逼问伍正文的，他又想到，这是一个鲁莽的错误决定，现在宛锦赌坊这一条线索完全断掉了，只能回过头再去寻找新的蛛丝马迹了。他懊恼地敲着自己的脑袋，总觉得现在一个头有三个大。

十

每一个看似无关紧要的人，都有可能成为最紧要的线索，这是一切探案课程中都不可避免的一句最大的废话。一方面这话不假，稍微有点儿头脑的罪犯就不会傻到让自己在某桩案子里显得醒目，唯恐别人不去抓他；另一方面，光南淮城就有几十万人口，要细筛每一个无关紧要的人，只怕把真正的凶手找到时，他都差不多寿终正寝了。

但是办案总是这样，绝大多数时候做的都是枯燥无比的工作，在一条街上一家一家地敲门，问着千篇一律的无聊问题，然后再转向下一条街。席峻锋总喜欢充满感情地回忆起自己当年出道时做的这种体力活儿，并以此激励下属们继续替他玩命地跑腿。

“还有一句废话是这样的，”席峻锋还喜欢这么说，“嫌疑犯可能就是你调查的下一个人。这当然也是标准废话，但遗憾的是，真理往往包容在废话之中。”

“你不如直接明说，真理就包含在您老的命令里。”陈智噘着嘴。为了查找第二位死者所住的二层房子的买主，他已经把原房主、那位死去的赌鬼的人际圈都问遍了，此人常去的几家赌场里的人都已经对他很熟了。

但该赌鬼一直孑然一身，也没有妻子儿女，至于他当年赌场上的朋友，除了收钱和给钱，原本也不会在意其他。被问到的人当中，十之八九都已经忘记了曾经有那么一个人存在过了。

不过席峻锋并不会轻易罢休："再去城里其他那个赌鬼不去的赌坊也问问，赌鬼不去，不见得其他和他赌钱的人也不去，看有没有人还对那家伙留有印象。此外，问过的人再问一遍，记忆这东西就像女人的心，你只刺激一次未必能有反应，死缠烂打才能有所收获……"

这话说得轻松随意，却包含了更加巨大的工作量，陈智只觉得喉头一腥，直想一口血喷到席峻锋脸上。可恨的在于，席峻锋平时在工作里总是比自己的下属更卖命，这让他们没什么借口去推三阻四。

陈智嘴里嘟哝着出去了，席峻锋又转向了刘厚荣："怎么样，那个奇怪的文身，有方向了吗？"

他所问的文身，指的是那具被抽掉骨头的死尸身上的文身，形状有点儿像枣糕，席峻锋凭直觉认为这不像是标榜个性的私人文身，而是某种组织的标志。他这一直觉不打紧，刘厚荣先是排除了已知的各地黑帮，又开始翻检历史存留的邪教资料，但始终一无所获。

刘厚荣都懒得回答了，只是大幅度地摇着头，然后把自己熬得通红的眼睛亮给席峻锋看。他们都没有想到，这个罕见的文身被以一种意外的方式解决了。

南淮城这些日子正好有一个几乎不为人所知的集会，那是一帮子来自九州各地的星相学家的聚会。星相学这东西，说起来玄之又玄貌似很了不得，仔细一分析，好像也和百姓的生计没太大关系。事实上，除了部分愚民真的相信星相能够指引人的命运，并心甘情愿地给街头打着星相旗号的骗子送钱之外，多数人还是对此漠然置之。一个全九州水准最高的星相大师，或许并不比一个三流戏子更有名。简而言之，除了他们自己之外，没人认识他们，没人知道他们是干什么的。

所以此次并不声张的聚会引起了衙门关注，那些来自外地的陌生的夸父、河络、羽人和人数更多的人类突然凑在一起扎堆，难免让人联想到些带有危险性质的事情。而在两天的监视过去，终于弄明白他们是在研讨星相学时，这样的担忧不减反增。要知道，在历史上的历次大型战争中，总会有星相师跳出来胡言乱语指点天下命运，为自己拥戴的君主造势。眼下这些星相师来到南淮，谁能保证没点儿这方面的打算？

为防万一，直接受国主调派、不由兵部统辖的南淮猛虎卫直接介入此事，并随便找了个借口从中秘密绑架了几名星相师拉回去审讯，确定他们只是在合法地讨论学术问题后才放人。此事不必详述，但在审讯的过程中发生了一点儿小插曲，一名猛虎卫无意间发现，被抓去的河络族星相师的袖口绣着一个标记，这个标记看上去有点儿眼熟。

这位猛虎卫想了很久，终于想起来了，前两天他一位在按察司办差的朋友曾给他看过一个图样，问他认不认识图上的文身图案。那个图案好像和眼前的标记挺像的。于是这个不幸的河络眼睁睁看着其他同行们被释放，自己却被移交给了另一批人。该河络脾气倔强，颇有学者风骨，心里打定了主意，只要一见到准备审讯自己的第二拨人，就破口大骂，要杀要剐悉听尊便。

结果蒙眼布一摘掉，他第一眼就看到了一具恐怖至极的尸体，就好像正在融化的蜡人一样，软绵绵地好不恶心。而第二眼，他看到了尸体右肩上的文身。他一下子张口结舌，已经准备好的骂人的言辞（要记熟这些东陆语的骂人话可真不容易呢）顷刻间忘得一干二净，取而代之的是脱口而出的文法错误的惊呼：“这是部落我们的徽记！”

“你们是什么部落？”虽然河络用错了文法，席峻锋还是听明白了他的话。

“越州，塔颜部落，”河络慢慢地镇静下来，开始端详那张毫无血色的死人脸，“这个人，我认得。我们部落的记名弟子。”

席峻锋倒有点儿佩服这个矮矮小小的河络了，在最初的震惊之后，他能够迅速回过神来，可见也是个不一般的人物。虽然他的东陆语说得比较生硬，但至少能表达清楚意思，很快地，这个失去了骨头的男人的身份弄明白了。

他是越州的河络塔颜部落的记名弟子，名字叫作张星，当然，也有可能只是化名。这个部落藏在沼泽深处，向来不爱与其他同族通气，只是埋头钻研星相学，更不用提与异族交流了。所以张星这样一个人类能成为他们的记名弟子，实在是太罕见了，怪不得这位河络很快就认出了他。

“他是一个非常执着的人，”河络回忆说，“我们河络部落的入口处通常有障眼秘术保护，外人很难找到。那时候他在附近足足找了三个月，嘴里不断高喊着他的目的，诉说着他的诚意。虽然最后还是没有让他进入，但我们感于他的诚挚，破例派出一位星相师，教授了他一段时间星相知识，所以他也算作我们的记名弟子，还在身上烙下了部落印记。你问我这个印记代表什么？哦，不是枣糕，它代表的是算筹，算学是星相学的基础……”

更多的信息他也没法提供了，因为这帮一心扑在学问上的河络们甚至没有费心去打听此人的身世背景，反正很少有人能用星相学去作恶。但他所讲述的那些，已经足够席峻锋去继续调查了。有黑道背景的人虽然多如牛毛，但在这其中会有兴趣学习星相学的寥寥无几——那就像老虎吃草一样奇怪。在老虎群里找出吃草的那一只异类，应该并不难，所以活资料库刘厚荣很快就找到了此人的真实身份：“真名叫张剑星，名字里虽然带个‘剑’字，却是个痴迷星相学的刀客，武功极高，但脑子有点儿一根筋。由于一次意外的巧合，少年时代一位星相师的预言碰巧成真，救了他一命，从此他总觉得自己的命运是由天空中的命星确定的，四处寻访星相名家，搅得别人焦头烂额。他本来是中州大帮派锁河盟的头号高手，因为星相耽误了好几次大事，也因此被锁河盟忍痛驱逐了。此后他消失了一段时间，也许就是去了越州拜访塔颜部落吧。再往后……再往后……”

席峻锋注意到了刘厚荣的迟疑：“怎么了？再往后发生了什么？”

刘厚荣吞吞吐吐地回答：“一年半之前，他过去在帮派里结下的仇家发现了他的下落，联合起来找他晦气。他寡不敌众，被逼得走投无路，幸好有人救了他，并从此收留了他，直到半年前，好像就没有听说他的动向了。”

“谁收留了他？”席峻锋追问。

刘厚荣的声音很无奈：“国主的哥哥，隆亲王石隆。”

查出张建星真实身份的第二天清晨，第二位死者的身份也终于有了重要进展，不过不是通过查询房主这样的迂回线路，而是从死者的遗物里找到了一点儿线索。

第二位死者是女性，房间内遗留了不少杂物，席峻锋不管三七二十一，命令手下把所有东西都一股脑搬回去，然后指派一名叫作霍坚的捕快分析遗物。霍坚已经五十出头，驼背瘸腿，头发掉了大半，眼神儿也相当不好，不戴着河络磨制的眼镜根本看不清东西。但所谓人不可貌相，此人年轻时可是个风流人物，在九州各地到处流窜，靠着出色的手工艺制作千奇百怪的小玩意儿，勾搭良家妇女。他的瘸腿就是在这样的生涯中不幸被某良家妇女的丈夫发现而打折的。由于去过的地方多，对各地风土人情尤其是手工制品有相当了解。霍坚被慧眼识英的席峻锋看中，破格录用到手下，负责替他鉴别证物。霍坚有一张大到可以供几个人在上面站着跳舞的大木桌，需要鉴别的物品在上面堆积如山。

霍坚在镜片后面眯缝着眼，趴在桌前面对着一大堆梳子、镜子、木屐、女人的内衣之类的玩意儿伏案工作了好几天，但从来不肯早到和晚走，严格遵循着规定的工作时间，到点就回家吃饭睡觉。捕快们心急如火，却也没人好意思去催促这么一个身带残疾的老头子。

所以老头子注定要先把大家折磨够了，再带来意想不到的惊喜。就在确定了张剑星的身份之后的翌日早晨，霍坚撑着拐杖慢腾腾走进捕房，刚一进门就说 ：“哦，我昨晚找到了一点儿线索。这个女人要么是从雷州来的，要么在雷州客居过很长一段时间。”九州地理分为三陆三海，其中三片大陆被早期的帝王划分为九个州，雷州位于和宛州隔海相望的西陆，向来是人烟稀少之地。

捕快们连忙围了上来，席峻锋很不满地问：“你昨晚找到的，为什么今天才说？”

“因为我找出线索的时候，已经到收工的时候了，”霍坚理直气壮地说，“我要是那会儿告诉你们，你们肯定得逼着我解说，那就耽搁我吃饭的时间了。”

众人气得牙痒痒的，却也拿他没办法，只能乖乖听他解释。他拿起了一把伞骨粗大、伞面厚实的雨伞：“比如这把伞，几乎是雷州女人随身的物品。别看它有点儿笨重，却是在雷州生活必不可少的物品。因为雷州的城市大多靠海，又多风多雨，天气变化很大，经常在半天之内就轮番出现烈日当头和暴雨倾盆，雨伞是必不可少的。而海边风大，宛州女人用的小油纸伞只怕几分钟就被吹散架了。我当年在雷州的时候，遇到过……”

“闭嘴，”席峻锋很有经验地打断他，“说下一样，别回忆你的情史了。”

霍坚遗憾地放下伞，在桌上的破烂里左翻又翻，又找出了一把普通的牛角梳子：“这梳子的做工用料没什么特别，但上面装饰用的花纹是波浪形，也比较符合雷州人崇拜海神的特色。我当年在雷州的时候，有一个……”

“闭嘴。”席峻锋说。霍坚叹口气，又拿起几样东西，一一指点出其雷州特色，这时候由于接连熬夜工作而一直睡眼蒙眬的刘厚荣一个不小心整个身体趴到了桌上，把一些乱七八糟的东西撞到了地上。霍坚吹胡子瞪眼，近乎咆哮着指挥捕快们把那些“重要的证物”一一捡起来，但有一个小瓷瓶还是不幸在地上跌破了，里面装着的膏药流了一地。刘厚荣正想拿簸箕来清理，霍坚却忽然费力地蹲下，用手指头蘸了一点儿膏药放在鼻端，用力嗅了嗅。

“这瓶子是柳妍坊的，那是宛州本地的胭脂坊，所以我一直没留心，没想到被她用空瓶装了别的，”霍坚摇着头，“要不然答案早就出来——这个女人不只在雷州住过，恐怕本身就是雷州人。”

“这是什么？”刘厚荣凑过来，闻到一阵刺鼻的药味。

“雷州人毛发比较重，爱漂亮的女人如果一伸出胳膊就露出汗毛，未免不大好看，所以她们会准备一种特殊的膏药来脱毛，保持皮肤的光洁，”霍坚又陷入了对往事的遐想中，“我当年在雷州的时候……”

这次没人打断他。所有人都离开他的木桌，继续商议去了，留下他一个人在那里唠叨不休。

死者来自雷州，只是解决了第一步问题，毕竟南淮是宛州最繁华的商业城市，来往于南淮的雷州人数量不少，总不能一一盘问他们吧？再说这具女尸变成了这副模样，只怕自己的老公来了——如果有的话——也没法认出来。

就在大家都有些愁眉不展的时候，陈智步履蹒跚地回来了。按照席峻锋的指示，他真的又到了那位死去的赌鬼基本不去的通宵营业的赌场里去，继续打听赌鬼的信息，自然是一夜未睡。不过看得出来，他的眉宇间充满了得意之情，这让席峻锋立马意识到，他问出了点儿什么。

“还真找到了，一个赌客记得那个死掉的赌鬼，”陈智往椅子上一屁股坐下去，满眼血丝，脸颊似乎都瘦得少了两块肉，“那家伙一向以记性好著称，在他面前翻过的牌就能过目不忘，所以在赌场里颇能赢点儿钱。也只有他那种记性，才能记得死赌鬼的事情。当然了，他这样的人并不太受赌场和其他赌徒们的欢迎，所以总是换地方，难怪我之前没有找到他。”

“所以我说过，听我的话总是没错，鲜花往往开在最远的山谷，”席峻锋颇有几分洋洋自得，“那家伙告诉了你些什么？”

“他也曾经对死赌鬼的房子很感兴趣，但那个不愿意透露姓名的人开价比他高，最后没有拿下。他很不服气，曾经找了几个兄弟想要去找那个不知名买家的麻烦，结果打探到一点儿蛛丝马迹后，吓得再也不敢动这个念头了。你们猜，高价买下那层房子的人是谁？”陈智做神秘状。

捕快们你看看我，我看看你，陈智惊讶地发现他们的神情都有点儿怪异，好像都明白过来什么。

“你们不会真猜到了吧？”陈智嘟囔着。

席峻锋没有回答他，而是直接把头转向了刘厚荣：“隆亲王果然是有钱人，他的手下不会有很多来自雷州的女人吧？”

刘厚荣想了想：“我能想得起来的只有一个。桑白露，出生于雷州北部城市白露弥，但自幼在毕钵罗港长大的女神偷，同时是公认的江湖上数一数二的探险者，精通在各种恶劣环境下的生存技巧。她曾在南淮被捕，但被亲王保了出来，并替她偿还了所盗窃的赃款。以后她就跟着亲王，直到半年前失踪。”

“亲王的这个习惯我倒是有所耳闻，”席峻锋说，“这个人从年轻时代开始，就以讲义气、够朋友而著称。他在宛州各地都化名购置了不少不引人注目的房子，算得上是未雨绸缪：万一手下或者朋友犯了什么事，就把那些事先买好的房子交给他们住下避难。也亏了那个赌徒为了想报复而真的去调查了，不然他的身份还揭不出来呢。”

“也就是说，这个桑白露在半年前犯下了什么事，于是到这个房子里躲了起来。”陈智若有所悟。

“头儿，张剑星也从半年前开始不在旁人的视野里出现了。”刘厚荣插嘴说。

席峻锋思索了一阵子，缓缓地说：“这两个死者都是石隆的手下，都在半年前失踪，然后都在这几天被杀。这不像是巧合啊！”

众人默然，脑子里不约而同地想着，这件事要是和石隆有关该怎么办。那可是国主的哥哥，一条几乎不可能碰的大鳄鱼，即便他犯了什么事，只要国主不想管，只怕别人也管不了。捕房里的气氛变得凝重，捕快们无论入行早晚，还从来没有碰过这样身份的角色。该怎么处理这种经常凌驾于律法之上的巨大权力，他们还真是心里没数。

席峻锋咳嗽一声："别想那么多。现在只是证实了死者曾经是石隆的属下而已，其他一切都不能确定。也许石隆和本案是完全无关的。"

这话说得很勉强，至少桑白露所住的地方就是石隆提供的，但在这种时候，总得有点儿类似的救命稻草来捞。席峻锋接着说："别的先不管，按部就班，继续查案。"

不知不觉间，人们都开始用名字来称呼这位尊贵的亲王了。一名捕快发着牢骚："怎么继续查？打上亲王府去，直接追问石隆？兄弟们的脑袋还要不要啊！"

"不到万不得已，别去惊动石隆，"席峻锋沉思着，"只能拐弯抹角，从他们的其他关系上入手。真的把矛头引到了石隆身上……那就再说。我不信这世上还有什么东西大得过律法。"

这句话倒是说得挺坚定，但从捕快们的表情，可以看出他们并没有真的被鼓舞。律法就好比一把大小固定的菜刀，虽然有着显而易见的外露锋芒，毕竟刀身太短太小，宰鸡屠狗的还好，想要用来杀死一只老虎，前景恐怕不容乐观。

一群人正在满腹牢骚，一件早已在意料之中的事情发生了。捕房的门被推开，一个捕快匆匆进来，对席峻锋耳语了两句。

席峻锋嘴角浮现出一丝含义不明的微笑："好了，大家一直期待的第三宗杀人案出现了。我们一起去看看吧，看看这个死者会不会又是石隆的什么人。"

十一

夜色下的南淮城有着迷人的景致。那些破烂的棚屋、泥泞的小道、堆满垃圾且苍蝇乱飞的街区，以及浑身臭汗的力夫与衣不蔽体的乞丐，在黯淡的光线下都隐去了身形，不再像白昼那样丑陋而刺眼，剩下的只有一片流光溢彩的明丽。

这时候站在高处俯瞰南淮，很容易就能看出这座城市的贫富差别，以城中心王宫附近为分界线，越往北走，越是灯火通明，那些几乎能把半边城照亮的灿烂火烛，与天空中的皓月繁星交相辉映，体现着繁荣的南淮的勃勃生机。

往南却正好相反，灯火越来越疏，越来越少，完全不成气候。等到了这座高塔的脚下时，除了亲王府内部之外，外围一圈几乎是漆黑一片。暗夜隐藏了所有的污秽和罪恶，不安定的因素就在其中静默地流动。这里是贫困与犯罪的温床。

“我见识过各种稀奇古怪的有权有势的人，你这样的还真是第一次见，”云湛说，“非要住在这种穷人扎堆的地方做什么呢？当然你本身就是个黑道头子，倒也不怕有什么小贼来偷窃。”

“所以我遭受了报应，”石隆叹了口气，“让自己的女儿在家门口被人绑架走，至今音讯全无。”

说话的时候，两人正站在观景塔的高处，距离顶部约有五分之一的差距，因为再往上的石梯因为年久失修而毁坏了，而石隆也并无心再去修葺。不过这个高度也足够了，可以一眼望到楚唐平原的辽阔远方，把南淮城的全景尽收眼底。这一层塔四围特意没有封住，视野很开阔，当然高处的风也很猛烈，但对两个习武之人而言，也不算什么。

“以前各族还打得热闹的时候，斗兽场里生意很不错，几乎天天都有精彩的角斗。其中夸父和狰的肉搏更是受人欢迎。”石隆伸手指着如怪兽般匍匐在黑夜中的斗兽场遗址，“那时候贵族们都以能在斗兽场里获得一个好座位为荣，为此还经常发生纠纷。所以这座石塔最早的主人，一位品级不算太高、总不能获得好座位的贵族一怒之下开始兴建的观景塔，想要在斗兽场之外另出机杼地解决自己观看斗兽的难题。”

“于是他心满意足了？”云湛问。

石隆摇摇头：“没来得及。这座高塔足足修了有一年多，结果就在竣工的那一天，还没能等到看上一场角斗，南淮城就被敌国攻破了。这之后整个九州陷入了长时期的战乱中，直到和平重新到来。于是斗兽场再也没有启用过一次，终于完全被遗弃。”

“真是一个悲剧啊！”云湛没心没肺地感慨道。

“所以我站在这里远眺的时候，经常在想着那位连名字都没人记得了的贵族的遭遇，”石隆凝视着远方，“那么挖空心思地想出来这个主意，又花了那么多时间和精力去营建，到了最后，却什么都没能得到。而这世上又有多少人和他一样，殚精竭虑地做着注定没有收获的蠢事呢？”

云湛思索了一会儿：“你好像挺有感慨的，是在解释你从来不去参与政事的原因吗？”

石隆懒洋洋地往身前的石头栏杆上一倚：“政事？老实告诉你，我连考虑一下‘为什么我从来不去参与政事’的心情都没有。因为那件事半点儿也不好玩。我只做好玩的事情、我喜欢做的事情，哪怕是花费心力建造一座注定没有用的高塔，只要做这件事的过程合我心意，那也会毫不犹豫地去做。”

“原来我猜反了啊，”云湛揪揪鼻子，“说来说去，你无非是想告诉我，你和那位无名贵族其实是同一种人。所以你才喜欢这座塔。”

石隆一笑：“这一点算你说对了。我当年打听清楚这座塔的来历之后，就很想成为它的新主人。我几乎可以想象那位无名贵族的心情：永远居于人下，永远不可能在斗兽场中争到最好的位置。虽然在平民们心目中他属于引人羡慕的阶层，但和其他贵族比起来，却又只是被挤在角落里的小角色。怀着那样心情的人，也许心里就憋着一口气，想要做出点儿什么来吧？即便是一次都没有使用就被敌国破城，即便是对旁人没有意义、完全属于彻头彻尾的蠢事，对他自己来说，却未必全无意义。修建这座塔本身，就是意义。”

云湛本来想挖苦两句，石隆说的话却触动了他的记忆，让他回想起自己的童年，回想起那段没落贵族的压抑生活。我又何尝不是在做着那样的蠢事呢？他想着。那时候不好好念书、不好好习武，拿着每个月的月例钱跑到赌场鬼混，图的是什么？不外乎就是想证明，尽管我是一个出身没落贵族的小虾米，尽管我是一个身为羽人却飞不起来的可怜虫，我的生活轨迹也该由我自己来把握，假如没办法把握的话，哪怕让它多转一个微小的角度也好。

两个人都陷入了沉默，很久没有说话。下方传来一阵沉重的脚步声，接着是窸窸窣窣扫地的声音，那是负责定期扫塔的一名仆妇一层层打扫上来。她大概是发现主人在上层站着，不敢惊动，于是停了下来，就在下一层静静地等着。

“夜深了，回去休息吧，”石隆说，“也不要耽误下人的时间了。你上来打扫吧！”

回到洪英为他准备好的客房后，云湛仍然思绪不断，难以入眠。他发现虽然自己背负着天驱的名誉和重担，仿佛是要为某种理想拼搏奋斗一生的样子，但实质上，自己和十年前没什么两样，仍然只是那个在泥潭中拼命挣扎、想要把握住自己命运的不安分的少年而已。

他又想到了石隆。石隆刚才的一番话，是不是也在暗示着他自己的心情呢？所谓身居人下无法出头，根据不同的标准可以有多种解读的方式。一个吃不饱饭的穷人是无法出头，一个赚不到大钱的游侠是无法出头，一个在斗兽场占不到好位置的小贵族还是无法出头。

同样，一个当不了国主的王子，纵然身份再尊贵，是不是也算一种“无法出头”呢？因为在他的头顶，始终压着一国之君的巨大权势，让他无法翻越。就算他真的参与议政，也永远是那个没有决断权的人。

云湛忽然间睡意全无。石隆是不是在用所谓的修塔，来隐喻他的心事？他是不是想要说明，他从来就对诱人的王权不感兴趣？

他越回味石隆的话，越觉得其中含有深意。有些事情，对大多人而言意义重大，对某一小撮人却并无用途；与之相反，旁人浑不在意的弹丸小事，对其他人却可能关系重大。石隆绝不会无缘无故邀请自己上塔，他一定是想表达些什么。

这是石隆试图为自己撇清关系吗？云湛躺在黑暗中，双眼虚空地望着天花板，一点儿一点儿回想着自己与石隆两次会面时他语言中的细节，想要努力揣摩这位枭雄的性格和思维。这个人生性好武，不爱受拘束，喜欢混迹黑道；这个人脾气古怪，和国主关系冷淡，和其他王公贵族都不亲近，唯一感情不错的偏偏是性格孤僻生人勿近的太子；这个人年轻时鲁莽冲动，听说是个满嘴脏话的粗鲁汉子，人到中年却开始收敛，把自己装扮得活像一个道学先生，那是因为他得到了一个精灵古怪的宝贝女儿，为了这个女儿，他好像做什么都可以。

很随性，很固执，很不通常理的性格，这往往也是最危险的性格。

他叹了口气，内心有点儿沉重。因为他越揣测石隆的心理，越觉得自己的推理在被石隆的暗示所左右，以至于无法真正地揣测到他的用心。同时他也知道，石隆这样倔强不合群的偏激性格，一旦下决心要干什么事，就很难被人劝服收手。他有自己的思维方式，也有自己的尊严，不管眼前这场重大危机的实质究竟是什么，想要弄清楚根底并且化解掉，还真是困难重重啊！

正想到这里，他忽然觉得有什么突如其来的光线在他眼前闪过，确切说，那只是一道离得很远的闪光，在他的眼里留下微小的痕迹，换了常人，大概根本不会留意到。他也并不在意，抬起头来，闪光消失了，什么都没有。

但耳朵里却在这时听到一点儿响动，像是有野猫从院墙上翻过。联想到刚才的微光，他忽然警惕起来：会不会是有什么人入侵？难道天罗一直追杀到了这里？他站起身来，仔细聆听周围的动静。

其实不用他仔细听，因为亲王府里马上就喧嚣声大作，无数的脚步声乱纷纷地响起。反正一时半会儿睡不着，云湛把椅子搬回屋，慢悠悠循声踱过去想要看看热闹。他有些惊讶地发现，喧哗的源头竟然指向亲王石隆的寝室方向。

洪英自然已经带着侍卫们赶到，除此之外，还有不少一望而知身怀武艺的家伙围在石隆的寝室外，一定都是石隆的黑道朋友与手下，忠诚护卫之心可见一斑。石隆已经披衣出来，神情镇定自若，倒不愧是见过大风大浪的角色。他招呼云湛说：“不好意思，来了个小刺客，吵扰你睡觉了。”

他的语气很平淡，云湛却是一怔：“刺客？不是吧，谁那么大胆来刺杀你？”

石隆摇摇头：“那可不知道了，只能等天亮后把尸体送到衙门去认了。”

尸体？看来这不自量力的刺客已经偷鸡不成，反而把自己的小命搭了进去。云湛上前几步，看着地上那具被黑色夜行衣包裹着的尸体。他的面目已经被扯开，露出一张充满惊惧的年轻人的脸。看来此人虽然胆大包天前来刺杀石隆，临死的时候，毕竟还是知道害怕的。

“可惜没能抓活的，”石隆遗憾地说，“我的这些伙伴们为了保护我，下手稍微重了点儿，不然还能问问有没有主使者。我不认识这个人的脸，也许是花钱雇来的刺客或是什么仇家的后人吧。”

云湛没有接茬儿，蹲下身子，借着仆人们点起的火把，看着死者身上的伤口。他的夜行衣上有若干淌着血的破损，无疑是护卫石隆的武士们干的，但最致命的伤口却是在咽喉，那里有一个极小极细的血洞。

洪英在云湛耳边说：“已经搜查过了，身上没有任何能表明身份的物品。”

“是谁杀了他？”云湛问，“手法干净利落啊！”

“大概是那些……那些黑道的……朋友吧，”洪英毕竟还是对江湖人士有点儿成见，说到“朋友”两字颇有点儿生硬，“我也不好一一追究，毕竟他们是好意保护王爷。你先休息去吧。刺杀这种事常见，我们都习惯了，不过敢到亲王府里来动手的还真不多。”

云湛点点头，站起身来：“这里没我什么事，我先回去睡觉了。”他一边往回走，一边试图接续在被这起深夜刺杀打断前的思路。但是倦意涌了上来，他并没有多想下去。

“如果真如你所料的话，事情就很不好办了，”石秋瞳面有忧色，“我这位可怜的伯父，郁郁一生，什么事都不顺，什么事都不被人理解，确实已经够恼火的了。他要是真想做什么大动作，那就绝不会收手，可是我们到现在都不知道他的意图是什么。”

云湛哈欠连天：“困死我了，猜谜猜了一晚上，还参观了一具刺客的尸体。总之呢，石隆的心态相当不好，他专门向我提到那个修建高塔的贵族，也许是想解释什么，但我觉得其实是欲盖弥彰。而女儿的失踪对石隆更会是一个不小的刺激。如果他本来就有政变的心愿，这件事算是把他向着歇斯底里又多推出一步。我再问你个问题：就好比那个修塔的无名贵族，当他发现修好了塔之后，仍然不会帮助他在斗兽场里获得一个好位置时，他会干什么？”

“把塔拆掉吗？”石秋瞳问。

“从没发现你那么善良过，”云湛翻着白眼，“拆塔有什么意思？要拆就拆掉斗兽场，而且要拆得巧妙，让别人完全看不出痕迹来。”

石秋瞳打了个寒战，明白了他的意思。她想了想，紧皱着眉头：“可我们现在没有任何证据，也不能明着不让亲王靠近太子吧？”

“装病！”云湛一瞪眼，“宣布太子染病，什么人都不见！再增加护卫人手，以防万一。”

石秋瞳点点头，忽然叹了口气：“幸好有你。这些事情牵扯自己的亲人，我都有些手足无措了。”

“世道凶猛，人心险恶，”云湛作智者状拍拍石秋瞳的肩膀，“你还得多学着点儿。”

“人心是不是险恶也许我看不出来，但我知道你的近况很险恶，惹上什么麻烦了吧？”石秋瞳问。

云湛死要面子：“哪有什么麻烦，昨晚没睡好而已。”

石秋瞳“哼”了一声：“一两个晚上不睡觉可造不出您这样比金鱼还漂亮的眼睛。恐怕是有什么东西搅得你彻夜难眠吧？”

云湛差点儿脱口而出“因为惦记着你还不行吗”，又觉得这样的玩笑千万不能乱开，所以只是无精打采地“哼”了一声：“放心吧，我会解决的。你就别掺和了，来了也是添乱。”

石秋瞳没有生气：“看来的确是很大的麻烦，你都不敢让我插手。”

云湛站起身来，没有回答，径直向着门口走去，忽然眼前一花，石秋瞳已经拦在了身前。他叹口气：“小姐，你不要什么事都想管一把成不？”

“别自作多情，”石秋瞳悠悠地说，“你现在正接受着我的委托，要是半道丢了小命，我到哪儿找人赔我的预付款？”

“那我现在就把预付款退给你。”云湛真的作势掏钱，然而手还没放进怀里，手腕已经被石秋瞳一把抓住。石秋瞳自幼习武，力气本来不小，这一下又毫不留力，捏得云湛哇哇乱叫：“我只退预付款，可不能连手一起赔给你！”

“如果你死了，赔什么都无所谓了，”石秋瞳狠狠一甩手，“你以为我看不出来？就算是一年前南淮被叛军围困时，我也没见过你这么忧心忡忡就跟死了娘似的样子。到底是什么事？”

云湛愁眉苦脸地揉着自己发青的手腕：“这个……说来话长了。”

十二

对于南淮城这样的大城市而言，砖窑的生意总是不错，但工人们能吃到嘴里的饭毕竟是少数，大头儿都填进了砖窑主的肚子。工人们不得不按照古老的方式抱成团，以集体的力量和同业者展开竞争，向雇主争取更好的待遇，以免势单力薄被单独击破。

杨半城却从来不害怕这种力量。他从小到大都相信，手中拥有暴力就能压制一切。所以他的手下一直豢养着一批穷凶极恶的打手，任何时候有工人闹事，他就会毫不留情地派出打手镇压，何况现在他的底气更足了，因为自己在半年前得到了一位很得力的助手，打架功夫之厉害，自己前所未见。有了这个助手，多少工人闹事他都不会害怕。

所以这一天傍晚，当听说有一帮被他拖欠工钱的工人将在第二天清晨，也就是他为一窑新的砖坯点火时来捣乱的消息，杨半城并不紧张。他和助手碰了个头，把安保问题放心地扔给他去解决。然后助手离开了，他照常指挥着还在为他干活儿的工人们把做好的砖坯放入窑室，开始封窑。

然而就在封窑进行到一半的时候，一桩小小的意外搅了他的兴致。一个捕快不知为何在那时候过来找自己的麻烦，声称有人告他克扣工人的薪水。杨半城没办法，把其他工人先赶走，向这个捕快说了一阵子好话，塞了几个金铢给他，算是将他打发走了。他头昏脑涨地招回工人，命令他们继续封窑，自己吃晚饭去了。

第二天清晨是星相师为他计算出的点火的吉时。杨半城早早来到砖窑，守着火工从火口点火。他先默默祝祷了一遍神明保佑，正准备下达点火的号令，一名打手头目快步走到他面前："杨爷，我得到消息，那群穷棒子要赶着您今天点火，过来闹事！"

"不要紧，风先生会解决的，把你的人招过来看着就行，"杨半城胸有成竹，"点火！"

砖窑内的火焰很快熊熊燃烧起来，烟道里开始冒出烟雾，不久之后，从封闭的窑墙里透出的热力就开始让人浑身冒汗。

杨半城松了口气，刚刚把卷好的烟叶塞进烟斗，打手头目又过来了。这一次他气喘如牛地狂奔着，跑得五官变形，胸口起伏好似拉风箱：“来了！真来了！而且……而且……”

他一口气喘不上来，说不出话了，杨半城连忙向远处望去，这一看把他吓得烟斗丢到了地上。黑压压一片人正在朝着砖窑的方向涌来，那也就罢了，关键在于这帮人推着的东西。

那居然是一个简易的投石机，虽然大小远比不上那种可以用来攻城略地的真正的投石机，但要用来击穿一做普通砖窑的窑墙，似乎是足够了。而从这帮工人们杀气腾腾的表情来看，他们来这儿的目的就是如此。

“不行！不能啊！”杨半城连滚带爬地冲到他们跟前，“窑墙一打破，整窑砖都会废掉，不能啊！”

烧砖的过程长达四到五天，在此期间还需要通过轮流堵烟道的方式调整窑温的均衡，直到所有烟道的顶部都变成红色，然后从窑顶向下淋水，直到砖色从红转青，才能算完工。如果在之前让砖窑透了风而不能保持温度，那这一窑砖即使成型，也都是废品。所以杨半城才会如此惶急，但被他拖欠工钱的工人们要的就是这种效果。他们分出一批人上前，挡住了扑上来的打手，背后的人则已经扳动了投石机，巨大的石块呼啸着飞了出去。

这样简易的投石机精度当然很差，前三发石块飞出去，都砸偏了，但工人们毫不气馁，又发射了第四弹。这一次，一块巨石终于正中目标，重重砸在了窑墙上。一声轰然巨响后，窑墙向内塌陷进去，红色的火苗立即蹿了出来，滚烫的热浪让靠得稍微近点儿的人都有呼吸不畅的感觉。

完蛋了！整整一窑砖，五千块砖坯，全完了。杨半城眼前一黑，身子一软趴在了地上。姓风的呢？那个姓风的混账东西去哪儿了？自己昨晚吩咐得那么明白，他也答应得很痛快，为什么在关键时刻却消失了？毁了我一窑砖……我要让他把之前收我的钱统统吐出来！一窑砖啊一窑砖！

他把绝望的视线投向正在熊熊燃烧的砖窑。这一眼看过去，他的心猛地抽紧了。通红的火光中，好像……好像有一个人影正站立在那里。

人？怎么可能？杨半城狠命揉揉自己的眼睛。砖窑里的温度那么高，点火之后，顷刻之间就能把一个大活人烧得灰飞烟灭荡然无存，怎么可能还有人能站在那里？

但揉完眼睛后，人影依旧。在那吞吐着地狱般烈焰的砖窑里，那个瘦长的身影一动不动，沉默地矗立着，有若鬼魅。虽然离得太远看不清面目，但杨半城恍惚间觉得那是一个很熟悉的身影。他终于忍不住呻吟一声，管他三七二十一，晕过去再说。

席峻锋来到出事的砖窑前时，正是一片乱纷纷的热闹景象。砖窑里已经浇了大量的水，硬生生把火浇灭，但余温仍在，砖坯上青烟袅袅，发出呛人的气息。来自衙门的捕快们已经扣住了十来个带头闹事的工人，剩下的本着法不责众的原则早已一哄而散。砖窑老板神情激愤，正缠着捕头“呜里哇啦”地要求严惩罪犯。

席峻锋知道，那些冒出的青烟是有毒的，他先深吸一口气，然后屏住呼吸走进砖窑。手下们在背后高呼着试图阻止他，他并没有停步，一股热浪立即把他包围起来，皮肤能感受到明显的灼烫。但他必须进去，因为砖窑随时可能整体垮塌，那样的话，尸体就会被压在废墟里，不知道损毁成什么样。

尸体仍然直挺挺地站立着，这实在是咄咄怪事。因为烧砖时，砖窑里会聚集可怕的温度，再皮糙肉厚的动物，在里面也会很快迅速脱水、发黑、变形，最终成为尸灰。但这个身材细长的羽人，竟然能挺立不动，保持着身型。

走近之后，渐渐能看清尸体的细节。席峻锋在尸体面前站了一会儿，转身走了出去。手下们连忙围上来：“头儿，怎么样？那尸体怎么回事？”

席峻锋没有回答，只是做了几次深呼吸，对刘厚荣说：“外衣脱给我。”

刘厚荣莫名其妙，但仍然照办，席峻锋把这件外袍裹在手上，憋足一口气，又冲进了砖窑。半分钟后，他已经很费力地把尸体拖了出来，动作相当野蛮，一点儿也不符合捕快条例里关于保护尸体的要求。但没有人责怪他，捕快们看着“尸体”，面面相觑，个个都哭笑不得。眼泡水肿的陈智怒吼一声：“我要去睡觉了！”

开什么玩笑，这根本不是什么死人，而是一个金属人。尽管它有着近乎完美的体态，连面容都栩栩如生，但却不是真人。不知道是谁把这个沉重的金属人扔到砖窑里恶作剧，倒是把所有人都骗了。

“不像是一般的恶作剧，”席峻锋说，“谁捉弄人会这么麻烦？这一尊金属人，光是铸造就得花不少钱吧。”

刘厚荣小心地敲敲金属人，摇摇头：“非金非铁非铜，暂时看不出材质来，不过在这样的高温下表面都不发黑，也挺不容易。你说得对，谁玩恶作剧会下这样的大本钱？”

席峻锋沉吟片刻：“把那个倒霉的砖窑老板给我揪过来。”

于是还在气得满面通红的杨半城被带了过来。他还想继续自己的抱怨，目光却落在了刚刚扒拉出来的金属人身上。

“这不是风冉吗？”他嚷嚷起来，“谁替他塑的像？”

“风冉是谁？”席峻锋问。

杨半城支支吾吾，犹豫了半天，但席峻锋的目光就像利剑，让他不敢混赖：“是……是我请来的助手，一个羽人。”

席峻锋再问风冉的具体身份，杨半城却讷讷答不出来，只说风冉自荐上门，功夫很好，他就聘用了。刘厚荣思索着这个陌生的名字，估计又是化名，但那张脸似曾相识。

“什么时候自荐上门的？”刘厚荣追问。

“大概是在……五六个月之前吧。”

又是半年左右。丢掉骨头的张剑星和变成干尸的桑白露，都是在半年前开始行踪诡异的；而眼下这具金属塑像的原型风冉，也是在半年前投身到这样一个浑身铜臭味的恶棍手下。一般而言，江湖高手做出这种事都是为了避祸。

“这个风冉，武功高在什么地方？”刘厚荣又问。他仍然觉得这是一张熟脸，自己一定在什么地方见过。

“他的武功……高就是高了，具体我也不大懂，”杨半城回答，“不过，他打起架来出手特别快，总是能一下子卸掉对方的关节，或者戳中什么什么气血点，让人丧失活动能力。总之就是脸上不见血，身上不见伤，特别适合帮我对付讨薪的穷棒子们，他们就算要去告官也没有证据……”

没有人顾得上去对杨半城表示厌恶，因为刘厚荣一下子反应过来：“关节技法！我想起这是谁了，怪不得那么面熟呢！他这张脸上过通缉令！这是个从宁州来到宛州寻找高明武师进行比武的羽人，真名叫翼藏海，三年前来的，因为在比武中拧脱了博武侯的公子的手臂，这位小侯爷带人去报复，他在被围攻中误杀了一名打手，很快被通缉。听说他虽然是体瘦骨轻的羽人，关节技法却用得极佳，专能借力打力，当时宛州许多擅长拳脚的人族武士都栽在了他手里。这个人很有意思，本来是羽族中万中无一的鹤雪体质，可以随时起飞，却从来不喜欢飞，而喜欢凭借拳脚和人对抗，不然当时也不至于被小侯爷围住。”

“然后又是亲王收留了他，对吗？”席峻锋问。

“没错，亲王替他赔了一千金铢，撤销了通缉，”刘厚荣耸耸肩，“事实上要找出他也不容易，但根据之前的经验，我先假定此人和亲王有关，大大缩小了范围，再从亲王身边进行排查，结果真的被我想起来了。”

“可是有一个问题，”看起来半睡半醒的陈智用梦呓般的语调说，“这哥们儿死了没有，尸体在哪儿，这金属像谁给他塑的？别忘了前两桩案子我们找到的都是死人，现在扔一尊金属像在这儿算什么意思？”

这话也有道理，捕快们不觉有点儿纳闷儿。席峻锋却始终板着脸，不断捏着自己的下巴，那是他在全神思考的标志。过了一会儿，他走到金属像前，凝视了一会儿，忽然大声喊了起来：“快把外衣都脱下来！围住它，挡风，快！”

他的声音充满焦急，捕快们赶忙照做，他们这时才注意到，金属像表面的色泽好像变得黯淡了，而且这种黯淡正在加剧。几乎是眨眼工夫，那层炫亮的光泽隐去了，取而代之的是不断扩大的水纹状的黑色，从一个个细小的点扩大到宽阔的弧面。接着连黑色也开始消退，整尊金属像变成了丑陋的灰白色。

“挡住风，控制呼吸别喘气！”席峻锋低喝着。

金属的颜色已经完全消失了，眼前是一个灰白的人形，虽然仍旧保持着之前的形状，给人的感觉却更加怪异难言。这一堆人形的物体，眉眼五官的轮廓仍然清晰可辨，只是看来有一种特别的脆弱。刘厚荣忽然有所醒悟：“难道……难道这就是……就是……”

“你猜对了，”席峻锋抑制着呼吸，“这不是什么金属塑像，也许刚才表现出金属的外表，但它实实在在的，就是化名风冉的翼藏海。只不过，现在已经是翼藏海的尸灰了。”

“金属变身。”刘厚荣轻声说。

“没错，就是金属变身，”席峻锋回答，“能把生物暂时变成金属，时效过后又能还原的秘术。那种金属形态很坚硬，也很不容易被熔，所以当放进砖窑后，不会立即熔化，也不会很快化为灰烬，而是慢慢地煎熬，身体组织一点儿一点儿地缓慢碳化，最后完全成灰。等到秘术消失，整个人就会变成你们见到的这样。”

陈智不寒而栗：“这不是火刑吗？不，比火刑还惨，因为他一定死得很慢很慢……”

就在这时候，一片被秋风卷起的落叶从众人头上掠过，落到了那堆人形尸灰的肩部。人们虽然扯衣衫挡住了风，却没有注意到从天而降的细碎叶片。那片树叶只是轻轻触碰了一下，尸灰就立即崩塌了，整个躯体分裂成无数碎块，碎块再化为齑粉，散落下去。眨眼之间，地上只剩下了一摊灰烬，那片金黄的残叶在灰烬中格外醒目。

杨半城很快又被抓了过来，他不明所以，有气无力地抗辩着：“不是我干的，风先生那么大本事，我怎么可能……”

“我也没觉得你有能力制服他，”席峻锋打断了他，“所以我需要你好好回忆一下，谁有可能干这件事。要知道，这可是在你已经封好了的砖窑里出现的。难道封窑前你们不检查一遍吗？”

“我们检查过了呀！”杨半城连声叫屈，“看到砖坯垒好了才封窑的。”

“有没有可能封好后，有人在窑墙上开了个洞，把人放进去再堵好？”席峻锋又问。

“不可能，窑墙上的墙泥脱落就必须重刷重补，不然点火之后肯定会走风，”杨半城很肯定，“我可是亲眼看着点火的，到那群穷棒子来捣乱之前都没事。”

他的脸上又现出刚刚收敛起来的恨意，席峻锋并不理会这种情绪：“那你也是亲眼看着封窑的？会有人在封窑的时候做点儿手脚吗？”

这句话提醒了杨半城：“您这么一说我还真想起来了，有位官爷就在那时候来找我问话，我不得不把工人们都支开了。有那么几分钟时间，砖窑完全没人看守。如果有人搞鬼，就是在那个时候。而且那阵风先生刚刚和我说完话离开，说不定就是半道上被他的同伙截了。”

"官爷？"席峻锋皱起眉头，"什么官爷？御林军、衙役、捕快还是猛虎卫？"

"他说自己是衙门的捕快，"杨半城回忆着，"没告诉我名字，但给我看过腰牌。"

"问你什么话？"

"那是有人诬告我，非说我拖欠了穷棒子的工钱。其实我只是在等回款而已，货款一到肯定就给他们发钱，分文不会少，我拿我祖母的坟发誓……"

"我对你那些破事没兴趣，"席峻锋不客气地打断他，"那个捕快长什么样？"

杨半城形容了一遍，捕快们开始回忆自己是否认识这么一个同僚。最后有三个人都想起来了，有一个叫作焦东林的捕快，长相和口音都与杨半城的描述比较吻合。

"佟童，带两个人立即去找焦东林，越快越好！"席峻锋命令着自己手下武功最高的捕快，"如果他真的和这件事有关联，恐怕会被灭口。"

人高马大的佟童立即匆匆离去。席峻锋把现场细细勘察一遍，又向杨半城问了问翼藏海的情况，但并没能得到太有价值的信息。翼藏海是主动找上门投靠的，托身于杨半城手下后，表现得正像一个尽职尽责的高级打手，没有露出半点儿异状。杨半城绕来绕去，也说不出新鲜玩意儿。席峻锋无奈，一面派人去搜查翼藏海的住所，看能否找出点儿什么，一面把尸灰收集好，回捕房去等待佟童的复命。

等待佟童的过程中，大家把已经发现的这三起怪异杀人案放在一起合计了一下。无论从杀人手法还是死者的身份，都已经可以断定，这是同一个或者同一帮罪犯干下的连环杀人案。南淮城过去发生过的类似案件，凶残程度或许有能超过这一桩的，诡异怪诞却是远远不及。

"我觉得这更像是石隆下手清除异己分子，或者是石隆的仇家报复他，"刘厚荣说，"我们之前设想的邪教作祟，很有可能是错误思路。"

"为什么是错误的？就因为他们在身份当中有共通之处，并且都指向一位大人物吗？"席峻锋说，"别忘了，历史上的邪教案，大多最后都会牵扯出一个身份不凡的角色。七十年前的暗龙会血案，工部侍郎不就杀害了自己的四个儿子，把他们全部作为献给龙的祭品吗？石隆究竟是加害者还是被害者容后再议，但那和是否是邪教没有关系。”

刘厚荣皱起了眉头：“你的意思是说……这三个人是精心挑选的祭品？”

席峻锋坚定地点点头：“只有邪教杀人，才可能用那么复杂的方式。因为杀人并不是主要的目的，通过杀人方式传达某种给邪神的信息，才是那些血案的根源。在一切的邪教祭典中，都少不了三个根本因素：祭祀的方式、祭祀的意义和祭品的选择。现在我们已经找到了三个祭品的某种联系，虽然这个联系还并不明朗，但迟早能慢慢分析出更多的共同点。这需要依靠你们继续深入地挖掘这三个人的行为，尤其是半年前他们究竟做过些什么，一定要调查清楚。”

“可是我们还没弄明白祭祀的方式和意义，”一名捕快说，“连小刘都没见过这样摆布祭品的方法。”

“别说我了，仵作老韩一辈子和尸体打交道，都极少能见到这么奇怪的尸体，”刘厚荣叹息着，“现在十天之内出现了三具。头儿说得对，即便是那些头脑不正常的连环杀人狂，也很难有劲头那样去摆布尸体。或许只有怀着对邪神的狂热崇拜的信徒，才会那么做。可是我搜肠刮肚，想遍了我所读到过的一切资料，还是没有看出这三具尸体究竟意味着什么。”

“并不是所有的血祭都会留下文字资料，”席峻锋敲着额头，“很多祭礼被当作最大的秘密隐藏起来，但即便具体实施过程没有记载，从效果来反推，总有蛛丝马迹可寻。以我刚才提到的暗龙会案为例，工部侍郎杀死四个儿子后，把他们的眼睛全都挖出来了。由于他此后也自杀身亡，没有人知道他这一举动的用意。但是后来，我的养父田炜的老上司在暗龙会的教义里找到了答案。暗龙会认为世界是罪恶的，所谓的光明也是虚假的，而荒神的使者龙将会把世界重归黑暗，直到荒神再次创世。挖掉眼睛的祭礼，就是为了迎接这样的黑暗。”

“可是这三具尸体……完全没有共通之处啊！”刘厚荣满脸的苦恼，“把全身的骨头都磨碎是为了什么？让人身上的体液全部流干又是为了什么？把人先变成金属，再放到砖窑里慢慢烧成灰，更是匪夷所思。”

“一定能找出来的，”席峻锋又端起了茶杯，那是他作总结发言的标志，“他们不可能每一次动手都完全不留痕迹，这世上没有无破绽的犯罪。也许佟童回来的时候就能给我们带来点儿好消息……说起来，这家伙怎么还不回来呢？”

佟童并不像刘厚荣和陈智那样多嘴多舌，大多数时候都沉默寡言，但一向办事稳重干练，身手在捕房里也仅次于席峻锋。不过这一次似乎很不顺利，直到日头西沉，他都还没回来。霍坚已经照惯例按时下工回家吃饭去了，陈智则已经歪在椅子上酣睡了一下午，没有人忍心吵醒他。

席峻锋看看天色：“你们也都回去吧，这几天够辛苦的，别等了。”

“那你呢？”刘厚荣问，“你也该回家陪老婆吃顿饭了。反正我是光棍儿一条，在这里等着好了。”

“不等了，我去衙门转转，看佟童在干什么，”席峻锋站了起来，“托你们的福，我这些日子虽然不能陪老婆吃晚饭，好歹每天都能正常地在家里的床上睡个觉，全靠各位的辛苦工作。现在也该到了我活动活动筋骨的时候了。”

刘厚荣还没回话，门外传来一个声音：“不必了，我已经回来了。”

那是佟童。他已经带着两名同伴赶了回来，席峻锋忙问：“怎么样，找到焦东林没有？”

佟童点点头又摇摇头：“我们到衙门之后，被告知焦东林今天旷工了，却也没有告假。于是我们又打听到他的住所，赶了过去。但他也没在家，家中空无一人。而且据邻居说，他昨天夜里也并没有回家。我们没有办法，只好分兵两路，他们俩守焦东林的家，我在衙门外蹲守，希望他能出现。结果……结果……”

席峻锋并没有表示出惊讶：“他的尸体被送来了，是不是？我猜也是这样，那个幕后主使必然会杀他灭口。”

佟童一脸的困惑不解：“送来了尸体没错，但好像……并不是什么杀人灭口。”

“哦？怎么回事？”

“他的尸体……是作为死去的嫌疑犯被送到衙门里的。昨天夜里，他潜入了亲王府，试图刺杀隆亲王，结果被当场击杀。在场至少有几十个人可以证明他的入侵行为。”

十三

安学武的伤势康复得还算不错，前两次云湛过来看他，他都在昏睡中；休养了几天后，精神明显好转，至少又能和云湛不间歇地斗口了。但要说到动手打架，仍然不可能，这让云湛又是开心又是郁闷。

“你喜欢看着我倒霉，但又希望自己在对付天罗时能有个帮手，所以现在你的脸一半春天一半秋天，”安学武眼望着窗外徐徐落下的夕阳，“我都忍不住要替你难过了。”

“谁叫某些人那么不争气呢？”云湛翻翻白眼，“搞得这件事已经被公主过问了。”

安学武悚然转过头来：“你怎么说的？”

“放心吧，我没出卖你，”云湛笑了笑，“但是你知道，某些事情我没法一直瞒着她，瞒不过的。她已经知道了南淮城有天罗潜入，可能会布置大内高手去过问，到时候你那些同宗们万一有点儿死伤，也许又会怪罪到你的头上。所以我的脸上好歹还剩一半春天，你的脸上嘛……大概就只有冬天了。”

安学武吐出一口浊气，久久不语。云湛有些奇怪地看着他：“你在想什么？”

“虱子多了不痒，债多了不愁，无论怎样他们都会继续想办法杀我，这一点我倒是不担心，至少不过多担心，”安学武说，“我始终在想，什么人会陷害我。那张字条上的信息，一条是我亲自查出来的，剩下由我南天罗的三个手下分别收集，在我手里汇总。此后这张纸条我一直贴身带着，直到出事之前，我并没有和我的人再碰头。因此可以肯定，不会是我们南天罗内部的人干的。”

“那会是谁看到过你的纸条呢？不会是你跑到青楼寻欢的时候被妓女搜走了吧？”云湛随口讥刺，却发现安学武表情僵硬。

“喂，我记得你一向不近女色的，”云湛说，“我的朋友姬承告诉我，你在这方面刻板得吓死人，因为青楼里的姑娘们都很怕你，总抱怨你时常去找他们麻烦。”

“我倒不是刻板，而是安学武捕头需要随时做出刻板的形象，”安学武缓缓地说，“但是如果衙门里的同好邀请我去观赏卖艺不卖身的艺妓的表演，我通常是很难拒绝的。大约四个月前，衙门里的几个同事办好了一桩大案，得了不菲的赏金，于是邀约着一起去凝翠楼看一位知名艺妓的表演。他们硬要拉我，我也没有借口推辞，于是一同去了。”

云湛拉了把椅子坐下来，凝神倾听。安学武接着说：“我们坐在凝翠楼三楼的一个雅间里，艺妓出来了，虽然礼貌周全，却也并没有什么热情，无论弹琴舞蹈，都只是例行公事、中规中矩，脸上笑容都没有多少。我在这一行里待得久了，自然知道那是怎么回事，这位艺妓显然对捕快这个行业还是有所蔑视。”

云湛对此也很清楚。捕快这个职业，表面上看起来是为民除害，为国家保障律法的尊严，实际上又穷又苦，充满危险，自古以来，往往都是泼皮无赖才会从事的行当。事实上，仅仅在几百年前，捕快的身份都相当低贱，为人不齿。随着和平年代的到来，百姓对安定生活的向往渴求越来越大，对捕快素质的要求也越来越高，官府才开始逐渐重视此事，开设了专门的培训课程，也提高了捕快的薪俸。但传统的偏见总是难以彻底扭转，在大多数人心目中，捕快仍然不受欢迎，尽管他们嘴里总是恭恭敬敬地叫着“官爷”“捕爷”“班头”。

“所以你们就闹起来了？”云湛问。

“我当然不会在这种场合闹事，”安学武回答，“但我的同伴们有了醉意，其中一位嚷嚷起来了。这一嚷嚷不要紧，惊动了隔壁雅间的一位贵宾。他派人过来问明白了状况，竟然邀请我们与他同席，逼着那位脾气不小的艺妓又演了一场替我们赔罪。那艺妓能得罪小捕头，却绝对不敢在亲王面前稍有怠慢。”

“什么？亲王？”云湛急急地打断他，“那个替你们出头的贵宾，就是石隆？”

“除了石隆，哪位大贵族能干出邀请低贱的捕快同席的事情？”安学武反问，“又不是那种不开眼瞧上了民间游侠的笨蛋公主……”他虽然并不了解云湛和石秋瞳的关系，但察言观色，倒是猜了个八九不离十，所以没事就会拿出来刺云湛两句。

“你为什么不早告诉我这事中间有石隆的戏份！”云湛不理会他的挖苦，大吼起来，“你知不知道这有多重要？”

“我当然知道，所以遇刺当天就想告诉你，可你自己让我先歇着，说下次再说，”安学武无辜地眨着眼睛，“后来好像你来过两次，但我都睡着了，那可不能怪我。”

云湛恶狠狠喘了两口粗气，突然伸手在安学武的伤口处戳了一下。他看着疼得龇牙咧嘴的安学武，心情稍微好了点儿：“接着说下去吧，低贱的捕快。”

“老子伤好之后一定把你切成上百块喂狗！”安学武骂道，“说实话，石隆的确是个很有魅力的人。虽然他的装束并不像是个江湖人，但说话和行事的做派却怎么也掩饰不住。石隆不断地劝酒，如果换了别人，我是不会喝那么多的，但在亲王面前，以我的身份不能抗拒，不得已陪着多喝了一些，慢慢喝得有些头昏脑涨。”

云湛摇摇头：“你是个不会忘乎所以的人。如果喝酒会喝到头脑发热，那多半说明酒本身有问题了。”

安学武神情黯然：“的确，但是从表面上看起来，却露不出什么破绽，也抓不住特别的证据。现在的青楼里多半都备有轻量的迷春酒，药性不算太强，不少有钱人在此处取乐时都会饮用。即便追问，也能拿出很多托词来解释。捕快是个苦行当，很多时候为了放松，都会有同事邀约着去青楼找女人，上一点儿迷春酒根本不算什么大事。”

云湛若有所思：“如果没有特别的害处，为什么要谋划此事呢？”

“这本来没什么特别大不了的，最多不过是害我和一个青楼女子云雨一番，事后被拿来当作谈资取笑罢了，”安学武说，“倒霉就倒霉在我身上有那张纸条。当时我大概晕迷了有几分钟，但毕竟定力比常人强，很快又清醒过来。醒来时，我仍然还趴在酒桌上，衣服扣得好好的，身边也并没有女人。我赶紧伸手去摸那张纸条，还在原处没有动。但我心里一直忐忑不安，生怕纸条已经被人看到过，并且揣测出了上面内容的含义。”

“而你中计被暗算，就证明了这种不安？”云湛问，“你确认没有其他可能了？”

安学武坚定地摇摇头：“没有了。那是我唯一一次人事不省。如果有人能偷看到纸条，就在那三四分钟的时间里。”

云湛又陷入了长时间的苦思中。安学武不敢出声，怕打扰了他的思考。两个人虽然一直都是对头，但他对云湛的头脑还是佩服的。

“如果是我，费那么大力气把你拉到凝翠楼去，不会就是捉弄你一下那么简单，”云湛想着，“一个向来古板的捕头，喝多了酒不小心上了妓女的床，也就是一丁点儿的丢脸，没有大作用。但是如果不是上妓女的床呢？”

安学武一怔：“你什么意思？”

“如果不是你情我愿地上妓女的床，而是酒醉乱性、试图逼奸一位卖艺不卖身的红牌艺妓呢？”云湛嘴角带着一丝坏笑，“那就不是丢脸，而是违反律法了。对于一个一直在努力往上爬的知名捕头而言，违法乱纪会意味着什么呢？”

安学武身子一震，忽然觉得浑身冰凉。他缓缓伸出右手，摸着自己的额头：“我明白了。这本来是一个普通的阴谋，想要把我赶下位子，就好比猎人去打野兔。但是本来只想抓野兔的猎人，却意外地发现兔子洞里藏了一头熊——那就是那张纸条了，它暴露了我的真实身份。于是为了捉住这头熊，猎人把野兔套子收回去了，开始慢慢准备抓熊的陷阱。一个讨人厌的捕头，不过是只兔子，但能挑起天罗内斗……那就是肥硕的熊掌了。”

云湛点点头：“没错。发现熊之后，撤套子换挖大陷阱，是正常人的做法。但我们需要了解的关键在于，谁是那个连兔子都不放过的猎人？兔子究竟哪一点招惹到了猎人？比如说……会是石隆吗？”

安学武很肯定地摇摇头：“我从来没有接手过和石隆相关的任何案子。衙门一直觉得我性格太固执，万一和大人物掐起来了，会惹麻烦，所以只要案件和石隆的手下甚至是曾经的手下有关，都不会让我碰。当然了，无论如何，那一天和石隆的相遇实在太巧，我也不会停止对他的怀疑。”

“怪不得我找你帮我调查石隆的人际关系时，你那么爽快就答应了，”云湛一脸的顿悟，“我还以为人之将死其言也善，原来是你也早就想摸摸石隆的底细了。”

“只是刚开始的时候我不能告诉你实情，”安学武没有否认，“但等到你彻底卷进来之后，也没什么特别值得隐瞒的了。既然大家都对石隆有兴趣，那就算是有了一个共同的敌人。你也不用老觉得自己吃亏，即便现在我行动不便，仍然可以给你足够的协助。”

“老实说，我本来不想管你的事，”云湛说，“但现在我来兴趣了。一切能和石隆挂上钩的线索，我都有兴趣。我很想知道，那些看似无关的杂乱的事件，能不能通过石隆这个人，最终融合到一起去。”

石隆丢了女儿……石隆招兵买马……石隆送给太子种种邪物……石隆可能和天罗的内乱有关……

还有那座可以俯瞰南淮的高塔，仿佛是石隆的精神象征。这位让人捉摸不透的亲王，究竟有什么不可告人的秘密呢？

“需要什么我会告诉你的，”他接着说，“现在我需要两个名字。第一，那一天在凝翠楼，喝醉了之后带头闹事的捕快是谁；第二，那位冷冰冰的艺妓是谁。有些话可能没法亲口去问石隆，但可以旁敲侧击。”

“我能告诉你第二，但第一……告诉了你也没有用。”安学武说。

“为什么？”云湛问。

“就在你来之前，我的手下刚刚告诉我，这个叫焦东林的家伙已经死了，”安学武的腔调很奇异，“他不知怎的发了疯，昨天夜里竟然跑去行刺石隆，已经被当场击杀。幸好石隆并没有要求追究，不然只怕整个衙门都要脱不了干系。”

云湛身子一僵，想起了昨天晚上那张夜行衣下的苍白面容。那个咽喉上的致命伤口，在火把映照下显得触目惊心。

离开衙门时，天色已经很昏暗，但南淮城的万家灯火点亮，看起来似乎更加气派。著名旅行家刑万里曾经说过，一座城市是否繁华，在白昼是看不出来的，一定要等到黄昏时分、华灯初上之时，当那些夜的妆容一盏接一盏亮起来后，才能瞧得分明。南淮的夜，就具备一种让人留恋而迷醉的美感。那是一种流动的、喧嚣的、混杂着脂粉与丝竹的生活气息，是有钱人的天堂，也慷慨地为没钱的人保留了属于他们的角落。

云湛走到街口，停了下来。在来探望安学武之前，他先离开王宫，然后在家里大睡了一个白天，正是精力充沛的时候。

我应该左转回事务所发呆，还是直走去亲王府继续打探石隆和石雨萱的蛛丝马迹，又或者……

最后他向右转去，不久之后，已经来到了一家小而陈旧的宅院外。门牌上的“姬府”两个字早就掉了颜色，呈现出一种灰暗的空洞，两盏积满灰尘的大灯笼许久没有点燃过了，体现着这个伟大姓氏的日益衰落。

看门人姬禄迎了出来，看见云湛立马脸色一变，扯着他的袖子，不由分说把他拉到街边的一处角落里：“云大爷，求您别再来了！每次您一来，放您进去夫人要骂，不放您进去老爷要骂，我们做下人的夹在中间受罪啊！”

云湛轻拍他的肩膀表示理解：“放心，我今天不是来蹭饭的，你只需要把姬承给我叫出来就行。”

“老爷……又偷偷出去了，”姬禄说，“夫人正在屋里发脾气呢，说她明明已经把这个月的零用扣光了，不知道老爷又从哪儿弄到了钱。”

云湛憋住笑，矜持地让姬禄回去，然后快步走向了凝翠楼。

凝翠楼是这样一个地方：它的主旨是让人快活，说得精确一点儿，是让肯花钱的人快活。和其他许多挑挑拣拣又做婊子又立牌坊的青楼不同，凝翠楼不大在乎来客的身份，管你是贩夫走卒、三教九流，只要能数出金铢，就能做入幕之宾。同样，不管你和这里的老鸨和姑娘们交情多好，没有钱那就别往里走。

这样的原则，姬承的体会可是深得很。从第一次光顾凝翠楼起，他就和妓女小铭打得火热，此后手里有点儿闲钱就会跑来和小铭鬼混。老鸨、龟公均对他热情有加，大爷前大爷后地点头哈腰。但有一次，他手头已经没钱了，想要凭着在此地混迹多时的薄面先赊账，老鸨登时翻脸不认人，让护院把他撵了出去。姬承灰溜溜地出门时，回头望了一眼；小铭站在楼上，一脸的漠然。

姬承自然心头很是失落，但在家被夫人收拾多了，还是难免心里痒痒的，怀念起小铭白嫩嫩的小手，于是又攒点儿钱再往凝翠楼去。老鸨和小铭对过往之事绝口不提，眉开眼笑地接待了他，好像什么都没发生过。这之后姬承对世道人心似有所悟，凝翠楼照去不误，没钱时却绝不肯再去自讨没趣了。

当然了，今天是姬承有钱的时候。一向一穷二白的老友云湛不知在哪儿又骗到了点儿预付款，竟然大发善心分了他一些，这让被老婆管得钱袋空空的姬承犹如久旱逢甘霖。他苦等了好几天，终于等到老婆出门，于是迫不及待地溜了出去。

重新坐在小铭的房间里，虽然不过短短一个月没来，他也有点儿恍如隔世的感觉。凝翠楼里飘散着一股令人沉醉的酒香和脂粉香，与家中老婆横眉冷对的面容形成鲜明对照。真是重新活过来了啊！姬承幸福地想。

但接下来的事情就不那么幸福了。当门被推开时，姬承本来期待着看到去拿酒的小铭带着甜蜜的笑容探进头来，但最后看到的居然是一张熟悉的男人的脸。

“你他妈的怎么那么阴魂不散啊！”姬承怒吼起来，“你来干什么！”

“我想找你和小铭作陪，陪我约会一下这里的头牌艺妓，秦雅君。”云湛一本正经地说。

“那种眼看手勿动的女人有什么好？”姬承一愣，“价钱还死贵。你要是钱多了不知道该怎么花，我可以教你。”

“谢了，花不掉的钱我扔进建河喂鱼都行，”云湛狞笑着，“但是今天，我一定要你们俩陪我，不然我现在就把你抓回去还给你老婆。”

“别，千万别，你说什么就是什么。你要我和小铭看你表演才艺都没问题！”姬承慌忙讨饶。

这是姬承第一次好好坐下来欣赏秦雅君的琴艺和舞蹈。但他在音律方面显然不学无术，也毫无兴趣，只顾着一边喝酒一边和小铭低声谈笑，正应了“对牛弹琴”这个词。秦雅君起身献舞的时候，他倒是看得两眼发直。这位艺妓虽然相貌不算特别出众，但身段绝佳，腰如细柳，双腿纤长，裙裾翩翩舞动时，恍如天上流云，给人以目眩神迷之感。而她身上散发出的芬芳，连自己这样精通各种香精的行家都无法判断出处。

他偷眼看云湛，却发现云湛心不在焉，并没有太关注秦雅君的舞姿，却始终看着对方的脸。他有点儿困惑：秦雅君的脸很好看吗？恐怕比小铭还不如，更不用提和公主石秋瞳相比了……

一曲舞毕，秦雅君盈盈坐下；云湛微笑着说：“没想到我这样不入流的私人游侠，也有这样的荣幸，能欣赏秦小姐这样绝妙的舞蹈。”

秦雅君还以妩媚一笑：“能得到云先生的赞赏，真是三生有幸。”

姬承想，没想到云湛这厮也会说漂亮话，真是太阳从西边出来了，但他更加没想到的是，云湛居然紧接着就把火烧到了他身上。

“不过我虽然身份低微，我这位朋友可是大大的了不起，他的祖先是位大人物呢！”云湛用赞赏的语气说。

姬承吓了一跳，想要阻止他，却又没找到阻止他的理由，云湛已经接着说下去：“他的祖先是姬野，就是历史上胤朝的开国皇帝姬野，所以真是人不可貌相啊！”

见鬼，什么叫人不可貌相，是说我长得不行吗？姬承恨得咬紧了牙关。秦雅君淡淡地笑了笑，轻轻点头：“原来姬先生还是名门之后，真是失礼了。”

这“原来”“还是”两个词无疑也包含着一点儿别样的味道。姬承虽然平素脸皮不薄，此刻也觉得脸上发烧，一直红到了耳根子。云湛却不动声色地打个哈哈，把话题岔了开去。他只是和秦雅君有一搭没一搭地扯着闲话，直到此次服务的时间结束。秦雅君优雅地表示送客，云湛招招手，领着快要睡着了的姬承与小铭出去。

“你究竟又在查什么案子，非要拉我做挡箭牌！”姬承抱怨着。云湛这一手他已经遇到不止一次两次了，在需要和一些嫌疑人物交流时，就会想办法带上姬承。姬承那张温和而平庸的脸很容易令人放松警惕，以此掩盖云湛的阴险真面目。

“我就不能怀着纯洁的目的来这里逛逛吗？”云湛滴水不漏，打发掉了嘴里嘟嘟囔囔的姬承。走出凝翠楼的大门时，夜色已深，深秋的寒意也越来越重。过不了多久，冬天就将到来，不知道失踪的郡主石雨萱会不会冻坏呢？

这个所谓的歧视捕快的知名艺妓果然有问题，云湛边走边思考，歧视个屁。他先后用自己的身份和姬承的身份做了试探，并仔细留意秦雅君的神情变化——她根本就没有什么反应，对自己是个比捕快更低贱的游侠无动于衷，对姬承显赫的家世也只是出于礼貌接了句话。以此推断，如果有捕快上门，她也应当是类似反应才对，但她偏偏对安学武等人表现出了刻意的冷淡。为了什么？当然是为了让那位叫作焦东林的捕快有机会发难，并有机会牵扯出尊贵的石隆，让安学武不得不喝酒直到药性发作。

可惜焦东林死了，云湛遗憾地想，也不知道是他不堪忍受石隆的控制，打算拼个鱼死网破，还是石隆安排巧计将他灭口并伪装成刺杀。以眼下的复杂形势看，后者的可能性更大。云湛甚至越来越怀疑石雨萱的失踪都是石隆的苦肉计，但回想当天石隆的表情，还是觉得不像是在作伪。尤其石雨萱本人也绝非善茬儿，身上藏着许多不为人知的秘密。

这父女俩还真是一丘之貉，都不是什么好东西，云湛得出了这个恶毒的结论。

看来是白天睡得太多，虽然已经是深夜，云湛却觉得脑子煞是清醒，各种各样的念头交缠在一起。情况变得更复杂了，他想，安学武被陷害的事情本来是一桩意外，最后竟然七拐八拐又拐回到了石隆身上。问题又回到了最初的起点：那么多的线头，每一根线都藏得那么深，我应该从哪一根开始挖呢？

当然可以面面俱到，每一条线索都过问一下。然而一个人的时间和精力是有限的，如果不能迅速地找出切入点，也许到时候石隆的阴谋已经实现了。所以必须要认死一个方向，死缠烂打下去。这就好比和人群殴打架一样，当你寡不敌众甚至惨遭合围的时候，必须要认准对方的领头者不顾一切地往死里打。

但是应该从哪一处入手呢？云湛在街边一块石墩子上坐下，仰头看着天。今夜的天空浓云密布，月色都不是很明朗，星光更是显得晦暗难辨，这让他想起了安学武曾经指给他看过的“暗杀之星”。那是一颗把自己藏在主星光芒中的毫不起眼儿的小辅星，正如杀手们的日常行事，深藏锋芒，毫不张扬。但这颗星一旦看准时间爆发，那一瞬间的夺目光华，将令任何人都难以防范。

不知为什么，他的脑子又出现了那种捉摸不定却又始终存在的不安的感觉。究竟是什么东西不对劲儿呢？他仔细回想着自己被石秋瞳赶鸭子上架以来的种种事端，不知不觉中，已经有好几个人丧生了。伍正文在自己面前自杀了，焦东林也在自己眼前以刺客的身份被杀死，每次好容易找到的线头就这样被……

云湛猛地跳了起来。他转过身，向着凝翠楼狂奔而去。

不管是不是巧合，凡是自己怀疑到的人，似乎都没有好结果。那么凝翠楼的艺妓秦雅君……他不敢多想，只恨自己是暗羽体质，只有暗月遮挡明月的时候才能凝出羽翼，没办法在这样皓月当空的夜晚飞起来。

来到凝翠楼门口时，正赶上一场热闹，主角是姬承，以及让云湛一看到就绕道而行的姬夫人唐温柔。唐温柔揪住姬承的耳朵，正在严厉地对他晓以大义。妓院里的人对此场面司空见惯，连个劝架的都没有，倒是一些生客不明所以，四下打听。

“嗐，那男的老喜欢来逛窑子。那女的是他老婆，不让他逛。那男的就总是趁着那女的不在家的时候偷偷摸摸自己来。那女的回家瞧不见人，也跟着找过来……”门口的大茶壶向客人们解释说，“哎，等等，你干什么！”

后半截话是冲着云湛喊的，因为云湛已经趁着唐温柔制造的混乱一溜烟冲了进去，直接展开轻功，先跳上二楼，再借力翻上三楼，跑到秦雅君的房门口。他很清晰地听到房内传来一阵温婉的琴声，正是之前秦雅君曾经为他弹奏过的。

他松了一口气，伸手轻轻敲门。凝翠楼的护卫已经从楼梯追了上来，但看到他刚才飞身上楼的身手，知道此人厉害，不敢轻易上前动手。云湛懒得多废话，索性右手抽出一支箭，向着他们示威性地摆动几下，左手继续敲门。

但是门里始终没有任何人回应，琴声还在不断地传出，倒是门缝里冒出一阵黑烟。云湛立即意识到有什么不对，用肩头狠狠一撞门。出乎意料地，门并没有别上，这一下力气用空了，他差点儿一个趔趄摔倒在地上。

他暗骂了自己一句，抬眼一看，地上放着一个大概是洗脸用的铜盆，里面却有一大堆纸张在燃烧，琴声就是从火焰里面发出来的。而秦雅君已经倒在地上动也不动，脸冲着墙，生死未明。

云湛明白发生了什么。有人潜入进来袭击了秦雅君，但在离开之前，多半是强迫她弹奏了一段琴，然后用聆贝记录下来。聆贝是一种奇特的植物，放入温水之中，就能记录下当时周围发出的声音；将已经记录过声音的聆贝投入火中，声音就会再现出来。当然了，只此一次。因为火烧之后，聆贝也被毁了。

袭击者无疑是为了拖延时间才使用了聆贝，以便给门外的人造成秦雅君仍然活着在弹奏的错觉。想到这里，云湛更是有点儿心慌，一个箭步跨到秦雅君面前伸手探她的鼻息。

手指无意间触到了秦雅君的脸，但很奇怪，手上的触感并不是肌肤，而是布料。难道她是被人用布蒙住口鼻导致窒息？云湛扶住她的肩膀，想要把她的脸扳过来。就在这时候，从秦雅君的肩头忽然传来一阵剧烈的震颤，云湛立即觉得右手被吸在了她的肩上，一阵难以形容的力量从手上传入，带着巨大的冲击力，冲击着自己的心脏。

这种感觉……只有以前和一位秘术师交手的时候曾经体会过。那是被雷电击中的感觉，是一种以人力操控雷电的高明秘术。

云湛只觉得口唇发干，喘不上气来，浑身不受控制地颤抖，心脏开始玩命地高速跳动，浑身的血液就像要沸腾开来一样。

十四

按照惯例，又是一夜的噩梦。自从开始接手这起案子后，噩梦的次数好像又增加了，这让睡眠成了一种很劳累的负担。

父亲的尸体总是在眼前晃动不休，在逆光中形成令人喘不过气来的巨大剪影。

朝阳下的血滴反射出妖异的色彩，一滴一滴地缓缓落在地上。那声音虽然轻，却又如雷霆万钧，压倒了周围的嘈杂声响。

父亲的脸……父亲的脸……

席峻锋揉着眼睛，心不在焉地喝着豆浆，一块油饼咬了一半就放下了。这可不像他惯常的食量，妻子忍不住问："这桩案子很难办，是不是？"

"任何事都有终结的时候。"席峻锋答非所问，放下空碗，离开了家门。他并没有直接去往捕房，而是绕道先去了按察司附近一座小小的宅院。他的老师和养父、昔日的高级捕头田炜就住在那里。引退之后，他仍然住在南淮城里；席峻锋时常去探望他，遇到疑难时，也会向他求教。

此时天刚亮了没多久，街上的人并不是很多，但田炜已经早早起床，在院子里打着一套慢悠悠的拳法。某种程度上，田炜和捕房里鉴别证物的老情圣霍坚有一些共通之处，他们都非常注意保养，工作压力再大，也不会拼命地拿自己的性命去熬。事实上田炜和霍坚的交情一直不错，虽然年纪差了二十多岁，也不知道是谁影响了谁。

“老当益壮啊！”席峻锋拍着手，“我手下正好缺几个有身手的好捕快，不如你重新出山为我工作吧。”

田炜不搭理他，等到把一套拳打完了，才悠悠踱到他面前，脸不红气不喘：“没大没小！要你老子重新出山给你打下手？”

“您来做这个捕头，我给您打下手也没意见。”席峻锋的言语虽然戏谑，却也不乏真诚。田炜微微叹气：“一把老骨头了，打个健身拳还行，要办案可没精力了，只能缩在幕后给你出出主意。你这趟来，是为了最近发生的那三起怪异杀人案吧。现在外面好多传言了，说什么的都有。”

“还能为了什么？”席峻锋陪着田炜在院子里的一张石凳上坐下，满脸的疲惫之色，“你和邪教打了那么多年交道，那样的手法，我没见过，但没准儿你见过。”

他再把三名死者的死状详细叙述了一遍，只是隐去三人的身份不提。田炜微闭双目，仔细回忆着。席峻锋屏息静气，不敢打扰他。

“我并不知道具体的意义，但是我可以肯定一点，这三种死法中，除了那具完全成灰的我没能见识，剩下的两种我碰巧都亲眼看到过。”田炜终于开口说。

席峻锋身子一颤：“你全都见过？在哪里？”

田炜沉吟了许久，慢吞吞地回答：“三十年前，在净魔宗的总坛里，就在皇帝和诸侯的军队攻破他们的总坛之后。”

和净魔宗的战役惨烈到令人难以置信。在此之前，由于得到斥候确凿的线报，魔教的魔女突然失踪，皇帝才下定决心趁敌人军心动荡之际出兵讨伐。魔教教徒的数量毕竟无法和正规军队相比，虽然其中有不少练过武的或是修习过秘术的，但也没有经受过战阵的操练。按理说，应当是一场势如破竹的大胜。然而魔教教徒们的韧性出乎常人想象，即便失去了魔女，他们也个个不惜性命，就像保护蜂巢的工蜂一样，用尾刺刺杀敌人，也牺牲掉自己。但衍国国主石之衡步步为营，一点儿一点儿拔除敌方势力，终于一路挺进到了净魔宗总坛。

其时净魔宗总坛设在宛州东北的雁返湖附近，那里在历史上曾经发生过人类和河络之间的血战，本身就带有千载不去的杀戮气息。魔教几乎全部的力量都集中在此处，与诸侯联军殊死一战。当然了，最后的结局必然是魔教失败，联军的损失却也相当大。在最后杀入总坛后，拼了命护卫总坛的教徒们一个个吞服了毒蛊，把自身变成一个移动的武器，向联军的士兵们猛扑过去。从他们身上流出的鲜血都带有剧毒，沾上一滴就会中毒。面对这样凶悍亡命的对手，即便是训练有素的士兵们，也难免要心头发毛。

田炜虽然属于刑部管辖，但毕竟多年查访邪教案件，对净魔宗多有了解，所以也被石之衡点名入伍助阵。这对他而言也是个近距离研究净魔宗的好机会。当士兵们还在总坛里搜查漏网之鱼、打扫战场时，他就已经迫不及待地带上两名助手钻了进去。

净魔宗的总坛占据了很大地盘，而教徒们个个死硬到底，什么都不肯交代，田炜只好自己慢慢寻找。他最想看到的东西包括存放教义典籍的地方、举行祭祀的祭坛以及只有高级教徒才能进出的场所，这些地方几乎就能代表一个邪教的全部意义。

穿行在净魔宗总坛里会让人感到很压抑，这不仅仅是因为无处不在的魔主的图腾和含义不明的古怪符咒，还在于那种绝对的干净。净魔宗对于“净”的要求偏执到了变态的程度，对总坛内几乎每一处角落都要打扫到一尘不染。想着他们犯下的累累罪行，再看着这可笑的表面上的洁净，不能不让人心有所感。

田炜如愿以偿地找到了全本的《净魔救世书》和许多其他的书籍、笔记、卷宗，那将成为研究这个荼毒九州多时的邪教的重要资料。接着他开始在遍地的尸体中四处找寻祭坛。他已经上了年纪，体力大不如前，好在两位助手都年富力强并且经验丰富，在两个对时之后，终于在一面刻满浮雕的墙上找到了一处暗门。

刚一推开门，就是一阵浓烈的血腥味扑面而来，两位助手都捂住了鼻子。田炜毫不介意，抬头望去，正看见一具尸体高高悬挂在半空，尸体上完好的部分只剩下头颅，其他地方的肉都被割得干干净净，白森森的骨架上还有未干的鲜血在往下滴。

这张脸田炜很熟悉，那是被他指派混入魔教内部的卧底，看来在最后时刻还是被识破了。助手几乎就要呕吐，田炜却很明白，这是净魔宗用来对付叛徒或是死敌的做法，方法和凌迟之刑类似，却有一种独特的方法能让受刑者活得更长，让痛苦延续的时间更长。当时他并没有想到，一年之后，他会在南淮城见到一具几乎一模一样的死尸。

但这并不是最令他震惊的。因为这样的恐怖场景是可以解释的。祭坛中央的一幕才更加让人难以索解。那里放着三个烂泥一样的人，身体以无比古怪的姿势蜷缩着。田炜慢慢靠近，蹲下来验看着这几个人。前两个都已经死了，身上的骨骼全数寸断，就像被巨石碾压过一样。第三个还没有死，不过也已经离死不远了。他全身的骨头都因为断裂变型而戳破皮肉，露在外面。整个人只有进的气，没有出的气，连呻吟的力气都没有了。

越过这三个人，田炜又看到了两个血人。他们身上并没有伤口，但血液却源源不断地从皮肤里渗出来，用石板铺成的祭坛地面已经被染红。一般而言，人体失去三分之一左右的血液就会濒临死亡，而这两个人身上的血几乎快要流干了，显然也没救了。

这五个人代表着什么？田炜百思不得其解。因为据他的了解，祭坛对于净魔宗教徒而言，具备无比庄重神圣的意义，祭坛是教徒们和他们的魔主沟通的唯一地点。绝不会有任何伤者、死者无缘无故地出现在这里，他们必然对应着某种重要的祭礼。

可是这三个断骨者和两个血流干了的人，在任何一种净魔宗的祭典里都没有提到过。在以后的日子里，田炜几乎把《净魔救世书》翻到可以倒背如流的程度，也没有找到它们的意义所在。直到三十年后，早已开始享受悠闲生活的他，才在这一系列发生于南淮城的血案中，领悟到了什么。

“你领悟到什么了？”席峻锋问。太阳渐渐升高，两人已经回到田炜的书房里坐下。

“前两起案子发生后，我很快发现了它们和我三十年前所见场景之间的共同点，”田炜喝着席峻锋为他倒上的茶，“你觉不觉得，那三个骨头断得一塌糊涂的人，只是你第一桩案件中死者的……不完美的形态。或者说，那是三个实验品？”

“实验品？”席峻锋的手指轻轻敲着桌面，“你这种说法倒也不无道理，第一个死者张剑星浑身的骨头全都成了粉渣，比你见到的寸断厉害多了。

而第二个死者桑白露浑身所有的水分都流失得干干净净，也比你所见到的进了一层。可惜没有其他可供参考的了。”

“的确，除了那五个人之外，祭坛里再也找不出别的了。”田炜说，“后来我想了很久，才明白过来那到底是怎么回事。当时正是净魔宗面临生死存亡之际，作为精神支柱的魔女也失踪了，魔教肯定会垂死挣扎，有什么救命稻草就会捞。所以他们的长老一定是在策划某种试图用来扭转整个局势的祭祀。”

“扭转局势的祭祀？”

“没错，比如说召唤神明显灵附体之类的祭祀。虽然在我们外人看来荒谬可笑，但对于身在其中的信徒，却或许是唯一的方法。”

席峻锋点点头：“可以理解。到这种时候，他们只能寄望自己信仰的邪神或是魔能赐给他们超越常规的力量。所以在大军压境的时候，他们还在花费心力地用活人来实验，妄图利用魔祭来翻身，可惜的是，连前两步都没能做好，也没办法告诉我后面的步骤了。现在的问题就是，这个祭祀到底是什么含义？”

席峻锋的眼中闪烁着略显兴奋的光芒，田炜看着他的神情，微微叹息：“你啊，还是老样子，总是不肯放下心里的仇恨。这几个案子一出现，你就在盼望着它们能和净魔宗联系起来吧？现在从我的嘴里得到了结论，你的复仇之火，又开始燃烧了吧？”

“我听说，这几年来，你已经抢过衙门的同行不少的案子，因为那些案子作案手法特异，”他接着说，“但是最后的结果都证明——天下哪还有那么多邪教。可你还是依然故我，从无例外。”

“我总得做点儿事情证明我存在的价值，不然不是白拿薪水？”席峻锋耸耸肩。

田炜摇着头：“别说我了，你的这些说辞，就算你们捕房里的捕快们，只怕也没人相信吧？我养了你那么多年，还不知道你的心吗？虽然你总是表面上嘻嘻哈哈，内心却没有一刻忘记你父亲死时的惨状。你几乎没有哪个晚上不说梦话，不提到那件事，只是你自己在睡梦中没有知觉罢了。”

席峻锋默然，田炜用力拍拍他的肩膀，语气忽然变得很严肃：“所以你才更要小心，不要因为这种仇恨而让自己做出错误的判断！”

“错误的判断？”席峻锋的声音微微有些颤抖，“您指的是什么？”

“你总是先入为主地认定净魔宗会卷土重来，会再次为祸人间，这样的思维方式很可能会影响客观的判断，”田炜说，“你还记得去年发生的富商云天杰灭门案吗？在那起案件中，罪犯用秘术凝聚成锋利如刀的冰线，伪装成天罗丝，试图嫁祸给天罗。再往前数，七年前在白水城发生的屠夫残杀妻子的案子，不也是那个屠夫模仿当时在宛州各地作案的肢解杀人魔，以便给自己脱罪吗？再往前……”

“好啦好啦！”席峻锋乱晃脑袋，“我知道您的意思，我不会排除有人伪装邪教的手法以掩盖犯罪动机的。”

“言不由衷，”田炜从鼻子里“哼”了一声，“总之你自己把握好，不要一听到邪教就昏了头脑。此外，我还要提醒你，即便这真的是净魔宗干的，也不能就简单地把视线集中在他们身上。邪教会利用世人，也可能反过来被世人所利用。不要放过可能存在的幕后主使。”

席峻锋站起身来，毕恭毕敬地说：“我一定会记住您今天的教诲的，绝不会放什么人轻易漏网。”

“你好像已经知道了什么。”田炜看着他。

席峻锋犹豫了很久，最后还是开口说：“那三名死者，表面看没有什么关系，但他们都曾经是……隆亲王石隆的手下。”

田炜的脸色微变：“隆亲王？那个老家伙可是个棘手的货色啊！”

“所以我更需要尽早查明真相，以免总是被动地跟着死人跑，”席峻锋趁热打铁，“您想到什么，都告诉我吧。”

田炜狡黠地一笑：“自己摘下的果子总是比较甜。虽然这几起杀人案我还并不能精确定性，但结合着它们曾经出现在净魔宗总坛的重要性，倒是有一些小小的猜测。还记得我跟你说过的猜测祭礼意义的方法吗？”

席峻锋笑了起来：“我昨天刚刚用这话教训了我的手下们，要用结果去反推起因。可是，把人的骨头完全磨成粉，把人变成干尸，把人彻底烧成灰，这究竟是怎样的结果呢？”

“回去再好好翻一下《九州邪教考据》，看看净魔宗那一章的第七节，”田炜莫测高深地回答，“然后结合一下净魔宗的一些基本教义，你会找到答案的。”

第四祭
静　魂

魔的信徒们，你们的躯体已经洁净，人世间邪恶的污秽都已经从你们的身上消失，你们获得了被魔主接纳的资格，但那并不意味着你们就已经成为合格的信徒。你们的心还不够宁静，恶之花仍然在释放诱惑的芳香。静下来，静下来，你们要从灵魂深处平静下来，唯有宁静的灵魂，才能聆听到魔主至高无上的召唤。

——《净魔救世书》

我渐渐觉得自己像个真正的魔女了。在过去的那些日子里，尽管拼命且努力地学习，尽管被灌输了一肚子的教义，我总觉得自己的信仰并不坚定。我就好像一个偶人，在长老们的指挥下做着应该做的动作，而没有什么自我的积极信念。

但现在不同了，在见证了魔父赐予我的奇迹后，我的内心被无法抑制的激情所充满。那不仅仅是一次无足轻重的奇迹的展示，那是魔父给我的信号，他在告诉我，他一直都会注视着我，等待我用魔的光明驱走黑暗，让月光照亮到每一处幽深的地底。

“你的学习越来越勤奋了，”一向苛刻的三长老都忍不住夸赞，“这样的话，当我们的复生祭典完成后，无论肉体上还是精神上，你都将成为合格的魔女，成为魔的信徒们的指路者。”

这样的夸赞很让我开心，我一定要在魔父的指引下，完成净魔宗赋予我的最大的使命，净化这个邪恶的世界。不过，由此又有一些新的疑问产生：“外面的世界究竟是什么样的？真的是那样充满混乱和罪恶吗？”

三长老沉吟了一会儿，似乎是在考虑着怎样措辞：“光用混乱都难以形容。事实上，那根本就是黑白颠倒。魔被当成罪恶的化身，神被当成光明的主人。人们善恶不分、真假不辨，头脑中充斥着错误的概念和信仰，如行尸走肉一般生活在水深火热中苦苦挣扎。那是一个混沌的世界，让人看不到希望的世界，唯一能拯救众生的，就是魔主的光辉。”

“这就是我们对你的期望，”二长老说，“在把魔主的福音传播出去之前，你首先要成为最坚定的信徒，除了魔主的训导，任何外界的胡言乱语都不能动摇你的信念，要毫不犹豫地拒绝任何外人试图施加给你的错误观念。这个世界就像是巨大而黑暗的深深泥潭，你必须在泥潭中保持洁净与纯洁，看穿一切迷惑人的虚像，把真理紧紧抓在手中。”

“也就是说，他们都会说假话骗人，和他们打交道一定不能轻信？”我问。

“绝对不能轻信！”大长老强调说，“如果你和他们有什么接触，他们一定会用种种邪恶的言行来试图把你带上邪路，你必须有抗拒的能力。”

好难，我想着，但我绝不会退缩。我是魔女，魔父的女儿，纵然前路布满荆棘，我也将一往无前。

十五

这不是秦雅君！

云湛在那一瞬间反应过来。敌人的目标不只是杀掉秦雅君灭口，还想借此干掉自己。他们猜到自己能识破聆贝的简单花招，料定自己肯定会上前扶住秦雅君，所以故意让眼前这位秘术师穿上秦雅君的衣服，背对着门躺下。这一点，自己本应该从头发就能看出来的。眼前的头发虽然也是长而乌黑的，但仔细一看，并没有艺妓的那种自然光泽。而之前秦雅君舞蹈时，身上有一股芬芳的高级香水的香味，眼下这股气味也完全变了，变成了很淡的便宜刨花油的味道。

这乌黑的长发只是对方戴在头上的假发而已，但自己太过心急，忽略了这个细节，为此可能会付出惨重的代价。

雷电的力量是可怕的，虽然由秘术制造出的雷电并没有真正的天空中的雷击那样有威力，却仍然足以让一个人心脏停跳，身体烧焦。那股难以忍受的电流穿过全身，差点儿让云湛失去知觉。他想要摆脱，身体却被吸得死死的，只觉得电流不断游走于四肢百骸，仿佛自己的身体很快就要散架了似的。

我不能死，他冒出这样一个念头，那么容易地死去，可不像我。千钧一发之际，他强行凝聚了自己全部的精神力，将之集中在被黏在肩膀上的那只手。他长年勤修武术，秘术功底很浅，所以只能发出一股简单的斥力，但凭借着力量的强劲爆发，仍然勉强把对方的肩膀向前推出了半寸。

有这半寸就足够了，右手和敌人的肩膀终于脱离了，秘术的效果当即消失。云湛感到身上一松，连忙抓住时机，向后跃出一大步。躺在地上的秘术师功败垂成，却也不肯轻易放弃，迅速起身，几道电光劈向云湛。

但此时追击已经太晚了，云灭屡次教导过云湛：人总是难免出现第一次失误，但绝不能给敌人第二次机会。因为第一次失误还有可能补救，第二次可就是致命的了。在无数次实战以及云灭比实战还严酷的训练后，云湛在遭遇打击后的反应能力已经非比寻常。他左手撑地，身子已经浑似没有重量一般，向后弹到了门外。秘术师发出的雷电劈在了墙板上，升腾起刺鼻的焦煳味。在那一刹那，云湛看见，对方的脸上蒙着黑布，令自己无法看清他的真面目。

眼见一击不中，秘术师不敢恋战，把身上秦雅君的外衣猛地抛出，以此挡住云湛的视线，身体向着窗口移去。云湛不肯轻易放过他，连珠三箭射穿外衣，等到这件被穿了三个洞的衣服落地后，房内靠窗的墙上出现了两支还在颤动的箭支，剩下那支却不知所踪。

他连忙冲进房内，一边对着背后战战兢兢不敢上前的妓院护院们喊了一声“看住这个房间，不许乱碰东西”，一边从窗口跳了出去。

跳出窗的时候，他已经做好了应对偷袭的准备，但出乎意料的是，那位秘术师似乎只想逃命，并没有等在楼下偷袭他。他顺利地落了地，并在地上发现了几滴未干的血迹，离血迹不远处躺着第三支箭。

看来这一箭并没能命中要害，但至少射伤了对方的皮肉，而且伤得不轻。对方如果停下包扎，就会耽误逃跑的时间；如果不包扎，就会在地上留下血迹。无论如何，都会对云湛的追击很有利。

他抬起头，很快发现长街的尽头有一个人影一闪而过，立即提气追了过去。虽然绝大多数时候都无法飞翔，但羽人轻捷的身体还是给他的速度带来诸多优势。等到拐过那个街口时，敌人的身影已经比较清晰了。敌人果然受了伤，左手捂着自己的右肩，虽然竭力奔跑，仍然不可能和云湛的速度相比。

云湛冷笑一声，正准备加速追上去，但脑子里忽然闪过另外一个念头——秦雅君的尸体在哪里？

他进入房间的时候，房内除了假扮尸体的秘术师外，并没有秦雅君的踪迹。那房间虽然大，主要在于中央空旷可供舞蹈用，其他地方陈设不多、一目了然，是藏不住一个大活人的。也就是说，秦雅君的尸体——或者未必是尸体，也许只是活生生的绑架——已经被转移出去了。

就凭这一个秘术师，能够在那么短的时间内完成袭击秦雅君、转移尸体、回到房中假扮、使用聆贝的复杂程序吗？云湛算算时间，即便是自己，也不可能做到。

所以敌人一定有同伙帮忙，而且还说不定不止一个。眼前这个秘术师故意放慢脚步，显得伤势沉重，说不定只是在示弱，引自己进入圈套。想到这里，他也稍微降低了步频，全神留意着周遭的动静。

夜已深。在离开了繁华地段后，这一带的街巷充满催人入睡的静谧，连黄叶坠地的声音都能听到。越是安静，就越可能隐藏杀机，所以云湛也更多地把注意力放在周围。但奇怪的是，他一直提防着的伏兵始终没有出现。难道是发现了他的警觉，所以不愿意在没有把握的情况下出手？

倒是被他追逐的秘术师出手了。两人又追过两条街之后，秘术师忽然往右一拐，不见了，无疑那里有什么开启的门窗。云湛追上去，果然发现临街的铺子有一扇门板没有上，所以留了个入口。这极有可能是事先布好的陷阱，但如果不进去，这条线索又会断掉。他别无选择，只能跟了进去。

刚一进去，就是一阵劲风扑面，有什么东西带着锐利的寒气向自己袭来。他扬起弓，把来物挡开，手上感到一股很重的力道，同时耳朵里听到金属的声音。不容他多想，紧跟着又是一连串的重物飞了过来，逼得他不断招架，左格右挡之间，金属碰撞溅起的火花让他看清楚了飞来的都是些什么。

都是一柄柄的刀剑之类的兵器，有些锋锐犀利，有些还没开刃。这些兵器就像是有生命一样，疯狂地向他飞来，好几下险些击中他。云湛反应过来，这仍然是一种秘术，和刚才操控雷电的秘术同源，都来自于天空中的星辰“裂章”，只不过体现出的是另一样效果：操控金属。敌人选择这个兵器铺向他动手，正是为了把裂章秘术的威力发扬到极限。因为雷电毕竟太消耗精神力，在云湛这样身手灵活的对手面前，也许一下都打不中，反而徒耗力气，但使用现成的金属制品，就省力多了。

现在秘术师已经遁入了黑暗中，不断操控着各种兵器刺向云湛。云湛倒是可以选择退出去，但这样的话，敌人很快就能跑得踪影不见。他只能硬撑着，一面抵挡飞来飞去的各种兵刃，一面仔细聆听敌人的呼吸声。秘术师正在催动秘术，即便再压抑，也不可能不发出呼气吸气的声音。

在那些叮叮当当的刺耳撞击声中，他终于捕捉到了一丝压不住的细微喘息声。是时候了！他毫不迟疑地一箭射去，一声短促的低呼后，飞在半空中的刀剑停止了诡异的运动，纷纷落在地上，响成一片。云湛小心翼翼地靠近，从身上掏出火折子点上，借着火光一看，不觉愣住了。

眼前的人被他一箭穿心，已经毙命，却并不是刚才的那位秘术师，而是一个伙计打扮的年轻人。此人被五花大绑地捆在一张椅子上，嘴巴被牢牢堵住，眼睛也蒙上了黑布。除了自己射出的箭，他身上还有好几道极深的伤口，尤其是脖颈处的一道切口，完全割断了血管，鲜血正在汩汩地流出。

云湛懊丧地一拳砸在墙上。他明白过来，这个死者多半是这家兵器铺里的普通伙计，事先早被捆绑在那里。敌人在偷袭自己未果后，有意识地逃到了这里，借用这个伙计的呼吸声来掩盖自己的呼吸。他一定是藏身在更远的距离，以至于自己捕捉到伙计喘气的声音后，就忽略了他。当自己把全副注意力放在伙计身上后，他却悄悄逃离了。现在想要再追，已经晚了。

云湛无奈，查看了一下死者身上的伤口。让他略微好过一点儿的是，在刚才那些金属器具四处横飞的时候，其实已经在这位伙计身上切割出了多处重伤，其中几处相当致命，即便自己不给这一箭，他也必死无疑。射出这一箭后，反而是为他减轻了痛苦。

可是被敌人戏弄的挫败感仍然让他愤怒不已。这个敌人在他眼皮底下劫走了秦雅君，又在他眼皮底下逃之夭夭，实在是让他难以忍受。但他也清楚，在这种情况下，头脑必须冷静，否则就会一错再错，尤其是当兵器铺的门外已经传来了闹闹嚷嚷的叫喊声的时候。听起来，四面都被围起来了。

云湛当然有办法脱身，但那样也很难保证身份不暴露，他决定索性放弃抵抗。反正自己已经不是第一次被捕快抓起来了，他自嘲地想，有一就有二，先到捕房里过一夜吧。好在这一次不必麻烦石秋瞳了，和自己拴在同一条线上的安学武就能把自己捞出来。

安学武伤势未愈，要等到天亮之后才能把自己保出去，所以天亮之前，还能有一段时间留给自己思考一下。现在可以确定的一点是，这起事件的牵连很大，所以那个藏在幕后的敌人要想尽一切办法灭口，想尽一切办法斩断所有的线索。伍正文当着自己的面自杀了，焦东林当着自己的面成为行刺未遂被杀的此刻，秦雅君在和自己见面后不久失踪，而自己也很快遭到袭击。敌人无疑早就在注意自己，一方面清除线索人物，一方面也试图对付自己。

可是到底发生了什么大事，要让敌人如此不择手段？云湛苦苦思索着，太子的变化、石雨萱的失踪、石隆的种种古怪举动，表面上看起来都很严重，但这三件事只是浮在水面的表象，并没有指向某一个明确的目标。而在水面之下，一定会藏着一个精心布置的核心阴谋，这个阴谋能解释所有的表象，所有的分支。

会是怎样一个阴谋呢？云湛的脑子快要炸开了，想到还有和这起案件无关、却同样会和自己作对到底的天罗，心情更加烦乱。身下的稻草发出隐隐的霉味，虽然天气很冷，蚊蝇早已绝迹，地上仍然有蟑螂和老鼠在幸福地穿行。很久没有在这种地方待过了，云湛随手抓起一只肥硕的老鼠，老鼠在他手里吱吱乱叫，却怎么也挣脱不了。

我就像是这只老鼠，云湛想着，可是那只抓住我的黑手究竟是怎么样的，我都还看不清楚。

就这么胡思乱想着挨到了中午时分，中间实在困得不行了，小睡了一会儿，安学武的手令才姗姗来迟。好在由于云湛经常协助破案，安学武手下的捕快倒是对他尊敬有加，来提他的捕快已经给他买好了午餐。云湛一边抓起那张卷了肉的大饼塞进嘴里，一边含混不清地问：“夯货现在是不是特别得意？”

捕快点点头又摇摇头：“没有。安捕头开始确实很高兴，还说要让您在牢里等上一天后再来提人。但就在刚刚，他得到了一个什么消息，忽然就变得很焦急，马上派我过来了。”

又发生什么了？云湛体会到了安学武所说的“虱子多了不痒”的至高境界。

“我实在应该不管你，而是再去捏造一点儿杀人的证据，把你在牢里关上三十年，”安学武挥着手，“这样南淮城就可以清净了。”

“别废话了，”云湛一屁股坐在椅子上，“又发生什么事了？”

“两件事。第一件，最近大内的侍卫们好像开始行动起来了，乔装改扮开始在南淮城里秘密调查。”

“查什么？”

“据说是暗查所有身份可疑的人，怀疑其中暗藏了天罗。”安学武盯着云湛，云湛只能报以苦笑。

“我不是告诉过你了吗，她一旦知道了这件事，就必然会过问，而且多半是好心办坏事。”云湛说。

“但他们恐怕不会想到你身上，而会怀疑是我再次破坏了规矩，”安学武有气无力地说，“所以接下来，他们的行动也许会更加疯狂。”

“人生惨淡，无论如何都只能去直面，”云湛耸耸肩，“第二件事呢？”

“第二件事就比较有趣了，”安学武说，“你知道我和席峻锋相互看不顺眼，经常互相拆台，所以我买通了他手下一个不受重用的小捕快，经常从他那里得到一些席峻锋的消息，以便抓住他的痛脚，争取什么时候能把他挤下去。”

“你得到了什么消息？是不是和他最近办的案子有关？”云湛问。他之前也听说了，在碎骨案和脱水案之后，又出现了第三宗奇异的杀人案，这次是把人先变成金属然后再放入砖窑火焚，那种残酷的手法真是让人不寒而栗。

“还能是什么？”安学武回答，“这三起案子把他折腾得够呛。但这厮确实是有点儿本事，半个月工夫，竟然真的把三个死者的身份都找出来。而这三个人的身份，相当有趣。”

他故意卖个关子，没有继续说下去。云湛冷冷地看着他，并不搭腔，心里想得很明白：你叫我来的，不信你不先开口。果然安学武憋了一会儿，自觉没趣，还是接着说下去了：“那三个人，都曾经是江湖中的人物，并且被隆亲王石隆所收留，又在半年前集体失踪。此外，在第三桩杀人案发生前的那天夜里，因为刺杀石隆而被杀死的焦东林，也曾出现在现场。”

云湛霍然站起：“又是石隆？”

安学武对云湛的这个反应很满意：“没错。这些日子来南淮城发生的种种怪事，归根结底，好像都能和石隆挂上钩。”

云湛皱着眉头，缓缓地重新坐下，又回想起了自己之前列出的那些总结：石隆和江湖中人的密切往来；石隆送给太子的诡异礼品；石雨萱被绑架的真相；陷害安学武的幕后真凶；突然出现的几桩怪异残酷的杀人案。后面几样看似不相干，却都一步步指向了隆亲王石隆。虽然还没能找到直接的证据，但至少可以肯定，这一张如蛛丝交缠的阴谋之网，和石隆有着不可分割的重要关系。

“这张蛛网的中心，到底是什么样的？”云湛喃喃地问。他并没有向安学武发问，更像是自言自语。

“在你来之前，我也一直在想着这个问题，”安学武说，“最关键的在于，石隆究竟想要做些什么？这些事件虽然都和石隆有关，却谁和谁都不搭界，看起来每件事都是各自孤立的。用什么方法可以把这些事件连起来，连起来之后，又会有怎样的一个大阴谋？说实话，虽然还无法猜透这个阴谋是什么，但看着这样庞大而复杂的布局，我已经有浑身起鸡皮疙瘩的感觉了。”

“把那三个死人的详细情况告诉我，包括姓名、身份以及和石隆的关系。”云湛说。

“我整理了一份笔录，你拿回去慢慢琢磨。”安学武递给云湛一张纸。

“我听说，在殇州极北处的冰炎地海里，生存着一种恐怖的巨大章鱼，”云湛收好了纸条，忽然说起了无关的话题，“这种章鱼的体型庞大，好似一座冰山，最可怕的在于它的触须，又多又密，可以伸出足足半里。如果有人不幸遇到了它的触须群，想要活命只有一个办法，那就是不去搭理那些斩之不尽的触须，而是直接攻击章鱼的身体。虽然那样希望也很渺茫，但总有一丝生机。”

“你的意思是说，你打算直接从石隆身上下手？”安学武问。

“当然了，我不必东一榔头西一棒子地到处乱跑了，”云湛呼出一口气，“章鱼的触须伸得再长，根子都还是连在章鱼身上。我只要把全副精力都放在章鱼身上、不让那些杂乱的触须干扰我的视线就行了。”

“当心在见到章鱼之前，先被那些触须绞成肉酱，”安学武哼唧着，“这可是只比任何怪兽都凶悍的食人章鱼。”

十六

下属们担忧地发现，当冬季逐渐来临时，席峻锋又开始进入到了以捕房为家、不回家睡觉的状态。每天晚上，他在他那个捕头专用的小小隔间里生一盆火，把各种厚厚的卷宗搬进去，就此开始夜间工作。他那贤良淑德的老婆每天都会给他送两次饭，并在送晚饭时连夜宵一起送来，叮嘱他自己用捕房里的小火炉热热吃。但席峻锋自己完全顾不上，以至于捕快们不得不轮流值夜替他热饭，保证自己的头儿不会冻饿而死。捕房的地位在按察司里一向是最低的，房子也略微有点儿漏风，一到冬天，屋里就冷得难受，即便点上了火盆，也挡不住风。假如多几个人的话，还能攒点儿人气，偏偏席峻锋不喜欢为了无谓的事情支使部下，他强令所有人没事了就赶紧回家休息，“老子用得上你们的时候有你们受的！”

这就是席峻锋可怕的工作状态，每到这种时候捕快们都喜忧参半，一方面，他们为席峻锋的身体担心；另一方面，这样的苦熬往往能出成果。

比如这一次，在近乎四天四夜不吃不睡之后，形容枯槁的席峻锋终于拖着沉重的步子走了出来。他就像一个小说里闭关修炼的世外高人一样，狼吞虎咽地吃掉了三人份的食物，再鲸吞牛饮掉一大壶茶，满意地揉着肚子坐了下来。

捕快们围了上来，却没人敢发问。从席峻锋的神情上，他们看出了一些不对劲儿的地方。他的脸绷得紧紧的，目光中含有一种隐隐的恐惧。这实在是太不可思议了。席峻锋多年办案，什么稀奇古怪的东西都见过，从来未曾害怕，而眼下，他的那一点儿惧意会是从何而来呢？

“头儿，三具尸体的身份都已确认，我们的推断是正确的，就是那三个人，”陈智先汇报说，“桑白露虽然只剩下骨架，但她的肩膀曾经被猛兽咬伤，留有痕迹；然后我们在翼藏海的居处找到了一份衙门画押的释放文书，也证实了他的身份。”

“小刘，《九州邪教考据》那本书，你读过吧？”席峻锋没头没脑地问了句废话。这本署名宇文非，传说来自龙渊阁的书籍，记录了绝大多数九州历史上出现过的邪教组织及事迹，是研究邪教的经典教材，刘厚荣不可能没有看过。

“你想知道哪一页的内容，都可以问我。”刘厚荣的语气里带着一点儿骄傲。

“净魔宗那一章的第七节，讲了些什么？”席峻锋问。

刘厚荣张嘴就答：“这一节讲的是魔女复生的祭典。在净魔宗的教义里，所谓的魔主，和天神一样都是世界的创造者，却遭到了天神背叛，被镇压在深深的地底，暂时没有办法现身于世间。所以他的教义传播，需要依靠在人间的代言人，就是所谓的魔女了。据说，魔女身份本身并不需要什么特别复杂的甄选过程，随便路边拉过一个女人也可以做魔女，而最重要的步骤却在于祈求魔主赐给魔女以强大的力量。在得到这份力量之前，魔女只是个凡间女子，但一旦获得魔力，就如同重生了一样。每一个新选的魔女，都要经历这个重生的祭典，该祭典被称作‘魔女复生’。”

“魔女复生的祭典是整个净魔宗中最神秘、最不为人知的，”刘厚荣接着说，“别说外人了，即便是净魔宗的普通信徒们，也没有机会观看。确切地说，他们连具体的操作步骤都无法得知，只有教内最高层的几位长老才知道端倪。这个祭典的具体内容从来都是一代代地在长老中秘密相传，等等！”

他脸色煞白地看着席峻锋，其他捕快也都个个冷汗直冒。

“没错，就是魔女复生，”席峻锋一字一顿地说，“这回我们遇到了真正的大场面，精彩至极的大场面。”

“可是……就算是《净魔救世书》上面也没有记载魔女复生的具体过程啊，”刘厚荣就像是在抓救命稻草，“你怎么能确认这几桩案子就一定是魔女复生的血祭？虽然田大人之前见到过类似的死法，但并没有说明究竟是哪种祭典啊！”

“我没法确认，所以只能靠猜，”席峻锋说，“在抓不到任何确凿证据的情况下，猜总比不猜好。”

“那你总得告诉我们你是怎么猜的吧？”刘厚荣有些不服气。

“我其实一直都在思考，在魔教面临着覆亡危局的生死关头，他们为什么还会花费心力去试验某种祭祀，”席峻锋说，“什么样的祭祀会有这样的重要性呢？佟童，你怎么想？”

佟童一向拙于言辞，但正因为如此，从他嘴里说出来的话往往经过深思熟虑，颇能一语中的。听了席峻锋的发问，他想了一阵子，有点儿犹豫地开口说：“除非……除非是他们相信，那种祭典能够帮他们挽回败局。”

这个猜测和田炜所说如出一辙。席峻锋很满意，继续发问：“那么，如果你是一个魔教教徒，在那种时候，你会觉得你们的败因是什么呢？记住，不要把自己当成一个打击邪教的捕快，要站在一个笃信魔主威力的虔诚信徒的角度上去思考。”

“笃信魔主的威力……”佟童一时间有点儿反应不过来。心思灵活的陈智似有所悟：“如果我们败了，不是因为敌人的实力太强，而是魔主的力量没能完美地发挥出来。而人世间只有一个人能展现魔的力量……那就是魔女了。”

“可是魔女失踪了呀！”席峻锋微笑着说。

“所以才需要一个新的魔女！”刘厚荣叫了起来，“头儿，这么一说，我觉得你的推理还真是那么回事！”

席峻锋收起笑容：“这就是我判定那是魔女复生的祭礼的第一个理由。”

“第二个理由是什么？”陈智问。

“现在我们有了动机，但还需要一个合理的过程验证，”席峻锋说，“总不能从街上随便抓一条狗来宰了，就说这样能够让魔女复生吧？”

“说不定呢，要是黑狗，至少狗血可以避邪。”陈智嘀咕着，但看其他人毫无笑意，只能自讨没趣地闭上嘴。

“这样的话，我们手里的这三个死人，怎么和魔女复生联系起来呢？”刘厚荣问。

“还是得问你嘛，”席峻锋打了个哈欠，“你就是一个长了脚的书柜，净魔宗的教义，这里没有比你更熟的了，讲一点最基本的东西。”

“长脚的书柜？这话像是在骂人哎，”刘厚荣翻翻白眼，“所有的邪教为了控制信徒的精神，总是极度强调信仰的虔诚和不可动摇，净魔宗在这方面抓得尤其严格。凡是入教者，都必须经过一次次考验，来验证他们是否真的坚定信仰。按照虔诚程度的不同，净魔宗的信徒们会被划分为不同的等级，权力也有所不同。一般而言，这样的考验分为六重，以视作一个信徒由蒙昧走向虔诚的全过程。”

他取过纸笔，将白纸摊在桌上，写下了十二个大字：

缚恶，弃邪，净体，静魂，虔心，归魔。

“看起来有点儿空泛是不是？”刘厚荣说，“其实解释起来挺简单的。所谓缚恶，大致意思就是说，人总有向往恶欲的念头，作为成为魔的信徒的第一步，首先要强迫自己克制住那些邪恶的欲念，从躯体的层面上束缚自身。”

“弃邪就更进了一步，这是要求教徒们从意识上认识到恶欲的危害，把它们从自己的体内驱赶出去。当然了，这仍然是身体层面的强迫。”

“而净体，则是在弃邪之后对身体的净化，以便信徒们在魔主面前保持一个洁净的躯体，这一步正好可以解释净魔宗的‘净’字。”

他还想接着说下去，席峻锋打断了他：“如果一个人全身的骨头都碎成面粉一样的，他还有没有可能去‘作恶’？”

刘厚荣怔住了，这句话就像是一个凿子，在密不透风的小黑屋顶棚上凿出了一个小孔，让一线光明透了进来。他皱着眉头想了很久：“这么说来，让浑身的血液全部流个干干净净，就是所谓的弃邪了？”

“但是净体呢？”佟童插嘴问，“要让东西洁净，不是一般都得用水洗吗？为什么会是火？”

“水很干净吗？”席峻锋反问，“你有没有见过战场上的外科大夫为伤兵开刀剔除腐肉？当手里没有药的时候，为了不让伤口感染化脓，他们通常都会先把刀在火上烧一下。事实上，在不少邪教的崇拜中，以及远古时代古人的原始崇拜中，火都是最洁净、最圣洁的东西。只有烈焰的焚烧，才能真正消灭掉一切的污秽。”

捕快们都不说话了。虽然只是初冬，虽然南淮城上午的阳光让捕房里还算温暖，他们却都感觉到，一股深深的寒意从脚下升起，很快蔓延到全身，让他们手足冰凉。

席峻锋叹了口气，语气沉重地总结着：“魔女是魔主在人世间唯一的代言人。想要完成复生的祭典、得到魔主赐予的力量，就必须证明她比任何一个信徒都更加虔诚。而要做出这种证明，当然必须完成这六大考验了。”

过了好一会儿，陈智才声音略带颤抖地接口：“也就是说，净魔宗又出现了？他们想要借助魔女复生的祭典来诞生新的魔女？”

“既然诞生了新的魔女，那么净魔宗……大概也要重新兴起了吧？这样明目张胆地在宛州的中心地带杀人，就是一种公开挑衅的信号啊！”刘厚荣也难以掩饰自己的恐惧。虽然时隔三十年，那些久远的传说仍然未曾消逝，那些惨烈至极的厮杀仍然停留在人们的记忆里，停留在街头巷陌的传言中。那是一个几乎动摇了皇朝统治的可怕组织啊！如果在三十年的沉默后突然再次现世，会掀起怎样的血雨腥风呢？

陈智低下头，手指头屈伸着：“六大考验……也就是说，还得再有三个祭品。”

席峻锋没有回答。他的表情依然平静，浮肿的眼皮半开半闭，好像随时都可能支撑不住而沉入梦乡，但捕快们似乎都能感受到他内心的熊熊怒火。众所周知，三十年前，他的父亲就死在净魔宗的酷刑之下，身上的肉被片片碎割，而施刑的原因至今都还是个谜；三十年后，净魔宗的余孽又要死灰复燃，对他内心的冲击，一定是常人难以想象的。

捕快们你看看我，我看看你，一时间没人敢开口说话。最后反而是最不善言辞的佟童谨慎地走上前，轻拍了拍席峻锋的肩膀：“别想那么多。做好我们自己的事。”

席峻锋在他手背上反拍一记，站了起来：“说得好，做好我们自己的事就行了。如果我们的推测是正确的，那么这一系列的案件，应该一共会发生六起，其中的三起已经了结。按照罪犯动手的频率来看，第四件估计就在这两天了，很难防范。但是我们有一个突破口，那就是罪犯选择的死者，相互间是有联系的。”

“没错，祭品的身份也是很重要的，”刘厚荣说，“已经死去的三个人，一定对净魔宗有什么特殊的意义，而即将出现的第四个死者，也会符合这个规律。简而言之，他们必须要够分量，才能取信或者取悦于魔。”

“一般而言，都会是怎样的规律？”席峻锋问。

“就其他邪教的情况而言，对于特别重要的祭祀，有两种很极端的情况。第一种，选取教内身份特别尊贵的人，以表示最高的虔诚，被选为祭品者也会视之为莫大的荣耀。所以某些邪教内部专门豢养这种地位尊崇的祭品，就是要把他留到最后挨那一刀的时候。很多邪教里都有所谓的‘圣女’，唯一的作用就是最后拉到火里去烧死。第二种，则是选取最罪大恶极的敌人，以此表明维护教义纯洁、打击亵渎邪神者的坚定信仰。杀死重罪的敌人，也是取悦神明的很好的方式。”

“那你觉得，我们的这三位死者，像是第一种还是第二种呢？”

“当然是第二种，”刘厚荣的语气有点儿阴森森的，“我越来越明白了。这些死者，一定曾经干过什么亵渎净魔宗的骇人听闻的大罪，所以净魔宗如果以这些罪孽深重之人来做祭品，就足以表达他们的虔诚、令祭祀取得成功了。”

“所以我要你们养精蓄锐，等第四件案子发生后，以最快速度找出死者的身份，然后查出他们和净魔宗之间究竟有什么纠葛，”席峻锋斩钉截铁地说，“我要在第五个祭品被杀害之前，把凶手揪出来！当然，如果第四个人都能不死，就更好了，不过那需要一点儿运气。现在所有人都回家去，睡个大觉。”

但这一次，席峻锋的判断出现了偏差。捕快们倒是养精蓄锐了，敌人却好像发现了他们的计划，开始暂停了下一步的祭典，此后的数日内，并没有抛出新的牺牲品。捕快们如热锅上的蚂蚁，焦躁地等了七八天，在此期间南淮城发生了好几起杀人案，却都不是他们所期待的。他们一个个拳头发痒，却又找不到目标挥拳，真是憋得难受。反倒是席峻锋很耐得住性子，不断劝诫他们不要心乱。

“会不会是已经把人杀掉了，只是我们没有找到？”陈智猜测着。

“不可能，”刘厚荣否定说，“他们的目的就是要炫示魔教的重新崛起，同时也表明公开惩罚渎魔者的决心，绝不可能藏着掖着。就算是我们一时找不到，他们也会帮我们找到。”

“别急，现在是比拼耐心的时候，”席峻锋很是镇定，也并不在意“渎魔”这个词说出口有多么别扭，“光完成一半的祭祀是不可能让魔女复生的。他们迟早还会再行动。在这之前，你们先动手查前三个死者吧，我亲自去调查隆亲王。”

“你怎么查？就凭你一个小小的捕头，蚍蜉撼大树吗？”陈智这话虽然说得不客气，倒也话丑理端。

“树上总有蛀虫嘛，”席峻锋说，“顺着蛀洞钻进去就行。”

十七

凝翠楼的一番大闹之后，姬承怀着必死的悲壮情怀回到家里，做好了应付从鸡毛掸子到搓衣板等常用家教器械的准备。这是他和自己的夫人唐温柔多年来的保留节目。

但没想到的是，这一夜唐温柔并没有依照惯例动用家刑，而是“砰”的一声撞上卧室门，自顾自睡觉去了。姬承在堂屋站了好一阵子，不明白老婆葫芦里卖的什么药，却也不敢跟进去，于是在堂屋的躺椅上蜷缩了一夜，虽然盖着姬禄给他送来的被子，仍然冻得鼻涕长流。这一夜怪梦连连，尽管身体免遭荼毒，心里却难免紧张忐忑，遂反复梦到自己被唐温柔结结实实捆将起来，有时跪在自家院子里，有时吊在凝翠楼的大堂里，总之是苦不堪言。

第二天早上，他腰酸腿疼地起了身，壮着胆子把卧室门推开一条缝，才发现唐温柔不知何时已经出门了。这可很不寻常。姬家祠堂一向有下人负责看管，唐温柔白昼的时候很少外出，通常都是待在屋子里。姬家的宅院虽然不大，却也不是那种穷人的小屋，也有几名仆从下人，总有各种各样的地方需要修葺管理，各种各样的支出需要算计、节省，为了省钱，唐温柔自己做了这个管家。

除此之外她还兼任账房先生，过目祠堂每天展览虎牙枪的门票账目，那是姬家全部的收入来源。唐温柔在照料完了家务事之后，就得对着每天收入的金铢或欣喜或发愁。这些事姬承是从来不过问的，一股脑都扔给唐温柔。所以唐温柔总是从早上起床就开始忙，入夜很晚了才安睡，能出去逛逛玩玩的闲暇时间少之又少。

所以今天唐温柔的举动才显得格外与众不同。姬承等到中午，还不见老婆回来，心里开始有点儿犯嘀咕，家里问了一圈，无人知晓她的去处。他也无心趁着这难得的时机再溜出去，心里回想着昨晚老婆的异常举动，忽然间全身冷汗直冒：老婆该不会是想不开，去寻短见了吧？

会发生这样的事吗？唐温柔一向对姬承管束极严，常作河东狮吼，却也并不是刀枪不入的铁打心肠。她时常也会表现出软弱，被姬承气坏了也会痛哭。按常理，昨晚从凝翠楼把姬承揪回来之后，她应该大发雷霆好好整治丈夫一番才对，但她偏偏选择了沉默。这可不是什么好的信号，也许那就象征着某种心灰意懒。

姬承越想越是害怕，终于忍不住了，匆匆穿好外衣跑了出去。他呼哧呼哧地喘着粗气，跑遍了周遭可能的地点，都没人知道唐温柔的下落。让他略微宽心的是，这一圈跑下来，也没听说什么某妇女投河自尽之类的传闻。在南淮城这种地方，一旦发生此类吸引眼球的事件，必定会很快闹得满城风雨、尽人皆知。

他只能回家干等着，背上的汗始终没有干过。万一老婆真的发生什么意外……他不敢再想下去，脑子却又不听使唤地总向着这个方向去用力。心如乱麻地等到了太阳开始西斜的时候，唐温柔终于安然无恙地回来了。

姬承跳了起来，满脸堆笑地迎上去：“夫人您回来了！这一天到哪儿去了？”

唐温柔面无表情，既不怒也不悲：“随便出去逛逛。不许吗？”

姬承慌忙赔上笑脸：“哪能呢！您是一家之主，爱去哪儿去哪儿。晚饭已经好了，快进屋吃去……”

吃饭时，姬承留意观察着唐温柔的神色动作。但唐温柔真的没有表现出半分异常，而且也似乎完全忘记了昨夜的不快。姬承努力说着些不冷不热的笑话，唐温柔恰到好处地陪他笑两声。一切看来都很寻常，但这其中总有什么不对的地方，就像是鞋子里混进去的一粒小石子，会让脚底板硌得生疼。

晚上睡觉的时候，唐温柔也没有照惯例把姬承赶下床去。夫妻并头而睡，唐温柔很快发出均匀的呼吸声，姬承却辗转难眠。他想了很久，总算是想明白了不对劲儿的地方在哪里。

冷漠。唐温柔在一夜之间变得冷漠。在过去的日子里，无论她和姬承如何吵架拌嘴甚至于动手——虽然是单方面的——她都始终对姬承含着感情。她管束姬承，是因为在乎这个人，但眼下，姬承感受到了一种可怕的不在乎。这样的不在乎令他一下子不知所措。

他原本已经习惯了老婆的抠门儿，老婆的怒吼，老婆的斤斤计较，老婆的恨铁不成钢，习惯了把自己失败而荒唐的人生放在老婆生活的重心之上。可是突然之间，这个重心偏移了，他立刻有了一种无所适从的失落感。

失落的姬承一夜未眠。唐温柔倒是睡得很香，不像以往那样，总在随时提防着老公半夜三更翻墙而出。天亮之后，她从容地起身梳洗，换上一身漂亮衣衫，出门而去。这一身衣服以往只有过节或是热闹集会的时候才穿。出门时，她并没有锁上钱箱，箱子里隐隐可以见到平日积攒的一些金铢、银毫。

这本来是个绝佳的拿了钱出去鬼混的机会，姬承却反而失去了兴趣。他呆呆地坐在屋里，好半天都不知道该干些什么，连早饭都忘了吃，脑子里反反复复只是在想：老婆为什么不管我了？她出门去了哪儿，干吗去了？他忘记了凝翠楼，忘记了小铭，就这样枯坐一天，直到唐温柔在黄昏时分回到家来。

“夫人，您究竟……到哪儿去了？”他终于忍不住再问。

“会朋友去了。”唐温柔淡淡地回答，那种拒人于千里之外的态度让姬承没有办法再问下去。这一夜和第二天白昼，唐温柔依然故我，而且打扮得愈发精细。姬承这才注意到，原来老婆打扮出来还是那么好看，未必就不如小铭。可是她打扮成这样却不是为了自己……这样的想法真让人郁闷。

生活好像就是这样的，如同一辆沿着固定的线路跑来跑去的马车。平时在车上坐着，看着窗外千篇一律的景色，实在是枯燥乏味，总希望看到点儿新鲜风景。但如果有一天，这辆马车真的离开了原有的轨迹，车上的人却难免会怀念那条熟悉的道路，怀念那些早就看腻了的花花草草。

贱！姬承给了自己重重一巴掌，想不出还有什么别的词来形容自己眼下的心境。他无比地想知道老婆究竟去了哪儿，无比地想要老婆再狠狠骂自己一顿，甚至罚自己跪搓衣板，但越是这么想，越是难以如愿。唐温柔连续四天出门，连续四天对他温言细语不加约束，他也就连续四天陷入空虚和忧虑的状态。

其实姬承也有过很男人的时候。比如一年多前，越州的一个河络王国纠集了部分对现状不满的人类诸侯和羽族城邦，发动一场旨在推翻皇朝统治的大叛乱；衍国国主石之远开始答应加盟，后来却倒向了皇帝一边，引得叛军大怒围困了南淮城。那一战南淮兵力吃紧，不得已在城内拉壮丁。自幼习武的唐温柔本来打算代夫出征，却被姬承一棍子打晕捆了起来。然后姬承自己提起虎牙枪应征而出，虽然很不幸跑错了方向，没能赶上最后的战役，却仍然得到了损友云湛的激赏。只是这样的男人气概在两人的生活中发生得实在太少，大多数时候他都看起来那么的不争气。

“所以你觉得你老婆终于嫌弃你了？”云湛的表情不知道是同情还是阴损，“也难怪，兔子急了还咬人呢，你老婆受你气也受得太多了。”

“现在不是说这个的时候，”姬承满脸苦相，“要算账等回头再算，现在我是来找你帮忙的。”

云湛啼笑皆非：“大哥，我们俩中间，好像有结婚经验的那个是你吧？我一辈子还没谈过恋爱呢，怎么可能在你的婚姻危机里插上手？”

“不是不是，我只要你帮我一个小小的忙，就是……那个……”姬承支支吾吾地说，“我知道你很忙，但是……可是……”

云湛立即警惕起来：“你不会想让我去跟踪你老婆，看她每天跑到哪儿去吧？”不等姬承回答，他立刻决绝地说：“你刚才自己也说过了，你知道我很忙。”

“算我求你了！”姬承恨不能跪下，“这可是我一辈子的大事！”

“你要早知道，就不会成天去凝翠楼找小铭了，”云湛毫不留情，“我最近很多事你又不是不清楚，到处都是一笔笔烂账，腿都要跑断了，哪还有闲工夫去盯梢你老婆？”

姬承咬着牙，磨蹭了半天，把自己的钱袋掏了出来，云湛吓了一跳：“你怎么有那么多钱？”

“我老婆现在完全不管我用钱了，所以我都拿来了，”姬承把钱袋塞到云湛手里，“只要你帮我这个忙，这些钱都是你的。”

云湛掂掂手上的分量：“这么多钱，够你把小铭包下来一个月了吧？看来你还真是认真呢！终于发现还是自己老婆比野花更重要？”

姬承叹息一声，点点头，看起来眼泪都要掉下来了。云湛思考了一会儿，把钱袋还给了他。姬承有些发愣。

“作为有档次的游侠，我的原则是从来不接男女关系方面的低俗委托，给再多的钱都不能让我破例，”云湛冠冕堂皇地说，“所以我只能当作帮朋友忙来替你免费办这件事了。”

做人不能太滥好人呀，云湛想着，眼睛死盯着前方快步疾走的唐温柔。他没向姬承撒谎，眼下手里千头万绪的确有无数的事情，但天知道为什么，看着姬承那双充满悔悟的眼睛，他最后还是没能硬下心肠来拒绝。或许是因为自己的生活有太多的不如意，所以在潜意识里他希望朋友能得到幸福吧！

然而盯梢唐温柔并不是一件太容易的事。这位姬夫人可不是娇生惯养的大小姐，她在民风彪悍的越州草原上长大，并且自幼习武，不但身手了得，警觉性也颇高。她一路上采取了诸如绕路、换装、突然转身、混入人群等摆脱跟踪的方法，也不知道是本性警惕还是已经猜到有人会跟踪她。幸好云湛多年的游侠也不是白干的，唐温柔的这些雕虫小技还甩不掉他，但心里的纳闷儿却是越来越强：她到底要去干什么，需要那么小心呢？就算是对姬承失望透顶以至于另觅新欢，以姬承那块料还能奈何得了她吗？

他一路跟着唐温柔在城里兜了个大圈子，慢慢绕回到了南淮城的中央地带。那里靠近皇宫，乃是达官贵人们的居住区。云湛边跟边想：姬夫人偶尔一次红杏出墙，找的这位情郎看来身份还不低呢！

当终于跟到目的地的时候，他有点儿傻眼了。沿路上都在猜测着唐温柔究竟会去什么地方，但真看到时还是相当意外。

——那是一间专门培训女红的习艺所，教一些针线、烹饪、园艺、音律之类的技能，主要招收贵族家庭的未婚女子，以免她们嫁人后连穿针引线都不会，当然已婚女性愿意报名也是来者不拒。但唐温柔会到这种地方来，那可就有点儿匪夷所思了。虽然唐温柔一向不大待见云湛，但云湛还是对她的性格有所了解的。要说她会因为屡遭姬承背叛而决定重新回炉深造以便挽回姬承的心，那可实在是相当荒谬。

姬夫人绝不会是跑到这里来上课的，除非她疯了，云湛毫不犹豫地做出这个结论。一时间，他居然开始对此事产生了兴趣。

她来这里会有什么目的呢？云湛入神地推想着。忽然脑子里灵光一现，他回想起了隆亲王石隆的女儿石雨萱，想起了石雨萱每月定期去赌场的怪异举动。唐温柔一定也和石雨萱一样，其实是以该习艺所为掩护，来见什么重要人物！

云湛装作漫无目的地闲逛，绕着这间习艺所转了两圈，又发现新的问题。一间小小的习艺所，居然周围暗藏了不少身手不凡的保镖。那并不是寻常配来保护有钱人家小姐的普通打手，而是放在江湖上也能排的上号的高手。这些人假扮成卖花的、卖煎饼的、卖泥娃娃的，看似各自站得很散漫，但云湛能看出，他们的视线加在一起，足以监视到整个习艺所四围的任何动向，并且他们的确是在做着监视的工作。自己绕着习艺所走到第二圈，他们看自己的眼光就开始不怎么对劲儿了，显然已经怀疑到了自己。

既然如此，干脆主动出击好了。这么想着，他大模大样走向了其中一个胳膊粗得像棵小树的卖大力丸的："这位大哥，您知道这间习艺所里面藏了什么花样吗？"

卖大力丸的大汉一怔，生硬地回答："我哪知道？"

云湛左顾右盼一番，压低了声音："我听说，这间习艺所里面有点儿古怪呢。"

大汉脸色一变，有点儿结结巴巴地问："什么、什么古怪？"

"总之是相当的不对劲儿，"云湛一脸的神秘，"你们在这附近也得小心啊，当心给自己惹上大麻烦。"

他说完这堆模棱两可的绝对废话之后，不再多言，转身离开了。如他所料，很快就有两个人偷偷地跟了上来。

好玩，云湛想，转眼之间我就由跟踪者变成了被跟踪的对象。但这正在他的算计中，在敌人的势力范围内动手，胜算太小，倒不如引蛇出洞、分而击之。不过可以看出，那家习艺所相当不简单，里面必定藏了什么玄机。唐温柔要是搅到了其中，还真是麻烦。

云湛故作不知道背后有人，一路朝着人少的地方走，慢慢把两名追踪者带到了一条狭窄的死胡同里。他当先转弯，两人紧随其后，拐进胡同后却忽然发现云湛失踪，不由得愣住了。

“两位，聊聊吧！”云湛从两个人的身后钻了出来，正好把他们堵在了死胡同里。

两位追踪者都是身材矮小灵活的人，以方便跟踪。他们对望一眼，知道动手已经不可避免，于是慢慢亮出了兵刃。其中穿黄衣的那个人用的是寻常的蛇钩。另一个灰衣人的兵器却十分古怪，是一根长长的铁链，链头上有一个锋利的抓手，作五指箕张状，尖端放射着凛人的寒光。这样软硬结合的武器最难防范，飞行轨迹难以预料，招式也不依常规，而能够把这样的锁链应用自如的人，一定有相当扎实的武学功底。两人一左一右，脚下踩着步法，向着云湛一步步逼了过来。

这种兵器可不常见，云湛扣住了箭袋，我好像在什么地方听说过这样的兵器？

十八

打人之前，先要学会被打，这已经是老生常谈了。以此类推，经常伤人的主儿也得学会应付伤势，比如天罗。

天罗的伤药很灵，安学武在衙门的密室里养了大半个月伤，伤势已经大大好转，可以下床行动了，不过要动手打架还是不成，伤口仍然会迸裂。想象着云湛这王八蛋嘲笑自己的样子，让安学武更加不愉快。

但眼下该王八蛋毕竟和自己的命运相互关联，就算让他口头上占点儿便宜，最后他还是不得不替自己办事，这么一想，心情会稍微愉快一点儿。然而要让另外一个人来嘲笑自己，那可就有点儿受不了了。

“席捕头，真难得您也会来关心我一下，”他粗声粗气地说，“或者您根本就是来看笑话的？大早晨的就来给我添堵……”

“抱歉，我既不是来关心你的，也不是来看笑话的，”席峻锋脸上依然带着那让人一看就想揍一拳的笑容，“我是来求你帮忙的。”

“今天的太阳是从南边出来的吧？”安学武夸张地叫道，“你这样身份的大捕头，也会来求我这种只会抓街头违章商贩的小杂碎？”

席峻锋毫不退让：“需要的话，我连街头的违章商贩也会去求。”

安学武不觉火起，正打算激烈还击，但想起自己应该扮演的身份，不能像和云湛斗口时那样句句讥讽，只好闷闷地住嘴，恰到好处地装出由于口拙而无法回嘴的窝火模样。好在席峻锋倒也知趣，迅速切入了正题，以免安学武尴尬：“安捕头，我是想请你替我引见一个人。”

“什么人？”

“羽族游侠云湛。”

安学武愣愣神，上下打量一番席峻锋：“你找他做什么？那个成事不足败事有余的……”

席峻锋打断了他：“我听到了一点儿小道消息，据说隆亲王最近请了云湛帮他做事，云湛已经在亲王府出入了好几次。”

“你的消息还真灵通，”安学武“哼”了一声，“这种事我可不知道，皇家的事情怎么能随便乱听乱传？再说了，就算是真的那又怎样？你连民间游侠的生意也想抢？”

席峻锋摇摇头：“也许以后会抢，但不是现在。我只是想，他既然替亲王查案，总会对亲王有一些了解，所以想和他聊聊。”

“原来是对亲王有兴趣啊，”安学武不怀好意地挤挤眼，“为什么不自己去找亲王，反而要求旁人呢？”

席峻锋一摊手：“我这些年来只知道埋头办案，不通人情世故，得罪的人太多了。亲王未必肯见我。”

这话反倒让安学武恶感稍减，他从这句话里听出了一种坚定的执着。席峻锋虽然讨厌，但在信念这方面，和自己好像还有那么一点儿共通之处。他想了想，把云湛的游侠事务所的地址告诉了对方：“不过那家伙成天吊儿郎当游手好闲，说不定在哪儿勾搭姑娘呢，你去了也未必能找到。”

“那我就破门而入，坐着等他，”席峻锋笑眯眯地回答，“多谢了，安捕头。”

“回去吧，我们头儿不会见你的，”陈智面无表情地说，“要不你就直接跟我说。”

“对不起，你可能做不了主，”云湛不客气地回应，“我必须和席捕头面谈。”

“除非你敢破门而入，否则没可能。”陈智斜睨着他。和大多数捕快一样，陈智对于民间游侠向来歧视有加，觉得他们除了添乱和干些下三烂的勾当之外，全无用处；而陈智也不是衙门中人，并未跟云湛一起办过案，对他不会有什么好感。

云湛强忍住火气，又说了几句好话，陈智仍然毫不通融，他也不能真的破门而入闯进去。最后他只能摇头叹气地转身离去，心里有些自我安慰地幻想着：自己有朝一日娶了石秋瞳，做了驸马，脸上带着志得意满的骄傲微笑，被轿子颠着跑到按察司视察，这个狗眼看人低的捕快“扑通”一声跪在地上，吓得面如土色险些尿了裤子，额头在地上磕出了血来……唉，可惜只能空想想。

不过这个意淫倒也提醒了他，见不到席峻锋索性就不见了，直接去找石秋瞳？但回头再一想，有点儿什么屁事就去麻烦石秋瞳，岂不显得自己太无能？在心仪的女人跟前，这点儿面子总还不能丢。他考虑了一会儿，决定再去麻烦安学武，给这个夯货找事可是他乐见乐为的。

没想到夯货听完他的要求后，一脸的坏笑，说出来的话更是令他哭笑不得：“你和席峻锋的感情还真好。你去按察司找他，他来衙门求我找你。”

“他也在找我？”云湛喃喃地说，“早知道直接来你这儿就省事了。他找我做什么？”

“他好像也对石隆产生了兴趣，打算沾沾你的光，”安学武回答，“不过我更好奇的是，你找他作甚？”

云湛叹了口气，面色阴沉：“这位席捕头在南淮等了那么多年的邪教，等到骨头都要发霉了，现在恐怕他真的可以得偿所愿了。”

“你说什么？”连安学武都吃惊非常，“真有邪教？”

“我不但见到了，还和他们过了招，”云湛说，“就在昨天。”

与两名追踪者的战斗没有太多值得一提的，他们虽然也算得上是一流好手，然而和云湛比起来，还是逊色不少。那根古怪的兵器给云湛制造了一些麻烦，但并不能挽回两人失败的命运。片刻之后，他们都倒在了地上，一个大腿被射穿，另一个肩上多了一个血肉模糊的箭孔。

云湛手里拎着从敌人那里抢过来的铁抓手，饶有趣味地观看着，仍然觉得自己曾在哪里见过或者听说过，不过眼下顾不上盘问这个。

“两位，可以告诉我你们的真实身份吗？”他笑容可掬地问。

用蛇钩的黄衣人“呸”地吐出一口血沫，不屑地看了云湛一眼，忽然身子猛地从地上弹起。云湛以为他会向自己攻来做垂死挣扎，没想到他竟然径直冲向了墙壁，“砰”的一声，当场撞得脑浆迸裂。

云湛一惊，已经明白发生了什么。他赶忙向还没有行动的灰衣人冲去，想要阻止他自杀。灰衣人看着他冲向自己，并没有动，脸色却忽然一变，面皮变得紫青，随即身子一歪，头无力地垂到地上，也不再动弹了。一道黑血慢慢从嘴角流了出来，显然他的嘴里已经藏好了毒药，只需要咬破吞下即可。

云湛气得一拳砸在墙上，心里却涌起一股强烈的不安。这两个人的自杀是如此的迅速而果敢，甚至连半句场面话都没有交代，可想而知他们的求死之志是多么的坚定：绝不能落到敌人手里，让敌人问出我的口供。

这样的忠诚和死硬实在让人有不寒而栗的感觉。这两个人所属的组织，一定是极度严密而残忍、让背叛者会付出可怕代价的那种。云湛看着地上两具横尸，越来越感觉到，这一桩原本是节外生枝的家庭纠纷，却居然牵连了一条难以想象的大鱼。

他搜了一下两具尸体，如他所料，没有任何能表露身份的东西。从这两个死者能够大致推想其他那些待在习艺所周围监视的人——从他们嘴里也一定问不出什么。

“那你最后是怎么办的？”安学武问。

云湛坏笑一下：“曲线救国嘛。从他们嘴里问不出，从习艺所里那些女人嘴里，总能掏出点儿话来吧？”

安学武嗤之以鼻：“原来你吓唬女人去了，这点儿出息！”

云湛居然厚颜无耻地点点头：“可不是，岂止是吓唬，差点儿胆子都吓破了。我只是在附近一直等着，等到了一个下学回家的贵族女子，跟着她一直离开了那帮人的监视范围，然后再上去亮明身份，用最恶劣的嘴脸告诉她我是南淮捕头安学武……”

安学武挥拳就想揍他，但这一下动作过猛牵动了伤口，疼得一屁股坐在床上，只能恨恨地骂道：“你可别在我伤好之后遇见我……最后你吓唬出什么来了？”

云湛脸上得意而讥嘲的笑容消失了：“她们去那里学女红，只是掩人耳目的。那里面暗藏了一个地道，蒙上眼睛通过地道，就能到一个宽大的地穴里。那里聚集了不少男男女女，都在干着同一件事。”

“什么事？”安学武急忙问。

“拜祭一尊形貌狰狞丑陋的塑像，据说那个塑像能赐给人光明和希望，所以很多对生活失去信心的人都被偷偷拉拢加入其中。那个女人告诉我，现在南淮城各处，至少有十来个地方都在进行着相同的活动，已经有不少市民沉溺其中。”

“这么说，那是某种邪教的邪神了？”

“错！”云湛挥挥手指，“对他们来说，神是邪恶肮脏的，魔才是正义光明的。他们所祭拜的东西，被尊称为——魔主。”

安学武半天没有说话，过了好久才喘出一口粗气：“净魔宗的魔主？”

“她并没有听到‘净魔宗’这三个字，事实上他们只是盲目地祈求庇佑赐福，并没有了解太多，但这也是邪教的常用手段，”云湛说，“先弄个偶像骗你去拜祭，名字是什么都并不重要。这年头的愚民，只要听说有好处就会巴巴地上钩。魔也好神也好，对他们而言有什么本质区别吗？”

“怪不得你要找席峻锋，他听说这个消息一定开心得不得了，”安学武说，“我已经告诉他你的事务所的地址了，他大概会去那里等你。”

云湛不再多说，向着门口走去。安学武忽然叫住他：“说起来，我还没问你，你是怎么跟踪过去的？难道是在哪儿听到了什么风声，还是那个习艺所里有你感兴趣的女人？”

云湛神情有点儿沉重：“我正在头疼呢。其实是我的一个朋友怀疑自己的老婆有外遇，所以托我去看看。我实在推不过，就跟去了，没想到……”

“没想到他的老婆竟然信了净魔宗？”

“是啊，我都不知道该怎么和他说了，”云湛脸上现出了真正的苦恼，“有些男人就是这样的，平时一贯自我感觉良好，对自己手边的事物不知道珍稀；到了要失去她的时候，立马就会崩溃。”

他沿路叹息着，来到了姬承家。唐温柔照例出门了，只剩姬承一人枯坐在家里，好像几天工夫就老了很多。云湛真不忍心雪上加霜，但是也不得不说。

果然姬承听完后整个脸都变绿了，眼神茫然无措，一时间说不出话来。云湛拍拍他的手臂："也用不着吓成那样，就算真的是净魔宗，那也是树倒猢狲散的一点点余孽而已。何况你老婆也未必知道真相，不然她大概也不会上当。"

"我不是怕净魔宗什么什么的，"姬承疲惫地抚着额头，"我们俩好歹也出生入死那么多回，老子烂命一条，遇上什么鬼东西都不要紧。可是我老婆……我老婆她……真的就对生活那么绝望吗，一定要去听邪教的狗屁胡言乱语来让自己得到慰藉？"

姬承的眼眶里隐隐有点儿泪花在闪动。他紧紧抿着嘴唇，双手无意识地用力交握，好像想要把什么东西捏碎。云湛已经有很长时间没有见到过姬承这样的表情了，即便是在被老婆罚跪搓衣板的时候，他也总是一张浑浑噩噩不知好赖的脸，但现在，唐温柔的改变深深刺激了他。

"我是不是真的很不像话？"姬承问。

"这个么……"云湛搔搔头皮，很是为难，"你知道，我从来没讨过老婆，也说不上这到底算什么。不过么……不过……"

他"不过"了半天，也没能说出点儿名堂来，最后逃也似的跑了出去，留下身后无限迷惘的姬承。

一天之中连跑了三个地方，回到事务所的时候，又快要天黑了。那一阵阵的饭菜香味刺激着云湛的胃，让他想起自己已经一天没有吃东西，但疲累之下，好像也没什么胃口。他在街边随手买了两个烧饼，打算回事务所里整理记录一下近日的调查所得，然后赶紧回家睡觉。

来到门边时，他却发现大门敞开着，夕阳把一个人的影子投射到了门口。

云湛愣了一下，随即想起白天安学武所说的话：席峻锋可能会到事务所来等他。看来这位席捕头着实是个敬业的人，即便等到天黑，也非要达到目的不可。他自嘲地笑笑，撕下一角烧饼塞入嘴里，一边进门一边打着招呼："席捕头好有耐心啊！"

话音刚落，他就发现了自己的错误。正坐在椅子上等着他的并不是席峻锋，而是另一个他完全不认识的老人。这个老人须眉皆白，穿着一身打有补丁的普通布袍，脚上的布鞋也沾满了泥，带着一脸和善的笑容，好像一个刚刚进城来开眼界的乡下老农。

"您弄错啦，我不姓席，更不是什么捕头。"老人笑眯眯地说。

云湛把嘴里的饼咽下去："是来委托我办案的吗？抱歉，最近忙得要死，实在没有空闲再接新的案子了，你还是去找别人吧。"

老人笑意更浓："别人不行，这个案子只有你才能办，别人都不够资格。"

这句话刚刚说完，房内的气氛忽然间发生了变化。老人的坐姿纹丝未动，目光中却透出两道冰冷的寒光，与此同时，一股强大的杀气从他身上散发出来，开始在房间中蔓延。没有动作，没有语言，更没有亮什么兵器。仅仅是目光的些微变化，就让这个刚才看起来还一团和气的老人，陡然间变成了一个无比可怕的充满压迫感的存在。

云湛差点儿想要往后退一步。他已经很久没有和这样一位气势凌人的敌手对峙过了。他仔细观察着老人的姿态举动，看起来仍然是随随便便，但又好像完全没有破绽，可以从任何角度出手攻击自己。回想自己一生见识过的种种高手，除了自己的老师云灭和曾经交手的辰月教主等寥寥几人，还从来没有哪个人能给自己这样强烈的威胁之感。

"你是什么人？"云湛强迫自己镇定下来，语气平淡地问。高手相争，重在气势，他绝不能让自己被对方压倒。

"你觉得我是什么人呢？"老人仍然带着微笑，"猜猜看，并不难猜的，我也不会无缘无故来打扰你的。"

云湛想了想："你要么是石隆的人，要么是天罗的人。但石隆手下如果有你这样的人物，那就根本不需要请我替他出马了。所以你是天罗，多半是北天罗或者东天罗的宗主之类的人物吧。"

老人赞许地微微点头："我的确是天罗，但既不属于北天罗，也不属于东天罗，你可以猜得更大胆一点儿。我想，你应该已经从安学武那里听说过天罗三十来年前的往事，所以猜起来不会太困难。"

云湛反手掩上门，一步步地从老人身边走过，在另一张椅子上坐下。

这个举动很危险，这位底细未知的老人很可能在任何时候出手突袭，但他绝不能任由对方舒舒服服地坐着，自己却站在一旁显得紧张而充满戒备，那也会导致在气势上输一招。他甚至更加大胆地扬起手臂，把装着还没吃完的烧饼的油纸袋扔到了桌上。

老人有些意外，眼里赞许的笑意更浓。云湛毫不避让地和他对视着，心里迅速回忆着安学武当时所讲，渐渐有了眉目："我大致猜到了点儿。天罗宗主死去之后，天罗分为三派，但当年的天罗元老，未必赞成这样的分裂，也很有可能就此淡出，谁也不偏向。你大概就是这样一个不属于南北东任何一派的昔日元老吧？"

老人的神情中多了一丝萧索："天命如此，谁也阻止不了。天罗创立之初曾经是依靠宗族姓氏团结起来的组织，血缘的力量让那种关系牢不可破。但多年的剿杀让单纯的血缘关系已经极难维持了，天罗内部不得不大量吸引外姓人，整个组织也渐渐变成了单纯靠权势和金钱来维系的脆弱团体。即便没有宗主令牌的遗失，天罗的衰微也难以避免。只不过那一次分裂大大地加速了这种衰微而已。"

他话锋一转，一直平和温婉的语气中第一次出现了尖锐的杀意："正因为这样，我不能让天罗再衰败下去。掉了牙的老虎仍然是老虎，无论谁想把老虎当成绵羊来戏弄，都一定会付出惨重代价的。"

云湛苦笑一声："老先生，恐怕你有点儿误会。我虽然和你们的人作对，但那并不是因为……"

"并不是因为你真的要袒护安学武，只是为了你的尊严，对吗？"老人打断了他，"所以今天我才来找你，好在你的尊严和天罗的尊严之间，找到一个平衡。"

云湛揣摩着他的话："这么说，你不是来和我动手的？"

老人捋了一下颔下白须，表情很是淡然："我老了，比不得你们年轻人总喜欢靠打架流血来解决问题。能讲讲道理的话，就最好不要动武。天罗从来不为了虚妄的声誉而动手，我们杀人只是为了利益。"

云湛眼珠子骨碌一转："你是想让我撤去那些到处搜捕的大内高手，是吗？"

"只是原因之一，"老人说，"我们天罗几百年来和各种各样想要镇压剿灭我们的势力作对，区区衍国的大内高手，还不是什么心腹大患。倒是那个试图通过安学武挑唆天罗内斗的人，才是我一直担忧的。”

云湛怔了怔：“原来你已经知道了是有人在陷害。那是不是安学武就安全了？”

“没那么简单，”老人略有点儿无奈，“当局者迷，我能想明白有人背后搞鬼，死了人的北天罗和东天罗却未必想得通，尤其当他们看不到那个背后的阴谋家究竟是谁时。所以我只能用这张老脸，劝得他们暂时罢手，只是暂时而已。想要一劳永逸地解决问题，恐怕还得……你能听懂我的意思吗？”

云湛哀鸣一声：“这还能听不懂吗？”

他站起身来，站到窗前，看着逐渐点亮灯火的夜幕下的南淮，一阵无法言说的疲倦无力瞬间浸透了全身，让他很想什么都不顾，抛开一切大醉三天。他的嘴唇翕动着，声音都不像是自己的了：“现在我要弄清楚一件宫廷悬案，要找到一个失踪者的下落，要帮一个好朋友挽回老婆的心，还要替你们天罗查找潜在的危险敌人。这些事情，每一样都足以让人头痛到死，做一个私人游侠做到那么受欢迎，我真是受宠若惊啊！”

“但你不会拒绝，不是吗？”老人也跟着站了起来，把一张银票放在桌上，“记住，这不是天罗求你办事，只是一个无名老朽的个人委托。天罗过去不曾、现在仍然不会向你们天驱低头。”

云湛的身体微微一震：“你知道的似乎比我想象的还要多。能告诉我你的姓名吗？”

老人不答，沉默了半晌，忽然说：“我要出手了，你小心。”

他这句话说得并不快，起手也是慢吞吞的，表明他自重身份，决不肯对一个后辈不示警就偷袭。但他的招数刚刚使出，一切就变得截然不同了。

仿佛是平静的海面上忽然掀起了狂暴的海啸，老人刚刚出手，那股令人几乎无法呼吸的逼人气势就再次散发出来，汹涌澎湃地充满了整间斗室。他手上并没有拿任何武器，只是摆了个最寻常的架势，手掌弯曲成爪，抓向云湛，但五指探出如钩，竟然隐约带有金属的光泽。

虽然知道对方大约只是试试自己的功夫，但云湛仍然觉得像有千万把尖刀在排山倒海般向自己刺来。老人的五指有如当头压下的巨岩，笼罩住了他的全身要害，往任何一个方向躲闪都无法摆脱。

既然不能躲，干脆就不躲了，云湛脚下反而向前跨上一步，右掌从老人的双手中探出，直取对方咽喉，乃是你挨一下我挨一下、同归于尽的架势。老人变招更快，手臂回收，转攻云湛的手腕。

云湛回掌一架，虽然用足了羽族惯用的四两拨千斤的巧劲儿，但这老人力道奇大，仍然震得他胳膊发麻，踉跄退出去两步。老人见自己这一下没能抓住对方，也是有点儿惊奇，赞了一声："好！"

"再试试我的第二招！"他大喝一声，再度扑上。这回不像第一招那么清晰分明，而是须发箕张，双掌顷刻间如暴风雨般挥出，幻化出无数重影，就像是长了数十条手臂一样，威势惊人。想要在这样的攻势中玩同归于尽的把戏可不容易，云湛却岿然不动，也把自己的手臂横在身前，但如果仔细看去，可以发现他的手里不知什么时候已经握住了一件东西，那东西在残阳的光辉下反射出一点点刺目的亮光。

老人陡然收招，冷冷地看他一眼："早就听说云湛擅长使用一切无赖招数，果然不错。"

云湛看着自己手里刃口向外的匕首："不能这么说，你可没规定过不许使用兵器。而且就算你规定了不许用，生死关头，我还能等死吗？"

"有道理。"老人点了点头，手指令人不易察觉地微微动了一下。云湛稍一分神，突然感到一股寒气朝着自己的眉心袭来。这样的寒气，他过去也曾遇到过不止一次，但没有哪一次能比得上这一回的无声无息、毫无征兆。老人并没有用其他东西来掩护，他所刺出的这一根天罗丝，快到了极处，却又静到了极处，一直要到了人的跟前，才能被知觉出来。更为可怕的是，除了这一根之外，他还已经悄无声息地布下了其余五根天罗丝，挡住了云湛所有的退路。无论他向左右闪避，还是试图纵跃，都会被锋利无比的天罗丝切成两截。

这样的绝境，在过去和安学武交手的时候，他也曾经遇到过。那时候他避无可避，幸好手上还带着天驱的扳指，靠着那枚材质特殊的扳指，他用大拇指挡住了那根天罗丝。可是现在，一来扳指并没有在手指上，二来即便扳指尚在，只怕也来不及举手格挡了。云湛的额头，已经能够感受到某种尖锐物体靠近时带来的微微痛意。那一瞬间云湛想到，如果世上还有第二样武器的速度能比得上这根天罗丝，大概只能是师父云灭的箭了。

十九

云湛的事务所位于南淮城东南，仍然属于让席峻锋看了就觉得心里难受的贫民区，但他也不能不来。他踩着“吱嘎”作响的糟朽楼梯上了楼，毫不客气地弄开门，在屋里找了把椅子坐下来。云湛不在事务所里，这一点在意料之中，席俊峰没想到的是这厮穷到了窗户坏了也不修，真不知道他冬天是如何在这里工作的，至少席峻锋在这个初冬的上午被吹得够呛，只能把衣服裹紧一点儿。

到了正午时分，他觉得自己不能再待下去了，于是像斗败的公鸡一样缩着头溜下楼去，在附近找到一家面店；一大碗热气腾腾的牛肉面下肚，才觉得暖和过来。他意犹未尽地喝光了面汤，目光一直注视着那座小楼，却看见一个白发老人慢悠悠上了楼，没过一会儿，人影已经出现在云湛的事务所的窗口。

这个人看起来也要守候云湛。席峻锋抬头看看天，晃晃脑袋，离开面店，向着北边捕房的方向走去。就在这时候，一辆平板驴车从他的身边经过，驴车所到之处，人们纷纷发出压抑的低呼，显得又是惊奇又是厌恶。席峻锋转头看去，视线马上被吸引了。

那驴车上竟然载着一口黑漆漆的棺材。光天化日之下，一口棺材毫无遮拦地从闹市当中穿过，那真叫一个晦气，难怪市民们纷纷表示不满。但是赶着驴车的车夫长得实在太与众不同，以至于没人敢于大声苛责。

那是一个满面病容的胖子，面色苍白，神情呆滞木讷，整个身体简直像一个大水桶。但最吸引目光的不是他的身材，而是他的脑袋，那脑袋又圆又鼓，好像比一般人都要大上一圈，即便放在这样一个肥胖的身躯上也显得突兀而丑陋，或许是某种先天畸形。胖子目不斜视，右手僵硬地挥着鞭子，对旁人的反应视若无睹。

这样一个怪人，运着一口棺材穿行于闹市，真是足够醒目。不少人都跟在他那辆不紧不慢的驴车后面，想要看他究竟去什么地方。怪人也完全不在意，任由他们跟在后面。

这支怪异的队伍缓缓地向着东南方向行进，不久之后，驴车停在街边一个小小的门脸儿外面，门外幌子上的“回春堂”三个字说明这是一间药堂。围观的人们看到回春堂，都似有所悟，叽叽喳喳地议论起来：

“哎呀，我说大白天运这口棺材干吗呢，原来是来找李老头儿麻烦的。”

“可不，看来李老头儿又医死人了。”

“李老头儿医死人不奇怪，不医死人才不正常呢！”

“谁叫咱们这边都是穷人，除了李老头儿这便宜铺子，也没别处看病哪！”

在人们的议论纷纷中，回春堂里钻出了一个犹带醉意的老头儿，他看看棺材，再看看正在把棺材往驴车下搬的胖子，脸上的五官一下子挤到了一起。

“这位大爷，所有来看病的我都先打过招呼，医死了概不负责，您可不能找我麻烦啊！”嗓音尖细的李大夫叫嚷着，引来人群里一通哄笑。对于这些贫困的人们来说，能有一点儿与己无关的热闹可看，实在是艰难生活中的难得调剂。

胖子没有搭理他，已经把棺材搬了下来。他把棺材放在地上，用手拽着前端的粗麻绳，拉着棺材走进了回春堂。李大夫不敢伸手阻拦，只能跟在他身边絮叨，但胖子自始至终没有回应他半句话，在药堂里走了一圈，制造出一大堆让李大夫满脸抽搐的“叮叮咣咣”的撞击声后，又走了出来。围观的人们倒是越看越开心，甚至有人鼓起掌来。这些人没少受李大夫的低劣医术与劣质药物之害，见到有人能找找他的麻烦，心里也觉得解气。

在李大夫的告饶和人群的聒噪声中，胖子仍然没有说半句话，甚至没有多看旁人一眼。他只是拖着棺材，在药铺外走过来走过去，偶尔停留一下，又开始接着移动，让人们看得完全摸不着头脑。在此过程中，胖子脸上的表情都没有变化过，始终是那样不阴不阳，呆若木鸡，不过他的力气倒是蛮大，从棺材在地上划出的印痕，可知它非常沉重，在胖子手里却拖拽自如。

最后胖子把棺材拖到了药堂的大门口，把棺材横过来堵在那里，自己一屁股坐了上去。他的肥胖身躯加上棺材，把门堵得死死的，简直连苍蝇都飞不进去。

李大夫叫苦连连，这么着一堵，他的生意就没法做了。他慌忙上前哀求，但胖子还是没理睬他。就在人们幸灾乐祸地看着好戏时，惊人的一幕发生了。

胖子坐在棺材上，身子开始不安分地扭动起来。他的脸上头一次出现了痛苦的表情，双手紧紧捧住头颅，五官痛得直扭曲。他的喉咙里“呼哧呼哧”出着气，渐渐转化为仿佛哽住了一般的咕噜声，接着成为压抑不住的呻吟。那呻吟声越放越大，终于变成了阵阵刺耳的嘶鸣。

“看，他的头在变大！”人群里传出这么一声惊恐的叫喊。

他的头真的在变大，比起刚才好像又大了不少，那也毫无疑问是这个怪人痛苦的根源。他的十指拼命地抓着额头，很快就抓破了皮肉，血流满面。人群里一片片地惊呼，怪人恍若不闻，却越来越用力。不久之后，额上的皮肉被整块整块地挖下来，露出了森森颅骨。

但这仍然不能稍微缓解他的痛苦。他双目凸出，喉咙里发出野兽般可怖的嗥叫，身上的衣服已经完全被汗水湿透。他的双腿无意识地死死压着身下的棺材，以至于棺材表面已经被压出了裂纹。伴随着逐渐扩大的裂纹，几声奇怪的声音也响起来了，但并不是木材开裂的声音。

——那是头骨裂开的声音。人体上最坚硬的骨头，此时正在胖子的脖颈上一点点出现裂痕，一点点地延伸开去。到了这时候，人们反而不敢出声了，都隐隐猜到了，之后会发生什么可怕的场景。

胖子已经发不出声了。他的脸被自己的手抓得血肉模糊，有如骷髅，嘴张到了极限，似乎马上就会整个脱臼，但最后，脱臼的并不是嘴。所有的视线都集中在他那已经涨得比西瓜还大的脑袋上。

众目睽睽之下，这个奇怪胖子的头颅爆裂开来。人的身上最坚硬的头骨，完完全全地从顶端裂开了。爆裂的一瞬间，人们看到了一样即便是在噩梦中也难以见到的事物。

一个血淋淋的巨大脑髓。但这个脑髓一闪而逝，随着头骨的开裂而炸得粉碎，化为无数混合着鲜血的红白相间的脑浆。离得近的看客躲闪不及，身上都被溅上了不少。他们像被火烫了一样惊呼着跳起来，不少人当场由于恶心和恐惧而伏在地上呕吐不止，胆小的甚至立马晕了过去。

一片混乱的逃散中，只有一个人逆流而行，不顾遍地的鲜血与脑浆，猛冲了上去。那是捕头席峻锋。席峻锋并没有去检查尸体，而是一把把尸体推开，飞起一脚把棺材盖板踹开。

棺材里是空的，冲着药堂门内那一侧的板壁上有一个大洞。席峻锋拔出腰刀，从棺材上跃过，冲进了门里。他敏锐的目光立刻发现了一个正向后门逃去的黑影。他三步并作两步追了上去，嘴里厉喝一声："站住！"

没想到对方竟然真的听话，说站住就站住，像根木桩子一样钉在了原地。席峻锋径直撞在了那人身上，把对方撞得一个趔趄，但他并没有接着上前动手擒拿，反而向后退了一步。对方趁着这个机会继续向后门跑去，席峻锋并没有追赶，抚着胳膊，脸上微微露出痛苦的表情。

"好厉害的冻伤，"刘厚荣为席峻锋涂着药，"看来是个秘术高手。"

"不是秘术高手，也不可能先控制那个死胖子的心智、驱使他去往死亡地点，然后再用精神震荡让他的脑髓膨胀爆裂。"席峻锋眉头微皱，冻伤的皮肤又痛又痒，很是难受。

"幸好他急于逃跑，没有使出全力，不然您这整条胳膊恐怕都得被冻到肌肉坏死，现在不过是表皮损伤罢了。但您最好还是好好休息一段时……"

"第四祭已经完成了，而且是公然在大庭广众之下完成的。这回我们的面子丢得够大，"席峻锋打断他的话头，"我一直在猜想，所谓的静魂究竟是什么意思。开始我还以为，大概会是挖眼割舌之类破坏人五感的寻常方式；亲眼见到之后才知道，我还是错了。还有哪种方式能比把整个脑髓都破坏掉更能让人安静的呢？"

"也就是您才把挖眼割舌当成寻常方式吧……"陈智小声说。

"不过，我挨这一下冻也不是白挨的，"席峻锋话锋一转，"他冻了我一下，我也从他手腕上抢下来一点儿小玩意儿。陈智，你拿去给霍坚看看，告诉他鉴定完之前不许下工，否则我扣他的薪水。"

他说着，从身上摸出一串被扯断了的手链递给陈智。这串手链样式没什么特别的，像是普通的作护身符功用的珠串，但上面所串的珠子质地极硬，而且乍一看色泽黯淡，仔细看去，却能在日光下隐隐反射出绚丽的七彩。

“起码我从来没见过这种石头，”席峻锋说，“也许能通过它找到敌人的来处。毕竟这是血祭展开之后，我们第一次和敌人有所接触。啊，对了……”

他转过头看看窗外的夕阳，“哼”了一声：“算了，那么晚了，那家伙不会再回事务所了，明天再去找他吧！”

他喝着茶，等着霍坚的鉴定结果。十来分钟后，霍坚来到他跟前，出乎意料地没有抱怨被强留加班的事，而是用一种困惑的语调说：“这串珠子，我觉得不大像是那个人的东西，多半是别人送的。”

“为什么？”席峻锋问。

“因为一般人根本弄不到这么大的一串涣海砂晶，有钱也买不到，”霍坚斩钉截铁地说，“涣海砂晶具有一种很奇特的力量，可以和人的精神力产生共鸣，帮助加强各种秘术的效果，很适合秘术师佩戴。而这一串上品的涣海砂晶，每一颗大小相同，花纹也差不多，市面上出几千铢都买不到，通常都是作为贡品直接进贡给皇室的。但实际上，这玩意儿拿来做饰品完全是暴殄天物，它就适合交给秘术师用。”

席峻锋接过珠串，漫不经心地观赏着：“如果是一位王爷，得到这么一串什么什么晶，不算稀奇吧？”

“那就没什么奇怪的了，”霍坚回答，“奇怪的只在于他为什么会舍得把这么贵重的东西拿去送人。”

“王爷分很多种，有小气抠门儿的，自然也有为了收买人心而不计成本的。你可以回家吃饭去了。”席峻锋结束了对话，凝视着手中的涣海砂晶，表情复杂。

第四位死者的表面身份很容易查明。他驾着驴车在城南招摇过市，至少几百号人都看清了他的脸，而那肥胖的体型也比一般人更醒目。陈智在现场询问了一圈，很快就有了结果。

这个胖子是四五天之前来到南淮的，一直住在城西南的一间客栈里。从住进客栈开始，他就把自己闷头关在房间里，很少与旁人交流，不过体态形貌毕竟还是被人记住了。也不知怎么的，事发时他弄来了一辆运货的驴车，从西到东地非要跑到东南，在回春堂的门口死去。当然了，这一点很容易解释，那并不是胖子自己的选择，而是藏在棺材里的秘术师在暗中操纵。

有了前三例死者的经验，此人的真实身份原本应该很快便水落石出。但意外的是，刘厚荣绞尽脑汁，也没能根据席峻锋的描述想到可以对上号的江湖角色。一直到了第二天，捕快们才从衙门获得了相应的信息。

不出所料，这也是一个和隆亲王有所关联的角色。但和之前的三人不同，他并非江湖中人，既不会武功也不通秘术，能拖动那具棺材只因为天生力气大而已。难怪刘厚荣对他毫无印象。幸好衙门还保留有他的资料：此人真名已不可考，有个古怪艺名叫伍肆玖，是个在宛州各地表演滑稽说唱的伶人，曾经在南淮城喝醉了酒，仗着有点儿蛮力和小流氓动手，险些被当场围殴打死，因此在衙门挂过号。按照此案中的惯例，他在半年前销声匿迹，停止了说唱表演，大约是流窜到外地躲起来了，可偏偏在这节骨眼上回到南淮，送了性命。

“我敢打赌，他在失踪前不久一定替石隆演出过。”席峻锋说。

“还真是这么回事，不过不是他为亲王演出，而是亲王在街头碰巧遇到他的表演，于是驻足观看，”陈智的脸上带点儿羡慕，“那一次据说亲王笑得前仰后合，出手就打赏了五十金铢，在场的观众们都艳羡不已。所以此事流传开来，有不少人民间艺人特意跑到亲王府附近卖艺。好家伙，五十金铢，够我挣好几个月了！”

“这可有意思了，”席峻锋站起身来，背着手在捕房里走来走去，“四个死者，两个在南淮改名换姓，两个躲到外地，却都没能逃脱厄运。伍肆玖也许是被什么假信件骗回来的，张剑星可能是被骗回来，也可能是被直接抓回来处死的。你们呢？有什么看法没有？”

“头儿，我有一个想法。”一向不怎么说话的佟童小心翼翼地说。

“快讲！你小子是万年不开口，说一句顶他们一百句！”席峻锋不顾陈智和刘厚荣委屈的目光，示意佟童赶紧说。

“这四个人都是在半年前偏离了原有的生活轨迹，虽然第五第六个还没有出现，估计也差不多。也就是说，半年前一定发生了什么重大事件，而考虑到这四个人和石隆的关系，这个事件，一定是石隆安排的。也许就是这个事件招惹了净魔宗，才导致了他们用这些人来进行报复。”

“这都是我们早就得出的结论了，”席峻锋说，“有什么新鲜的吗？”

“新鲜的在于，为什么第四个祭品会是个滑稽伶人？他和前三个武人之间是什么关系？”佟童说，“会有什么样的事件或者说布局，不只需要动用几个一流武士，还要插进去一个完全不会武功的伶人？我觉得这个伶人是我们解决问题的关键点，找到他的作用，也许就能水落石出了。”

席峻锋停住了脚步：“都说说，这种滑稽伶人是干吗的？”

“还能干吗，说些滑稽段子，唱些好玩的戏文，配上夸张的肢体语言，总之目的就是逗人发笑呗。”刘厚荣回答。

“逗人发笑？”席峻锋敲着额头，“弄一个逗人发笑的人，能做什么重要的事？”

“总是有人爱看呗。”陈智漫不经心地嘀咕着。

席峻锋一把抓住他的胳膊：“你说什么？再说一遍？”

“我说：总是有人爱看呗……头儿，快放手，要断啦！”陈智哀号起来。

席峻锋松开手，跌回到椅子上，脸绷得紧紧的。最后他一拍桌子，吓了所有人一大跳：“别管前三个人了，给我全力追查伍肆玖半年前的行踪。佟童说得对，他是个滑稽伶人，不但交往圈子会很广，而且也绝不会像真正的江湖人那样把自己的行迹藏得滴水不漏。一定能从他身上找到蛛丝马迹！”

二十

亲王石隆的侍卫总管洪英这些日子正陷入一种莫名的焦虑中。这并不单单是因为郡主石雨萱的失踪案迟迟未破，更重要的在于亲王石隆的情绪变化。

最近一个月内，南淮城已经发生了三起触目惊心的怪异杀人案，坊间流言不少，都在猜测这可能是邪教作祟，但捕房的人守口如瓶，坚决不向外界透露任何案情进展，搞得城里人心惶惶。

洪英敏锐地注意到，每发生一起案件，石隆的情绪就会产生波动，偏偏这种波动又很克制。石隆是一个不喜欢压抑自己感情的人，高兴了就会开怀大笑，伤心了更会不顾颜面地号啕大哭，但在这件事上，他的表现颇有些耐人寻味。洪英冷眼旁观，每当有人谈论起这些案子时，石隆都会显得有点儿心绪不宁，但他又会很快把这种不安掩藏起来，显得若无其事。

他若是烦躁易怒，甚至高声呵斥，不准人们再提及此事，或者表现得幸灾乐祸，巴不得这种热闹越多越好，那反倒正常了。这样的表现却难免让洪英生疑。这是为什么呢？洪英百思不得其解。明明在关注，却又不想让人看出来……

难道王爷和这一系列的案件有什么牵连？他被这个想法吓得一激灵，却又无法将其抹掉。他只能退一步想，也许并不是有什么牵连，只是王爷碰巧了解一点儿真相——但他为什么不说出来呢？洪英甚至有这种感觉，王爷对这几桩惨案的关注，超过了对失踪的女儿的关心，这未免有些过分。

洪英向来对石隆十分尊敬爱戴，石隆在这个悬案上的可疑表现让他难免有点儿小伤心。在第四个死者被发现前的夜里，他终于忍受不了了，一个人跑到城里去买醉解闷儿。

他也不去那些灯红酒绿的大酒肆，找了一个街边的小腌卤摊，切上一点儿猪耳朵、猪尾巴之类的下酒菜，开始喝起只有穷人脚夫才喝的便宜烧酒。他酒量本浅，没喝上几杯就面红耳赤、浑身燥热，不由得在冬夜的寒风中松开了几颗胸前的衣扣。

他有些头晕眼花地放下酒杯——其实就是寻常茶铺里用的茶杯——四处观望一下，才注意到不知什么时候，这个腌卤摊摆出的小桌子旁又多出一个酒客。这是一个女子，帽子压得很低，看不清面目，身段也被紧紧裹在黑色的风衣里。不过这虽然是个女人，酒量却比洪英好出太多了，桌上东倒西歪扔了十多个酒壶，还在一杯接一杯地干着。

“姑娘，少喝点儿，对身体不好。”小摊的老板娘、一个颤巍巍的干瘦老太太好心地劝道。

“心里烦得睡不着觉，对身体更不好。”女子回答，听语气倒是满清醒。但这个声音有点儿耳熟，洪英觉得自己在哪儿听到过，但喝多了酒脑袋正在晕晕乎乎，一时想不起这是谁。

“是因为男人的事情吧？”老板娘给她送过来一杯热水，“这个年纪的年轻姑娘们，要说有什么发愁的事情，多半是和男人有关。”

女子发出“哧哧”的笑声：“男人的事情嘛……时间久了，习惯了，也就没什么愁的了。但硬要说起来的话，我的烦恼也是因为男人，不过是个小男人。”

“小男人？”

“我的弟弟啊，胡子都还没长出来的小屁孩。”

两个女人一起笑起来，老板娘感叹着：“没错，当姐姐的关心弟弟，弟弟却未必懂得姐姐的心思。”

“可不是，只是想要一个小男孩儿稍微听话点儿，都那么难啊！”女子推开热水杯，直接抓起一壶酒往嘴里倒，“要他学什么、做什么，从来不听，就知道躲在自己的天地里，捣鼓一些大人不知道的事，有时候真的让人很想把他的屁股揍烂。偏偏又是那么脆弱的小可怜，真动手揍，怕揍出毛病来，只能在心里憋着、忍着。”

老板娘问：“爹娘呢，为什么他们不管要你去管？”

女子苦笑一声：“老头子有老头子的事要忙，他总是很忙的，只怕连儿女的脸都记不清了。”

老板娘一声叹息，看看女子眼前所有的酒壶都空了，也不再劝她，收走空壶，继续给她上酒。女子来者不拒，鲸吞牛饮，看得洪英自愧弗如。他慢慢酌着酒，耳听得女子和老板娘不住地牢骚，弟弟如何如何不成器、近日的举动越来越古怪，让她不知该怎么办好；男人如何如何与她若即若离，而且行踪飘忽不定老也见不上一面……一直到了深夜，她才算是尽了兴，很大方地扔出一个金铢结账，让老板娘喜上眉梢。

但女子还没走出几步，就被几个街头混混儿围住了。这些小流氓专喜欢在深夜里四处滋事，扰乱地方。此刻见到一个夜行的单身女子，自然不肯放过，一拥而上把她围在当中，嘴里风言风语说些不干净的话，为首的流氓头干脆就上前动手动脚，想要摘下帽子看看她的脸蛋。

洪英大怒，一拍桌子站了起来，正想上前收拾一下这帮地痞无赖，但刚刚跨出一步，就听得人群中一声闷响，流氓头子像断线风筝一般飞了出来，狠狠跌在地上，叫都没叫一声就晕过去了。

目瞪口呆的洪英眼睁睁看着女子很随意地施展着拳脚，不费吹灰之力把这七八个流氓都打翻在地呻吟不止。那一瞬间他终于想起了这个女子是谁：她竟然就是国主的女儿，公主石秋瞳。南淮城有她这样身手的男子都没几个。

堂堂公主，竟然也和自己一样，深更半夜跑到路边小摊喝闷酒，洪英着实觉得有点儿不可思议。他一下子清醒了不少，想起石秋瞳刚刚说的话。

她所说的弟弟，应该就是太子石懿吧？听她的语气，似乎这位内向自闭的太子在宫里惹了不少麻烦。洪英一下想起了石隆的女儿石雨萱，看来王室中人家家有本难念的经。

可她说的男人又会是谁呢？洪英只知道公主已经二十多了，还没有出嫁或者招赘，这在习惯以联姻促进关系的东陆诸侯中算是罕见的，没想到暗中还有一个男人和她关系亲密。

无关的事情少去关注，洪英对自己说。他也懒得再走回城南，就近找到一家小客栈，要了个床位倒头就睡。醒来的时候已经日头偏西，他伸了个懒腰，出门雇辆车，往亲王府而去。但马车走到半路，他却忽然叫停，付了钱下车。

他正好经过了云湛的事务所。看到这间事务所，洪英想起来了，云湛有几天没在亲王府出没了，寻找石雨萱的进展如何也不知道，有必要找这位游侠询问一下。

他来到楼下，抬起头来，正在寻思着云湛究竟是在二楼哪一个房间，身前一楼一个房间的窗户忽然被推开了，一条人影从中间飞快地窜了出来。洪英猝不及防，和那条人影撞在了一起，两个人骨碌碌在地上滚出几圈，都痛到了骨头里。

对方哼哼唧唧地爬起来，拍打着身上的灰尘：“没事做，站窗户外干什么？偷窥也选对地方行不行……啊，是你？”

洪英这时也认出了对方。这个刚刚把他撞翻在地上的冒失鬼，赫然就是他想要见的云湛。云湛是个羽人，骨质中空，身体天生不如人类强壮，这一撞之下自己固然很疼，云湛只怕更是骨头都要散架了。

“你……你怎么会从这个窗户跳出来？”洪英问。

“废话，我人在这间屋里，难道还能从树上跳出来不成？”云湛反问。

“可是你的事务所明明在二楼啊！”

“废话，我自己的地盘还不知道是在二楼？我就不能在地板上弄个活动的搁板，然后顺着搁板落到一楼吗？”

“好好的，跳到一楼干什么？”

“废话，有人想要杀我，我不掉下来就没命了！”

那根天罗丝差点儿要了云湛的命，幸好，还是差了那么一点点。

天罗丝是一种相当有意思的武器。在天罗横行九州大地的时代，它几乎就是天罗的象征：永远藏在黑暗中不为人知，永远在人注意不到的角落突然出没，锋利肃杀而又柔滑如丝，用肌肤筋骨被切开时飞溅的血花渲染出冷酷简洁的死亡之美。

在后世的种种小说、评书、街谈巷议中，天罗丝被完全神化了，仿佛已经成了无所不能的神器。但实际上，这不过是天罗中制造难度最大、成本最贵也最难操控的兵器而已。即便是在天罗无孔不入的年代，能完美掌握这种蛛丝的杀手数量也并不多，大多数的天罗，靠的都是其他武器。某种程度而言，你想要死在天罗丝之下，还得看有没有这个资格呢！

云湛却运气挺不错，从安学武开始，这已经是他第三次遭遇天罗丝的袭击了，但从来没有哪一次像今天这样凶险。这位不知名的老人看似和风细雨地与他对话，却已经无声无形地放出了天罗丝，并且算准了他所有的退路。天罗丝在他的手里，完全就是收发随心，仿佛肢体的一部分，就好像弓箭之于自己的师父云灭一样。

当然，老人未必是真想杀他，也许只是想要试探一下他的功夫，到了危急关头能够自如地收手。但即便不死，假如被制住不能反抗，也未免太丢脸了，无论对个人还是对天驱。

所以云湛也用一种常人想不到的方法躲过了这致命一击，选择的躲闪方向是老人之前没有封死，也无法封死的所在——脚底下。也不知他脚下踩中了什么机关，就在天罗丝即将触到他皮肉的一刹那，他的身子忽然矮了一截，随即整个人都消失了。

老人抢上前去一看，地板上多了一个四四方方的洞，一块木板悬垂在半空，显然是早就挖好的。老人哑然失笑，收回了天罗丝，重新坐到椅子上。不久，云湛从门外走了进来：“还打不打？”

老人反问：“你刚才虽然躲得巧妙，但如果这不是在你的地盘，而是在其他地方狭路相逢，你岂不就无处可逃了？”

云湛龇牙一乐：“如果不是在我的地盘，我怎么可能让你那么轻易地先出手？”

老人瞪着他看了一会儿，忽然问出一个让他很是吃惊的问题：“我已经七十岁了，四十岁时的速度，比现在还要快出大概四分之一，也算是我一生的巅峰。你觉得我四十岁的时候，和四十岁的云灭相比，孰强孰弱？”

云湛长出了一口气：“看来你还真是把我的底摸了个一清二楚。你和我师父动过手吗？”

“你先回答我的问题。”老人说。

“想听实话吗？”云湛问。

老人沉默半晌，叹了口气：“听你这句话，我就知道，我终归还是不如他。”

“单论功力、速度、招式，包括气势，你和他其实可以平分秋色，”云湛说，“这一点我很佩服。但是有一点你不及他。”

“哪一点？”

“以刚才的事情为例，他一定会看出我踩在一个活板上，并且提前把我逼入绝境，”云湛带着恨恨的表情说，“我的师父是一个天生的凶徒加恶棍。一切的损招，一切的鬼蜮伎俩，他都很熟。他如果身在你们天罗，也许会是几百年来排行第一的刺客。”

“而我，从他身上也学到了一丁点儿这样的本领。你相信吗？虽然你的武艺比我高，但如果你我真的要在绝境下以命相搏，最后我活下来的可能性会大一点儿。”

老人喟然点头：“我明白了，谢谢你的坦诚。希望这样的师父调教出来的徒弟不会让我失望。”

“那能不能告诉我怎么称呼你？”云湛说，“以后遇到我师父，也可以向他提起你。”

老人凝视着自己布满皱纹的手：“不必了，本是败军之将，何须留名？”

云湛目送着老人离开，大大松了口气，只觉得背上凉飕飕的。他在老人面前嬉皮笑脸做出无所谓的表象，其实精神已经紧张到了极限，完全强撑着一股气，以免在面对面的针锋相对中败下阵来。他喘了几口气，让绷紧的神经慢慢放松下来，过了好一会儿才想起门外还有另一个人在等着他。

“进来吧！”他喊道。

洪英应声而入，脸上带着不少疑问，但他还是把这些与亲王无关的疑问扔到一旁，直奔主题：“我是来问一声您查案的进度的。郡主仍然下落不明，王爷现在着急得很哪！”

“王爷很着急吗？”云湛瞥他一眼，“我觉得他老人家也许有些别的事情要忙吧？”

这话其实是随口试探，但洪英的脸色却微微一变，这让云湛意识到了些什么。他也并不穷追猛打，把这个话题放了过去，和洪英胡扯了几句，总之是表明他作为一个知名游侠的职业操守以及时时处处为委托人着想的办事态度，“我一直没有停过查找郡主的下落，也掌握了一些线索，但这种事情着急不得，三两天就能解决的话，还需要我出马吗？”

云湛那张连一头猪都能看得肃然起敬的诚实的脸让洪英心里十分宽慰。在云湛有意无意地诱导之下，他也吞吞吐吐地把石隆近期的异常表现叙述了一下。云湛听完，捏了捏他的肩膀：“那是你不懂王爷的想法。其实他心里比谁都着急，又不好意思显露出来，所以借着关注杀人案来发泄一下情绪而已。放心吧，他怎么可能和那些杀人案有关呢，哈哈哈！”

是吗？洪英有点儿疑惑，这种说法未免太牵强了吧？转念一想，云湛多半是看出了自己心里的担忧，所以以此来安慰自己，又不禁有点儿感动，觉得云湛真是个值得结交的朋友。

“不过，既然你提到了郡主的案子，我也正好有点儿事想问你，”云湛说，“我想托你查三个人在半年前的行踪。”

他把第一个死者张剑星、第二死者桑白露、第三个死者翼藏海的名字都报了出来，当然洪英并不知道他们就是连环杀人案中的三名死者：“这三个人，都曾是你们王爷的幕宾，又在半年前同时销声匿迹。我手里有一些证据表明，他们也许和郡主失踪有关。你能不能查一下这三人半年前曾经干过些什么？”

石雨萱的失踪真是一个万能的借口，云湛止不住地阵阵得意，有任何敏感信息想要从洪英的嘴里掏出来，只需要报上石雨萱的名字就够了。但令他错愕万分的是，洪英听完他的这番话，竟然一把握住了他的手，显得又是激动又是兴奋。

“云先生，您实在是个高人！”洪英几乎要把云湛的手握断了，“这么隐秘的联系，竟然都被您查出来！您要是不提，我还真没有联想到那几个人身上去呢！都已经是半年前的事了，也只有您这样眼光锐利的游侠，才能想到这一点！”

这都是什么跟什么啊？云湛听得一头雾水。但他仍然脸上挂着矜持而莫测高深的笑容，很自然地抽回自己被握得快要肿起来的手，淡淡地说：“眼光犹在其次，勤奋踏实的工作态度才是根本。讲讲吧，半年前那件事的详细情况。”

洪英没有丝毫疑虑，只是把嗓子压低了：“这件事其实也并不算什么大秘密，但是王爷下令不许外传，可能是怕国主听说了会责备他太过大胆胡闹，所以府里只有寥寥几人知道。您也千万别告诉别人。半年前，张剑星、桑白露和翼藏海这三个人，还有另外两名王爷指派的人，陪同着郡主，统共是六个人，去了一趟雷州和宛州交界地带的云望废城，名义上是游玩。王爷说，这是要在一个陌生而危险的环境里锻炼一下郡主，免得她成天在南淮城里横行霸道，不知道自己几斤几两。”

云湛这一下吃惊非常：“云望废城？让自己的女儿跑到那种地方去‘历练’？娘的，我要是国主，知道了这回事也非得好好训训他不可。”

顾名思义，九州大陆被最早的统治者一共划分为九片区域，是为天下九州。这九片区域又分属于三块大陆，其中殇州、瀚州和宁州构成了北陆，宛州、中州、澜州和越州构成了东陆，剩下的雷州和云州则属于西陆。

西陆曾是九州文明的发祥地，但在经历了上古时代的地理剧变和气候变迁后，逐渐成为蛮荒之地。云州被剧毒沼泽和滔天巨浪所封锁，至今仍然未被勘探，只有极少数冒险家曾进入其中；雷州相对好一些，至少有人定居，沿海也兴起了几座城市，但整体而言还是地广人稀、气候恶劣之地。

雷州和宛州的交界区域，就是这种恶劣环境的典型代表。从地图上看去，雷州和宛州几乎只有一线之隔，其中间隔的就是狭窄的云望海峡。事实上，在云望海峡中航行，你会发现两岸的景物近到可以隔海相望，但在海峡两边，陆地的环境却又是截然不同的。

云望废城地处雷州东南半岛，距离云望海峡很近，但如果有人从宛州经由海峡到达雷州，却不得不在上岸之后绕一段极大的弯路，才能进入雷州内陆。那是因为就在海岸不远处的广大区域，是一片对人类而言充满死亡意味的地方。那里既没有参天巨木的密林，也没有充满瘴气的沼泽，也没有不毛之地的大沙漠，有的只是一座城市，一座曾在历史上繁荣发达，却最终离奇地变为空城的城市。

那就是云望废城了。这座历史的废墟充满了种种带有神秘色彩的奇特传说。其共同特点就是，都提到废城里很容易死人，而这并不是吓唬人的谎言。千百年来，不少冒险家都试图闯入废城，探寻可能留存的宝藏，但最后的结局基本都是尸骨无存、无人生还。历史学家与旅行家们也想要探访这座废城的历史，但他们的下场也并不比贪婪的寻宝者们好到哪儿去。

久而久之，也就不大有人敢去送死了，尤其最近几十年来，极少听说有人还敢闯进去。废城依旧苍凉地矗立在那里，守护着自己的秘密，把各种光怪陆离的鬼神传说、灵异奇谭留给外界垂涎它的人。流传最广的说法是，云望废城内存留有远古时代的恐怖诅咒。那种充满怨恨的诅咒能杀死一切闯入者，那是古人们的亡灵在守护自己的城市和财富。

云湛当然不相信什么亡灵、诅咒之类的说法，但废城的凶险是毋庸置疑的。石隆竟然敢让自己的亲生女儿带上五个保镖就硬闯云望废城，胆子之大着实令人叹为观止。

“他可真是个疯子，”云湛感叹道，“那一趟雷州之行过程如何？”

“这我就不敢去打听了，总之是平平安安地回来了，”洪英老老实实地说，“那一趟回来之后，除了郡主，剩下的五个人都从亲王府消失了，也不知道去了哪里。”

平平安安才怪，云湛想，一定是在雷州出了什么事，亲王才会把那五个人遣散，也许是为了保护他们，也许是为了不连累他们。但是显然，他们藏得再深，还是没能逃脱厄运。张剑星、桑白露和翼藏海连续遇难，这已经不可能用巧合来解释了，显然是当时一同出发的六个人一起被盯上了。现在已经死了三个人了，还剩下三个，那么……

他猛然间全身如坠冰窟：照此推算，岂不是石雨萱也会在被杀害的名单中，成为这起系列杀人案的牺牲品之一？这么一想，石雨萱的失踪也有了合理的解释：凶手早就算计好了，把石雨萱排在其中进行杀害。但由于石雨萱身边护卫严密，不能保证到时候一定能把她劫出来，所以凶手早早地开始跟踪监视石雨萱，并终于在三个月前找到了机会，把她绑走。然后等到了轮到她的时候——以她的身份，或许会被排在第六位，也就是最后一位——这位郡主会被以残酷而惊悚的方式公开杀害？

云湛的掌心全都是汗。他明白，一切的关键都在于那趟雷州之行。石雨萱和她的五个保镖，在云望废城里招惹了什么绝对不该招惹的敌人，导致了半年之后仍然未能逃脱厄运。而石隆一定是对此有所了解，所以在女儿失踪后，他虽然焦急，却并不慌乱——因为他知道自己的女儿落入了谁的手里，而且……

而且他很可能知道该怎样救回自己的女儿！云湛忽然有一种在黑夜中见到第一缕曙光的感觉。半年以来，石隆不断和江湖旧部联络、召集人手并不是没有目的的，而是为了试图保护自己的女儿。云湛可以想象，石雨萱失踪的那天夜晚，保护她的保镖绝对不止石隆所诉说的那几个，但是强大的敌人还是在重重保护中劫走了她。

石隆赠送太子奇怪礼物等莫名其妙的行径，绝不是无缘无故，很可能是因为这些行径能够讨好绑架自己女儿的人，甚至于就是解救她的关键。

牺牲侄儿，解救女儿。云湛的眼前开始不断浮现出这八个字，虽然无凭无据也没有任何细节的解释，但这个念头却在他的心中越来越固执地扎下了根。石隆这个浑蛋，原本就一直对国主石之远，也就是他的弟弟心怀恨意，早就积累了那么多的怨气，眼下正好借此机会一举两得吗？那些污秽的供物究竟代表着什么含义？

石隆这个浑蛋……

“你怎么了？”洪英发现云湛咬紧了牙关。

“没什么，想起了一点儿关于云望废城的传说而已。”云湛摆摆手敷衍过去，聊了几句闲话后，送走了洪英。

太阳已经完全落山，又一个夜晚来临。云湛关上门，没有点灯，就坐在黑暗中继续思考着。那么石隆请自己查案，其实也就是起掩人耳目的作用了，多半还事先知会过绑架者，不然堂堂亲王丢了女儿不去找实在很可疑。又或者，他是真心盼望自己能查出底细，可是在敌人的监视下，他半个字也不能透露，一切都得靠自己去摸索。否则的话，一旦被发现，兴许对方就会立马撕票了。

好吧，姑且先确认这么一个初步的猜想好了：半年前石隆送石雨萱去云望废城历练，在那里得罪了一些以石隆的势力都得罪不起的敌人—— 极有可能就是消失已久的邪教净魔宗。敌人经过了数月的查找之后，弄清楚了六个人的身份和藏匿地点，于是渡过海峡杀奔南淮，要把他们悉数灭口。石隆虽然提前做了防范，却也无济于事，女儿反而被绑架了。不得已之下，石隆只好低头，和敌人做了某种与太子石懿相关的交易，虽然还不知道具体的内容，但可想而知，必定是要牺牲太子以换回石雨萱的性命。

与此同时，敌人在一定的期限到来后，开始用恐怖而张扬的手法屠杀剩余的五个人。这既是他们灭口的步骤，也是一种示威和警告，以提醒石隆及早践约，否则的话，杀光了其他的人，就该轮到石雨萱了。

云湛开始回想起自己接手这起失踪案后的种种怪事，试图用自己刚刚得出的结论来进行解释。但刚刚开始推理，就遇到了难题：石雨萱和老太监伍正文的秘密见面是为了什么呢？这不大像是石隆的安排，难道仅仅是一个无关紧要的巧合，可伍正文为什么自杀呢？

这仍然得从伍正文的长项来入手。伍正文擅长替女人梳妆。联想到从石雨萱的闺房里找出来的胭脂水粉，她很有可能是为了某个男人才开始装扮起来。这么说起来……也许与她谈情说爱的，正是心怀不轨的来自雷州的敌人？用这种卑劣的手段引她入彀，令她放松警惕，然后再策划私奔，在石雨萱的配合下甩掉保镖，将她从石隆眼皮底下劫走。而伍正文事后得知石雨萱的失踪，也能猜想出个大概，于是愧疚而自尽。

完全符合推理，云湛满意地想，接下来是第二个难题：石隆利用焦东林和秦雅君陷害安学武是为了什么？

挑起天罗内斗……云湛回忆着安学武所讲述的那一天在凝翠楼里发生的事情。安学武微微醉了那么几分钟，本来有可能被趁势安排出一起逼奸案，醒来后却并没有任何事发生。云湛当时做出了这样的分析："但是本来只想抓野兔的猎人，却意外地发现兔子洞里藏了一头熊。为了捉住这头熊，猎人把野兔套子收回去了，开始慢慢准备抓熊的陷阱。"

在那张纸条被发现后，如果要除掉安学武，直接揭穿他天罗的身份就可以了，但敌人没有这样做，而是巧计安排，险些挑起了天罗内部不可收拾的大内斗。敌人为什么要对天罗下手？也许他们也是一个杀手组织，看天罗生意太好有些眼红，于是想要借此打击天罗的力量；也许……他们是为了报仇，或者说，惩罚。

惩罚！云湛陡然想起了三十年前那次失败的刺杀。天罗先后派出了四名高手，都未能杀死衍国国主石之衡，最终没有能够挽救净魔宗失败的命运。我要是净魔宗的人，只怕也会在心里怨毒地恨上三十年吧！

好了，现在一切的线索都在指向净魔宗，云湛缓缓地呼出一口浊气，我该怎么样找到确凿的证据来证实这件事呢？

二十一

伍肆玖在宛州各地表演的次数不算少，虽然一般人都很难记住他的名字，但是一提起那个“又肥脑袋又大、会学各种动物叫还装了一肚子笑话”的滑稽伶人，很多人都会有印象。捕快们没用几天，就找到了一名曾经在半年前和伍肆玖一起搭伙卖艺的瞎子琴师。一提起伍肆玖，他就一肚子怒火。

“那王八犊子真他妈的不是个东西！”琴师粗鲁地骂道，“本来说好了赚的钱对半分，他总是趁我眼睛看不见，悄悄多藏一点儿。老子眼睛看不见，耳朵可灵得很，他那点儿小动作我还能听不见？后来次数多了，我也趁他不注意的时候拿一点儿……”

陈智耐心地听他絮叨完，这才发问：“那你还记不记得，你们分手之后，他去了什么地方？”

琴师不屑地吐了口唾沫：“我不知道。那狗日的忒能吹，跟我胡编他要去帮隆亲王做事，这种谎话傻子才信呢！”

“当然只有傻子才会信，”陈智表示完全赞同，“不过我也想听听他当时是怎么吹牛的。因为谎言中有时候也能提炼出真实的基础。”

琴师很是佩服：“这年头做捕快的都那么有学问啦！那我告诉您吧！大概七个多月之前，有一天我们在街边表演完了之后，忽然人群响起了一片惊叹，我一听这声音就知道，肯定是来了有钱的主给了厚赏，那可不能让这龟孙一个人独吞，所以我赶紧扔下琴，抢过去向他要钱。结果他居然半声不吭就把钱给我了，足足五十金铢啊！那可真是真不像他的作风。”

“因为他忙着去和给钱的大爷套近乎，顾不上搭理你，是不是？”

“那可不，您就是聪明！”琴师回答，“当天晚上他没有回住处，不知道跑到哪儿去了。第二天上午他才回来，我正想抱怨他耽搁了挣钱的时间，他却抢先一步跟我提出拆伙，说是要去做大生意。我追问了他好半天，他才洋洋自得地吹嘘说，隆亲王想邀请他去做一件很重要的大事……”

琴师说到这里，故意停了下来；陈智不搭理他，有意无意把腰间的腰牌和佩刀撞得叮当作响。琴师倒也乖巧，知趣地继续讲下去：“唉，他那时候说，有一位很重要的人物要去一趟雷州的云望废城，要他去作陪。我故意不理他。他自己熬不住，终于说出来了。原来那个重要人物，就是王爷的女儿，南淮城里谁都不敢惹的小郡主！”

线索越来越多，案情却越来越复杂了，陈智一边快步往回走，一边喜忧参半地琢磨着。如果能查证到之前的三位死者也去了云望废城，那死者们之间的联系就有答案了。可是他们去废城干什么？又怎么会在那里犯下亵渎魔主的大罪，以至于半年后成为净魔宗的魔女复生祭的祭品？石隆在这起事件中扮演着怎样的角色？想来想去，还是一片混沌。

陈智想着，和一个少妇擦身而过。作为一个不算太好色的年轻男人，他还是忍不住回头多看了一眼。这位少妇已经不算年轻，但打扮得颇有风韵，衣饰虽不华贵，搭配却很得体，淡妆之下能看出一种掩盖不住的天生丽质。陈智忽然冒出一个奇怪的念头：等我以后讨了老婆，她也到了这样三十出头的年纪，也能有这么好看吗？

他胡思乱想着，转过街角时有点儿走神，差点儿和迎面走来的一个小个子男人撞上。这个男人不知为何，透着一股鬼鬼祟祟。陈智还没来得及出口道歉，他竟然先把食指放在嘴唇上，“嘘”了一声。然后他从墙角小心翼翼地探出头，先往前方窥视了一小会儿，再贴着墙根儿走了出去。

这家伙在跟踪着什么人吧？陈智做出了判断。不过他也没心思多管闲事，摇摇头，加快了步伐向前行。

云湛大人很忙，在帮姬承查出唐温柔的动向后，就又不知道忙些什么去了。而姬承按照云湛告诉他的地点跑过去，却发现那间习艺所已经以闪电般的速度宣布关门更张，看来是云湛的调查打草惊蛇了。但唐温柔照出门不误。这说明组织这些活动的人已经换了新地方。而这个地方在哪儿，暂时还没有另一个云湛来替他找出来。

他很无奈，又不放心去找其他游侠，咬咬牙，决定自己跟踪自己的老婆。他从来没有干过这种高难度的活计，一路上战战兢兢，一会儿担心跟丢了，一会儿担心被发现。不幸的是，这两种担心都终于成为现实。

他先是跟着老婆走了好几条街，在转过一个弯的时候险些撞上一个心不在焉的路人，并发出一声无意识的惊呼。坏事了，他想，万一被老婆听到我的声音，可就麻烦了。

姬承自怨自艾着拐过弯，发现老婆的身影消失了。难道是跟丢了？他有些慌张地四下打量着，真的是哪儿都没有。正不知如何是好，背后有人轻轻拍他的肩膀，他回过头来，立刻面如死灰，两腿也开始颤抖。

“夫、夫人……”他低声下气地说。

“好玩吗？”姬夫人唐温柔一脸春天般的笑容，“一路跟了我那么久，累坏了吧？”

姬承下意识地回答：“不累，不累……”说到一半就知道糟糕。果然唐温柔笑得更加妩媚：“不累是吗？那就多跟一会儿吧。”

“不敢，不敢。”姬承嘟哝着，头深深地埋在了胸口，只盼地上裂一条缝，能让自己钻进去再也不出来。

“那你就乖乖回家吧，晚上等我回来吃饭就好了。”唐温柔极尽温柔地抚摩了一下姬承的头发。姬承不敢多话，转过身，灰溜溜地向家的方向走去。等走到唐温柔的视线看不到的地方，他突然伸手捂住了脸，有几滴眼泪从指缝间滑落出来。

老婆真的不再爱我了啊！他酸楚地想。她不再对我发火了，不再对我咆哮了，不再对我的任何举动有任何不满与在意，即便是自己跟踪她这样大逆不道的罪行，她也没有责备半句。是因为心已经死了，所以不会再有涟漪了吗？

姬承失魂落魄地走着，慢慢走过一条条熟悉的大街小巷。在冬日阴霾的灰色云层下，南淮的街景仿佛都被笼罩在无法排遣的忧郁中。十多年前，十八岁的唐温柔刚刚嫁到南淮成为姬夫人时，两人总是肩并肩手牵手地徜徉于这些古老的街道；而最近数年以来，也总是心力交瘁的唐温柔揪着姬承的耳朵，把她醉醺醺的丈夫拖回家。但现在，身边的人影不再，只剩下孤零零的姬承从漠然的人群中穿过，那些喧嚷与嘈杂汇集成一道声音的洪流，把姬承席卷于其中，耳膜阵阵地刺痛。

三十岁的男人终于走得累了，在满是尘土的街边坐了下来。现在他有了大把的无人管束的时间，也有了可以自由花销的一些金钱，凝翠楼依然灯红酒绿，那些酒香和脂粉香依然无处不在地飘散着，但他却失去了任何的欲望。

男人真是贱啊，姬承敲着自己的脑袋，痛苦地想着。还是云湛这样的孤家寡人好。

相比姬承，席峻锋的家庭生活无疑要平稳得多。他是个一心只在意工作的人，不像好色贪杯的姬承那样有种种不良嗜好。而席夫人也是一位温文贤惠的女子，成婚之后就从来没有和席峻锋红过半次脸。每一天清晨，当席峻锋从那个不断萦绕的噩梦中惊醒时，她总是已经备好了早餐和干净衣服等着他。

父亲的眼睛始终没有闭上。他的脸很奇怪，没有愤怒、没有哀伤、没有恐惧，有的只是一种绝对的平静，就像是无风的湖面。

“也许他早就预知到这个结局，所以能平静地接受死亡吧。”田炜那时候对席峻锋说。

但他的眼睛说明了一切，他的儿子能从这双眼睛里读到一种不甘心。你还是有放不下的事情，父亲，你死得并不情愿，我会为你复仇的，一定会。

席峻锋睁开眼睛，凝视着头顶的天花板，不知是想摆脱先前的梦境，还是想要再回到梦里，从父亲的双眼中解读出更多的东西。但他没能想太多，因为门外响起了敲门声。

这可奇怪了，大清早的，怎么会有人上门来访？席峻锋迅速穿好衣服；妻子已经打开门，把客人迎了进来。他和客人打了个照面，不由得一怔。

“你是……云湛云先生？”他问。

“是我，”云湛回答，“我知道我来得很冒昧，但你们捕房的小伙子们见到我就像猫见了老鼠，我只好出此下策了。”

“不嫌弃的话，请将就用一点儿简陋的早餐吧，”席峻锋看来并不反感这位不速之客，“其实我也去找过你，不过运气不佳，没有碰上。”

“那就多谢了，”云湛咧着嘴笑，“有妻室的人就是好啊！”

两个人心里都明白对方找自己的目的，但吃饭的时候，他们并没有当着席夫人讨论案情。席峻锋饶有兴味地打听了一下游侠的生活，当听到云湛经常一觉睡到太阳晒屁股才起床时，连连发出羡慕的啧啧声。席夫人也对这个英俊的羽人不怀恶感，在一旁抿嘴微笑，听着他对自己的厨艺大加夸赞，并不断替他添食物。

离开家门走到路上时，席峻锋才开口说：“我们用不着拐弯抹角了，时间不多，还是直奔主题的好。你找我，我找你，应该都是为了隆亲王的事吧？那么，你先说还是我先说？”

“你先说吧。”云湛毫不犹豫。

席峻锋笑了笑，向云湛讲述了一下四起案件的简要概况，以及四名死者和石隆之间的关系：“江湖客想要隐瞒行踪相对容易一点儿，所以我从伍肆玖入手，查到他半年前曾经在亲王的委派下，陪郡主去过一趟雷州。不知道这件事会否和他们的死因有关。”

“你居然能查到这个程度，真是很有点儿能耐了，”云湛真心地表示佩服，“我也正走到这一步呢。”

“哦？”席峻锋看他一眼，“你是怎么知道那几个死者的姓名身份的？”不等云湛回答，他又自己说了下去：“也没什么奇怪的，干你们这一行的，总得有点儿眼线。”

云湛迅速把话题岔过去，把洪英告诉他的半年前的那次出行复述了一遍，但略去了石雨萱失踪的相关情节。自然地，如果这个重要因素不讲出来，那么他所能提供的情报对席峻锋而言并无太多新意。席峻锋叹了口气：“云湛，开诚布公是双方的，你光讲这些我已经掌握了的情况，能对我有什么帮助吗？郡主失踪也许是一个大秘密，但碰巧我已经知道了，所以你不必讳言。”

云湛扮个鬼脸：“其实我不过是试探你一下。看来你的眼线也很灵光。”

席峻锋没有否认：“但那只限于我知道。我保证没有泄露给任何一个手下的捕快。毕竟丢了郡主是件大事，不宜闹得满城风雨。”

“所以我也没什么可隐瞒的了。”云湛很轻松地说，把自己调查过程中石隆暧昧的态度与似有所指的言行大致说了一遍。当然了，太子的异常举动他仍然是藏着不说，想来席峻锋大小不过是个捕头，消息源还不至于伸进宫里。

席峻锋停住脚步，默想了一阵子后问：“那接下来你有什么打算？直接追问石隆吗？”

“问他也不会有结果的，”云湛说，“我想来想去，觉得石隆眼下扮演的是被胁迫者的角色，不会敢于把真相说出来的，他毕竟还要顾惜自己女儿的性命。何况没有证据的话，我们说什么他都会抵赖。”

“要证据的话，就必须把第五个人找出来，赶在他被净魔宗下手杀害之前。”席峻锋说。

“还有更简单的方法，”云湛说，“直接把南淮城的魔教余孽找出来。在这方面，我有一点儿线索也许你用得着。”

但这个线索没能用上。就在云湛向席峻锋讲述了自己盯梢唐温柔的意外收获、后者立即安排几个盯梢能手也去跟踪她的当天，那个疑似净魔宗的地下活动团体竟然停止了活动。盯梢的捕快眼睁睁看着唐温柔走进一家绸缎庄，不久之后满脸失望与迷茫地走了出来。他们知道其中必有文章，于是兵分两路，一面继续监视唐温柔，一面查探那个绸缎庄的底细。

唐温柔这一路没什么可说的。她直接回了家，面对自己丈夫殷勤的嘘寒问暖，尽管她出门还不到半天。

绸缎庄里有惊人的发现。当捕快们小心潜入时，发现这个绸缎庄已经空无一人，连价值不菲的大量货品都没有搬走。于是他们不客气地上上下下搜索一通，发现了一个通往地下的暗藏的通道。

他们点上火把，从通道进入到地下，发现了一间不小的石室，还有完备的通风口，足可以容纳好几十个人藏身于此。石室里此刻也空无一人，但地上有一大堆陶土的碎片，其中部分明显经过重物碾压，化为了粉末，其余的碎片却并没有。据此推断，这应该是一样绸缎庄里的人试图毁灭掉的东西，但由于走得太匆忙，没能完全销毁。

于是席峻锋搬来了复原碎片残骸的陶土专家，利用那些未被碾压的大块碎片，拼出了一个似斧非斧、类铲而又不是铲的奇怪物件。外人见到它一般是认不出来的，但对于听到净魔宗的名字都会立马全身紧绷的席峻锋而言，这玩意儿真是再熟悉不过了。历史上所有记载过净魔宗的文字，都曾提到过信徒们所崇拜的魔主的塑像，该塑像中狰狞威武的魔主手里拿着一件形状古怪的兵器，称之为“魔钺”。据说魔主持之铲除一切邪恶、带给世间大光明云云。

好似饥饿的狗见到了肉包子，席峻锋连夜提审唐温柔，但唐温柔的证供并没有太大意义。那个和她联系、引她入会（会名不叫净魔宗，而叫作“兄弟姐妹互助会”）的神秘男子，从来都在脸上戴着面具，没有露出过真容。而且一向是他单方面联系唐温柔，压根儿没有留下自己的任何信息。

至于这个所谓的互助会，里面活动跪拜魔主的人们全都身披白袍，遮住头脸，彼此之间根本不认识，可见组织者的心思之缜密。除了“那些袍子好脏，带股臭味”之外，唐温柔实在没什么新东西能说得出来了。

不管怎么说，证明了净魔宗重新开始活动，毕竟是件足以让整个南淮乃至于整个宛州人心惶惶的大事。为了防止流言满天飞造成不必要的市民恐慌，这个消息被硬生生压了下来。多年来饱受讥嘲的席峻锋终于被证明了有先见之明，刑部方面打算升迁他，给他个一官半职，却被他拒绝了。

“在把净魔宗一网打尽之前，我不会离开这个位置，”席峻锋对云湛说，“我要亲手把他们都抓起来。”

“所以必须把第五个人找出来，对吧？”

“那是显而易见的。”

第五祭
虔　心

魔的信徒们，安静的灵魂将指引你们走向真正的虔诚。抛弃掉一切的困惑与动摇，把你们的身心都献给魔主吧！从此之后，魔是你们唯一的信仰，魔是你们至高的荣光，魔是你们生命的主宰，魔是你们灵魂的归宿。你的耳中只可听到魔主的训导，除此之外，皆为虚言。你们脚下的路只有魔主可以指引，除此之外，皆为歧途。

——《净魔救世书》

长老们最近好像有些恐慌。

事实上，三位长老同时都在的时间相当少，有一半以上的时间，都只有一位长老陪在我身边；剩下有时候会有两个。尤其是三长老，我和他见面的时间最少。我猜那是因为长老们都非常忙，在外面有很多事情要做，所以脱不开身。

和长老们相处久了，我渐渐学会了察言观色。他们虽然在我面前并不多说什么，但是我能看得出来，他们越来越在意外界的动静。稍微有一点点异响传来，他们就会显得格外紧张。这种情绪也略微影响到了我。我毕竟太年轻，有一点儿什么想法都会写在脸上。而这一次，甚至不需要发问，长老们就已经知道了我在忧虑些什么。

“放心好了，只是一些小小的困扰和麻烦，”大长老对我说，“我们净魔宗被地面上的人注意到了，毕竟已经成功进行了前四步的祭礼，让他们抓到了一点儿痕迹。不过他们暂时还并不知道我们的藏身之所，想要找到这个地方，可得费不少脑子呢。”

这样的安慰并不能消解我的疑虑：“也许我们这个地方不容易找到，可是其他的在地面上的信徒们呢？”

大长老既不怒也不喜：“你能关怀到教中的信徒，可见你有仁善之心、兄弟之爱。然而你也当记住，危难关头，全教所有子民，都只能为了保护魔女而拼命。只有魔女才是我教复生的希望，其他所有人的性命加在一起，也不如你重要。为成大事，该牺牲的都只能毫不犹豫地牺牲。你更要记住，将魔主的福音传播给世人，才是大爱。为了这一点，其他任何的小节都可以不去顾虑。”

难道除了我之外，所有人都是“该牺牲的”？我打了个寒战。但很快我的心情平复下来。这种平静来自对魔父无比忠贞的信仰。如果是为了魔父，我绝对可以没有半点儿迟疑地舍弃我自己的生命。同样，其他人为了我而舍弃生命也是理所应当的。我们都是魔父的子民。我们别无选择，也不能去选择。就让魔父的圣光照亮我们崎岖艰辛的道路吧！

我开始盼望着第五祭和第六祭尽早完成。长老们说了，魔女复生的祭典一共分为六个步骤，每一次献祭都能代表我对魔父忠诚的再度升华，从第一祭开始，魔父就能倾听到我的呼唤和祈愿，而当最后一祭完成后，他也将完全相信我的忠诚和坚定，把我所渴求的魔的力量赐予我。到了那个时候，也许我就能离开这永远不见日光的幽暗的地下，在人间为了魔父的尊严而战。

“你不必想得太多，”二长老沉着地说，“无论怎样，全教子民都会誓死捍卫你的安全。你要记住，有那么多人为了你而不惜自己的生命，你更加要学会爱惜，万万不可逞一时之勇而误了大事。你要像魔主那样，即便暂时处于劣势，也绝不动摇，绝不屈服，保持内心的坚定，等待着再次的复苏。即便是一时对敌人虚与委蛇，也无损你内心的信仰。魔主会宽容并赞许你的。”

我从这番话里听出了一点儿临别遗言的味道，长老们是在告诉我，无论如何都要强忍着屈辱活下去，等待东山再起的时机。我不知道我能不能做到，但我会尽力。

二十二

南淮的冬天永远不会让人感觉太难受。这里不会有越州湿地上的阴云压顶、湿冷蚀骨；这里不会有瀚州草原上的朔风如刀、万物皆枯；这里不会有殇州冰原上的暴雪盈天、冰封大地。南淮的冬天是温和的，是不断探出头来给人以温暖的阳光，是让城市始终保有耀眼绿色的常绿植物，是小桥之下从来不会封冻的潺潺流水。即便是偶尔飘雪，那雪花也充满了柔情和静谧，用星星点点的白为南淮妆点出更丰富的色彩。

上述文字来自著名旅行家、文学家邢万里的名作《九州纪行·南淮散记》。陈智小时候读到这段话的时候，就会忍不住在头脑里勾勒出一幅吹面不寒、生机未褪的美好场景，但等到入行并被调到南淮做捕快后，他才深切地感受到：文学家真他娘的会吹牛和粉饰啊，任何破烂东西到了他们笔下加点儿作料调和一下，都立马会镀上一层虚张声势的金粉。

南淮城纵然真的有那样温柔的冬天，那也只属于锦衣貂裘的有钱人，属于选在白昼阳光最好的时候靠在墙根儿上晒太阳的闲人，而不属于陈智这样终日奔忙的可怜虫。只有陈智这样的人才会知道，顶着早晨的狂风从城东穿行到城西是什么滋味，跑出一身大汗后在所谓“舒适的气温”下任由汗水慢慢在背脊上阴干是什么滋味，点着小火盆在漏风的捕房里通宵工作直到手脚冻得麻木几乎不属于自己的身体又是什么滋味。

没有办法不忙，因为工作好像已经进入了最紧张的阶段。在综合了目前为止所能得到的全部线索后，再征询了游侠云湛的意见，席峻锋得到了一个初步的、暂时没有破绽的推理。

七个月之前，为了让女儿石雨萱得到真正的历练以磨砺她的性格，隆亲王石隆安排了五个各怀绝艺的人陪同她去了一趟雷州的云望废城。在那里，六人无意中招惹了绝对不该招惹的敌人——三十年前消失无踪的净魔宗余部，很有可能是直接冲撞了他们的秘密藏身之所。净魔宗正好经过三十年的积淀后准备再次出现，便借着这个机会追踪到了南淮。他们并没有急于杀人，而是在精心策划准备后，先查清了全部六个人的行踪，然后逐一出手捉拿，施以魔女复生的残酷祭礼，既是为了惩罚罪人，也是为了向世人宣扬他们的再次崛起。

当然这只是能向捕快们公开的推论。由于隐瞒了石雨萱失踪的事实，云湛和席峻锋还有着更进一步的推断，那就是净魔宗绑架了石雨萱，并利用她向石隆施压，想要达到某种不可告人的罪恶目的。这个目的现在还没能找出来，其中隐藏的真相，或许比净魔宗本身更可怕。

对陈智等人而言，需要做的就是搜罗证据以证实这种猜想。根据洪英当天所说，同石雨萱一起去雷州云望废城的，除了张剑星、桑白露、翼藏海、伍肆玖这四位已经变成形态各异的死尸的人之外，还有第五个暂时没死的，他也成了席峻锋设想的破案的关键证人。由于云湛的存在，使席峻锋能够直接得知他的姓名，不用再被动等待收尸了。

这第五个人的名字一说出来，有点儿见识的捕快们都吓了一大跳。说到这位，真是比前四个人加在一起还更有趣，此人名叫锁匠梅洛，听名字就知道是个身材矮小的河络。河络族的全名极长，为了方便称呼，通常都是采取外号加简称的方式，梅洛既然绰号锁匠，可想而知此人长于各种精巧的机关之术。不过这位锁匠并不老实，对于待在河络族的地下城里用创造去侍奉真神毫无兴趣，反倒是迷恋上了人类的多彩多姿的生活方式——这一点和他的同伴张剑星正好相反。

这位锁匠在数年前游历到了宛州，深深痴迷于南淮的繁盛，于是在南淮暂住下来。和女神偷桑白露不同，他并不过分贪恋钱财，但生性使然，有一个坏毛病，喜欢去开启所有落入他眼中的好锁或是机关暗道。由于开了锁之后也并不拿东西，所以很长时间内都没人注意到他，只是后来他挑战自身的冒险玩得大了一点儿，一不小心打开了王陵外围的石门，并立即被王陵守卫们抓获。

很容易想象到，又是隆亲王救了此人的性命。石隆爱才，惊艳于锁匠梅洛的技能，把此事压了下来，没有汇报给国主。梅洛感恩，于是成了石隆的门客。

确定了此人的身份后，云湛再次找到洪英，拐弯抹角地打探梅洛的下落，当然用的借口是“这个河络擅长机关之术，可以让他去斗兽场再探查一下郡主失踪的地方”，并叮嘱洪英“别告诉王爷，以免他更烦心”。洪英自然愿意帮忙，但在府里悄悄查过人事记录后，很抱歉地告诉云湛，没有人知道梅洛的行踪。

“半年多前，账房里曾支出过四笔钱，分别给张剑星、桑白露、翼藏海、伍肆玖，作为陪同郡主出行的酬劳，但其中没有梅洛的那一份，”洪英说，“最后一个见到梅洛的人，说梅洛一个人收拾好行李悄悄离开了，不知道去了哪里。”

要寻找锁匠梅洛，可不是一件容易的事情。作为一个河络，他完全可以回到越州，躲进河络的地下城去，那就谁也抓不住他了；作为一个机关高手，即便还待在南淮附近，他也可以巧妙布置，或者干脆躲进某些富商的避暑别墅一类的地方去。按察司给席峻锋秘密加派了人手，由陈智等人带着奔波了两天，一无所获。

“我觉得他不会回越州，甚至根本就不会离开宛州，”云湛说，“我对这个河络的性格略有耳闻。因为许多年前我的师父云灭曾经抓住过他，半强迫半劝诱他为自己打开过一扇门。他是个比较一根筋的家伙，向来不怎么怕死——当然也极少动除了开锁之外的其他脑筋，不然也不会那么不要命地跑到王陵里去开机关玩。当年我师父威胁要杀他时，他根本不为所动；但后来改了语气，用那扇很难开的门去诱惑他，还激他说他不可能打得开，结果最后几乎变成了锁匠梅洛拖着云灭去开锁。”

席峻锋笑了起来：“根本就是个锁痴。”

“所以宛州才是他施展才华的地方，”云湛说，“那么多的达官贵人，那么多的富商，那么多的财富，得有多少苦心孤诣、绞尽脑汁做出来的机关暗锁啊！对他而言，简直就好比……好比一个好色之徒进了凝翠楼，怎么舍得走呢？”

“可是凝翠楼里那么多房间，怎么才能把他找出来？”席峻锋皱着眉，“动作慢了的话，只怕整座凝翠楼都会被大火烧掉，那就什么都没有了。”

“想想办法呗，”云湛说，“比如你家闹耗子，可找来找去也找不着耗子洞。那你该怎么办？把整个家都拆了把耗子搜出来，还是放一碟花生米在桌子上，再在花生米旁边放一个夹子……”

席峻锋眼前一亮：“很不错的主意。对于锁匠梅洛来说，这碟花生米，就是一个足够吸引他动手的机关了。”

“所以这个机关就交给你来布置策划了，”云湛从椅子上站起来，“我建议你和安学武合作一下。那个夯货最喜欢吵吵嚷嚷以显示他对南淮城很重要，让他来造势，不大容易引人怀疑。”

“是个好主意，我会去找他的，大不了被他羞辱几句，”席峻锋回答，“那么你呢？你有什么打算？”

“我想去一趟雷州。”云湛回答。

“雷州？云望废城？”席峻锋有些意外，“何必自己去一趟？”

“因为我闲着也是闲着，”云湛回答，“现在石隆已经托病不愿意见人了，可知他心里相当有鬼。我们又没办法问出来。因为还是那句话，没有证据。而搜寻南淮的净魔宗余孽和寻找梅洛这两件事，有你那么多手下，我没有必要插手。”

“如果我把锁匠梅洛找到，从他嘴里就能问出一切，你不是白跑了吗？”

“首先，说不定你什么时候能抓住他，更说不定他会愿意告诉你些什么——河络都是一根筋，我们总得做两手准备，不能听凭时间白白浪费。第二，我自己去，行动方便，也没有累赘，也许能比他们六个发掘出更多的东西。”

席峻锋也站起身，往茶壶里添了些开水，然后倒在杯子里，满意地嗅着茶叶的香味：“恐怕不止是这几条理由。你一定是发觉了一点儿什么问题，非得自己去亲眼看看不可。”

云湛叹了口气：“你是我在南淮城里见到过的为数不多的聪明人。实话告诉你，现在整个事件的脉络太清晰了，我反而开始有疑虑。”

“什么疑虑？”

“这一次净魔宗的所作所为，会不会过于大张旗鼓了？”云湛双手撑在桌子上，眼神里有一点儿迷惘，“他们当年能够成就那么大的声势，绝对不是一帮傻瓜。在全九州都把他们当成大敌、在他们消失三十年后仍然对他们充满警惕的情况下，这样毫不隐藏掩饰地在南淮城开展魔女复生的祭祀，是不是嚣张过分了？要么是他们在这三十年真的又悄悄积攒了足够的实力，要么……要么……”

他没有再说下去，只是用充满希望的眼神看着席峻锋：“能给我批点儿路费不？”

席峻锋差点儿被一口茶水呛住。他把茶咽了下去，歪头想了一会儿，很有点儿无可奈何：“算了，不给你也不行，你回头还不定给我找多少麻烦。认识你真是我的不幸。”

“谢了！”云湛笑得很灿烂，“所有认识我的人都那么说！”

云湛之所以想要去云望废城，很重要的原因在于专为席峻锋鉴别证物的老捕快霍坚从桑白露的遗物中意外地找到了一个很重要的名字。说意外也不算太意外，通常证物在使用完毕后都会被堆进官家仓库等待发霉，霍坚这个人手脚并不是太干净，本着废物利用的心态，喜欢在那些供鉴别的物品里截留下一点儿还可以用的小玩意儿。他很知趣，从来不拿太值钱的东西；席峻锋睁一只眼闭一只眼也由得他。

这次霍坚在桑白露的遗物里看上了一件几乎还是全新的棉布小褂子，虽然家中糟糠之妻的体型是绝对穿之不上的，但要改成头巾之类的玩意儿，那花纹质地都还蛮不错。于是霍坚把它带回了家，老伴还没来得及动手拆之，意外发现在衣服的里子上粘了一张残破的纸片，这张纸片上写着如下几个字："……废城凶险……一般居民不敢……须找卫柯荅……"

就是这么几个字了。席峻锋一分析，这大概是桑白露在屋里焚烧信件，意外地漏了一片，被风吹入衣橱之类的地方，桑白露没有察觉，把它和衣服叠到了一起。

虽然只是寥寥数字，却也包含了关键信息。桑白露也许是在出发前没有底细，向人求问该如何去废城。回信人就给他推荐了一位叫作卫柯荅的人，说只有这个人才能给她做向导。这倒也很正常。桑白露虽然生于雷州，也未必熟知所有地方，何况是云望废城那种索命之地。有一个当地向导，总是稳妥很多。

云湛想来想去，觉得这正是个不错的机会，自己到了雷州，大概也应该寻找此人，由他带路。这样才会有一个大致的方向，否则云望废城那么大，要在里面大海捞针一圈，等找出点儿什么东西来，只怕都足够十七八个魔女完成复生了。

于是云湛牢牢记住了这个名字，从席峻锋手里讹来了路费，又从石秋瞳手里讹到了一纸手谕，可以沿途使用衍国马站的官马，否则虽然南淮城距离云望海峡不远，来回仍然得花上不少时日。石秋瞳对于这样的要求总是尽力满足，因为想来云湛还没那么大胆子，敢把官马拉去卖了换钱。

"你那位亲爱的弟弟，最近怎么样了？"云湛问。

"还能怎么样？就那样呗！"石秋瞳的话语里透出内心深处的疲惫不

湛，“我已经好长时间连他的面都见不到了。”

“连面都见不到？”云湛皱着眉头，“还是每天躲在屋里捣鼓他的东西？”

“是啊，而且他院子里邪恶的供物又出现了，还是藏在那些隐秘的角落，”石秋瞳轻叹着，“那些肮脏玩意儿显然不可能自己从泥土里长出来，所以我安排人严密监视，结果发现，竟然是两名御前侍卫偷偷干的。我调查了一下他们的背景，发现都是近些月份新近推荐提拔的，而推荐他们的人，都和石隆有关，比如曾经在石隆手下做事，或是曾经犯事被石隆保过。我没碰他们，但已经派人监视了，他们干不出什么事的。”

云湛吐了吐舌头：“要狗急跳墙啦！现在已经死了四个人，等到第五个人再死掉，就应该轮到我们可爱的小郡主了。石隆一定会抓住一切机会完成净魔宗的要求，虽然我们还不知道他们究竟要求的是什么。”

“难道是想要吸引太子入教？”石秋瞳眉头紧皱，想起了太子拒绝理发师碰他头发的事。

“这就是我一直没想通的一点，”云湛说，“太子的不争气已经不是什么公开的秘密了，他们以太子作为目标，意义何在呢？”

“有时候真想把他一脚踢死算了，”石秋瞳哼了一声，“总是给人无穷无尽地找麻烦。”

“那也是你的亲兄弟啊，虽然不是同母，”云湛难得正经一次地劝慰着，“在这个世界上，有人和你流着同样的血，总不会是什么坏事。像我这样从小就没有兄弟姊妹、打架都没个帮手的人，你以为心里就从来不感到孤独吗？”

“你也可以学你那个倒霉的朋友，去凝翠楼找乐子。”石秋瞳揶揄着。

云湛“扑哧”一笑：“你不说我还忘了提，姬承最近足足瘦了七八斤，肚子小下去一圈。现在净魔宗在四处被严查，他老婆好像还不甘心，经常在外面晃荡，也彻底不顾家了。他终于感同身受了一下他老婆过去的处境。可见讨老婆真是一件麻烦事。”

石秋瞳默然，过了好久才说：“云望废城那边很多危险，你要小心。”

云湛笑了笑，转身向宫门外走去。

就在云湛悄悄离开南淮的第二天，因伤休养了一个月的知名捕头安学武也高调复出了。我们的安捕头伤势仍未痊愈，走路的步子也不像以前迈得那么大，但说起话来仍然是豪情万丈，充满了维护地方治安与国家律法尊严的必胜信心。

根据安捕头所说，最近一些天里，已经连续发生了三起盗贼入侵南淮官库试图偷盗库银的案件，但都以失败告终，反倒是三名飞贼偷鸡不成蚀把米，全部落入了法网。

“因为官库已经全面更换了门锁，用的是最先进的河络的技术，”安学武如是说，“就算是河络族自己的能工巧匠来到这里，也未必能弄得开。”

稍微有点儿常识的人都能听得出这番话是多么的荒谬。南淮城的官库是何等重要的地方，向来都是重兵把守，三五年也难得碰到不要命的敢于去偷盗。至于短短一两个月内发生三起，除非全九州的大盗小贼都得了精神病。

所以这些话明显是说给没有常识的人听的。而根据云湛留下来的锦囊妙计，官库为此所做的布置也着实匪夷所思，让安学武差点儿把已经合拢的伤口又迸裂开——笑得。但最后他还是选择信任云湛，如此这般地做了安排。

两天之后的深夜里，官库里出现了众人期待已久的窃贼。守卫们有意识地放过了他，任他突入到最后一扇库门前。那扇门上安装着一把一看就气势不凡的大锁，一共有五个锁孔。这位身材矮小的窃贼动作娴熟地从随身背着的口袋里掏出各种工具的零碎配件，然后组合成了令人难以置信的种种精密工具，开始尝试着开锁。

他的动作轻柔、从容不迫而又快速灵巧，几乎没有发出什么声音，然而在先后变换了三种工具之后，门锁并没有被打开。窃贼迟疑了一下，手里轻巧地拆解组合，又拼出了几种其他的工具。

然而还是没有用，不管他怎样地绞尽脑汁，门锁依然纹丝不动。窃贼发出了粗重的呼吸声，手下也并不再压低声音，“噼里啪啦”的响声在暗夜里听得很清楚。但他似乎忘记了身处险境，忘记了外面还有无数如狼似虎的守卫，一边嘴里用人们听不懂的语言咒骂着，一边徒劳地更换着工具，就连暗处的人们在安学武的带领下悄然逼近了都没有发觉。

安学武走到他身前，充满同情地弯下腰拍拍他的肩膀：“这把锁挺不好开的吧？”

身高只及安学武腰部的河络用奇怪的腔调回答：“我一辈子没遇到过这么难开的锁。”

“那就别开了，”安学武除下他手里的工具，拿出镣铐，将他铐了起来，“先跟我走吧。”

河络颇为顺从地跟着他走了，边走边发问：“能把那块锁送给我，让我好好研究一下吗？”

“你可真有钻研精神，”安学武摇摇头，“这个并不难办到，只要你看清楚之后别受刺激就好了。”

“受什么刺激？”河络不明白。

“那把锁是实心的，只在外面有一些掩饰用的小机关，让你的开锁工具能够探进去，”安学武笑吟吟地说，“你能够碰到很多机簧，但它们都没用。除非把锁整个砸掉，不然没有人能捅得开。”

二十三

云湛到达海边的时候，条件好一点儿的客船都已经停运了。好在这一夜风并不大，海面尚算平稳，云湛诱之以金铢，好歹说动了一艘渔船点上灯把他载过去。毕竟除去了礁石的航道并无天险，对岸近在咫尺，不然他也只好等到天亮再说了。

云湛在南淮城定居之前，到过不少地方，雷州也曾去过一次。但当时他是坐着舒服的大客船，去往雷州最大最繁华的港口城市毕钵罗，和现在的境况完全不同。为了赶时间，他不断换马，连续奔驰了三天两夜，才在夜色阑珊时来到宛州最西南端的港口城市衡玉。此时他已经四肢僵硬、浑身疼痛，似乎一碰就会化为无数的碎片散落在地上。但他仍然不能休息，还得拖着疲惫的躯体去找船。云望海峡并不宽阔，如果是一个气力悠长的羽人，甚至能直接飞过去，然而云湛不幸地只能感受到暗月，在这样明月当空的时候无计可施，只能乘船。

云望海峡在历史上让人们头疼无比。因为它是如此狭窄，似乎西陆与东陆只有一线之隔，偏偏海峡内暗礁密布、完全无法通航。古人云望洋兴叹，海峡两边的人们却可以望岸而兴叹——但就是过不去。商人们只能从和镇或者淮安绕道，在海上兜好大一个圈子，才能进入雷州。

几百年前，当九州终于迎来一个相对平稳的和平时期后，东陆商人开始频繁前往西陆寻找商机，垂涎着那些尚未被开发的广大土地，希望能在其中找到丰富的矿藏和动植物资源。而交通又一次成为巨大的障碍。此时火药已经被发明并且逐步推广利用，人们本着成固欣然、败亦无害的心态，用火药一点点爆破礁石，最终开辟出了几条虽不太宽却也安全的跨海航道。但炸完后才发现，此地水深不够，载货量过大的商船还是过不去。所以这些航道并不能为宛州的大商家们所用，倒是许多散客行商在此登船渡海，寻求着微薄的利润。

云湛靠在船舷上，鼻端闻着臭烘烘的鱼腥味，不知怎么的，越是困累，越是睡不着，全身的肌肉都在酸疼或许是原因之一。他侧过头，看着船舷外黑乎乎的水天一线，以及星光在远处的海面上洒下的跳跃的亮点。夜色之中，对岸的山与树的轮廓隐约可见，远处的灯塔则多少有些光线黯淡。云湛问船主，船主一边掌舵一边回答："那边几乎没什么礁石——都被炸掉啦！登岸很方便，而且夜间也很少有在海峡两边来往的船只。不过也只能横渡海峡，不能顺水北上，再往北几里，暗礁就越来越多了，容易出事。"

"这么窄的海峡，真不知道当年是怎么形成的。"云湛摇头感叹。

"这是有传说的，"船主说，"听说在很久很久以前，咱们九州还没有分成三块陆地，还都完整地连在一起。有一位皇帝要炫耀自己的武功，硬生生地在宁州和澜州、雷州和宛州之间开凿直通大海的运河，结果造成了海水倒灌，引发巨大的灾难，导致九州分成了三块。云望海峡就是那次灾难的见证。"

"倒是很有意思的传说，"云湛笑了起来，"可见在一切的民间说法里，皇帝从来不干好事。"

"也未见得啊。皇帝有时候也干好事的，"船主说，"比如三十年前皇帝打魔教，就打得好啊。不打的话，没准儿我老子就死在那时候了，我也生不下来啦。"

渔民常年在海上奔波，风吹日晒，看起来显老，这位船主皮肤被晒成古铜色，看来有三十多岁，但实际上也许就比自己大几岁，还不到三十。云湛来了兴趣：“讲讲呗，那时候发生了什么？”

“嗐，还能有什么，家家户户都差不多，魔教害人呗！非要人拜什么魔王，不拜的又是打又是罚钱，要是伤了他们的人更是得赔命，比官府还厉害。而官府已经被他们买通了，睁一只眼闭一只眼根本就不管。我老子那时候年轻，一冲动就纠集了一帮人想要和他们拼，哪拼得过？反而自己被抓起来，魔教说要选个吉日公开行刑，杀鸡给猴看。幸好就在行刑前两天，皇帝的军队开始到处杀魔教。他们慌了神，丢下犯人就跑了。我老子他们在地牢里差点儿闷死，最后拼死撞破了牢门，才捡了条命。之后他才娶了我娘，生了我，哈哈……”

“那后来，那些魔教徒都被杀光了？”云湛问。

“大概是吧，不过听说，最后死的活的加在一起，数目并不多，很可能逃了不少，”船主不以为意地说，“鬼知道逃到哪儿去了。反正后来皇帝和诸侯们还在追捕他们，应该跑不掉吧。”

应该跑不掉？云湛眉头一皱，想到了什么。从船主的叙述中可以判断出，在皇帝发兵之前，净魔宗就已经判断出了形势，并且开始有意识地提前撤退。可在这个三面环海的半岛上，还能往哪里逃跑？往内陆去的话，宛南平原的地势决定了没有什么藏身之处，也无险可守，迟早会撞上皇帝的大军死得很难看，所以只剩下唯一一条逃生之路了。

那就是渡过浅浅窄窄的云望海峡，逃往地广人稀的雷州。雷州气候多变、地形复杂，要供净魔宗的残部躲藏并不难。事实上，当年衍国国主石之衡也曾派出一支军队渡海搜寻，连个鬼影子都没捞到。他本来想让这支部队常驻雷州防御，但一来雷州的气候让宛州人难以适应，二来净魔宗在总坛被攻破后再无任何声息。所以不久之后，随着石之衡的病故，继任的国主石之远召回了驻军，再也无人关心雷州是否有净魔宗藏匿的事实了。

一定有！云湛握紧了拳头。他们不但存在，而且一定就在神秘莫测的云望废城里藏身。云湛甚至怀疑，所谓云望废城对闯入者的死亡诅咒，也许就是净魔宗搞的鬼。他们把这一区域涂上恐怖诡奇的神秘色彩，以吓唬外来的人，以保护自己不被发现。三十年来，他们就这样藏身于雷州的阴暗角落里，悄悄积蓄着力量，等待着重新在世上现身的那一刻。一旦这一天到来，对于整个九州而言，恐怕又是一场大灾难。

他这下是真的睡意全无了，但当船在雷州靠岸、付过船资走上海岸后，还是发现不休息一下根本不可能。连续几天不惜命地纵马狂奔，身体已经在提抗议。他跟随云灭修习多年，只需要有一个安静的地方吐纳运功两三个对时，就能比睡上半天觉还管用，不过他一向贪恋躺在床上睡觉的乐趣，轻易不会丢掉睡觉的机会而已。但眼下时间紧迫，还是牺牲一点儿睡眠时间的好。

静坐吐纳需要绝对安静的环境，所以还是得找间客栈。云湛拖着快要断掉的双腿，在码头附近找到一家鱼腥味几乎与渔船上无异的小客栈，而这是方圆几里内唯一通宵营业的客栈。他也顾不得那么多，向半睡不醒的伙计要了个房间，在床上盘膝坐下，开始按照云灭传授的方法调整呼吸、驱逐杂念。

在头脑慢慢进入空明之前，他的眼前依次闪过六张面孔，那是半年前来到此处的石雨萱一行人。他并没有见过这些人的真容，所以那些面孔并不真切，看来模模糊糊的，就像水中的倒影。在极度疲倦的边缘，他的头脑反而激发出了一些异样的灵感，这种灵感最终指向了六张面孔中的一张：伍肆玖。伍肆玖的脸跳跃着，叫喊着，旋转着，好像是有什么很重要的东西要提醒云湛。

这个滑稽伶人会有什么不妥当之处呢？来不及多想，练功的惯性已经让他停止了多余的思虑。他的身心开始进入了近乎一片空白的休眠状态，精神完全松弛下来。

睁开眼睛时，刚刚天亮不久，窗外海风劲吹，码头上已经渐渐热闹起来，渔民们开始出海，客船与商船也开始起航。云湛伸个懒腰，觉得神清气爽，走到客栈的大堂里吃了点儿东西，招呼伙计过来问话。

“能帮我找一个向导，替我带路去云望废城吗？”云湛往桌上放下一枚亮晶晶的银毫。

伙计并没有伸手去拿银毫，而是面有疑惑之色：“您是什么意思？是要到云望废城外面的山上观光一下，还是想要到废城里面去看看？”

“当然是到里面看看，”云湛说，“在外面有什么好看的？”

伙计咽了口唾沫，遗憾地看着那枚银毫：“这银毫……您还是自己留着吧。这里向导多了去了，你想要去看看螃蟹岛，看看枯木林，看看绮罗山，看看古战场遗迹都没什么问题，我自己就能带您去。废城……那可是要命的地方，没人敢去的。”

“一个人都找不到？”云湛斜眼望他，“不可能吧。我相信会有不少人愿意出高价找向导带他们进废城去看看的。”

“过去是有不少的，重赏之下必有勇夫嘛，”伙计叹了口气，“可是三十年前……忽然之间连续发生了好几起命案，三户家里有人做向导的人家，一夜之间全部都死了。老人们说，那是亡灵忍无可忍的警告。从此之后，在没有当地人敢干这个活儿了。”

“也就是说，外地人还是有人敢去带路的，”云湛把从桑白露的纸片上得到的人名报了出来，“卫柯荅，看名字像是个女人吧？”

伙计听他报出了“卫柯荅”三个字，眼睛一下子瞪圆了。他难以置信地看着云湛：“您要找她？开玩笑吧？”

云湛莫名其妙：“找她有什么奇怪的吗？”

“不奇怪，不奇怪……”伙计这次不客气地把桌上的银毫抓在手心，“我这就告诉您她在哪儿，离这儿不远，就不必我带您去了。”

他说完，一溜烟跑掉了。云湛满腹狐疑，却也没法再把他抓过来问，只好起身自己走出去。卫柯荅的地址确实离这间客栈不算太远，因为就在码头里边，用伙计的话说“您到码头里一问，没有不知道她的”。

云湛走进码头，向他碰到的第一个人询问卫柯荅的下落；对方果然毫不迟疑地就告诉了他，只是看他的眼神又很奇怪。云湛沿着他指点的路径来到海边，找到了一艘正在装货的船。他一眼就认出了卫柯荅是谁。虽然并没有其他人告诉他，但他确定，那就是卫柯荅。因为只有这个人才有资格让伙计听到名字就发颤，才有资格让整个码头里的人“没有不知道她的”，才有资格让被问路的人都显得有些慌张。

卫柯荅正在往船上装货。其他人用尽全力才能两人拖动一个木箱，她却能毫不费力地一手提起两个，健步如飞地把木箱运到船舷旁，堆放到甲板上，挽起袖子的胳膊上肌肉饱满鼓胀，就像一块坚固的岩石。她并没有去踩搭在船边的木板，一来是用不着，她只要站直了伸出手就能够到甲板；二来是没法踩，这样的木板，让她去踩，必然会一脚下去就断成两截。

因为她根本不是一个“人”。这是一个有常人三倍身高的身躯巨大的女夸父。在她的身边，那些在码头上忙忙碌碌的人类劳工显得那么的瘦小而脆弱。后来这位有着一个好听的东陆名字的女夸父告诉云湛，她的名字是请一位人类的私塾先生起的，根据真名音译而来。她的夸父语名字叫作维克图汉。

请一个夸父吃饭是桩很让人挠心的灾难，尤其当你遇上的夸父每天都在干着重体力活儿、胃口上佳的时候。但云湛是这样的人，没钱的时候会玩命想办法赚钱，赚到了钱之后却绝不吝惜花销。他的人生哲学是，人的一生战战兢兢、如履薄冰，能够随意掌握、随意放弃的东西少之又少，如果连钱都舍不得花，活着作甚？再说了，反正身上的钱是从席峻锋那里讹来的公款，不花更是有违天理。

所以，在饭铺外面席地而坐的维克图汉吃得很满意。云湛看她兴起，又要了五斤牛肉做点心，这让她更加心情愉快。夸父生性爽直淳朴，喜欢结交豪迈大方的人。一顿饭之后，两人的交情已经很不错了，而这个女夸父给云湛的印象也还好。夸父一向给外族以肌肉纠结的巨大怪物的可怕联想，但实际上，女夸父的脸比起粗豪的男夸父线条要更加柔和一些，维克图汉假如身量小上三分之二，再去掉过分强健的肌肉，也可以算一个中上之姿的宛州女人了。

云湛也借此问清了维克图汉的底细。她原本是在毕钵罗到处找饭吃的夸父力夫，因为被克扣工钱，不小心轻轻一推就把工头推到了墙上，头破血流而亡，于是只好逃命。她躲到这个东南半岛的小镇上，为了活命什么都干，曾经跟随着一支寻宝的探险队进入过云望废城，并且活着出来了——而队里的其他人都遇上了意外的灾难死掉了。

“一块岩石滚下来，除了我，别人都砸死了，”维克图汉说得轻描淡写，“镇上的人都说那是亡魂们在作祟。我不信。以后遇到这种活儿我还去，他们给钱多。”

“你们夸父不信鬼神？”云湛问。

“我们信盘古天神，信部落的神兽，也相信神秘事物的存在，”维克图汉说，“但我们敬天神、敬神兽，却不会害怕其他各族所谓的鬼魅。因为即便有什么亡灵阴魂，我们的精神力也足以克服它们，天神与我们同在。”

“你们真强，”云湛由衷地说，“难怪这么大个镇子只有你敢带路。”

“听说在过去的时候，本来还有另外几个胆子稍微大点儿的人的，身上戴着护身符——其实就是在骗自己——也做这个行当，毕竟愿意去云望废城的人，都很舍得掏钱，做向导养家糊口很容易，”维克图汉的说法和刚才那个伙计一模一样，“后来有一天，一个向导连同他的全家人都莫名其妙地在家里死掉了，也找不到死因，尸体的手里就紧捏着那种护身符。没过两天，同样的事情连续发生，这里的人都吓坏了，说这又是废城里的恶灵什么的追出来杀害敢于对他们不敬的人，这才没别人敢带路了。”

“恰好在三十年前，一下子冒出那么多吓唬人的凶案，”云湛若有所思，“这时间还真是巧啊，看来那些鬼魂的确很不希望外人闯入云望废城。”

这座无名的海岸渔镇距离废城并不太远，大约半天的路程。为了节省体力应对可能的突发事件，云湛雇了辆驴车坐在上面，维克图汉却跟在车后大步流星，吓得拉车的驴子腿脚都变快了。云湛装作无意地问起维克图汉，过去曾经带过些什么有意思的人去废城，维克图汉一点儿一点儿回忆着，但说起的几帮人都不合云湛的胃口。她不由得有点儿生疑：“你是不是想打听什么人？”

云湛正想打个哈哈蒙混过去，转念想想夸父的性格，千万莫要弄巧成拙，于是改变了主意：“你说得对，我们是朋友，我应该对你说实话。我这一趟来雷州，主要就是为了寻找几个人过往的踪迹。”

他把石雨萱等六人的形貌大致描述了一下，当然这些人他一个都没见过，全是转述亲王府侍卫总管洪英的形容。维克图汉对云湛的坦诚相当满意，差点儿就伸出巨掌拍拍他的肩膀，幸好最后悬崖勒马，不然云湛只怕要当场废掉。

“有这么一拨人，七个来月之前来的吧，”维克图汉说，“我带着他们去了废城，最后他们一个没死都回来了，也算不容易。”

“就这些？没点儿其他细节？”

“没有。那六个人中间有一半会武功，而且相当不错，基本用不着我去照顾。”维克图汉的神情有点儿不悦，令云湛敏锐地捕捉到了什么：“他们是不是得罪你了？”

“还好，不算得罪我，”维克图汉的语气里有些不屑，“就是除了那个傻头傻脑的河络，其余四个人一路上围着那个小姑娘转，看起来很……看起来很……”

她努力在记忆里搜罗着东陆语的词汇，最后蹦出来一个字：“贱。”

云湛哑然，想想也觉得不奇怪。石雨萱贵为郡主，其他人当然得以她为尊，这种尊卑观念大概很难让崇拜力量的夸父理解。而他也可以想象，“那六个人”肯定是紧紧抱成团，比较疏远带路的夸父，也难怪维克图汉想起这些人就不高兴。因此她在整个行程中并没有和这些人过多接触，几乎只是闷头带路，对这六个人的具体情况也说不出太多。这让云湛略有些失望。

“那就麻烦你带我到他们去过的地点吧。”云湛说。看来只能靠自己的眼睛去寻找答案了，他想。

二十四

如果你遇上一个死心眼儿的人，你可以选择揍他；如果你遇上一个死心眼儿又不能揍的对象，那可就很让人心情郁闷了。

锁匠梅洛就是这么一个让人哭笑不得的角色。自从被抓起来之后，他就拒绝回答任何问题，每天翻过来覆过去就是那么几句话：“你们骗我，我不和你们说。”“你们做假锁骗人，我不和你们说。”他就好像一个被人骗婚的年轻小伙子，纯洁的心灵受到严重打击，以至于丧失了对人生的信心。

梅洛是本案到目前为止最重要的一个证人，偏偏半个字不肯招供。席峻锋怒火中烧，差点儿就想要用刑，幸好被陈智拦了下来：“头儿，河络本来就是全九州最执拗的种族，你把他打成肉酱也问不出什么。我们还是得玩软的，不能动硬的。”

“屁话！”一向和善的席峻锋难得骂脏话，“还要怎么软？要老子或者安胖子跪地求他原谅吗？”

“求他原谅倒是不必，而且也一定没效果，”陈智回答，“还是得投其所好啊！”

“投其所好？怎么讲？”

“他不是喜欢玩锁、玩机关吗？现在你是派了几条大汉轮流盯着他，让他的才能无处施展，他当然不高兴。弄点儿好锁给他过过瘾，他一定会忘了之前的事情的，到时候你要套他的话就好办了。”

席峻锋寻思了一会儿：“倒也有道理，可我到哪儿弄那么多玩具给他呢？”

“那就得看您的人际关系了，”陈智一摊手，“在家靠父母，出外靠朋友，您总不能比跑江湖的混得还惨吧？”

于是席峻锋开始到处搜罗各种精巧的锁具。他到官库里找寻收缴的赃物，到大臣那里求助，到黑市里去搜罗，到有钱人家打听为他们制作锁具的能工巧匠，为此被很多人家质疑他是否看上了自家的财宝。他找来的第一批锁真的被锁匠梅洛当成玩具一样，几乎是闭着眼睛捅开的，此后找来的那些也并没太大长进。不过这一番心血倒也不算白费，梅洛果然是个无比憨直的河络，被席峻锋的小小伎俩一攻就开始动摇，觉得席峻锋也还是个不错的人，全然忘了自己之前是怎么被那个实心的铁疙瘩玩弄的。他终于愿意回答席峻锋的问题。

席峻锋慢慢问出了一些真相，虽然这些真相的重要程度没能达到他的预期。梅洛是为了报答石隆当年的救命之恩，才勉强答应跟随着郡主去往雷州的，不过石隆后来的一番话倒是点燃了他的热情。

“那是古代留下来的废城啊，传说里面藏有很多宝藏，有宝藏，自然就会有机关，”石隆如是说，“你不是对古人的机关最着迷吗？”

这番话让梅洛从最不积极的人摇身一变为最积极的，然而沿路行去，只是慢吞吞地游山玩水，光是宛州的路程就走了好久，到了雷州又开始沿着海岸观赏各处景点，这个山那个坡的，连机关的鬼影子都见不到。好比你要一个顽皮的小孩儿跟着你走，诱之以糖，但走出一条街不给他糖，走出两条街也不给，三条街四条街……再傻的小孩儿也该揭竿而起了。梅洛为了对得起王爷，不能像小孩儿那样闹事，只能闷闷地跟着走，渐入无欲无求的至高境界。

这样磨磨蹭蹭地总算也到了废城，整个队伍的领头人桑白露开始变得古怪，她只是要求担当向导的夸父不断在废城外围绕圈，或者去一些没什么危险的诸如城墙、烽火台一类的地方，和出发前王爷所宣称的“要让郡主好好历练一下，见识一点儿真正的危险”似乎南辕北辙。梅洛倒是无所谓，郡主却十分不情愿，好像背着众人向桑白露提出过几次严重抗议。桑白露迫于无奈，只好同意了郡主的请求，队伍第一次真正地进入了十个进去八个死掉的云望废城。

“这么说起来，那帮人其实并不想进云望废城？”云湛感到很意外。

“可不是，想去云望废城的人，多半都只是嚷嚷得厉害，”维克图汉回答，“他们雇了我之后，就是到处乱转，看什么螃蟹岛、枯木林、绮罗山、古战场遗迹之类的无聊玩意儿，真到了云望废城也就是在城外打转。那个小姑娘很不满意，冲着带队的人类娘儿们发了脾气。那个娘儿们最后没办法，只好让我领着他们进去了。我看了看他们的脸色，小姑娘很兴奋，河络矬子一脸麻木，剩下四个人紧张得要命，好像是遇到了天大的麻烦。”

“你可真厉害，不是说一般夸父都不怎么会察言观色的吗？”

“那是殇州雪山里的夸父。要在人类的地盘活命，不学会通过人类的表情揣度他们的心思，就算是夸父，也会死得很难看。”

说这番话的时候，两人已经来到了废城外。虽然早就在头脑里无数次勾勒过废城的形貌，亲眼见到时，云湛仍然感觉到一种冲击内心的巨大震撼。这座废城全部由巨大的石砖一块块地垒砌而成，这种石砖比一般的沙土结构坚韧得多，虽然经历了数千年的风沙侵蚀，仍然只留下表面上斑斑痕迹，而整体大部分很完好。

站在高处俯瞰下去，废城就像是一条蜿蜒盘旋的巨龙，围出了一片极为广大的区域，城内的建筑房屋都隐约可见，不少还保留着过去的样子。可以想象，在这座依山而建的城市的辉煌时期，生活在雷州的人们每天行走在川流不息的宽阔街道上，听着传遍全城的悠扬的晨钟暮鼓，享受着比其他各州更为先进的文明。但从某一个不为人知的时期开始，也许是异族的入侵，也许是自然的灾变，历史中断了，文明消失了，只留下仍旧完整的城郭，记录着此地曾有过的宏伟气象。

两人快步走到废城的一处入口，那里是曾经的城门，但现在门已经被毁坏了，只剩下空空的门洞。维克图汉指着眼前和她的身高差不多的门洞：“废城一共有十四个出入口，当时我们就从这个口进去的。”

云湛吐吐舌头，心想：幸好找到了维克图汉，不然靠自己像没头苍蝇一样乱撞，真是撞死了也没用。

来到废城之下，又是另一种感受—— 和刚才那种直入内心的雄壮苍凉截然不同的感受。仿佛是太阳一下子被遮蔽住了，一股阴冷的风扑面而来。废城内的建筑都笼罩在大片大片的山的阴影之下，散发出鬼魅般的森然之气。

“有些房屋倒了，有些树变成了枯木，有些道路被毁了，所以现在这座城就像是个大迷宫，”维克图汉说，“我来过很多次，却也只认识很有限的几条路。路径太过复杂，很多地方都有意想不到的危险，一般人不敢乱闯。”

“那你带着他们所走的，也应当是你熟知的道路吧？”云湛问，“那就不应该遇到什么事才对。”

“如果跟着我走，当然什么都碰不到，”维克图汉说，“可是他们非要自己胡乱闯，不听我的指挥，那就怪不到我了。”

“我不知道，他们爱去哪儿去哪儿，我就在后面跟着，”锁匠梅洛说，“谁叫他们骗我啊！”

“那后来呢？”席峻锋已经渐渐学会了很有耐心地对待梅洛任何不靠谱的答案，“你跟着他们，去了哪里？”

梅洛搔着头皮：“我可记不清楚路，就是在废城里到处东拐西拐。反正夸父认得路，说是跟在他后面就不会迷路。那城里面阴森森的，经常有一些吓人的声响，又不知道是从哪儿传出来的。他们几个很紧张，不停地劝郡主赶紧回去。郡主也并不愿意听，还要发脾气。翼藏海没办法，干脆不听夸父的话，自己领路。夸父也只好和我一样，就是跟着。”

“后来郡主走累了，还不愿意回去，好像玩得很高兴，于是翼藏海挑了个废弃的破祠堂，大家停下来就地休息。我已经很累了，又不喜欢这个地方，就往地上一靠，结果无意中看到前面地上的影子有点儿奇怪，站起来一看，原来在我背后的台阶上，矗立着一座石雕像。和这座城里的其他东西一样，那座石雕像也已经残破不堪，只能勉强辨认出是一个威武的武士像，具体身份什么的完全不可考。这尊武士像缺了一条胳膊、少了一只眼睛、掉了半只耳朵，实在很狼狈，但我注意到一点：这尊像身上的灰尘不对。”

“灰尘不对？”席峻锋问，“是说某些地方过于干净了吗？”

“不是这种小儿科的伎俩，”梅洛摇头，“那上面的灰尘扑得厚厚的，但是某些部位轻轻吹口气就能落下一大把，某些部位却吹不动太多，说明后者是陈年积灰，前者是故意撒上去掩人耳目的。但这种招数骗不过我，我知道，这个雕像就是某样机关，也许可以通过它开启一些什么。”

“我仔细观察了一阵子，找到了机关的开启方式，一只手按住那个没有眼珠的眼眶，另一只手握住残耳用力一掰。一阵吱嘎吱嘎的机关声后，那尊雕像突然从中间开裂，分成了左右两半倒伏在地上，露出下面的一个大洞，有一级一级的石阶通往幽深黑暗的地下。”

“然后你们顺着石阶就进去了，对不对？那里面有什么、发生了什么？”席峻锋很急切地问。

梅洛的回答气得他七窍生烟：“他们进去了，我根本没进去，所以里面发生了什么我压根儿不知道。”

“你怎么会没进去呢？”席峻锋面色铁青，“那里面也许还藏着更复杂的机关暗道，你就不动心？”

“我动心，当然动心，”梅洛委屈地回答，“就是因为太动心，我抢着跑下去，结果把脚崴了，那能怪我吗？”

席峻锋长叹一声：“那后来呢？”

“后来……我就知道他们大约在半个对时之后气喘吁吁地从里面跑出来，招呼夸父背上我就跑，一直到跑出废城为止。他们一个个都吓得不轻，但什么也没告诉我。我们就那样闷着头取消了剩下所有的行程，逃命一样地回到了南淮城。”

这的确是一尊很普通的雕像，而且破损得面目全非。云湛绕着它转了一圈：“你是说，当时那个河络一手按住没有眼珠的眼眶，另一只手掰那半截耳朵，机关就开了？”

“是的，你也可以试试。”维克图汉回答。

云湛真的试了，而雕像也真的裂开了。他蹲下身，看着那不知伸向何方的长长阶梯，问维克图汉：“你为什么不跟着进去。”

“第一，我已经说过了，我只走我熟悉的路线，找到这个地方、进这个洞是他们不听我劝阻的结果；第二，你没发现我就是想进也进不去吗？”维克图汉用手比画了一下门洞的大小。

“他们出来之后，真的什么都没说？”云湛有些疑惑。

“不但没说，还一副非要保密的样子。”维克图汉不屑地回答。

“看来非得靠我自己进去了，”他叹口气，“日落的时候我还不出来，那就是死在里面了，你自己回去吧。”

维克图汉点点头，没有说什么。云湛猫下腰，一步一步踩着石阶走了下去。一股呛人的尘灰泛起，让他有些疑惑：难道这条路很久都没人走过了？不然为什么会有那么多尘土？

慢慢朝下走着，阶梯不久到了尽头，转入一条朝地下倾斜的甬道。云湛举着火折，时刻警惕着可能出现的袭击，但奇怪的是，那长长的甬道中只有他一个人的脚步声在回荡，除此之外，没有任何异声。云湛掌心的汗水干了又湿，湿了又干，但整个世界仿佛都只剩下他一个人，在这个长长的甬道里漫无目的地穿行。

他注意到，甬道相当宽敞，同时可供多人并行，可见当初修建这个甬道时，大概就考虑到是用来供很多人行走的。这处建筑的规模比较宏大，如果这是净魔宗所造，三十年时间未必够用，很有可能是很早以前、还在净魔宗的辉煌时代就已经修好，随时准备用来避难。只不过三十年前的那场剿杀太过出其不意，诸侯们的彼此配合照应也近乎完美无缺，打了个猝不及防，净魔宗能转移到此处的有生力量，可能不会太多。

会有多少人呢？五十个？一百个？或者更多、更少？可是不管当时逃来多少人，现在云湛已经走到了甬道尽头，却连个鬼影子都没有看到。甬道两侧石壁上的灯盏没有一个是点燃的，伸手一摸，也全都是灰，显然至少有好几个月没有人使用过了。净魔宗教如其名，对所谓“洁净”有着相当程度的苛求，恐怕不会容忍这条甬道脏成这样的。

他越往前走，心里的疑虑越来越深。这地方真的是净魔宗的避难之所？如果是的话，为什么完全看不出有人存在的痕迹，至少几个月内并没有人在此活动？如果不是，什么东西能把张剑星、翼藏海那样经验丰富的江湖高手吓得胆战心惊、落荒而逃？

再走了一阵子，他发现甬道开始向上升，而且越走越高。他一下子明白过来：这个避难所并没有建在地下，而是在地面上，藏在云望废城内部某个外人无法进入的深处。这个甬道只是一个连接两地的地下通道，而非避难所本身的一部分。最终的目的地仍然在地面之上。

走到尽头后，前方是一扇厚重的石门。云湛推了一下试试，发现别说自己，即便换上几条身强力壮的蛮族大汉，也没可能撼动。他点燃身边的一盏灯，借着灯光左右检视，在角落里发现一个凸出的石块，棱角像是打磨过的，而不似天然形状。他心里一喜，用力把这个凸块按下去，果然石门发出刺耳的摩擦声，缓缓开启了。

随着石门的打开，一片亮光透了进来。云湛知道，自己已经开启了一扇隐藏三十年的邪恶之门。他把弓握在手里，深吸一口气，跨入了门里。

映入眼帘的是一座由上百间砖石结构的房屋组成的城中之城。与外面废城里那些摇摇欲坠的古代破屋相比，眼前的这些房屋明显年代不长，都还保留着完整的姿态，建筑特点也基本都是东陆特色。云湛抬起头看看周围，才发现刚才那条长长的甬道从废城内起始，却整个穿出了废城，现在自己的落脚地点已经在废城之外，在一座不知其名的高山的山谷中。这个山谷四周都是难以攀缘的绝壁，常人无法逾越，唯一的进出口又藏在象征着死亡的云望废城里，倒是别致的躲藏方法。

云湛又开始有了新的怀疑，也许过去关于废城的传说，多数都是以讹传讹没有佐证，和九州各地流传的“鬼宅”“杀人森林”“死亡海域”一样，未必有根有据，但说多了人们也就信了。而到了最近的百年间，废城确实开始充满危险，却并非什么鬼魂亡灵作祟，而是着手开始修建这座避难之处的净魔宗搞的鬼。他们隐藏在废城中，偷袭闯入者，制造各种恐怖的流言，让人们不敢接近，以此守护住自己的秘密。

而到了三十年前，当净魔宗全面败退，不得不正式启用此处后，也许他们为了彻底禁绝人迹，于是不断装神弄鬼，制造了维克图汉和那个伙计说所说的连续的“恶鬼索命案”。突然爆发的惨案足够把所有抱着侥幸的人们都吓到屁滚尿流、再也不敢涉险，也就更加确保了废城的安全。

可云湛心中仍然是在甬道中产生的那种困惑：那些偷袭的“鬼魂”在哪儿？为什么这座隐秘的城市中仍然空无一人？到底是什么东西吓得石雨萱等一行人仓皇而逃？

云湛围绕着这座空城转了一圈，发现所有的房屋都有人在其中活动过的印记，但是和甬道中的灯盏一样，已经有相当长时间没人用了。那些床被、锅碗瓢盆之类的用品，明显是放在很趁手的位置，却落满了厚厚的灰尘。

许多古怪的联想从记忆深处泛起，那些流传于九州各地的恐怖传说一条一条从脑海里闪过，让他浑身一阵发毛。在确认完其余各处都不会有人后，他的视线最后定格在了城市中央最高最宏大的一座建筑物上。它形似一个圆顶的帐篷，却全部由一块块整齐的方形石砖砌成，比普通帐篷高出数倍，云湛估计里面至少能容纳四五百号人，在四周群山的映衬下，自有一种雄浑而怪异的气势。

和甬道尽头处的机关石门不同，这座建筑只有一扇漆成黑色的木门，也并没有上锁，好像伸手就能推得开。不过更引人注目的是木门上方的外墙，那上面描绘着一个巨大的图案：一个头上长两角、背后有双翼的人形怪物。该怪物身材高大强壮，面目狰狞可怖、满口獠牙，手里提着一把有点儿像斧头的兵器。对净魔宗稍微有点儿了解的人就能看出，这正是信徒们心目中的魔主的形象。只不过那些存留下来的叙述或者图像都经过了刻意的简化，远不如这个足有四五人高的巨像来得栩栩如生，虽然已经有不少地方褪色，仍然威势惊人。

不会有错了，这座隐藏在深谷中的城市确凿无疑是净魔宗在雷州的避难之所，当净魔宗在东陆遭到全面禁绝之后，这个地方应该就是他们新的总坛，虽然规模与当年雁返湖畔的旧地不可同日而语。而矗立在城市中央的这个性若帐篷的建筑物，就是他们的祭坛。

最让云湛感兴趣的是这副魔主像的头顶，在那一对长而弯曲的犄角上方，刻有六颗正在闪烁的星辰。这六颗星辰排列成一个不规则的六边形，下部向内凹，上部则高高凸起，有点儿像一只振翅的鸟儿，似乎意味着某种小型的星阙。云湛不明白这是什么，但总觉得这个图形很眼熟，应该在哪里见过。他想起安学武曾指给他看过暗杀之星，告诉他那颗星就是天罗宗主的象征，那么眼前这个小星阙，大概也是魔主的某种象征吧。

回去让席峻锋查一下就知道了，他想着，随手推开了身前的木门。净魔宗的祭坛一向使用价格极高昂的河络打磨的萤石照明，不必添换灯油，可以保持长久的光明，所以门开之后，云湛一眼就能看清祭坛中的全貌。

接下来的一刻他浑身都绷紧了，本能地向后连续做了三个纵跃的动作，然后转身狂奔向通往甬道的石门。虽然手里握着弓，此刻他却没有一丁点儿准备开弓射箭的架势，只是以最快的速度冲向那道石门，甚至不敢回头。

——因为敌人太多了。推开门的一刹那，在萤石的照耀之下，他看见祭坛里黑压压跪满了一片人，至少得有上百号！

这些人身披宽大的白袍，从头到脚都包裹其中，背对着大门而跪，低头做虔诚状。云湛顾不上去思考灯盏与房间内部的破绽，只顾得上产生一个念头：难怪不得到处都见不到人呢，原来老子赶上日子了，他们都在祭坛里拜祭他们的魔主啊！

以一对百，胜算显然为零。云湛凭借着轻灵的身法一通全力鼠窜，等到钻进了甬道才发现一个问题：好像身后并没有追兵的脚步。这一阵疾奔，除了自己的脚步声、心跳声、拉风箱一样的呼吸声之外，并没有别的声音。可是木门推开时那尖利的“吱呀”声，就算聋子也该听到了。

—— 但为什么没人追过来呢？难道他们祭拜时个个都虔诚到浑然忘我的境地了？

他陡然产生了一个很滑稽的念头，可是仔细想想，又觉得并不滑稽，这个念头促使他停住了脚步。他转过身，轻手轻脚地再次走回去。

果然没有人追赶，四围仍然是一片死寂。他定了定神，大着胆子走回祭坛，一个大步跨了进去。

人群依然在跪地膜拜，没有任何人理睬他。云湛大声咳嗽了一下，还是没能得到任何反应，这让他产生了一种“我真没面子”的感觉。他大概明白了其中的关窍，于是走到了离他最近的人背后，抽出一根长箭，猛地一下挑掉了那件袍子。

“哗啦”一声，袍子里的东西突然崩塌，散落得一地都是。那是一具零散的人的骸骨，头颅正好滚到云湛的脚下，一双黑洞洞的眼眶朝上，仿佛正在用不存在的眼珠凝视着他。

难道所有的白袍里，都只是裹着这样的尸骨？云湛连忙又挑开了几件白袍，无一例外的，由于受到了外力的轻微震荡，原本完整的骨骼立刻散架，只留下不成形的残骸。

云湛屏住呼吸，收回长箭，伸出自己的两根手指，尽可能轻地、一点儿一点儿地掀开了又一件长袍。他用力非常小，尽量注意着直接把长袍拉起来，而不碰到其中的骨架。这一次，他成功了，骨架并没有塌下去。

眼前出现的是一具完整的骷髅，在萤石的亮光下反射出诡异青光的骷髅。它保持着完美的跪姿，头颅低垂，正在膜拜着祭坛正中的魔主的雕像。

不必再试了，其他跪着的“人”，一定也都是这样的形态，云湛想。我明白这是怎么回事了，这里的确是净魔宗在战争之前就苦心营建的避难之所，也是三十年前开始净魔宗残部的新的总坛。然而在这三十年中的某一天，发生了一些事情，导致正在跪地拜祭魔主的教徒们全部死亡，却还保持着跪拜的姿态。在以后的日子里，他们的肉身慢慢腐烂，却并不知觉，就这样无比虔诚地继续膜拜着伟大的魔主，直到有一天连自己的骨头都开始腐朽。

那一瞬间云湛竟然为这个无恶不作的魔教感受到了一丝悲哀。他们的荣光永远停留在了死亡的那一刻，停留在了整个教派覆亡的那一刻。他们苦心经营、艰辛跋涉才来到这里，却仍然未能逃过灭亡的命运。从眼前的情形来看，这些教徒也许是在毫无知觉间就突然失去生命的，甚至来不及感受到痛苦。他们的灵魂不知正在何处逡巡，追逐着自己那早已灰飞烟灭的信仰。

云湛静静地站在祭坛中央，站在魔的雕像前，站在最后的魔教子民中间。他想到了至今仍被视作大忌的天驱，想到了苦苦追求复兴的辰月，想到了分裂成三派各自为战的天罗，想到了与世无争的龙渊阁和长门修会，还想到了早已湮没在历史尘埃中的鹤雪。那些曾经叱咤风云令山河变色的名字，在逝者如斯的时光的洪流中，终究会真正只剩一个苍白无力的名字而已。人们那样苦苦地追寻信仰，苦苦地为了信仰献出鲜血和生命，究竟意义何在呢？

他就这样陷入纷乱的思绪，很久以后才回到现实中，明白自己终究需要先把眼前的事实思考清楚。在沉重的喟叹后，他立即反应过来一个让他心里猛然一颤的巨大疑点：假如净魔宗真的只剩下这些披着长袍的白骨，那么南淮城的惨案是谁做的？难道是有人假托净魔宗的名义干的，那样做意义何在？

不对，云湛狠狠摇摇头，如果自己能看出这些跪在地上的只是不能动的死人，那么以桑白露等人的丰富经验，也应该和自己一样，能够看出来，但他们还是一口气落荒而逃，仅仅是为了保护郡主无暇他顾吗？恐怕是他们还见到了一些真正的活人吧。

更何况……更何况……云湛猛地一跺脚，这些白袍不对劲儿！假如死者都是在祭祀时身披白袍而死，那么随着尸体的缓慢腐烂，蛆虫的生长以及尸油的排出，这些袍子早就应该污秽不堪，烂成了不成形的布条。然而，眼前的这些白袍，除了落满灰尘之外，既干净又完整。

说明有人在尸体腐烂完毕后，才给它们罩上了白袍，云湛终于想明白了。也就是说，净魔宗虽然遭到了毁灭性的打击，但还是有极少数人幸存下来，也许只有寥寥几个，所以才不会在城里留下生活过的痕迹。

但对于意外闯入的六个人来说，看到了跪地膜拜的上百魔徒，再见到几个活生生的人，就没有时间去怀疑了。他们会以为净魔宗真的还有那么多信徒，所以才会如此惶恐地一路逃回东陆，把这个可怕的消息带给石隆。

可是新的疑问随之产生了。之前自己和席峻锋商议时，认为这是净魔宗积蓄了足够的力量之后的重新现世。现在问题来了，人都死得差不多了，还有个狗屁力量去重新出现，那不是摆明了找死吗？这样做的意义何在？仅仅是为了明知必死而玩一把灭亡前的最后疯狂？也不像。

只有唯一的一种可能性，云湛忽然间冷汗直冒：有人想要借净魔宗的名头来虚张声势。记忆里的某些死角被点亮了，他想起了一个原本无关紧要的小问题：在追踪石秋瞳的那一天，他曾和两名“魔教信徒”交手，那两人最后战败自杀了。对其中一人使用的刚柔并济的铁抓手，他却始终觉得眼熟，好像在哪里见过。现在想到“虚张声势”这个词，却一下子提醒了他，他并没有见过，只是在以前和安学武聊天儿时，听安学武提起过。

有那么一个没落的江湖世家，由于遭到权贵陷害，家长被凌迟处死，家产全部抄没，偌大一个世家顷刻间成为罪人的宗族，只能从此在江湖中流浪，已有上百年历史。由于身世的原因，他们无法经商，不能求功名，除了武功和秘术之外，别无生存之法，于是只能凭借家族血缘的团结力量——这一点和早期的天罗相仿——组成了一个雇佣兵团。他们个个对家族忠贞不贰，令行禁止，在家族的安排下替他人卖命，用自己的血赚取酬金，是一个未必多么强大、但谁都不愿意去招惹的死缠烂打型的组织。安学武向他提到过，那个家族的几样招牌兵器中，就有这么一种铁抓手，乃是他们的家传绝艺。而那两个人最后毫不犹豫地自杀，似乎可以解释为邪教信徒的坚贞，但同样也能解释为对家族的死忠。

也就是说……南淮城内突然冒出来的大量净魔宗的活动，根本就是假的！是这个雇佣兵团假扮冒充的！有人故意要在南淮城造势，让人们产生“净魔宗又要开始重新出现”的假象，以便转移人们的视线。

但是是否就完全没有净魔宗的事情呢？也不见得。魔女复生的祭典做得如此专业，布道的活动也完全符合教义安排，伪造是达不到这种效果的。于是结论愈发可怕了：那个幕后的阴谋家，除了雇佣兵之外，还同时勾结了最后剩下的净魔宗残部。南淮城所发生的一切，都经由魔教徒指点完成。当然了，净魔宗的信徒是不会为了钱办事的，要他们帮忙，必然得付出相当的许诺。比如说……

云湛霍然转身，向着甬道的方向跑出去。这一回他没有停步，像被人猛抽屁股的骡子一样，恨不能“嗷嗷”乱叫着冲向前方。当他从地洞里钻出来时，那副气急败坏的嘴脸让正守在外面发呆的维克图汉都吓了一跳。

“你怎么了？”她一边轻松地跟在云湛身后一边发问，“你不会也招惹了同样的敌人吧？”

“比那个糟糕一万倍！”云湛上气不接下气地喊道，“我要回东陆，一秒钟都不能耽搁！”

维克图汉没有说话，伸出粗大的手掌，一把提起云湛，放在了自己的肩头，然后大步跑起来。

“一般情况下我不大喜欢让女人背我，挺伤自尊的……”云湛嘀咕着，觉得身边的景物都在飞快地倒退，迎面而来的风简直让他睁不开眼睛。

“这不是背，是驮。”维克图汉的东陆语看来水平颇高。

“那就更没面子了……”

二十五

某种程度上说，锁匠梅洛甚至于得到了捕快们的喜爱。这真的是一个实心眼儿到极点的河络，全无心机，却比较重义气。席峻锋在按察司里找到了一间由废弃的厨房改成的储物室，将它再改为临时号房，把梅洛锁在其中，安排了好几名捕快日夜看守，不许有半点儿疏忽，梅洛却并不生气。

“我知道，这是为了我的安全着想，”梅洛说，“虽然你们的捕头拿假锁骗过我，但他还算是个好人。”

所以他也按捺住性子安然待下去，没事的时候就用捕快们给他找来的各种锁具和零件自娱自乐。他把几把锁拆开，用零件组合成一把更复杂的锁；然后再拆掉，再组合，乐此不疲。按理说，让他这种水平的开锁大师接触到工具是很危险的，但上至席峻锋，下至众捕快，都绝对相信此人的言出如山。他答应了不会逃跑，就一定不会跑。

“但是门上的锁还是很有必要的，”席峻锋拍打着那扇结实的铁门，“不是为了防你，而是防内奸。敌人已经杀了四个人，一点儿痕迹都没有留下来，我们不得不加倍小心，任何人都不能轻易靠近你。”

“放心，我懂你的意思，”梅洛宽容地说，“反正那把锁我几秒钟就能捅开。”

“夫人，把我锁起来吧。”姬承垂手站在唐温柔身边，赔着笑脸。

“我锁你干什么？”唐温柔一脸的惊奇，“你又不是一条狗，再说咱家也没有那么大的锁。”

“那就管管我也成，”姬承的脸都笑僵了，“随便管管，没人管我不习惯。”

“那就慢慢习惯呗，”唐温柔对镜贴花黄，脸上焕发出的容光就像是年轻了十岁，让姬承越看越难受，“男人嘛，就是应该活得自由一点儿，老让人管着多没面子。”

姬承说不出话来，眼睁睁地看着老婆如二八佳人般风姿绰约地出门而去。最近半个月以来，他真的一次都没有去过凝翠楼一类的风月场所，甚至连酒馆都没有去过，但这样似乎也无法挽回老婆的心。前几天唐温柔所去过的那个什么什么兄弟会被捕快们端了老窝，于是偃旗息鼓了一段时间，但这两天似乎又开始行动了，直接的证据就是唐温柔又出门了。

生活就真的那么灰暗，以至于需要寻求邪教的精神麻醉吗？姬承难受得想要以头抢地。他这一生经受过无数的坎坷屈辱，祖先的英名好像已经在自己身上丢得干干净净，只剩下那个徒有其表的祠堂和渐渐生出锈迹的虎牙枪。可是无论怎样的失败，都无法与此时此刻的心境相比。他觉得自己的心被一点儿一点儿地被抽空了，整个人像稻草做成的一般绵软无力。

最糟糕的在于，此时此刻，他连一个可以帮助自己、倾听自己苦闷的人都找不到。云湛那厮去雷州了，嘴里说是查案，保不齐就是骗了公款胡吃海喝去了，鬼知道什么时候才能回来。姬承觉得，自己真是被这个世界给抛弃了。

太子石懿仍旧把自己锁在房里谁也不搭理，石秋瞳觉得自己简直已经好几年未曾见过他老人家的金面了。她手里把玩着从太子那里收缴来的奇怪物品，在心里勾勒出如下画面：伸手不见五指的黑夜里，太子在寝宫里点燃火盆，然后围着火盆跳起动作如鬼魅的舞蹈，嘴里念着邪恶的魔咒，火焰中于是升腾起种种妖魔鬼怪的脑袋，与太子共舞……

胡思乱想！她往自己的额头凿了一记，却怎么也无法将那些奇怪的念头从脑海里驱除出去。国主石之远最近政务稍微清闲一点儿，两次想召太子见面，都被石秋瞳挡住，谎称太子生病不便，国主遂决定亲自去探病。石秋瞳没有办法，只能挖空心思，自己翻遍医书，为太子选择了一种不算严重、不会留下后遗症，但传染性很强的疾病。于是石之远只是隔着宫门和太子说了几句关怀的话。说话时石秋瞳的心跳得像打鼓，生怕太子应对不当惹火了国主，好在太子的声音虽然有些无精打采，倒也没说什么错话。国主这才放心，赏赐了一堆补药。

累死我了，石秋瞳烦得要吐血。为了这个弟弟，她真是要把心都操碎了，国主和太子隔着门说话时，她甚至希望国主破门而入，看看如今的太子是什么样子，然后把这臭孩子抓起来打上四十大板，好好教训一顿。但最后，她还是心软了——无论如何这是自己的弟弟啊！

但愿云湛早点儿找出阴谋的实质，然后帮助自己找到办法去解救石懿吧！云湛虽然大多数时候都是世间最不值得信任的人，但在某些特定时刻，他又是最值得信任、同时也是唯一值得信任的人。石秋瞳想着，百味杂陈地叹了口气。

以上就是云湛离开南淮后发生的一些事情。亲王府则始终保持着可怕的沉默，不知道是听到了风声还是别的什么理由，石隆在这段时间里闭门不出，谁也不见。这样的毫无动静反而让人心里生起种种忧虑。

所以席峻锋更加玩命。他好像是憋足了一口气，一定要从净魔宗手里抢回梅洛的性命，因此连续几天亲自守在关押梅洛的号房外面。虽然他也有不少睡眠时间，但根本没怎么睡，稍微有一点点风吹草动就会从椅子上跳起来，然后非要把四下里都检查个遍，确认没有敌情才肯罢休。他的眼窝深陷，整个人瘦了一圈，精神却愈发健旺，这样的状态很像回光返照，不能不让手下人心生忧虑。

“您歇半天吧，行吗？半天就好！”陈智近乎哀求着说。

“滚蛋！”席峻锋回答。

但事实证明，他不休息真的不行了。这一个北风呼啸的下午，他又给梅洛找来了一把好锁，进门的时候不小心绊到了门槛上，以他的身手竟然直挺挺摔了下去，险些压在梅洛身上，把额头都磕出了血。佟童等人不由分说，硬把他拖进了捕房，把他按在刚刚搭起的一张简陋的硬板床上，逼他睡觉。他很无奈地挥挥手：“一会儿，就睡一小会儿啊。别忘了叫我起来。”

捕快们满口答应，席峻锋上下眼皮一搭，半分钟之后已经鼾声如雷。捕快们替他盖好棉被关好门，蹑手蹑脚地退出去，再加派人手看好梅洛，以便让头儿放心。事实上，席峻锋已经做了一切他可以做的事情来让自己放心。号房本来有窗户，已经被封死了，并且还专门安排了人看守，正门更是几个人轮班。此外，由于号房是由厨房改造而成的，留有出油烟的烟道，席峻锋不放心，把烟道也用厚木板钉死了，可以说是防得密不透风。

在远处传来的席峻锋响亮的鼾声中，两名窗外的捕快感慨连连。对于他们而言，上司固然值得尊敬与爱戴，但那种干起活儿来疯狂不要命的劲头也着实让人受不了。两人说话时尽可能压低音量，生怕不小心吵到了好容易睡下去的席峻锋。

这一觉睡下去，一时半会儿就醒不过来了，直到深夜时分，那呼噜声都没有断过，虽然两栋房子隔得不近，也是宛在耳旁，令人想起夏日的蛙鸣，而且似乎带有一种传染力，让两名捕快守得呵欠连天。他们刚刚点上烟卷抽了几口，忽然在呼噜声与风声里捕捉到一点儿异样的响动。

两人警惕地抬头四下张望，这一瞧让他们当即扔下烟卷，拔出了腰刀。在他们的视线中，对面的屋顶上赫然出现了一个白色人影。这个白影晃了晃，又顺着屋顶横移出去，浑似没有重量，那样的轻功真是令人胆寒。

他们连忙追了过去，那个白影很快已经离开了屋顶，但不可思议的是，他竟然没有落地，而是一直在半空中飞翔。除了长着翅膀的羽人，世上怎么可能有其他的人能飞得起来？两人使劲儿揉着眼睛，终于借助着月光看清楚了，那根本不是一个人，而只是一件长衫，由于被风吹起而鼓荡，在黑夜里乍一看很像是个人。

两人并没有顾得上去笑，而是立即反应过来：中了调虎离山之计！他们赶忙跑回到窗下，隔着细窄的窗缝往里看。还好，锁匠梅洛并没有什么异状，只是坐在地上饶有兴致地摆弄着一堆零件，席峻锋给他带来的锁早被拆散了。他们这才松了口气，重新站回到岗位上，继续忍受席峻锋的噪声折磨。

不过他们并没有忍受多久，惊人的变故就产生了。在他们身后封得死死的号房内，忽然传来一声充满了痛苦意味的呻吟；两人齐齐转过头，发现锁匠梅洛跪在了地上，手捧着心脏部位，整个身子弯成了弓状。

他是腹痛吗？两个人慌忙赶了回去。此时守卫在门外的佟童也已经发现了不对，他赶紧用钥匙打开了门；捕快们一拥而入。锁匠梅洛，魔女复生的第五个祭品，就在他们的眼皮子底下完成了自己献祭的使命。

他的喉咙里不断试图发出喊叫的声音，却好像有什么东西阻挡了他的发声。紧接着，他背上的衣衫突然隆起，像是有什么东西长出来了。捕快们想要上前，却又不敢碰他，正在手足无措的时候，“刺啦”一声，衣服被撑破了。

只见梅洛背上凸出了一个肉瘤一样的东西，还在不断地膨胀、生长，把他的皮肉绷紧到了极限。在捕快们的惊呼声中，梅洛的背部“噗”的一声裂开了，登时血光四溅，每个人身上都沾上了不少带着腥臭味的热血。但他们根本顾不上去擦拭那些血迹，因为更加惊人、更加恐怖的事情正在发生。

他们已经看清了从梅洛体内钻出来的是什么，是一根植物的枝蔓！它正在从容地、毫不停留地生长着，从卷曲到挺直，从细瘦到粗壮。它以一种近乎优雅的姿态从梅洛的背部破土而出，却沾满了淋漓的鲜血与碎肉。

与此同时，从梅洛的前胸处也传来一声刺穿的响动，那是植物的根。发达的根须慢慢延展开，落到地面上，慢慢变得结实坚韧，令梅洛的身体始终保持着动也不动的跪姿，看上去很像……正在虔诚地膜拜着什么。可惜云湛并不在现场，否则的话，他一定会发现，梅洛的跪姿与废城总坛里众多死者的跪姿一模一样。

正当捕快们不约而同地想到“膜拜”这个词时，枝蔓的顶部裂开了，一朵血红色的花骄傲地绽放开来。它的花朵分为六瓣，每一瓣都是纯粹的血色，红得那么耀眼而妖异，令每一个看到它的人都禁不住浑身战栗。它以锁匠梅洛的身体为土壤，吸取着梅洛的血肉而怒放，向那些妄图螳臂当车地阻止它开放的人们宣布着：我来了，我完成了，你们又失败了。

“快去把头儿叫醒！”刘厚荣从牙缝里挤出来这句话。

当佟童奔到席峻锋床前时，疲倦的捕头已经停止了鼾声，转而开始说梦话。佟童听得分明，他嘴里说的是：“我会复仇的，一定会！”“他们都会付出代价！”

佟童心里一阵悲哀。谁都知道席峻锋身上背负的血仇，谁都希望帮助他把净魔宗一网打尽，出这口气，但现在，他们只能羞愧地叫醒好容易得到一点儿休息机会的席峻锋，告诉他，敌人又一次占了上风。

几分钟后，席峻锋站在了号房里，呆呆地凝视着眼前的尸体和尸体上凄美的妖魔之花。这朵花的根牢牢植在锁匠梅洛的心脏部位，人们喜欢以心花怒放形容欢快的情绪，可是又有谁能想到，真正的心花，是这样的恐怖和血腥，是这样的阴郁和凝重，花瓣上散放出的黑暗气息简直令人难以呼吸。

“这是在跪拜魔主吗？”他喃喃自语着，“虔心、虔心，果然没有比这更贴切的方式了。”

专门摆布尸体的老韩被从温暖的被窝里请出来，急匆匆地冒着黎明前的寒气赶到按察司；从来不肯加班的霍坚也被刘厚荣好说歹说硬生生扯了出来，一嘴抱怨地来到按察司。在此之前，席峻锋已经亲自把号房上上下下查了个遍，查完之后脸色简直比死人还难看，让捕快们噤若寒蝉。敌人就像是隐身人，从重重保护中轻松突入，杀死了锁匠梅洛后再安然离去，实在显得他们无比废物。

在仵作到来之前，捕快们仔细检查了捕房，各处密封口依然密封，席峻锋甚至动手把封锁烟道的木板上的钉子撬了出来，以确认此处没有被人做过手脚。当然最大的嫌疑仍然是在那件飘过房顶的衣服上，如果有人做手脚，多半就是在那一时刻，可是仍然无法推断出破绽究竟是什么。两位捕快虽然追出了一截，但仍然很肯定，当时并没有外人靠近窗户。而窗上只有极窄、极微小的缝隙，如果说有人能隔得老远用暗器打进那样的缝里，未免像神话故事。席峻锋又怀疑自己找来的那把锁有问题，但这一猜测马上被霍坚否决了。

直接死因倒是并不难找，老韩和霍坚这两个见多识广的老头儿很快就得出了结论。梅洛中了一种极为罕见同时也极为凶残狠毒的蛊虫，这种蛊虫据说只有生活在雷州和云州交界处的沼泽巫民懂得如何培养。

“这是一种生命力非常顽强的蛊虫，在各种恶劣的环境里都能存活，但有一点，一旦进入到人体，就会立刻爆发，”霍坚打着哈欠、无精打采地说，“所以绝不可能是谁事先在他身上埋下蛊，等到时候再发作。巫民们一般都是把它用蜡之类的东西封存起来，只要一打开，它就会遵循就近原则找着生物的气味钻过去。一定是有人突破了你的守御，把这只虫子放到了河络身边。具体怎么做的，那就不是我的活儿了。”

“所以也不会是你那把锁的问题，因为它老早就被拆散了。如果里面藏了虫子，不会等到那个时候才爆发。”

“这种蛊虫的名字就叫作‘心之花’，进入人体后，就会直接钻入心脏，因为心脏是一切血液的交汇点，”老韩接着说，“当它钻进了心脏之后，形态就会产生变化，从虫子变为植物，并迅速生长、开花，慢慢吸干人身上的养分。最有意思的在于它的根会刺穿心脏，刺穿前胸，一直延伸到地面，使人呈现出跪姿。”

“心之花在雷云交界的沼泽地带很受人畏惧，却也有很多人崇拜，为的是那种在虫与花两种状态下都无法磨灭的顽强的求生欲望。当它是虫子的时候，酷热、严寒、干旱、洪涝都无法杀死它，而当它遇到动物的时候，则会立即转化，为自己吸取生命的资源。”

席峻锋静静地听完，并没有说什么话。他的脸上很难得地又显得十分迷茫，仿佛这段时间以来越来越重的压力和越来越难以解开的谜团已经把他压得心力交瘁。刘厚荣能够猜到一点儿他的感受。虽然锁匠梅洛所能提供的证言早已说完，但保证他活着有一个极其重要的意义：如果第五祭未能完成，那么第六祭也无法顺利展开，以一个活人拖住两个步骤，就能为寻找并抓获敌人赢得宝贵的时间。可是现在，第五祭实现了，而且是就在他的严密布防下实现的，第六祭只怕也已经不远了。

那样的话，真的是一败涂地啊，刘厚荣悲哀地想着，头儿的一生好像都在为了寻找净魔宗而活，现在真的找到了净魔宗，却未曾想到像这样连遇挫折。

“说说看，现在锁匠也死了，我们还有什么别的办法找到他们？”席峻锋轻声问。

捕快们面面相觑，都无言以对。找到锁匠梅洛对他们是一个巨大的鼓舞，但与之对应的，失去梅洛则是一个更大的打击。特别是敌人幽灵般的行事，让他们从心底产生了无法抹去的惧意。

“也许……也许那个姓云的羽族游侠能从雷州带回点儿什么？”陈智底气不足地说。虽然捕快们都对私人游侠并无好感，但现在看来，云湛也许是仅剩下的一根救命稻草了。

席峻锋点点头，看看窗外逐渐亮起来的天色：“我累了，要回去睡一觉。你们也都回去休息吧，放假一天。”

捕快们带着深深的挫败感各自散去。一直到了下午，一向精力充沛而又从不偷懒的佟童才第一个来到捕房里。让他感到惊奇的是，一名司里的文职官员在大门口就拦住了他。

“哎哟，你总算来了，你们的人都干吗去了？”这位官员抱怨着，“我都被缠得焦头烂额了！”

“发生什么事了？谁缠你了？”佟童莫名其妙。

“那个女人！哎呀你自己去和她说，我管不着你们的事情！”他不由分说，把佟童揪到了捕房，然后逃也似的快步离去。

佟童往捕房门口一看，台阶上摆着一张不知从哪儿搜刮来的椅子，一个少妇正坐在椅子上，一脸的不耐烦。一见到佟童出现，她就气势汹汹地站起身逼将过来：“你们的人都到哪儿去了？怎么一到关键时刻就全溜号了？”

佟童从来不是个胆小的人，但眼前这个妇人似乎身上带有一种天然的凌人盛气，让他不敢发火。而他也认出来，原来这就是前些日子被请来录过口供的被净魔宗欺骗入会的证人，似乎夫家姓姬。但当时她显得温婉秀气，仪态万方，眼下却摇身一变有点儿女大王的风采。

“原来是姬夫人，您找我们有什么事？”佟童挤出笑脸问。

“我已经替你们把魔教的据点打探出来了，”姬夫人瞪着眼说，“要不是王宫门外的看门狗堵着我不让我进去，我就直接报给公主了，何必到这儿来等你们这些饭桶？”

“我……我不是太明白您的意思，您能再说一遍吗？”佟童一愣。

“你没长耳朵吗？”姬夫人说，“我说魔教的据点我已经找到了！”

“您找到了净魔宗的藏身之所？”佟童当然长了耳朵，此刻却不敢相信自己的耳朵。

姬夫人无限轻蔑地“哼”了一声：“废话，我是什么人，怎么可能上那些王八蛋的当？那些狗屁教义只配拿去骗猪。这是公主悄悄拜托我假装上当混进去打探消息的。她就知道男人都是靠不住的饭桶，关键时刻，还得看我们的。”

佟童惊呆了。他完全不介意这位姬夫人“饭桶”的用词以及对男人的鄙夷，反而恨不能死命地拥抱她一下。救命稻草，救命稻草啊，他想着，原来救命稻草不止一根，真正能救命的来了。多么可爱的一根救命稻草！

第六祭
归 魔

魔的信徒们，一切的考验到此刻都已结束，你们体已净、恶已除、魂已宁、念已坚。从此刻起，你们就是魔主真正的子民，魔主的光辉永远与你们同在。你们的生命和灵魂从此不属于自己，而属于魔。去吧，以魔的名义，铲除一切的邪恶污秽吧！魔主的光芒将照耀你们的前路！

——《净魔救世书》

我知道，离别的日子就要到来了。长老们的紧张和忧虑写在脸上，甚至顾不得稍作掩饰，可见时局的紧张。他们开始频繁地外出打探消息，每一次回来，神色都会更严峻一些。那些背叛魔父的罪人们啊，无时无刻不在惦记着要把魔的信徒赶尽杀绝。我无法压抑心中的怒火。

我把耳朵贴在墙上，但那些噪音对我而言毫无意义，没有经验的我根本不能分辨它们代表着什么。敌人究竟有多远？敌人究竟有多少人？我一概不知。只能从长老们日益严峻的脸色上，判断出危险的无可避免。

“记住，无论发生什么，保住你的性命都是第一位的，”大长老不厌其烦地、反反复复地对我强调，“你是一个关爱教民的好魔女。如果我们不幸殉教，你一定会忍不住想要为我们报仇。但是切记切记，万万不能这样做！与之相反的，敌人让你做什么你就做什么，哪怕是践踏我们的尸体都要照做！你一定要忍辱负重，坚强地活下来。只要你能活下来，迟早有一天，你能够为我们的牺牲讨还血债，为魔主的重新降世贡献力量。”

我答应着，却无法确定我能不能真的做到。虽然相处的时日并不算长，我已经把三位长老当成了自己的亲人。书里面说，自己的亲人被害就要以牙还牙，用敌人的鲜血来偿还。我呢？能眼睁睁地看着亲人的血白流吗？

除了祈祷，我没有别的事可以做了。我低着头跪在地上，祈求魔父赐予我勇气和力量。由于形势的紧迫，第六祭不知道还有没有机会完成。如果不能完成魔女复生的祭祀，我最终只会是一个普通的、毫无特殊之处的凡人。到那个时候，能够支撑我活下去，只有勇气和信念而已。我将一个人孤独地面对人世间的无知与罪恶，面对着罪人们对魔父的刻骨仇恨。他们会想尽一切方法把错误的观念灌输给我，扭曲我对世界的认知，抹去我对魔父的信仰与热爱。在那样的黑暗的逆流中，我有可能不被吞没吗？

与其那样，我如果追随着长老们同去，会不会是一种解脱呢？但是，这样的解脱，其实只是一种怯懦的逃避，是不是又显得太可耻、太辜负长老们的重托和魔父的期望了呢？

我犹豫着、挣扎着，用全部的身心力量痛苦地祈祷着，耳边仿佛已经能隐约听到渐渐逼近的末日的脚步声。

二十六

一场冬雨让道路变得湿滑难行，云湛不得不降低了行进速度。他倒是不在乎自己摔跤，以他的身手，即便马滑倒了人也摔不着，但要是把马给跌伤了，那就麻烦了。方圆几十里并无官家驿站，根本没地方换马。

屋漏偏逢连夜雨，来到一座小山村时，前方发生了滑坡，唯一的一条道路被堵住，无法通行。云湛打听了一下，绕路的话，大概需要多走大半天的路程，而等到道路疏通大约只需要小半天。

“而且您绕了道，也不能保证其他的路不被堵上，是不是这个理儿？”拎着茶壶的乡村茶铺伙计巧舌如簧，“所以您最好还是在这儿坐一坐，茶水两个铜锱管够，要酒要菜我们也能给您张罗，舒舒服服等到路通不就行了？”

云湛“哼”了一声，却也不得不承认这位伙计说得在理，只能在长条凳上坐下，要了杯茶。这个简陋的茶铺已经坐满了等着赶路的行人，都在焦躁地等待着前方的道路疏通。虽然由于人多，并不显得太冷，但这样风雨交加的天气，加上头顶上密布的浓云，总是让人心情不畅。

所以一个大约两三岁的小孩儿就在茶铺里哇哇大哭起来，啼声洪亮，吵得人更加心烦意乱。抱着孩子的父亲、一个书生模样的年轻人用尽浑身解数，也没能把孩子哄到破涕为笑。云湛向来不喜欢小孩儿的哭闹，更是听得无名火起。

这时候一个货郎走了过去，从怀里掏出一个拨浪鼓，在孩子的眼前晃动几下，孩子哭声稍息，好奇地看着他。货郎把拨浪鼓塞到他手里，又摸出一根女人梳头用的簪子，往头上一插，挤眉弄眼地扮了个鬼脸。他这几个小小的动作马上把孩子哄笑了，货郎又掏出一块糖放入孩子嘴里。孩子抿着糖，终于不再哭了，茶铺里的人总算都松了口气。

“真是太感谢您了！”孩子的父亲擦着满脸的汗水，“我娘子生这孩子时难产而死，一直是我自己一个人把他带大，实在是没有这方面的天赋，惊扰了众位……”

货郎陪上一声同情的叹息，抚摩着孩子的小脑瓜说：“一看就知道这孩子怕生。这茶铺里那么多人，他见到生人，自然要害怕。不过小孩子嘛，也喜欢新鲜，弄点儿好玩好笑的东西给他，他就忘了害怕了。”

“不瞒您说，我成天又要照料他，又要抄抄写写挣钱，又要挤时间读书准备应试，哪有精力去顾及其他？”这位书生一脸的苦笑，“只能把他放在家里，扔几件玩具自己去玩。只恨他还不识字，不然给他几本书静静地看，我就省心了。”

周围的人都哄笑起来，货郎连连摇头：“那怎么行？这样养大的小孩儿，一定很不合群。就得多让他和人接触，让他笑，孩子才能养得好。”

云湛静静地听着，忽然手一抖，茶碗里的茶水洒了出来，落到衣襟上。他顾不得去清理，放下茶碗，心中豁然开朗，有些想明白了一件事情。

太不可思议了，他捶着自己的脑门儿，真相竟然会是这样的荒唐，这样的不可思议，我之前完全被迷惑了。他在心里排列着之前发生的几件无法解释的怪事：郡主和失势的太监伍正文之间的往来，郡主的房间里找出来的物品，六人队里那个明显属于异类的滑稽伶人伍肆玖，以及最重要的……最重要的……最重要的……

都可以串起来了！要不是身边人太多，云湛简直想怒吼一声来发泄一下多日以来无头苍蝇一般的憋屈。但我现在还需要一点儿证据，只要问明白了这件事，整宗案子里的一个极其重要的环节就算是明了了。

可是这样一来，之前做出的种种推断，有很多相关环节又不得不推倒重来了，真是活见鬼。所谓的事实真相，其实就和蘑菇差不多，永远不会自觉自愿地袒露在阳光下。而当你伸手采攫的时候，又总会被斑斓的色彩所迷惑，一不小心把吃不得的毒蘑菇扔进篮子。

而且……在想通了这一环后，一个全新的、之前完全没有预估到的大问题会爆发出来，其严重程度让云湛这样没心没肺的浑蛋都觉得压力倍增。该怎么解决这个问题，他心里真是完全没数。

心急火燎地等到了半天之后，山民们勉强清出了一条通道，云湛打马狂奔，也顾不得是否可能摔跤了。如此疯跑了两天两夜，在这一天黎明的时候赶到了南淮。

南淮城并没有下雨，云层却也不薄，抬头望去，天空是一片死气沉沉的灰蓝色，连太阳的影子也见不到，城南更加显得破败而阴郁，就像是一幅街头画师的涂鸦画卷，无论构图还是色彩都拙劣无比，灰蒙蒙的街道与房屋以及同样灰蒙蒙的人们的面孔，呈现出扭曲病态的色泽，让人有呼吸不畅之感。

整个城南或许是唯一能与富贵沾上边的隆亲王府，也笼罩在说不清道不明的尴尬氛围中。虽然官府一直在着力掩饰，毕竟纸包不住火，渐渐还是有一些流言开始传播，这些流言都指向了隆亲王，认为他和最近南淮城接二连三发生的血腥罪案有关，甚至于有可能是在南淮各处秘密活动的“兄弟姐妹互助会”的幕后支持者。当然了，事关隆亲王这样的大人物，流言总是传得遮遮掩掩、神神秘秘，但那也并不能延缓人心的不安。所以这些日子以来，亲王府周围戒备森严，看来很是肃杀。

云湛虽然是熟客，也仍然被礼貌地挡在了门外，不久洪英得到通秉出来，把他迎了进去。洪英伸手挥退随从，立马开始不停地叫苦。

“现在王爷闭门谢客，以免把自己卷进旋涡里去，但是南淮城里还是谣言满天飞，我也没办法把他们都抓起来割了舌头，”洪英的脸上闪过一丝恨意，“云先生，现在只有你能帮助王爷了。只要你能把凶手和兄弟会的真正主使者抓出来，流言就会不攻自破。”

“我一定会尽力而为，”云湛在洪英的背上轻拍一下，“但现在有更要紧的事情。我问你，上一次我和你聊天儿的时候，你曾经提起过，郡主前段时间逼着一个亲王的手下学艺，居然把他的胡子揪下来了。是真的吗？”

洪英微微一笑：“是真的，人家好容易留的胡子，被硬生生揪掉一半，剩下的一半看上去好不奇怪，只能一并都剃光了。”

云湛哈哈大笑，笑完忽然一板脸：“他的绝艺是什么？郡主想从他身上学到什么？快告诉我！”

洪英很为难：“不是我不想告诉你，而是我自己也不知道。从我来到府里为王爷效力，他就一再告诫我，他那些江湖上的朋友，都不是他的下属，而是平等论交的好友，不许我去调查他们的虚实并备案。所以除了他自己告诉我的一些人之外，剩下大多数我都丝毫不知根底。”

“他还真是个讲义气的好王爷，”云湛咕哝一声，“那你就告诉我他在哪儿吧，我亲自去找他。事关生死，可千万不能耽搁时间。”

洪英见他如此严肃，也有些紧张起来：“我现在就带你去！”

大约三刻钟之后，云湛离开了亲王府，骑着马向目的地而去。作为一个穷人，他通常在南淮城的交通工具都是自己的双腿，如今借办案之便骗到一匹官马使用，在南淮的街道上呼啸而行，真有一种小人得志的舒畅快意。

骑出去没多远，他就撞上了一队御林军从街上疾奔而过，百姓们慌忙闪避。云湛虽然骑着官马，身份不过是卑微的游侠，也只能乖乖让道。就在他死命勒着嚼子、不让坐骑去偷吃身边菜农的蔬菜时，他听到几个市民的小声对话。

“这是干什么哪？大清早的就跑出来吓人！”

“还真不是吓人，是有正经事要干。”

“这些御林军除了白吃饷外加敲诈老百姓，还能有啥正事？”

“哎呀，我跟你说了，你可别告诉别人啊。我小舅子在按察司里当差，听说是按察司的席捕头找到邪教的据点了，他们捕快怕自己实力不够，所以请求上司想调御林军帮助镇压。双方扯了一天的皮，后来公主殿下出来发话才算解决了。现在看这些人一脸要打仗的样子，肯定就是为了这事！”

云湛微微一怔：席峻锋竟然把净魔宗的据点找到了？看来这厮倒还有点儿能耐。而石秋瞳也实在是足够操心，什么破事都得管，这也让他有些心疼。

那我就去看看热闹好了，能把那帮假充净魔宗的雇佣兵连根铲除，姬夫人也就不会再每天出门，姬承那小子也可以稍微松口气了。云湛掉转马头，不疾不徐地跟在御林军身后。

捕快们都对姬夫人佩服得半死，这位表面上看起来颇为凶悍的女子，其实是智勇双全、胆大心细、巾帼不让须眉，总之把你能想到的褒义词放到她头上都没什么问题。她利用丈夫去青楼寻欢的机会，巧妙地扮演了一个被丈夫所背叛、对生活失去信心的家庭妇女的角色。而这样的不幸女子，总是邪教蛊惑诱骗的最重要对象。再加上姬夫人的丈夫姬先生早已前科累累声名在外，根本就不会有人怀疑她，所以她不费吹灰之力就被兄弟会接纳了。

姬夫人在兄弟会内从没表现出过太过火的热情，她只是默默地来，默默地拜祭、祈祷，默默地离开，也从来不多打听会里的任何情况。但在绸缎庄的那个分会第一次被发现后，姬夫人一方面在捕快面前滴水不漏守口如瓶，另一方面开始四下里寻找她的联络人，表现得十分急切和向往，这样的表现都被会里的眼线看在眼里。所以她又接到了联络人的消息，告知了她新的地点。只是为了防止被跟踪，她必须要被蒙住眼睛，由联络人用马车带她前往。

姬夫人知道，这一次自己算是真正得到信任了，而自己所享受的待遇能说明一点：她有可能被会里分派职务，用以发展下线，因此这一次接触到的对象一定都是会里较有等级的中高层人士。这一回，她牢牢记住了说话者的声音腔调——脸没法记，都被蒙着呢——并在被送回的路上悄悄把蒙眼布弄歪了一点儿，再配合着鼻子（那附近恰好有一条河沟被臭泥淤塞了），记住了这个据点的方位。

“和您比起来，我们真是惭愧啊！”陈智由衷地说。

姬夫人淡淡一笑：“都是公主给我出的主意而已。南淮城刚开始闹杀人案，她就悄悄找到我，说邪教很可能乘势出现，要我多留意有没有机会混进去。你们啊，成天嚷嚷着要铲除邪教，也不知道讲点儿计策。总是抡刀抡枪做出强势，人家还不得躲得远远的？”

捕快们无话可说，好在姬夫人已经把他们带到了地点，正可以用奋勇擒敌来掩饰自己的尴尬。净魔宗为了隐匿行踪可真是花费了大力气，这一处真正的总部，居然并没有藏在偏僻的郊区，而是选在了城里一间破败的戏院。该戏院生意不佳，索性也不怎么演出，靠着开班授业收点儿学费勉强维持生计，所以每天人来人往也不会有外人在意。

戏院很快被围了个水泄不通。御林军们分几路攻入。这些邪教妖孽们无疑对这一天的到来早有准备，显得并不慌乱。而他们的武艺也比想象中更高，个个看来都是惯常与人打斗的狠角色。

然而他们毕竟在人数上占劣势，御林军们协同作战的能力也强于他们单打独斗的武功。这一场激烈的战斗并没有持续太长时间，敌人很快被分割包围，逐一擒获或者杀死。而那些被骗入会的普通信徒则无一抵抗，全都哭哭啼啼地束手就擒，还不明白发生了什么。姬夫人把他们召到自己跟前，开始用切身经历对他们训话。

席峻锋并没有身先士卒地冲在最前面，图一个亲手砍杀的痛快，而是冷静地站在后方一堵院墙上，用目光搜寻着可能的漏网之鱼。他虽然请来了御林军助阵，但并没有指挥权，所以只是命令着下属们堵好所有的出入口。

仇恨到了极致，反而不容易冲动了，刘厚荣感慨地想，头儿这一辈子，真不容易，换了我，也许早就红着眼睛抄家伙上了。

戏院里慢慢安静下来，除了伤者的呻吟声，只有士兵们四处奔走搜寻的脚步声。这一战的胜利……是不是来得稍微容易了一些？刘厚荣忽然冒出这个奇怪的念头。虽然御林军的出击的确出其不意，让敌人即便能猜到会遭遇进攻，也大大低估了兵力；虽然净魔宗毕竟是百死余生，剩下的力量再强也有限；虽然此处只是总部，应该还有一些好手分散在别处……但刘厚荣还是觉得有些不对劲儿。他觉得自己好像忽略了一点儿什么，但一时半会儿又无法做出精确的判断。

席峻锋的神情证实了他的判断。头儿的脸依然绷得紧紧的，没有半点儿放松，刘厚荣甚至注意到他的手正垂在腰间，随时准备拔刀。也就是说，还有比刚才那帮好手更危险的敌人。

他忽然反应过来：长老和魔女！是的，御林军虽然砍瓜切菜般把这些负隅顽抗的魔徒收拾了，但他们好像都只是小喽啰，地位最高的魔女，以及负责展开魔女复生血祭的教中长老，都还没有现身呢。魔女也就罢了，能担当最高长老职务的，一定会是秘术高手，但刚才死伤的敌人好像全部都是武士，并无秘术师现身……难道他们已经事先逃跑了？

正想到这里，一名正搜索到院子中的露天戏台的士兵喊了起来："这里有一个暗门，可能戏台下面会有地道！"

地道里面，也许会藏着什么重要人物，御林军们抱着这样立功的心态，踹开暗门，向着戏台下方的地道钻了进去。刘厚荣刚刚喊了一声"小心，危险"，地道里就突然升腾起一阵火光，当先冲进去的五六名士兵惨号着逃了出来，浑身浴火，虽然拼命在地上打滚，却也无法熄灭身上的火焰，很快就都不动了，皮肉烧焦的刺鼻气味弥漫在空气中。

席峻锋"唰"的一声拔刀出鞘，就在此时，地道里钻出了十多个人，个个身披白袍，大多遮住头脸，大概是在御林军刚展开攻势时就迅速藏匿起来的最后一批信徒，也应当是最忠心耿耿的一批。在这些人当中，只有三个人没有遮住自己的脸，而这三个人无疑是最引人注目的。

他们全都是上了年纪的老人，其中两个看起来凶狠而阴鸷，身材枯瘦，另一个红光满面，稍微圆润一点儿。这三位老人呈三角方位站立，护着他们身后的一个身材偏矮的白袍人。这个白袍人头垂得很低，看不清面目，只能从露出的几丝长发判断出这是个女人。刘厚荣心里一动，脱口而出："魔女！"

捕快们的精神都为之一振，席峻锋却始终保持着万年冰川般的冷酷与镇定。他打量着三位老人，缓缓地说："这三个就是三名长老了。要小心，他们的精神力很不一般。"

仿佛是为了印证他说的这句话，已经有一队御林军迫不及待地迎了上去。两名瘦老者当中身材更高的那一个两手徐徐前推。士兵们的脚步忽然缓了下来，显得举步维艰，原来他们脚下的石板地竟然在一瞬间化为了黏稠的泥潭，将他们的双足都陷在其中。

"何必那么着急呢？"身材偏胖的老者中气十足地说，"我们已经无路可逃了，不妨先谈谈。"

御林军带队的校尉把眼一瞪，就想开骂；席峻锋拦住了他，低声说了几句什么。那名校尉好像和席峻锋关系不错，虽然身份比对方要高，还是点点头让到了一旁。

“谈谈是要有条件才能谈的，”席峻锋坦然走上前，“现在你们被我们围住了，上天无路，入地无门，有什么资格谈呢？”

胖老者很和善地一笑：“资格当然不在我们几个身上，我们的生命有如蝼蚁，死不足惜。资格在魔女身上。”

席峻锋皱着眉：“我不明白你的意思。”

“有一件事情你可能不太清楚，容我给你稍微解释一下，”胖老者说，“我们这些人呢，也许是你们眼中的妖邪之辈，死不足惜，但是魔女本身，是无辜的。”

“无辜的？怎么讲？”席峻锋问。

“她并非生来就是我教中人啊，”胖老者狡黠地笑着，“所谓魔女，是要完成了魔女复生的祭典才算数的，她本身的身份并不重要，平民也可，贵族也可。所以我们在选择魔女的时候，动了一点儿脑筋，以便让你们投鼠忌器……”

席峻锋下意识地向后退了一步：“你是说……她的身份……”

胖老者猛地伸手，按在了魔女的头顶，脸上的表情立刻变得狰狞丑陋：“你们的动作再快，也赶不上我秘术发动的速度。如果她死了，你们一定会后悔的！”

魔女的身子轻轻一颤，却并没有反抗，甚至没有说话。

席峻锋脚下的地上有一滴水珠溅落，那是从他额头流下的汗水。他仍然用沉稳的语调说：“那你得首先告诉我，她究竟是谁？”

胖老者冷笑：“我不必告诉你你也应该想得到，这些日子里，有什么重要的人物失踪了。”

席峻锋紧紧握着刀柄，陷入了长时间的沉默。校尉走上前，惊讶地发现他的牙关咬得紧紧的，似乎愤怒到了极点，却又在强行压抑。最后他重重地收刀还鞘，对校尉说：“谭兄，请放他们走。”

谭姓校尉有些措手不及：“这怎么能行？我卖你面子当然没问题，可这是上司的命令，要把他们……”

“现在没法说，回头我会亲自去解释，”席峻锋喘着气打断了他，“但你一定要相信我，这个魔女死不得；她要是死了，你丢官都是轻的。你我相交多年，我可能害你吗？”

校尉犹豫了很久，最后狠狠一跺脚：“好，我相信你一回！”他挥挥手，很不情愿地下了命令：“让开路，放人！”

御林军们散开了，把戏院的后门让了出来。捕快们虽然更不情愿，但也不能不听席峻锋的。刘厚荣看着席峻锋青筋暴起的额头，心里又是同情又是疑惑，一边猜测着这位魔女的身份，一边想：又一次功亏一篑，头儿大概最近几天都没法睡好觉了。

胖老者脸上带着志得意满的奸笑，面朝着席峻锋，倒退着挪向后门，手始终放在魔女的头顶，注意着御林军和捕快们的动作。另外两名老人做个手势，剩余的白袍信徒们也都跟着胖老者开始撤退。他们始终十分紧张，生怕对方变卦。席峻锋并没有那样做，而是眼睁睁看着魔徒们脱离自己的掌控。

眼看就要退到门口，胖老者略松了口气，高声对席峻锋说：“年轻人办事，一定要考虑周全，下次……”

话刚说到这里，他的声音突然哑了，一幕不可思议的场景烙在了所有人的目光中：一把尖刀从他的前胸处戳了出来，将他的左胸完全刺穿！刀锋上带着凛冽的寒光，鲜血正顺着刀身滴落下来。而胖老者的五官扭曲在一起，嘴张得大大的，最后的眼神里流露出极度的惊惶恐惧和极度的难以置信。

他用尽剩下的一点儿力气，转过头去，人们的视线也随之移了过去。那把刀，那把不可思议地从背后刺穿了他的心脏的钢刀，赫然握在一名白袍披身的净魔宗教徒的手里。当胖老者，也就是净魔宗的长老把全副心神都用来提防席峻锋的时候，他实在无法想到，或者说所有人都意料不到，会有自己的属下、魔主的信徒突然出手刺杀他。

时间仿佛都凝固在了这一刻，在巨大的震惊中，御林军忘了进攻，魔教信徒忘了出手为长老复仇，眼睁睁看着这具尸体僵硬地倒下。倒是那个杀死长老的“叛徒”松开手，向后踉跄退出几步，一屁股坐在地上，像是杀人之后吓得惊慌失措。但他又立即重新站起，努力挺直腰板儿，一边掐着自己颤抖的双腿，一边开口怒骂道：“活该！叫你这个老王八蛋编谎话骗我老婆！”

二十七

在所有人的惊疑和迟钝中，席峻锋是第一个反应过来的。他大喊一声，令御林军们回过神来，随即双手齐出，打出数枚铁链子，分袭剩下的两位长老。捕快们也醒悟过来，在佟童的带领下冲了上去，不顾一切地抢先出手。席峻锋刚才的举动提醒了他们，对付秘术师，一定要先下手为强，不给对方喘息的机会；而且一定要短兵相近，避免与之拉开空当，不然那无形无影的秘术一旦发动出来，寻常的武士就很难抵挡了。

尽管如此，两位长老的反应却也不慢。高个儿的长老故技重施，又在地上变化出泥沼，把当先的佟童等人陷了进去；矮个儿长老挥手之间烈焰横飞，灼烫的火光隔开了紧跟其后的御林军。两人随即转过身，高长老出手制住魔女，矮长老却向着正在一旁不知所措的那名“叛徒”举起了右手。这个叛徒的一记出手改变了整个局势，让净魔宗占据的优势顷刻间化为乌有，他如何不惊怒交集，铁了心要取该叛徒的狗命。

“叛徒”很是害怕，知道长老的手一落下自己多半就会死于非命，慌乱间嘴里乱七八糟地喊着：“你别动手！我祖上杀人无数，你不怕吗？别动手……老婆快救我！”

这最后一句话听来好不荒谬，却好似小说里神仙的咒语，刚刚念完就显灵，一阵破空之声响起，一条银色长鞭从远处飞来，缠住了长老的手臂，紧跟着一条人影兔起鹘落，挡在了“叛徒”身前。

那是在这一次行动中居功至伟的姬夫人，但人们都不知道原来她还有这样高强的武功。姬夫人的长鞭依然紧紧缠住长老，身躯移动间，已经把“叛徒”完全护住。但“叛徒”似乎并不领情，一把扯下身上的长袍，反倒毛手毛脚抢到了姬夫人身前。

这当然是姬夫人的老公姬承，那个喜欢流连于青楼酒馆的小个子男人。只是谁也想不到，这个胆小怯懦、一无所长的男人竟然也会斗胆混进净魔宗，并在最关键的时刻不可思议地向最危险的敌人痛下杀手，发挥了了不起的作用。

“夫人，还是你厉害！”姬承夸赞着，满脸都是谄媚的笑容。

姬夫人的脸上微微露出笑意，随即板起脸，不去理睬他，眼睛还是瞪着对面的矮个儿长老。矮个儿长老的力量超乎她的想象，她已经用尽全力想要扯动敌人的身躯，却无法撼动长老分毫，倒是长老的左手看似轻描淡写地抬起来，手上带着“噼里啪啦”的幽蓝电弧光，分明地表露出残忍的杀意。而与此同时，席峻锋正在与高个儿长老缠斗不休，根本无暇顾及这一边。姬夫人知道不妙，想要赶紧撤鞭，但一股强大的吸力从矮个儿长老的手上传过来，把她的手牢牢吸住，让她没有办法摆脱。

“姬承，快滚开！”她大喊道，“我已经松不了手了，你自己快逃，危险！”

姬承没有回应，从地上捡起一截旁人打斗中折断的铁棍，也许是枪杆之类的物件，奋起全身之力向着矮长老当头砸下去。他理所当然地被弹了回去，摔在夫人的脚边。但他不顾腰像要断开似的疼痛，哼哼唧唧地撑起身子，挡在了夫人身前。

“真是一对恩爱夫妻，”矮个儿长老从牙缝里挤出这句话，“你们就一起陪我上路吧！”

他的左掌猛然挥出，电光大盛，“噼啪”作响。

姬氏夫妇心里一凉，只能闭目等死，虽然明知没什么用，姬承还是努力想用自己瘦小的身躯护住夫人唐温柔，但唐温柔用力一扯，反把他拽到了背后。他们的手握在一起，闭上了眼睛，等待着那道电光劈过来，把他们一同烧成焦炭。

死到临头的时候，姬承反而觉得内心一阵温暖。终于还是和老婆死在一起了，他想，我没有像孤魂野鬼一样倒毙在路边，也没有喝多了酒醉死在小铭的床上，也没有一个人守着空荡荡的屋子慢慢被时光磨掉最后的活气；到了生命的尽头，我还是和老婆一起死的。

他想起自己听评书的时候，每次听到说书先生嘴里蹦出“不求同年同月同日生，但求同年同月同日死”的句子时，总是浑身鸡皮疙瘩，觉得真是好恶心、好矫情、好虚伪的言辞，我姬承虽然风流成性，却也不会拿这种蠢话去哄姑娘。

现在，真的到了小命玩儿完的时刻，他的脑海里却忽然闪过这句话，并且突然间发现这句话也没那么恶心。人在临死之际，大约最害怕的就是孤独吧，有一个至亲之人陪在身边，就不会有寂寞了。

死在一起，这也是一种幸福吗？姬承想着，嘴角绽放出一丝微笑。由于闭着眼睛，他也没有办法看到，紧紧握住他的手的唐温柔的脸上，也是和他同样的表情。

眼睛虽然闭着，耀眼的雷光仍然能隔着眼皮感觉到，而那刺耳的磨骨般的声响更是令人头皮发麻。要来了吗？姬承正拿不准自己应该大叫一声还是叹息一声，却突然听到一声杂音。

很快、很响，持续时间极短的杂音，像是什么东西在发出猛烈的呼啸。随着这个气势逼人的声音响起，紧跟着就是一声类似皮革被刺穿的响声，电光也立即消失了。

姬承猛地睁开眼，几乎不敢相信看见的景象，长老的手掌上血肉模糊，已经被一支利箭刺穿！这支箭突如其来，毫无先兆，以长老的能力竟然都没有半点儿防备，即便以姬承浅薄的见识，也能想到它来自何人之手。

“云湛！你这孙子怎么才来啊！”姬承撕心裂肺一声吼，“我他妈差点儿就没命啦！”

喊声未必，又是“嗖嗖”几声，长老未能做出任何闪避的动作，左肩、右腿、左腿突然插上了三支长箭。他身子一软，倒在了地上，再也无力催动秘术了。

姬承抬起头，用模糊的泪眼看着戏院的院墙，他的损友云湛一脸轻松地站在墙上，稳定的双手握着他那张最可靠的羽族硬弓。云湛拉满弓，又是一箭射出，这一箭射穿了正在作困兽之斗的高个儿长老的右臂，席峻锋趁势一脚把长老踢倒在地，制伏了他。

然而和上一次云湛与追踪者交手时的情形相仿，两位长老早就在嘴里藏好了毒药，一旦落入敌手，即刻服毒自尽，连施救的余地都没有。席峻锋面色铁青，有点儿失态地在尸体上踢了几脚。

云湛跳下墙头，慢吞吞走到姬承面前，拍拍他的肩膀：“以前我陪你去找那根虎牙枪的时候，你也杀过人，不过是靠冰块提升了你的力量；这一次，你是货真价实靠自己的双手去打架，可真不容易呢！”

“别说了，我见血就发晕，现在脚还软着呢，”姬承咕哝着，有点儿不好意思地用衣袖擦掉了眼泪，“我现在才知道，杀人真不是件好玩的事情，我还真开始佩服你了。”

云湛意味深长地笑了笑：“这里剩下的事情交给我们了。你们俩够累了，找地方歇歇去吧。”

唐温柔往常从来看云湛不顺眼，当他到自己家里蹭饭时，更是鼻子不是鼻子眼睛不是眼睛，此时却向着云湛垂下头去，小小地施了一礼。然后她拉起姬承的手，向门口走去。

“我们去哪儿，老婆？”姬承有些懵懵懂懂。

“回家。”唐温柔简短地回答说。

三位长老都倒下了，战斗自然毫无悬念地结束。御林军们把魔女重重包围起来，等候席峻锋的号令。魔女的身子微微颤抖，显然是很害怕，却始终倔强地一声不吭，也没有摘下白袍上的面幕。

席峻锋问云湛：“你在雷州有什么发现吗？”

云湛反问：“我不在的这段日子，第五祭完成了吗？”

席峻锋脸色很阴郁：“锁匠梅洛被杀了，而且是在我们的眼皮底下。我至今还没找出他的手法。”

“回头再说，”云湛说，“我在雷州有很多相当有趣的发现，一会儿慢慢给你说。我们先把当前的问题解决了吧。”

席峻锋看着人丛中孤单孑立的魔女：“当前的问题？好像已经解决了吧。魔教的长老都服毒自杀了，我们要找的人也找回来了。剩下的问题是如何清除还没有落网的魔教余孽，也不知道他们有多少人……”

“也许有，也许没有，但绝不会很多了，这个稍后和你详细说明，”云湛说，“我们面临的真正困境在于，你我想要找的人并不在她应该在的地方，而一旦找到了那个人，更糟糕的大麻烦就会发生，比这个还要麻烦一百倍。”

这话活生生就是哑谜，说了和不说一样的大废话，而且还很拗口，但席峻锋既没有反驳，也没有讥笑。他只是凝视着云湛，陷入了沉思之中，好像是明白了云湛的意思。然后他走上前去，站到了魔女面前，伸手想要把她的脸露出来。魔女蓦地尖叫一声，从胖长老的身上拔出刀来，狠狠刺向席峻锋。

但她不是姬承，席峻锋也不是胖长老，很轻松地夺过了她的刀。魔女喘着气，忽然间摔下白袍，露出了自己的脸。席峻锋看着这张面孔，久久不能言语。

云湛揽着他的肩：“看清楚了吧？我们一直以为郡主落到了他们手里，会被当成魔女来培养，而这一步骤也是对亲王的最大要挟。但是我们错了，我们苦苦寻找的魔女，并不是郡主。”

的确，这张脸虽然也很年轻，但已经完全具备了成熟女人的气质，是一个二十出头的美艳丽人，而绝不是十四岁的小女孩儿，即便是从来没有见过郡主的人，也能轻松判断出这一点。席峻锋的手在微微颤抖，似乎很难掩饰他的失望。

在场绝大多数人都并不知道郡主失踪一事，听到云湛提起郡主，都微露惊愕之色。席峻锋也注意到了这一点：“你这么无所顾忌地说起这件事，是因为你已经知道郡主在哪儿了吗？”

“稍后再说，”云湛第三次提到了相似的意思，好像眼前这位已经显得无关紧要了的魔女的身份才是他最关注的，“能问问她的身份吗？我看她的眼神不大对，像是被抹掉了过往的记忆。”

“净魔宗一直都有这样的秘术，可以把人的记忆清除掉，”席峻锋说，“但有活人在，她的脸又那么漂亮，要找出身份应该不难。”

姓谭的校尉上前两步，端详着这个一脸茫然无措的女子，忽然插口说：“我想起她是谁了。”

“是谁？”席峻锋和云湛异口同声地问。

“她是大学士邓文翰最宠爱的如夫人，我去大学士府上办差的时候，曾经见过一次，很是惊艳。不过前段时间听说她和人私奔了，大学士气得大病了一场，轻了十斤。”

云湛愣住了。他的记忆一下子回到了一个多月之前，当他刚刚被石秋瞳半是恳求半是强迫地接下这个案子时，他去找了安学武，要求安学武提供帮助，而安学武的回答如下：“最近老子手里还有三桩案子要倒腾：盐商金城被飞贼盗走的珠宝，大学士邓文翰被小白脸拐走的爱妾……”

也就是说，净魔宗其实从那个时候起，就已经选定了魔女了——并不是郡主，而是大学士的爱妾。这当然也是重要人物，因为大学士本身地位不低。但这种所谓的“重要程度”，肯定无法和郡主相提并论。可笑的是自己和席峻锋挖空心思猜来猜去，最后还是猜错了。当然，借此替大学士找回了他的爱妾，也算是自己给可怜的安学武无意间帮上的一点儿忙，尽管这位爱妾已经被抹去了过往的记忆，是否还会让大学士碰她一下都难说得很。

云湛苦笑着，摇摇晃晃地向门外走去；席峻锋在背后叫住他：“你去哪儿？郡主究竟在哪里？”

“我去把郡主找出来，保证安然无恙，”云湛头也不回地回答，“今天傍晚，在捕房等我，我告诉你全部事实，然后我们一起迎接最大的麻烦吧！”

自从云湛出发后，石秋瞳就一直在宫里忧心忡忡。她虽然信赖云湛的本事，但想到云望废城的种种离奇传说，仍然感到心头发紧。眼下云湛平安归来，她虽然极力掩饰，还是藏不住脸上的笑容。不过云湛显然没有她这样的好心情，一进门就绷着脸，好像火气不小：“带我去太子的寝宫，快！”

石秋瞳莫名其妙：“见他干什么？他这两天又开始闹脾气了，不会同意见你的。”

“我就是揍烂他的屁股，也得让他见我。”云湛斩钉截铁，毫无转圜余地。

石秋瞳脸上阴晴不定，但最后咬了咬牙：“好吧，我让你见他。”

她不再多话，带着云湛迅速来到了太子寝宫，撤去了侍卫与宦官、宫女。云湛来到寝宫门口，伸手摸了摸门的厚度，掂量掂量自己的身板，晃晃脑袋，转而来到了窗户外。他在窗框上也摸了摸，终于满意地点点头，然后做出了一个让石秋瞳甚至来不及阻止的动作——他狠狠用自己的身躯撞破窗户，翻了进去。

听天由命的石秋瞳听见里面一阵天翻地覆的喧嚷声，没过多一会儿，门开了，云湛手里提着还在不断挣扎叫骂的太子大步走了出来。他重重地把太子往地上一摔，对石秋瞳做了个手势：“来吧，好好问候一下你的堂妹，隆亲王的女儿，郡主石雨萱！”

有那么一阵子，石秋瞳眨巴着眼睛，简直不明白云湛这厮究竟在满口胡言些什么。但她很快明白了云湛的意思，心里忽而一片光明，忽而一片迷茫，不知道自己应当作何反应。她缓缓俯下身，看着那张倔强的小脸，伸出手来，把“太子”脸上那些乱七八糟的化妆物都抹掉。于是她就看到了一张很熟悉的，但绝不属于太子的脸。这是一张清秀的少女的面孔，眉目与石秋瞳有些相似，神色中却隐隐带点儿凶狠霸道。

石雨萱，这是石隆的女儿石雨萱，也算是石秋瞳的堂妹，却绝对不是太子石懿。几个月以来“太子”的种种怪异举动，此刻不必解释也已经一清二楚了。每天闭门不出，不愿意见任何人，通过故意发脾气让宫女太监也不敢靠近，坚决不让理发师为自己修剪头发……原来都是为了防人靠近，以便隐匿自己的真实身份。

“其实你根本不在乎头发，你是怕理发师一摸到你的脸，就会发现你是改扮的，对吗？”石秋瞳像是在发问，又像是在自言自语，几个月的担惊受怕竟然换回这样的答案，让她觉得全身说不出的疲倦。她甚至都忘记了发火，忽然只想躺在床上好好睡一觉。也许一觉醒来，会发现之前的种种都只是噩梦；噩梦醒来，一切都会回复原状。

一只温暖的手伸了过来，握住她的右手，那是云湛。云湛用左手拍拍她肩膀，示意她要镇定，并没有放开右手，开始盘问石雨萱：“你为什么要把太子换出去？你究竟为什么要瞒着你父亲这么干？”

石雨萱的脸上露出一丝惊惶：“你……你什么都知道了？”

“我当然知道。从我找到那个被你揪掉胡子的老家伙时，我就全都确认了，”云湛回答，同时也是在向石秋瞳解释此事的来龙去脉，“洪英曾无意间提起，有一个石隆的江湖朋友被你揪掉了半边胡子，因为你非要他教你功夫。当时我就在纳闷儿，如果真是一个武艺高强的人，绝不可能被你揪掉胡子，可见他的绝技根本就不是武功，而是别的东西。当然，问过之后就很清楚了，那个老头子最擅长的是易容。你想向他学易容，他不教你，你又去磨伍正文。因为你觉得妆容的本领高到极致，本来就和易容也没什么两样。”

“至于你为什么先去找那个老头子，道理也很简单，七个月前，就是他把你扮成太子，放入宫里冒充，所以你对宫里的一切已经很熟悉，不会露馅儿；然后他再替被换到亲王府的太子易容改扮，让太子扮成你的模样，带上五个随从出行：七个月前去雷州的根本不是你，而是太子！”

石雨萱呆呆地看着云湛，目光中充满惧意，像是在看着一个怪物，但很快地，她终于软了下来，伏在地上大哭起来。

“我也没办法，我爹要害太子，他要害死太子！”石雨萱痛哭着，“我不能让他杀死太子，我也不能揭发他，让他被治罪，他是我的亲生父亲啊！”

太子的书房已经很长时间没有三个人同时在里面坐着了。这几个月在宫里担惊受怕的生活，让石雨萱成熟了许多，不再是那个顽劣胡闹的假小子。她静静坐着的姿态，已经俨然有几分淑女风范了。

“现在我明白你是出于好意，可我还是不知道事情的起因与经过，”石秋瞳坐在她身边，轻轻抚摩着她的头发，“我觉得我真是蠢到家了，自己的亲弟弟被调了包，竟然几个月时间我都没有知觉。”

“你不是蠢，而是……”云湛犹豫着，措着词，“而是……你对你的弟弟，实在关心得太少了。虽然郡主的确聪明好学，但易容术可不是能在半年内速成的法门。其实你只要稍微仔细观察，就一定能看出不对来。这种水准并不能和那位真正的易容师相提并论，可以一路保持效果，让随同的夸父都看不出来，而是需要不停地增补，恐怕前后两天的脸都会有微小的差异。可是你啊，恐怕已经很长时间没有认真看过你弟弟的脸了。因为这是个孤僻的、别扭的、讨人厌的小孩儿，让你不想和他多说半句话。你只是例行公事地完成父亲的任务，远远看见他还活着，他还健康，就足够了。”

“十三四岁的男孩儿正是长得最快的时候，就算你偶尔远远觉得脸型有异，也不会去多想。而如果连你都没发现，那些对太子十分厌弃的侍从就更加不会发现了。这真的是一个一戳就能破的谎言，可是两三个月了，竟然没有任何人想到去戳一下试试。作为太子的亲姐姐，你恐怕难辞其咎。”

石秋瞳低下头，几滴泪水落在了手背上，很罕见地没有反驳。云湛叹息一声：“现在不是说这个的时候。我来讲一讲此事的前因吧。如果有说得不对的地方，请郡主指正。”

“在我打探到了郡主曾在七个月前出游雷州的消息后，有一个问题一直在不停地困扰着我，那就是跟随出游的那五名随从与保镖。我们一个一个地来看：张剑星刀法高明；翼藏海擅长关节技法近身肉搏；桑白露本身就是雷州土著，还有着在九州各地冒险的经验，是个生存专家；锁匠梅洛通晓各种机关暗道，如果在云望废城内撞到什么机关，必须靠他破解。这四个人各有各的作用，甚至可以说搭配得相当绝妙。唯独那个完全没有战斗能力的滑稽伶人伍肆玖，我实在是没有想明白他跟在队伍里起什么哄。”

“直到回程的半道上，才有一件小事启发了我，”云湛回想起那个哭闹的孩子和好心的货郎，“我突然想明白了，伍肆玖的作用，就是让一个孤僻的孩子高兴起来，保持一个良好的精神状态。可是郡主的性格我略有耳闻，这样一个能把南淮城整个拆掉的角色，肯定是不需要这么一个伶人来哄的。”

石雨萱有些不好意思地笑了起来，云湛接着说：“所以我不得不得出这样的结论：去雷州的并不是你，而是其他人——一个假借你的身份来掩人耳目的人！可这个人是谁呢？要说石隆身边还有什么人需要伍肆玖，我只能想起一个，那就是他的侄子，太子石懿，和郡主正相反，可能很难找到一个孩子比石懿更加孤僻。想到了太子，以前那些绕不过去的死角马上就通畅了。一切从七个月前发端，暂时不知为了什么目的，石隆安排了太子这次出游，他的说辞一定是出去散散心、见识见识之类的巧舌如簧的借口，没想到这一次出行却招惹了净魔宗。”

“其实净魔宗本来不剩什么人了，但在他们的祭坛之中，有一个用死人摆布成的大祭典，会给人造成强烈的错觉，以为净魔宗势力不小。因此他们仓皇逃回南淮，石隆安排其他五个人都藏了起来，而太子假扮的是郡主，所以其实会面临危险的也是郡主。他却没有想到，你竟然第二次易容改扮进宫，再一次替换出了太子。而这次的行动瞒过了所有人，包括他在内。能讲讲你为什么要冒险替换太子吗？”

石雨萱垂着头：“我那天从一个小铺子弄到一个吓唬人用的可以流出鲜血的面具，所以躲在我爹的书房里，本来是想和他开个玩笑——我们俩总这样互相捉弄。可是万没想到，我偷看到了让我不知所措的一幕。”

门开了，石隆走了进来，但身后还跟着一个尖嘴缩腮的陌生人，这让石雨萱没有办法实施她的惊吓计划。这个陌生人一脸的谄媚笑容，一双三角眼让人想到毒蛇，令她看了就觉得很不舒服。

看起来，此人也并不是石隆的朋友。因为石隆很难得地摆出王爷的架子，并没有招呼他坐下，而他也只是乖乖地垂手立在一旁。

“让我先看看货吧。”石隆冷冷地说。

陌生人把手里拎着的一口大箱子放在书桌上打开，里面黑乎乎的好像装了不少东西。陌生人一一将它们拿出来解说。

“这是制成标本的沼泽渔蛛，能用尖锐的脚爪抓起数倍于自己体重的鱼。越州当地人会在新生儿满月时把这种蜘蛛烧成灰掺在奶里喂他喝下，以保佑孩子长大后获得惊人的力量。”

“这是用夸父的头盖骨做成的酒碗。当年夸父和蛮族相争最激烈的时候，蛮族人用这种血腥的方式来激励自己部族的士气。”

“这是风干的蓝血蝠……”

“这是尸麂的角……”

一样一样的东西摆在了桌面上，石隆一一验看着，认真听着对方的讲述。而石雨萱藏在书柜后，越听越觉得毛骨悚然。那些邪恶污秽的、令人作呕的、充满了迷信的震慑力的物品，父亲究竟打算买来做什么用呢？

石隆没有讨价还价，在看完了所有的货品后，他让这个让人讨厌的陌生人去账房领钱，数目自己报。陌生人千恩万谢地离去后，石隆唤来了黄海涛。这是他最信任的亲信，平时极少在人前露面，却总能在幕后替石隆解决很多棘手的问题。

石隆接下来的那句话让她险些惊叫出声：“把这些放在太子寝宫，包括他的卧房，分散一点儿，有没有问题？”

“没有。”黄海涛回答得很简练。

“那就赶紧去办，当心点儿，别让人知道。”石隆吩咐说。

“可太子一定会知道，他的房间里也要放。”黄海涛说。

“知道也不要紧，”石隆冷酷地说，“他什么也不敢说出去的。”

“明白。”黄海涛仍然只回答了两个字，提起箱子出门而去。

此时躲在暗处的石雨萱正好能看到父亲的脸，这张脸上混杂着各种表情：恐惧、忧虑、犹疑、愤怒……但最后剩下的是铁青色的坚定。她死命捂住自己的嘴，不让那紧张的喘息声透出来。父亲刚刚走出书房关上门，她就瘫坐在了地上。那些听过的恐怖故事的细节一个一个地浮现于脑海中：把人的画像封入铁盒，其内放入五毒，在地下埋藏七七四十九天，四十九天后，像中人就会七窍流血而亡；把人的头发缝在布偶体内，念咒语三日三夜，头发的主人就会离奇暴毙，找不到任何死因……

父亲想要诅咒太子！

“所以我想来想去，没有别的办法，最后忽然冒出个主意：我可以像太子去雷州时那样，去把他换出来，继续冒充他。如果我爹真有什么阴谋，我毕竟是习武之人，对付起来也方便。”

云湛听着她稚嫩的声音说着“习武之人”，不知怎么的心里微微一酸：“你们父女俩和太子究竟是什么关系，雷州之行是怎么回事？”

“我爹一直都很关心太子，看他在宫里太闷了，就想安排他出去走走，见识一些真正有意思的地方，”石雨萱回答，“但那样的地方，国主肯定不准去。所以我爹就带着我进宫觐见叔父，出去之前，用我把太子掉了包，他的手下汪伶仃——就是被我揪掉胡子那个——为我们变了模样。我觉得这样很好玩，而且太子那样成天被管得死死的实在太可怜了，就答应了，事后没有露馅儿。等到我爹想要对他不利，我也想不出别的招，只能照做。但是汪伶仃那个老鬼打死都不肯答应教我易容术。也许是我爹警告过他，不能把这种危险的绝招教给我。”

石雨萱笑起来，云湛叹了口气：“所以你想到了伍正文？那真是个天才的主意。而且伍正文定期出宫，你也就可以跟着他定期入宫与太子商议行动细节，可谓一举两得。我本来早就隐隐注意到这一点了，当时被一打岔，又给忘了。”

石秋瞳插嘴问：“太子为什么会听你的？我记得你们小时候你还把他打得头破血流。”

“他当然听我的，我是他姐姐啊！”石雨萱很是得意，“我把他的脑袋敲破了，也觉得不好意思，后来再进宫的时候就去找他，和他道歉。他从那时候起就很听我的话啦。他说他总是被叔父训斥，而周围的人连在他面前大声说话都不敢，从来没有人能像我这样，先是揍了他，然后又诚心地给他道歉。”

与其说这是姐弟亲情，倒不如说这是一种奇特的友情，云湛颇有些感慨。他从来没有把石雨萱和石懿这一对性格截然相反的姐弟联系在一起，却未曾想到，他们之间会产生这样奇特而合拍的友谊。而这一系列相互关联错综复杂的案件，也因为这段友谊而产生意想不到的变数。石懿愿意无条件地信任石雨萱，而石雨萱也用尽全力帮助他。这两个十三四岁的孩子用一种真正孩子气的方法，把一干大人都骗过去了。

而石秋瞳的心里，只怕更不好受了。亲弟弟被人替换，她竟然几个月都没发现，好像是种耻辱，其实更是一种悲哀。她又想到，自己好歹没有打过石懿，石雨萱还曾把他打得头破血流，可到了最后，他和石雨萱更加亲近。为什么？无疑是因为石雨萱能够和他平等交流。太子可以不要别的，要的其实只是能坐在一起说上一会儿话的人。

云湛连忙把这个话题带过去："后来我在你的房间里发现了好多胭脂水粉，开始还以为你是在试图打扮自己呢，其实你是在自己不断试验易容的效果吧。可你是怎么说动伍正文帮助你的呢？"

"我怎么可能说动他，"石雨萱摇摇头，"我就是带了一些瓶瓶罐罐入宫，假装找他聊天儿，然后把那些沤子啦、铅粉啦放在桌上，要他选择：要么帮我，要么我嚷嚷出去，说他违反了国主的禁令私藏那些玩意儿。反正全南淮城的人都知道我是个假小子，而伍正文是个化妆的高手。谁会相信那些东西是我带进去的呢？"

云湛哭笑不得："现在的小孩儿真是太可怕了！我以后可千万不敢得罪你们。"

石秋瞳却想到点儿别的。石雨萱虽然做豪情万丈状，但当她说到"全南淮城的人都知道我是个假小子"的时候，那满不在乎的语气仍然无法掩盖眼神里的一丝落寞。其实再怎么假小子的女孩儿，终究也还是女孩儿，也还是会有无法压抑的粉色的憧憬，石秋瞳想。

现在石雨萱的下落以及她与太子之间的复杂关系总算是查明了。然而郡主找到了，太子却失踪了。这才是当下最可怕的事情。而石雨萱困居宫中，又尽量避免和人接触，还完全没有听说过马车被劫的事件。

"那一天夜里，我代替我爹进宫探望国主，探望完后没有立即回去，而是悄悄躲在了太子的屋里，直到天黑。我假扮成太子后，再让他换上我的衣服，披散着头发，迅速跳上马车。我的几个忠心的下人已经安排好了后面的事。现在他应该正躲在城南的一间地下室里，虽然不太好受，但总算不会被诅咒了啊，"石雨萱很有些骄傲，"后来就有些奸细、内应啊之类的家伙，真的在寝宫里埋藏那些肮脏玩意儿，我一直注意着多加提防，身上还带了好几种护身符，所以现在也还没死。”

“但你毕竟只是个孩子，玩心计还是玩不过大人，”云湛的话语里充满苦涩，“你虽然计划好了让太子藏起来，可是……实际上，他的马车在你家门口被劫，人在斗兽场失踪，现在下落不明。”

他看着呆若木鸡的石雨萱，又补充说：“伍正文的自杀，也是因为这个。放你偷偷入宫，并不算什么大罪，但如果因此导致了太子被人绑架，那他可是死一百次都够了，还不如自寻了断来得痛快。你看，其实你还多害死了一条无辜的性命。所谓英雄，听起来很风光，却并不是那么好当的。”

二十八

隆冬已至，天越来越冷了，傍晚的时候，一场小雪纷纷扬扬落了下来，让行人们回家的脚步更加匆忙。家里有红亮的火盆，有温好了的黄酒，有热气腾腾的饭菜，有老婆、孩子的笑脸。在凛冽的寒风与飘飞的雪花中，家的方向永远是最让人期待的路标。

“我是没有家，而你是有家不回，咱们俩到底谁更悲剧一点儿？”云湛举起酒杯。捕房里虽然也有火盆，也有酒菜，那种寂寞的清冷却怎么也挥之不去。

“能破案，一切都终将变成喜剧；否则，怎么样都是悲剧。”席峻锋一仰脖，把杯里的酒一饮而尽。

“你的人生就这点儿意义？”云湛摇头叹息，也把酒倒进了喉咙。

桌上的菜盘渐渐空下来时，云湛也已经把雷州之行的详情以及石雨萱失踪的真相向席峻锋讲了一遍。讲完之后，两人陷入了很长时间的沉默，只听到火盆里“噼噼啪啪”的木炭爆裂声。

“也就是说，根本不存在那么一个强大到准备东山再起的净魔宗？”席峻锋终于开口，“我辛辛苦苦那么多年，等到的只是一头瞎眼断爪、奄奄一息的病虎？”

云湛同情地看着他。对于席峻锋来说，不能亲手铲除净魔宗的失落，恐怕还要压倒他对破案的渴望吧，云湛猜测着。从第一眼见到席峻锋，他就能看出来，这个人心中藏着一团熊熊燃烧的毒焰，被刻骨的仇恨所驱使的毒焰。他真的就像是一个打虎的猎人，在山林里经年累月地搜寻着虎迹，但等到老虎真的出现在面前时，才发现老虎已经濒死。他事先所设想的种种圈套与步骤，他每一天都反复磨砺的猎叉，到此刻全都成为无用功。

“也许……也许还剩了几个吧？”云湛觉得用“还有没抓到的罪犯”来安慰一个捕快实在是滑稽至极，“我不是一开始就说了嘛，死去的那三个长老，秘术并没有强到顶尖，不像是具备能完成那几个祭典的实力。所以那三个老头儿也很有可能是雇佣兵团的成员，而真正的长老还潜伏在暗处。”

“三个？四个？五个？八个十个？”席峻锋自嘲地笑笑，“都已经只是强弩之末的零碎了。最重要的在于，作为一个团体，净魔宗已经死了。而三十年来，我一直以为他们还会复活，让我有机会亲手摧毁他们。”

“真是足够可怕的愿望。”云湛吐着舌头。

“我的养父之前曾经对我说过，不可先入为主，”席峻锋缓慢而低沉地说，声线很平稳，听得出来是在竭力压制自己的情绪，“我满脑子盼望着这是魔教，以便能痛快地复仇。这种情绪反而可能被人所利用。我随口答应着他，却并没有多想。现在事实证明，他对了，我错了。”

云湛不知道该说什么好，只好闷头倒酒。席峻锋站起身来，抓起腰刀，忽然推开捕房的门，走了出去，细碎的雪花立刻飘了进来。

云湛从门口看出去，在湿冷的寒风中，席峻锋拔出了刀。人与刀一同舞动，发出愤懑的尖啸声，连雪花都被刀气震荡，四散飞开。席峻锋像是要把全部的怒气都发泄到招式之中，每一刀挥出，都如同在和敌人性命相搏，地上留下了一连串深深的脚印。

最后他一刀劈出，“咔嚓”一声，院子里一棵碗口粗的大树应声而倒，轰然砸在地上。他这才兴尽收刀，回到捕房里。云湛惊讶地发现他的脸上恢复到了真正的平静，如古井之水般毫无波澜的平静。

“你没事了？”云湛忍不住问。

“在我小时候，每次产生那种压制不住的报复冲动时，就会这样来上一下子，已经成了习惯，”席峻锋回答，“虽然以后我还会发作，还会生气和后悔，但至少现在，我可以心无旁骛了。净魔宗既然已经无足轻重，这个案子就将是我的最后一案。做了十多年的捕快，总得有个说得过去的收场吧。”

他把面前的酒杯推开，好像是决心不再沾酒了：“一切都被我养父说中了，有人在利用净魔宗的名头布置一个复杂的阴谋。根据历史上的记载，魔女复生的祭典，从来都是用以在最要紧的时刻鼓舞士气的，就像三十年前那场战争时，他们匆匆忙忙试图复制这个祭典一样。所以，在整个魔教已经不剩几个人的时候，费尽心力地进行复生血祭，其实完全没有意义。”

“所以这个祭典并不是为了净魔宗布置的，而是为了别人，是一个用来掩人耳目的大幌子，一个像煞有介事的骗局。”云湛接口说。

“不错，是个骗局，”席峻锋敲着桌子，“让我们来想一想，这个骗局的目的是什么。这五桩凶杀案，从一开始就闹得大张旗鼓，所有的尸体都摆在很容易被人发现的地方，甚至在我的眼皮子底下进行，唯恐旁人不知，就是为了让‘这是净魔宗的魔女复生祭’的观念深入人心。他们甚至还找了雇佣兵在南淮城里冒充净魔宗活动，更加坚定了我们的判断。如果不是你执意要去一趟云望废城亲眼看看，我们真的会全都被蒙蔽了。”

“那个幕后的阴谋家，想要做某件很容易被人看出底细的事情，”云湛慢慢地说，“但如果把它笼罩在魔女复生的外皮下，就能嫁祸到净魔宗身上，让自己完全不会被怀疑。”

“什么样的事情？”

“比如说，最简单的……杀人？”

杀人。

这两个字一说出来，屋里又安静下来。两个人对望一眼，都从对方眼里看出了很复杂的情绪。

“杀人……杀谁呢？”席峻锋自言自语。

“现在已经死了的一共有五个人，”云湛掰着指头，“第一个张剑星，第二桑白露，第三翼藏海，第四伍肆玖，第五锁匠梅洛。想想看，如果有谁看着这五个人不顺眼想要杀了他们，会不会假借净魔宗的名头来出手呢？”

席峻锋短暂地思考了半分钟，坚定地摇摇头：“除非那个人吃饱了撑的。这五个人有什么了不起的？不过都是些江湖武人、卖艺的和锁匠，单纯为了杀死他们，有几百种方法可以用，何必弄得那么麻烦？多的不说，光是在杀死桑白露的时候使用的那一小片冰块，按照现在的市价，足够请天罗把他们五个一人暗杀一次。”

“你对天罗还真了解。”云湛说。

“不止天罗，连天驱的事情我都略知一二。”席峻锋淡淡地说，让云湛的心里突地一跳。他看看席峻锋的表情，好像并没有特指或者暗示什么，这才放下心来，赶紧回到正题：“你说得有道理。这样的布局，绝不会用来杀五个没什么势力的孤家寡人。如果这是为了杀人，一定是要杀一个一死就会引起轩然大波、可能会给自己带来巨大麻烦的人物，所以必须得栽赃给别人，而且还要栽得巧妙。”

“还有另外一种可能性，那是以前一些冒充的连环杀人案中常用的伎俩，”席峻锋说，“要杀的人和自己关系太密切。如果是常规的死法，怎么都会把自己引入嫌疑之地。但如果把死者混杂在其他一些无关人等中，就能够混淆视听，使自己脱罪。”

云湛缓缓点头：“也就是说，前五个死者，其实都只是用来混淆视线的，杀死他们的目的就在于，让人以为这都是魔女复生的祭品，于是第六个死者也会顺理成章地被放入这个篮子里。但实际上，第六个死者……第六个死者……”

他忽然住口不说，看着席峻锋的脸色，并且可以想象，自己的面色也是如此惨白而毫无血色。他相信，在那一刻，席峻锋一定也和他一眼，头脑中一道闪电劈过，窥穿了整个阴谋的终极目的。

“他要杀死太子……”席峻锋喃喃地说，“这个祭典的目的只有一个，就是要杀死太子。”

“你所说的‘他’是谁？”云湛问。

席峻锋笑笑：“还能是谁？是谁把太子和那五个人联系到了一起？”

云湛叹了口气，在心里梳理着此事的线条：“也就是说，所谓的在云望废城无意间冲撞了魔教祭坛，其实根本不是一起事故，而是隆亲王……预先就安排好了的？”

席峻锋站起身来，从捕房的角落里推出一块看板，抓起一根石灰笔，在看板上标注着重点，一边标注一边讲解：“第一步就是太子的出游，这是石隆预谋已久的，目的有二：其一是为了让太子在云望废城冲撞到让人闻之丧胆的净魔宗，为日后的魔女复生祭埋下伏笔。石隆是一个朋友遍布天下的人，从他们那里打听到净魔宗的消息并加以利用，并不奇怪。其二，是为了让郡主了解这种易容替换的方法，以便日后利用郡主。”

“照这么说，陪同出游的五个人当中，应该有石隆事先安排好的奸细，故意把他们带到总坛去？”云湛回忆着，“在打开那道机关之前，似乎一直是是翼藏海带路，后来也是他选择的休息地点。”

“没错，翼藏海一定就是这个奸细，”席峻锋说，“本来也应该由他去装作发现机关的，但没想到机关大师梅洛先发现了，反而更显得像是巧合，配合了这个阴谋。可惜翼藏海忠心地为石隆办事，最后还是兔死狗烹，被杀掉灭口，成为祭品之一。”

他接着在看板上写画：“接下来的第二步，太子等人回到了南淮，他自然就要开始为虚假的净魔宗造势。这方面，净魔宗的人已经投靠了他或者和他达成了交易，布置起来自然驾轻就熟。这当中最大的难题在于如何绑架太子而不露痕迹。光要杀人或者绑架都不难，难的在于事后不被发现。郡主的作用就很重要了，因为她是唯一一个既可以冒充太子，又因为父女关系而绝不会出卖石隆的人。”

“所以他故弄玄虚地安排了那些所谓的供物，吓得郡主不轻。这当中他一定会想办法通过种种暗示，诱导郡主想出以自己替换太子的方式，所以郡主终于行动了。”

“但这当中有个问题，为什么石隆不直接安排汪伶仃教她，反而要曲折地逼她去求伍正文呢？”云湛问。

“因为只有伍正文才能带她定期入宫与太子商议，”席峻锋说，“石隆必须要让郡主相信一切都是郡主自己的主意，而没有别的力量去暗中帮助她。”

云湛想了想：“没错，伍正文每月定期出宫采买，的确有这个便利。所以郡主终于行动了，却没想到已经中了石隆的圈套。石隆的手下早就埋伏在宫外，太子刚刚被郡主换出来，就已经被盯上了。后面的事情可想而知，郡主在宫里胆战心惊地假扮太子，自以为自己救了太子的性命，没想到太子一出宫门就落入了石隆的手里。”

席峻锋沉重地点点头，毫无喜悦之色：“这样一来，所有的线索都串到一起了，可是怎么去证明它呢？郡主是不可能作证告发自己的父亲的，而其他的相关人等都被杀了。就算我们去逼问那个叫汪伶仃的易容师，能得到什么？他曾经帮太子和郡主易容？那完全可以解释为哄小孩儿开心的把戏。”

“所以石隆处心积虑转了那么大个圈子，最终的目的仍然是为了不动声色地杀害太子，”云湛叹口气，“不，肯定还不止。以巧妙的方式杀死太子，只是第一步。诱骗郡主主动躲进宫里，也一定是一步并行不悖的重要的棋。我猜想，迟早会有一天，石隆一定会找到机会劝说自己的女儿，帮助他刺杀国主。这样的话，国主和国主的继承人都死了，石隆也就是当仁不让的新国主了。”

“他把魔女复生的祭典弄得那么声势浩大，无非就是想让我们真的相信魔教卷土重来，相信那六个祭品都是魔教的目标。这样的话，如果没人发现太子的尸体最好，即便有人发现了，也会顺着他早就布好的线索，钻进魔女复生的圈套里。凶手是净魔宗，杀人者的目的是为了祭祀，可就和石隆半点儿关系也没有了——这是一种双重保险的措施。事实上，这个人一直装得很草莽江湖，骨子里终究还是想要夺权。”席峻锋说着，语气很是平淡。云湛忍不住一阵怒从心起，回想着自己和石隆交流时的情景，心想石隆也许是全九州最了不起的戏子。

“我们必须扳倒石隆，为此一定要找到确凿的证据。”席峻锋继续说。

“唯一可能的证据就是找到太子，”云湛说，“只有太子才能说明这一切，才能让他彻底无从抵赖。”

“于是我们又回到了最初的死结，”席峻锋的手指头轻敲着桌面，“太子被绑架到哪里去了？我们必须尽快把太子找出来，否则的话，石隆会很轻松地炮制出第六祭，就用太子来作为祭品。”

“石隆不会那么傻把太子关在自己的宅院里，一旦被找到就是铁证，”云湛说，“南淮城那么大，他完全可以被关在任何一个地方……”

云湛说到这里，忽然闭上嘴，脸上的表情十分僵硬。席峻锋有些奇怪地看他一眼，随即明白过来，他是在思考着些什么，所以并没有说话，往火盆里添了些炭火。

过了好半天，云湛才用略带颤抖的嗓音问：“你对净魔宗研究不少，知道有什么星阙是代表魔主的吗？”

席峻锋的回答让他非常失望：“当然没有。魔主是整个世界的主宰者，所有的星辰都归他掌管，怎么可能有哪一颗星可以代表他呢？”

他的眼珠子骨碌碌一转，不甘心地再问：“但是，我在雷州净魔宗的总坛里，分明看到了六颗星星排列而成的一个标志。这个标志就刻在祭坛外墙、魔主像的头顶，总不会是没有意义的吧？”

席峻锋愣住了，在乱糟糟的书桌上翻找出一本厚厚的书籍，在里面翻找了一会儿，大声说：“没错，是有那么六颗星，那是六条龙的象征。”

“六条龙？”云湛很是纳闷儿。

“在净魔宗的传说里，魔主被天空诸神背叛，才被封禁到地底，用来禁锢他的，就是六条龙。这些龙连接成锁链，封住了他的魔力，也成了魔徒最痛恨的东西。所以他们坚持说，夜空中有一个由六颗星组成的小星团就代表六个龙头。当魔徒们仰望星空时，看到这六颗星，就应当记起魔主正在遭受的苦难，”席峻锋默读完书上的字，择其精要念出来，“这好像是一条不大为外人知晓的教义，只有《净魔救世书》的原本才有记载。”

云湛大步走到他身边，看着那六颗星的排列形状，果然和在雷州总坛里见到的一模一样。他瞪着这六颗星看了很久，忽然叫道：“地图！南淮的地图你这儿有吗？要最大的！”

席峻锋眉头微皱，但还是领着他走到外间的墙边：“墙上钉着，我们这儿最大的一幅，街道小胡同什么的都标注得很清楚。”

“要的就是这个！”云湛兴奋地说，“快把前五个死者的死亡地点在图上标出来！”

席峻锋依言标注。第一位死者张剑星死在城西郊外的农田，第二位死者桑白露死在城西南的一条平民街区，第三位死者翼藏海死在城南的砖窑里，第四位死者伍肆玖死在城东南的一间药铺门口，第五位死者锁匠梅洛则死在城东，就在两人所在的按察司内。

“看看这五个地点，再看看那六颗星的排列吧。”云湛的声音近乎阴森。

席峻锋脸色铁青，往后退出几步，看着那五个地点，摇摇头：“不用再看了，我闭上眼睛都能画出来，只是……从来没有联想到这方面。”

“难怪我看到那六颗星觉得很眼熟啊，”云湛长出了一口气，“西——

西南——南——东南——东北，整个祭典的顺序，是按照六颗龙头排列下去的。如果以此推断的话，第六祭的地点，就应该是——”

他对比着书上的图案，在这张南淮地图的北部圈出了一块区域，按照这个规律，第六祭应当在此区域内发生。两人盯着这片区域，拳头慢慢都捏紧了。

那是王陵。埋葬着衍国历代帝王尸骨的王陵，隆亲王石隆从年初开始主持大修、两个月前刚刚完工的王陵。

席峻锋猛地一拳砸在桌子上，吓了云湛一跳，转头一看，这位捕头面如死灰，有如鬼魅附体。

“你又怎么了？”云湛忍不住问。

“我们又上当了，”席峻锋咬着牙，“所有人都带着那种思维定式，以为魔女复生的祭典一定会按照顺序从第一祭到第六祭，但所有人都错了。对于阴谋家来说，虽然需要布置迷局来掩饰他的真正目的，但这个目的……却不一定要放在最后来完成，那个顺序只是用来迷惑外人的。他一定会趁着最方便的时候下手。而王陵，就是带给他这种方便的起因。”

“你的意思是……”云湛的脸也白了，明白了他的意思，“太子已经……已经……”

“在第一祭开始之前，太子就已经被杀害了！”席峻锋的双目中似乎要喷出火来，“他的尸体就被埋葬在王陵里，就在石隆主持重修王陵的时候！”

二十九

这一个漫漫长夜走到尽头时，两人才算是停止了讨论。他们把之前的许多细节也串联起来，分析了石隆相应的手法。比如那个因为刺杀石隆而死的焦东林，应该是石隆的手下，可能是被石隆以深夜密谈的借口招去，突然下手杀害；比如凝翠楼的艺妓秦雅君，也因为替石隆做事，最后被灭口；比如桑白露所居住的房子，就是石隆从他事先买好的那些避难房屋中刻意挑选的，因为它正好处在那个关键的位置上。当然还有一些小地方暂时没想明白，比如锁匠梅洛是怎么在严密看防之下被蛊虫上身的，但这些细节，只需要拿下石隆后详加盘问，一定能得到答案。

不过想要逮捕石隆可不是件容易事。无论什么朝代，对权贵下手总是麻烦多多，而且经常代价沉重。而石隆的身份更为特殊，光是他身边那些武艺高强的死士就足够让人头疼到死。

最麻烦的在于，这里是南淮城，住着几十万人的宛州最大的城市，假如动用大量军队出马，打草惊蛇不说，还会造成民众的巨大恐慌。而且城市巷战也比旷野中的两军对垒复杂得多，就算出动军队，也未必能擒得住他。

所以必须得想点儿其他的办法，至少得把石隆引出亲王府才能下手。要做到这一点，无论云湛还是席峻锋、田炜，乃至于石秋瞳，都不够分量。最后石秋瞳盛怒之下，决定把此事告知国主。

“反正死了儿子总不能一直瞒下去，迟早还是会被他知道，”石秋瞳怒气冲冲地说，“早哭、晚哭都是哭，让他亲自下令吧。”

石秋瞳一定是早就哭过，云湛想，这两天她的眼圈总是红的，虽然在人前若无其事，背地里不知是怎样的哀恸。于她而言，最主要的情绪其实是内疚吧，云湛猜测着，这个外刚内柔的女人一定是觉得，如果她能多多关心一下自己的弟弟，这种事情也许就不会发生了。云湛找不到话安慰她，只能苦劝她先不要告诉国主。至于郡主，现在仍然装扮成太子暂时待在宫里，因为她不知道该如何去面对自己的父亲。

“你老爹如果知道了，肯定会暴怒，说不定就会不顾一切地要硬拿人治罪，”云湛说，“那样南淮城就闹翻天了，而且还未必能抓得住。所以你一定要首先沉住气，我们一起想想办法。比如说……假传圣旨什么的？如果能把他骗到王陵，让他当场招供出尸体藏在哪里，就更好了。”

“这可是大罪啊！”石秋瞳有点儿犹豫。

“这种时候，你应该做出取舍，孰轻孰重。”云湛说得很简单，但含义再明白不过了。石秋瞳咬咬牙，下定了决心：“也好，反正如果不击败石隆，我们都难逃一死。但应该找什么借口呢？”

“王陵嘛，肯定是去祭拜。里面埋了你们石家那么多祖宗，随便挑一个不就行了？”

这话提醒了石秋瞳：“对啦！我伯父石之衡的忌日快到了。他们兄弟俩已经有两年没有去拜祭过这位大哥了，正好找这个借口。”

云湛松了口气：“这就对了。那就交给你了。动手的那一天我去给你做打手就行了。”

石秋瞳轻轻点头，眉头紧锁。云湛瞥她一眼：“还在想着你弟弟的事？”

“其实已经想过了，”石秋瞳摇摇头，“这两天想得多的，还是伯父的事情。他和我父亲之间的仇恨，或者说怨愤，真的有那么深吗？”

“人的心思总是不可捉摸的，”云湛说，“所以最好的办法就是不要多想，先把手里的事情做好了。到忌日还有几天？”

石秋瞳算了一下：“那一天是十二月十六。所以还有六天时间做准备。你真的不帮我忙，只等着做打手？”

“我没什么忙可以帮了，”云湛一摊手，“我和石隆又不熟，难道由我出马去把他骗来？”

“那你不会鬼混六天吧？”石秋瞳看来很了解云湛。

“我倒是有这个念头，可惜的是，手里剩下的钱不多了。”云湛叹了口气，表情十分遗憾。

云湛果真潇洒，拍拍屁股走掉了，留下石秋瞳气也不是恼也不是。她定定神，第一百次确定了男人不可信，然后开始计划剩下的步骤。首先是要先稳住国主，不让他察觉此事，否则震怒之下的他多半会毫不犹豫地动手硬拿人。克制不了情绪，一向是国主的一个大毛病。云湛曾有些刻薄地向她评价过石之远，说此人无非是凝翠楼头牌的命，却老是梦想成为九州第一美女。

虽然云湛说话历来是狗嘴里吐不出象牙，但这话却也不无道理。石之远当然是个有才能的人，只是他的才能并不足以支撑起他那过于宏大的野心，所以这一生注定只能在不断的挫折和失落中度过。人的一生就是这样，梦想和现实往往看起来像云望海峡一样近在咫尺，当你想要横渡时才会发现水面下密布的暗礁。国主想要吞并宛州，甚至进一步登上皇位，但即位三十年了，也难以做到；席峻锋做梦都想亲手摧毁魔教，没想到魔教已经自己毁灭了，让他空有一腔怒火无处发泄；自己和云湛好像离幸福并不太远，但认识那么多年了，却也并没能把幸福抓在手心。

她摇摇头，把飘忽的思绪拉回来，接着开始盘算。可以让御膳房向国主进一些他喜欢吃的菜肴，自己偷偷在里面放点儿药，让他卧床不起。虽然对自己的父亲用这一招有违孝道，但事急从权，也没办法。大不了抓了石隆之后自己去叩头认罪。

接下来就是如何引石隆入彀。石隆能想出那么复杂的阴谋来，必然是狡诈多端之辈，所以这个祭礼一定要做得像模像样，把排场做足。而现场的人不宜多，人多了可能会招致石隆怀疑，所以兵贵精不贵多，云湛、席峻锋这样的高手都得在列。此外还得强调保密，除了云湛等寥寥数人，剩下的人一概不可透露。

还有一点极为关键的：太子的尸体究竟会被藏在哪里？既然石隆是趁着主持王陵重修的时候谋杀的太子，那他一定会把尸体藏在一个意想不到的地方。会是在哪里呢？

她让手下送来了王陵的全图，摊在桌上打算细细钻研，但她几乎一眼就看出了尸体可能的藏匿地点。把尸体藏在那种地方，的确是常人根本想不到，也不可能去找的。如果不是席峻锋看穿了他的诡计，这具尸体或许会永远被藏在那里，永远不被人发现。即便被发现了，黑锅也会背到早已消亡的净魔宗的身上。

石秋瞳一拳砸在桌上，把茶杯都震翻了。好狠毒的伯父，她心里想着，那一丁点儿亲情带来的犹豫一扫而光，剩下的只有不可遏制的巨大愤怒。

与石秋瞳的愤怒相比，席峻锋却显得格外冷静，他平静地递交了辞呈，向多年的捕快弟兄们一一告别。捕快们并不知道席峻锋还会有与石隆的最后一战，都以为他会就此退隐，捕房里充满了压抑的离别气氛。

真正失望到了极处，反而不会外露了吧？刘厚荣充满同情地想。这个入行十多年来都在全力追寻净魔宗下落的男人，在最后得知净魔宗就那样离奇地自动消亡了之后，内心是怎样的空虚而寂寞呢？他不禁想起在那些精彩曲折的江湖传说中，身背血债等候复仇的人们总喜欢祈祷自己的敌人长寿，千万不要老死病死，以享受手刃仇家的快感。但席峻锋是不会有这样的机会了。

没有人出言挽留。因为他们都知道，支撑着席峻锋向前行的精神动力已经不复存在了。这个男人的身上背负了太多沉重的东西，他们不忍心再让他继续受累下去，尽管这个男人同时也是他们的精神支柱。但生活总要继续，所以他们强颜欢笑，对酒高歌。

“你小子，凡事多动点儿自己的脑子，别总是第一反应就去想书里怎么说的、前人怎么教的。书里的东西并不总是对的，古人也未必都比你聪明。不然长久下去，你真成了长脚的书柜了。”席峻锋对刘厚荣说。

“你很聪明，就是有时候过于相信你的小聪明了。小聪明偶尔能碰巧解决一些问题，但在大部分时候，只能误事。学着脚踏实地一点儿、沉稳一点儿，做事之前，先在脑子里认真过一遍。”席峻锋对陈智说。

“你，我恨不得把你和陈智剁成肉酱混在一起，然后再分开揉成两个人，你们俩要能中和一下就好了，”席峻锋对佟童说，“当然你还是我手下最能干的人，我已经推荐你接我的班。”

还有仵作老韩，还有曾经的风流男人霍坚……席峻锋一一和自己的手下与同事们话别，对每一个人的个性与优缺点都了如指掌。他有时严肃，有时滑稽，有时满面笑容，有时吹胡子瞪眼。每一个人都认真倾听着他的话。因为他们意识到，这个人以后也许再也不会出现在他们的视线中，那么这就是大家最后一次和他讲话了。他的平易近人，他的幽默风趣，他的善解人意，他的宽容大度，都只是浮于表面的遮掩，就像池塘的水面有再多的浮萍，也不能让人站上去，一池水永远不能供人站立，那一层看似厚实的绿色只是徒有其表，下面幽暗的死水与看不见的深底才是真实的。

觥筹交错之间，捕快们凑钱买来的各种熟食渐渐只剩下残渣冷油，而几名快脚的小捕快已经跑了两趟去买酒了。席峻锋喝得满脸通红，突然一屁股坐在了满是油渍的桌子上，整个捕房里静了下来，大家都知道，他大概要发表离去前的最后一次演说了。

“人活着总还是要有梦想比较好啊，”他的开场白十分突兀，“想要赚大钱也好，当大官也好，讨个漂亮媳妇也好，称霸武林也好，或许是庸俗的，或许是高雅的，但无论如何，梦想无分贵贱，有了梦想，人才能活得有滋有味有盼头。”

“但是仇恨这种东西，和梦想无关，它就像是一根带着刺的鞭子，抽着你身不由己地向前走。人一旦有了仇恨，就被完全捆住了手脚，沿着一条无法回头的路前行。终点只是解脱，而不会是欢愉。”

“人生就像抬起头仰望天空，那里有朝霞的灿烂，白昼的明亮，黄昏的暮气与黑夜的阴沉。但对于某些人来说，人生永远都只是黑夜，能看着漆黑一片的天幕，等待着永远等不到的黎明的曙光。”

说完这番没头没脑让人难以理解的话之后，席峻锋顺着桌腿滑到了地上，脑袋一歪，开始发出鼾声。捕快们相互苦笑着对视，七手八脚地把他抬到那张硬板床上。

“我去通知一下嫂子，等晚上醒了酒我们再把他送回家去吧。”陈智止不住地唉声叹气。

时间的长短对人们来说，是一种感觉的过程。这种过程可以大致概括为两句话：盼望让等待变长，恐惧令时光飞逝。

对于南淮城的人们而言，有的在摩拳擦掌地期盼着六天后的日子，有的在紧张不安地希望它晚点儿到来，然而反过来说，时间并不因为人们的情绪而真的变长或是缩短。当朝阳第七次升起的时候，那个命运注定的时刻降临在所有人头上。

“王陵比我想象的还要大，大得多。”云湛左顾右盼一番后，以一种土包子进城的语调充满敬畏地说。在他的眼前，位于南淮北郊的王陵向着远方骄傲地伸展开，俨然如同一座气象万千的宏伟宫殿。对于死后不过占一抔黄土的草民们来说，实在很难想象，王族的陵墓会具备这样的规模。

历代帝王基本就是把宛州能有的美好景观都搬到了这里。那些在各种风物志里被反复提到的山水、楼台、桥梁、园林，几乎都在这里有原比例的或者是缩微的复制。这些复制绝非暴发户般胡乱无当地拼凑在一起，而是由大师设计，搭配错落有致、浑然一体，让活人都有想在这里住下去的冲动。而在那些风景的尽头，就是帝王们死后安葬肉身的所在。王陵的入口好似巨兽的大嘴，准备把来者吞入腹中。全副武装的士兵们除了向石秋瞳鞠躬敬礼之外，一概目不斜视。

“你们还缺看陵人吗？”云湛问，“这里比住在城里还舒服。”

“你可以住在地下的墓室里，那里更大。”石秋瞳淡淡地说。

云湛知趣地闭嘴。来到地下陵墓的入口处。石秋瞳不再搭理他，四处亲自查看了安排好的各处伏兵，虽然暂时没有纰漏，但想到石隆的难缠之处，手心的汗仍然一直没有干过。席峻锋倒是始终泰然自若地站在云湛身边，左右顾盼之间，目光全部盯向那些没有士兵封堵、可能供人逃跑的方向。他张了张嘴，好像是想叫人，但最后哑然失笑："我还是习惯性地想要指使手下的捕快，却忘了我已经递交了辞呈了，而他们也并不在我身边。"

云湛同情地看着他："你真的下定决心不干了？你可比安学武那个夯货强多了。"

席峻锋摇摇头："志不在此，也不必多说了……咱们的正主儿来啦！"

石隆来了。和石秋瞳之前的预判大相径庭，他根本就没有带多少人来。他骑着自己虽为瀚州名种但已经老迈迟暮的坐骑，身后只跟着洪英和四名便装随从，与那些出入则一呼百应、八抬大轿还嫌不够的贵族们形成鲜明对照。

石秋瞳也是见过各种大场面的人，包括曾带兵面对几百年没在九州大地上出现过的杀伤力极强的香猪骑兵，但此时此刻，面对着本就堪称传奇的伯父，那种紧张感是抑制不住的。她深吸一口气，带着笑脸迎了上去，准备按照预定的剧本行事：和伯父虚情假意地寒暄一番，代表自己突然染上贵恙的父亲向他致歉，趁他不备动用云湛、席峻锋等打手迅速把他拿下，然后当着他的面把太子的尸体找出来，让他只能认罪伏诛……

每一个步骤都不容易，尤其是动手擒拿这个名声在外的武林高手，稍微出点儿娄子就可能前功尽弃。她觉得自己的脸都快要笑僵了，简直怀疑自己向伯父问安的时候声线会不会发颤。然而还没等她开口，石隆先说话了。

"就凭这几个人，你真的觉得可以活捉我吗？"石隆不紧不慢地说。

这话一出口，仿佛空气都被严寒的北风冰冻起来。一股肃杀之气蔓延开来，在场所有人都暗暗地把手放到了兵器上。

石秋瞳盯着石隆看了很久，最后开口时，语气也如冰刀般锐利："我还是低估了您的情报网。看来不止是王宫里的带刀侍卫，您还有更多埋在泥土里的人才啊！"

石隆微微一笑："江湖本色，见笑了。"他慢慢向前踏出一步，石秋瞳下意识地退了一步，石隆叹了口气："别那么紧张，侄女儿，我要对你动手，刚才早就出手了。你的武功我见识过，你不是我的对手。"

“那你究竟想要做什么？”石秋瞳有些奇怪。

“陪你进去，让你把尸体找出来，”石隆回答，“你不是怀疑是我绑架并杀害了太子吗？现在我们一起进到陵墓里去，请你把尸体拿出来证明我的罪孽。否则的话，我想你应该向我赔罪道歉，并且发还我的女儿。”

石秋瞳身子微微一颤，她发现石隆所掌握的情报远比她所想象的要多，自己看似精心谋划，其实却还是落入了石隆的算计中。但是石隆明知自己的计划，仍然敢于只带几个随从就来踏入陷阱，难道他还有什么棋高一着的谋划？

她犹豫了一下，决定以不变应万变，至少不能在嫌疑犯面前露怯吧？于是她伸手做了个“请”的手势，当先走在了前头。石隆等她走出几步后，才迈开步子跟上去。

石秋瞳并没有欺骗云湛，王陵的地表部分已经很像一座华丽的行宫了，但地下部分还要宽宏得多。虽然人类并不具备河络那种天生的在地底构建城市的本能，但毕竟在种族间暂时停止兵戈的今天，请几位河络来指点一下也并非难事，因此这座地宫融合了河络的技术与人类的艺术风格。

它足足有十余丈高，穹顶上镶满价值不菲的上品萤石用以照明，比烛火更加明亮，映照着四壁的精美壁画和闪亮的宝石。一进入地下，就能看到一座座形态各异、栩栩如生的陶俑士兵塑像排列在墓道两侧，一路延伸下去，就像一支忠实的卫队，守卫着他们早已朽烂的主人。

地宫一向是绝对禁地，从来不许外人踏足，否则格杀勿论。而内部的各种复杂机关和地面严密的保卫也让历代的盗墓贼望而却步。今天相对特殊一些，因此主墓道里的机关都被暂时关闭，但普通卫士仍然不被允许进入。石秋瞳最后挑选了三十名精壮的兵士，带上了云湛和席峻锋两人，与石隆一同进入。想来石隆也不是三头六臂，凭借着己方三名高手，也不愁制不住他。众人沿着倾斜的墓道不断向下，尽管脚步刻意放轻，声音仍在寂静的墓穴里不断回荡。

“为了证明我的罪行，你竟然不惜带上几十个人闯入王陵地下。这样敢于蔑视祖训的做法，倒很有我的风格。”石隆随手拍着一个身边的陶俑。这些陶俑并不是按照标准的人类身型制作的，每一个都有一人半高，配合手里粗长的兵器，显得气势非凡。

“人死了不过是一堆枯骨，我对这样劳民伤财的王陵一向没有好感。”石秋瞳回答，“倒是你，祖训里似乎也没有说过一位亲王可以合法地杀死自己的侄儿吧？”

石隆笑了一声，没有回应。一行人在王陵里转过了若干个通道，越走越深，但这里通风做得不错，并无气闷的感觉，就好像死去的帝王也需要呼吸一样。

当石秋瞳最终停下脚步时，他们已经来到了王陵的核心部位。眼前是一个比进入时的宽阔大殿窄小一些的大厅，但规模也绝对不小。这里的陶俑排列成了军阵，显示出一种守护者的架势，不过最吸引人目光的还是军阵中央包围着的那样东西。

那是一个凹陷下去的大坑，坑中有一只形状奇特的庞然大物，头部很像民间传说中的龙的模样——虽然世上并没有人真的见过龙——有着长而尖利的嘴和弯曲的角，身体却像一头蹲伏在地的巨狮，背上还有展开的宽而长的双翼。云湛跳下坑，走上前去一比，发现自己的身躯也不过和这个怪物的一根脚趾差不多大。该怪物双目怒张，铜铃般瞪视着所有的闯入者，仿佛随时准备势不可当地从坑底扑将上来，将入侵者吞入肚腹。

幸好这并不是活生生的生物，而只是一尊石雕像，用一整块万斤巨岩雕刻而成的石雕像。这是放置在王陵墓室内的镇墓兽。在它脚下的地底，就是衍国历代国君的棺材与尸体。自从三十年前的国主石之衡耗费大量人力财力将它雕成后，它就始终这样威武狰狞地守护在这里，保卫着先王们的躯体和灵魂。

“一整块岩石……那么说就是实心的了？”云湛问。

“是实心的，但还是有办法打破，并在里面藏东西，”石秋瞳答着云湛的话，眼睛却盯着伯父石隆，“可以用河络的火烧水冷法在岩石上凿开通道，把要藏的东西放进去，然后浇入一种特殊的灰浆。灰浆凝固后，会变得异常坚硬，外表看不出破绽来。”

“你的意思是说，我杀害了太子，然后把太子的尸体藏进了镇墓兽的体内，对吗？”石隆问。

“这不正好符合‘归魔’的含义吗？”石秋瞳冷冷地说，“我传唤过当年协助大军击破净魔宗总坛的田炜。他经过分析，认为归魔这一步骤最重要的元素应该和‘地下’有关。因为按照净魔宗的教义，魔主一直被禁锢在地底不能脱身。魔徒们如果想要归化于它，毫无疑问，也应当自己身入地下。”

“那就找找看吧。”石隆简单地回答，并没有多余地抗辩。

三十名士兵拿起早就准备好的工具，攀爬到镇墓兽的顶部，开始细细寻找凿开过的痕迹。他们虽然做御林军打扮，其实却是石秋瞳早就安排好的工兵，正好用来干这种活儿。其余几人站在坑外，居高临下地观看着。

“禀公主，我们找到了一处，明显是凿开后再浇筑补合的。”一名工兵高声汇报说。

“那就从这一处开挖！”云湛下令。

石秋瞳侧眼看看石隆，发现他的脸上终于出现了一丝掩饰不住的紧张，并不像刚刚到来时那么轻松自如了。这让她颇有些宽慰，因为这说明石隆心里毕竟还是在担忧。而工兵寻找到凿石的痕迹，也说明自己的判断没有错。

云湛和席峻锋则神情专注，一直注意着工兵们的动向。席峻锋不断提醒着：“注意一切可疑的微小物体，很可能会有太子身上的饰物什么的脱落下来！不管发现什么，都立即向我们汇报！”

这只镇墓兽所用石材以宛州常见的花岗岩为主，质地极为坚硬。工兵们虽然有所准备，进度仍然不快。石隆的额头上已经渐渐有了冷汗，拳头捏得紧紧地。而云湛和席峻锋的视线也一直盯着坑里，没有半分松懈。时间一分一秒地流逝过去，每一个人都有些口干舌燥，但没有人哪怕是坐下来稍微休息一下。

当工程进行了大约一个对时之后，一名工兵一锤子下去，从碎裂的石块中突然滚出了一样什么东西，在萤石照耀下反射出银白的光。席峻锋一跃而起，跳到了镇墓兽身上。

“拿给我看看。”他伸出手，不疾不徐地说。

工兵捡起那个东西，递给席峻锋，但还没放到席峻锋的手里，旁边忽然伸来了第三只手，以快若闪电的速度抢过那个东西，随即跳出了坑去，回到高处。

那是云湛。他不知什么时候也跟着席峻锋下去，抢在席峻锋之前，把从镇墓兽体内滚出来的物品夺走了。由于速度太快，人们甚至无法看清那到底是什么。

席峻锋脸色变了，也迅速跟了出去，站到云湛跟前："云兄，别开玩笑了，先给我验看一下。"

云湛的答复令所有人都大吃一惊。他把那样东西往怀里一塞，以迅雷不及掩耳之势张弓搭箭，锋利的箭头对准了席峻锋的胸口。他原本一直挂在脸上的懒散笑容不见了，取而代之的是一种近乎咬牙切齿的全神贯注。

"别傻了，我怎么可能给你？"云湛的声音严肃而略带凶狠，并不像是开玩笑的腔调，"你处心积虑安排了这么宏大而复杂的一场阴谋，打着净魔宗的幌子杀害了那么多无辜的人，想尽一切办法诬陷亲王，最终的目的不就是凿开镇墓兽，取走这样东西吗？"

处心积虑地安排这场阴谋？

凿开镇墓兽取走这样东西？

席峻锋？

云湛这短短两句话真是具有惊雷的效果，石秋瞳和石隆对望一眼，脸上的表情就像是刚刚挨了几记重重的耳光，正被打得晕头转向直发蒙。云湛大喝一声："你们如果相信我，就快帮我围住他！他的功夫远比你们想象中要高！"

两人稍微犹豫了一下，还是跨上前成掎角之势，围住了席峻锋。席峻锋脸上的肌肉轻微抽搐着，双目中投射出极度怨毒的眼光，好想要把整个世界都烧成灰烬。石秋瞳觉得自己一辈子都没有见到过这样恶毒而又无比绝望的眼神。那真的是一种最深沉的绝望，用一座金山都无法挽回的可怕绝望。面对着这样一张脸，面对着这样一个几分钟前还看起来很和善、很宁静的人，石秋瞳有一种不寒而栗的感觉。

石隆则想到了自己年轻时在瀚州的草原上猎狼时的情景。他永远也忘不了自己追击两天两夜后终于杀死一条独眼老狼时，从那只仅剩的独眼中放射出的光芒。那只伤痕累累、奄奄一息的老狼，即便是在临死时，眼光中也包含着凶残到极点的杀意。而现在，席峻锋的眼里就有这样的杀意。

席峻锋沉默了一阵子后，目光中那种惊人的沸腾情绪慢慢收敛起来。他在三名高手的包围下，并没有动弹，只是轻轻地问："你是怎么知道的？

我还以为你已经完全相信了我的推理。”

“其实我原本已经相信你了，打算好好歇几天，养精蓄锐来抓隆亲王的，但我发现我根本没法好好歇，”云湛沉声说，“因为我还有一些事情没想通。所以在这六天里，我做了一些小小的调查。想知道我查出了什么吗？”

三十

席峻锋的推理看来无懈可击，接下来的事情就交给石秋瞳和席峻锋去费脑子吧，云湛自嘲地想，草民也有草民的好处，许多事情轮不到自己去费心。过了一个月绞尽脑汁的生活，终于一切水落石出，只等着动手了，多么美妙。

他在家睡了一天，据说那呼噜声在隔壁邻居家也能听得很清楚；他在晚间起床，大摇大摆到姬承家里去蹭饭，姬夫人万年难得地笑脸相迎，还特意为他亲自下厨做了两个菜，但姬夫人的厨艺实在是……吃得他一直后悔今天就不该来；他在夜市里到处闲逛，享受着好久无暇关注过的市井气息，操着各种口音的小贩们此起彼伏的叫卖声让他觉得比音乐还好听。

最后他不知不觉又逛到了城南，眼前已经看到斗兽场的雄姿和观景塔直入云天的模糊轮廓。这让他意识到：自己的心思并没有放下。自己仍然在思考着这个案子，潜意识里仍然对隆亲王不依不饶。

为什么？他在斗兽场外靠着墙根儿坐下，抬头看着那在夜色中忽隐忽现的黑影。他尝试着把思绪清空，完全什么都不想，然后看看蹦入头脑的第一个念头，或者第一种情绪是什么。

不安。那种始终萦绕于脑海中的捕捉不到的东西，叫作不安。为什么会不安？明明所有的过程都推导出来了，都符合已经发生的事实，而石隆一直以来的表现也都始终充满谜团，这应该是一个完美的推理……

为什么我还是始终觉得不对劲儿？我究竟漏掉了什么？

云湛捧着头，苦恼不堪，总觉得眼前那黯淡的城南夜色正在卷曲变化，形成一只狰狞的巨兽。这只巨兽变幻无端，遮天蔽日，正在张开黑黢黢的大口，要把他吞入其中，嚼得连骨头渣都不剩。

在这种时刻，还有谁能帮助自己做出判断？云湛在心里开始点兵。师父云灭当然是最佳人选，可他不知云游去了何方；石秋瞳正沉浸在失去弟弟的悲哀中，满脑子想着的就是向石隆复仇；席峻锋在近乎独立地完成了对石隆的全面推理后，也心灰意懒地陷入对往事的追忆中，好像净魔宗的不战自亡消磨了他的全部锐气；至于姬承，虽然有时候凭着直觉也能灵光一现那么一下下，但要让他来做这种复杂的脑力游戏，实在很荒谬。

最后他只能想到安学武。虽然向安学武求助是一件很伤自尊的事情，但眼下也没有第二个人能派上用场了。安学武虽然眼下武功打了折扣，那奸猾诡诈的头脑还在，一定可以……等等！

云湛霍地站起身来，就像一个溺水的人抓住了一根树枝一样，循着那刚刚闪现出来的思维火花，唯恐它一闪而灭。

安学武！原来我最大的疑惑出在安学武身上！云湛突然间恍然大悟。那就像是在走一座路径复杂曲里拐弯的迷宫，眼瞅着已经可以只隔着最后一道墙就看到出口了，偏偏前方没有路了。当然，你可以无视这道墙，硬生生地翻越过去。但你能欺骗别人，却不能欺骗你自己：这条路是错误的。哪怕只有最后一堵墙的障碍，这仍然是一条错误的路。你必须重新回到起点，选择另一条新路，直到出口前面再没有任何一道墙阻隔。

现在安学武就是这道墙，这道脆弱的、看似可以一翻而过的墙。那些流畅的推理，都在这道墙上碰得头破血流。这道墙挤眉弄眼地发出难听的酷似安学武的嘲笑声，让云湛汗流浃背、心如乱麻。

一定有什么东西被忽略了。这些被忽略的，其实就是关键的真相。

天亮后的南淮正从熟睡中苏醒。车轮声、马蹄声、轿子抖动的“吱嘎”声、行人快速行走的脚步声构成了这苏醒的主旋律。当东方的晨光将第一丝温暖投射到南淮时，这座城市已经焕发出了惯常的生机。

云湛就在这一时刻贼兮兮地从按察司的号房里钻了出来，轻松地翻墙而出，谁也不知道他去那间刚刚死过人的号房想要做什么。然后他一路奔向衙门，在门口守候着。不久之后，一个白发伛偻的老妇人来到了衙门。门口的衙役一见到她就皱起眉头，毫不客气地上前驱赶。

“跟你说了一万遍了，已经结案了，你击鼓鸣冤也没用，快走吧！以后别再来了，当心告你个恶意滋事，你这把老骨头经得起板子吗？”

“可我儿子真的是冤枉的，”老妇人不哭、不闹、不吵，轻声而坚定地说，“他一心只想当一个好捕快，是绝不会去刺杀王爷的。”

云湛快步上前，在老妇耳边耳语了几句，老妇犹豫了一下，不再和衙役拉扯，跟着他走开了。两人转过一个街角，云湛迫不及待地说：“我没时间多解释，但你必须相信我。如果想要给你儿子焦东林洗清冤屈，就请快把他的日常人际交往都和我说一说，越详细越好！”

老妇轻轻摇头：“哪有什么人际交往？我们是从乡下穷地方来到南淮的，无亲无故，就靠他的薪俸养活我们娘儿俩。他每天只知道闷头工作，希望能早点儿升迁，好涨点儿薪水。”

云湛很失望：“真的没有什么比较亲近的人吗？比如说上司、同行？你再好好想想。”

老妇想了很久：“真的没有。他嘴笨，也不会拍上司的马屁，除了……对了，上司虽然对他不好，但好像有别人很器重他。”

云湛急急地问：“什么人？”

“他没说过具体的，但他告诉过我，有一个什么组织想要吸引他入伙，他假装答应了，”老妇努力回忆着，“他说那个组织很不好，是违反律法的，他想打入内部实行反间，把这个组织一网打尽，就可以立大功了。”

“他真是个称职合格的好捕快。”云湛说完，掏出一枚金铢硬塞到老妇的手上，转身快步离去。距离石秋瞳所定下的动手的日子还有五天，包括这个已经过去了的早晨在内，他必须趁着这最后的五天把一些需要调查的东西全都调查出来。

接下来的两天，他发动了自己手里所有可用的眼线，在亲王府附近一面盘问居民，一面寻找着那些不为人注意的乞丐、流浪汉之类。云湛很清楚，这些人往往会掌握着旁人看不到的秘密，但要让他们口吐真言可实在不容易。他们被官府欺压、被市民鄙夷，往往会对外人产生抗拒和怨怼的情绪。平时官差们耀武扬威地喝问他们时，他们百分之九十都不会口吐真言，而会编一些谎话敷衍过去，甚至于提供相反的情报，以作为他们被轻视与侮辱的小小报复。

所以云湛这一次真的是倾尽家财，下足了血本，把从石隆那里要来的预付金以及那位老天罗留下的银票全都兑换成零钱，命令问话的人，如果问到乞丐和流浪汉，一定要以礼相待，不管对方说与不说，都要赏钱。而他问的问题非常奇怪，既不是与太子失踪有关，也不是与石隆的日常行为有关。

“你们好好问一下，十一月初六那一天的凌晨，有没有人在亲王府附近看到什么奇怪的事情？”他下命令说。

十一月初六这一天，正是焦东林刺杀石隆的日子。那一天的事件突如其来，持续时间很短，很难有人能注意到什么。但云湛就是执着地要这样一个答案。

终于在第二天夜里，一名正缩在火堆边烤火的乞丐给出了云湛想要的信息：“啊，那天晚上正好我被冻醒了，正在到处找可以烧的东西，突然看到那个塔上面亮了一下。”

“什么？塔？亮了一下？”为云湛做调查的眼线以为自己听错了。

“真的，而且不是一下，那上面闪了好几下，也不知道是啥玩意儿。后来王府里面闹起来啦，那闪光就不见了。”乞丐肯定地回答。

至此，云湛前两天的调查结束。但他并没有闲着，而是再度进宫，缠着正在绞尽脑汁布置抓捕石隆的方案的石秋瞳，提出了更加莫名其妙的、和本案完全不沾边的要求：“我要找一些三十年前的秘密卷宗。”

“三十年前？什么卷宗？”石秋瞳一愣。

“与上一任国主石之衡有关的一切档案，尤其是他被刺的经过，以及他那个纳了不久就死掉的王妃。”

“有个屁的卷宗！”石秋瞳忍不住爆粗口，“那些事情，就算其中藏了什么隐情，又有谁敢记下来。再说了，有也不能让你看，你不过是撞大运遇到我这么个心地善良的好人，就把王宫大内当成菜园子啦？”

“好吧，您是好人，我是恶人，”云湛举起双手，“那总还有一点儿了解当时情形的人还活着吧。三十年时间而已，不会所有人知情人都死光了。”

“三十年时间而已……”石秋瞳哼了一声，“好大的口气，三十年前你都还不存在呢。”

但不管怎样，云湛还是软磨硬泡，从石秋瞳那里问到了“可能知道知情人有哪些”的人，再从这位当年的老太医那里，打听到了几个人名。根据就近原则，他先去找了就住在宫里的第一位知情人。

当他推门进屋时，老太监李鑫正躺在床上，骨瘦如柴，面色蜡黄，急促的呼吸声有如刀割般凄厉。看到一个陌生人进来，他微微一怔。

“三十年前的宦官总管，现在躺在狗窝一样连个火盆都没有的屋子里等死，滋味不好受吧？”云湛冷冷地说。比他的话语还要冷的是这间肮脏窄小的屋子，不但没有火盆，门窗都在漏风。李鑫已经把他所有的衣物都堆在唯一的一床被子上了。听了云湛的话，他的双眼充满怨毒：“一朝天子一朝臣，我虽然只是个太监，算不得臣，但被弃之如履的时候，也差不多。你就是专程来嘲笑我的吗？”

“我是来找你问话的，”云湛说，“过了这么多年，国主早把你忘了。我可以给你换更暖和的屋子、更好的饮食，让太医给你看病，前提是你要老老实实回答我的问题。”

“你想要问什么？”李鑫毫不犹豫。对于他来说，再也没有什么比脱离这个寒冷的冰窟更实惠的了。

“你当时是太监总管，一直服侍在石之衡身边，对他和箩妃之间的事情，应该很熟吧？”云湛说，“讲给我听听，越详细越好。”

“我还真说不出太多，”李鑫叹息着，“箩妃是个很神秘的女子，直到国主宣布纳她为妃，我们才知道了她的存在，她的身份、出生、来历甚至于真实姓名都一概不知。国主很宠爱她，几乎每晚都在她那里过夜。说来也奇怪，自从纳了箩妃后，国主就在几个月时间里连续遇到了三起刺杀案，幸好每一次都逢凶化吉……”

“等等！”云湛打断了他，“三起？你确定？不是四起？”

“我确定，只有三起。”李鑫很肯定地说。

云湛皱着眉头，陷入了困惑，但很快又接着问：“后来呢？听说箩妃死得很早？”

“对外公布说是急病死的，但实际上，肯定是自杀的。”李鑫把自己三十年前曾向石之远叙述过的那番话又向云湛说了一遍。在前任国主石之衡病危的那个午后，石之远的野心和残忍在那番对话中暴露无遗。然而可悲的是，石之远空有野心，却并没有足够实现他野心的能力。单论治国，他的成就尚可，衍国始终都是九州国力最强的国家之一，但他对外扩张的政策却总是屡屡受挫，到现在五十多岁了，仍然未能染指梦寐以求的皇帝宝座。

“真是可悲的人生啊。”云湛低声嘀咕了一句，然后陷入了长时间的思索，直到感觉自己的手指已经快要失去知觉了。

“我都开始可怜你了，”云湛拉紧身上的衣服，“我会告诉公主，让你今天天黑前就搬家。”

第二位询问的则是当年的御前侍卫总管华纲。华纲已经引退，不过生活过得比李鑫强多了，在城东有处宅子，是个精力健旺的老头儿。云湛听他滔滔不绝地夸耀了许久当年的英勇功绩，好容易找到空隙插话，问起了那几起刺杀案。

“没错，箩妃在那阵子，就只有三起，不是四起，”华纲很肯定地说，“那三次刺杀我都在，并且最终击杀凶徒，但惭愧的是，最大的功劳都不记在我的账上。”

“哦？那么应该是谁的功劳呢？”云湛问。

“是一个不知道姓名的人，”华纲回答，“我甚至没有见过他的真面目，每次他出现，都是全身黑衣，黑布蒙面。很奇怪，他对于那三起刺杀的计划，以及三名刺客的武功几乎了如指掌，全靠他的指点，我们才能保护住国主的周全。说真的，我这一辈子也应付过不少大大小小的江湖高手，像那样怪异的武功，却是见所未见、闻所未闻。”

云湛耐着性子等他描述了一番自己早已心知肚明的天罗的手段，他这才接着说：“前两个刺客还算好，我收到了那位蒙面人的指示，暗中布置妥当，把他们的退路全部封死，虽然付出了不小的代价，最终还是成功擒获。但第三位的武功强到了匪夷所思的境地，在我们已经严密布防的情况下，竟然躲过了所有的防守，当我们发现时，他已经闯入了宁清宫。”

“宁清宫？就是过去箩妃的住地？”云湛一面发问一面想，石秋瞳果然胆大，这样摆明了很不吉利的地方，她还是要拿来做自己的寝宫。

华纲点头：“没错，就是那儿。刺客闪身进屋，马上反锁了门。当时我急得要发疯，追过去的时候，心里想着已经来不及了。当我撞开门闯进之后，却发现，那个刺客已经中招了。我刚才提到的那位蒙面人站在他的对面，用一把匕首刺入了他的心脏。我赶忙上前，给了他最后一击。”

如果没出什么差错的话，这个刺客就应该是亲自出山挽救天罗尊严的天罗宗主了，云湛有些伤感地想。没想到他竟然真的就那么毫不壮烈、毫无波澜曲折地，在一个御前侍卫撞门的时间里就被刺中了，然后又死在这个宫廷的走狗手里。可是……这是为什么？那个蒙面人有什么通天彻地之能，可以在一个照面之间刺死几乎可以说是天下无人能敌的天罗宗主？

“不过，有一点挺奇怪的。”华纲说。

“什么奇怪？”

“我扯下刺客的面幕之后，发现他的表情很平静，”华纲说，“我从来没有见过死得那么平静的刺客。”

我从来没有见过死得那么平静的刺客。这一天剩下的时间里，云湛反复咀嚼着这句话，想从里面发掘出什么来。他又重新询问了太医，得知箩妃的死因果然蹊跷，但国主的确是慢慢病倒的；他找到了当年曾伺候箩妃的宫女，得知箩妃有点儿像如今的太子石懿，从来不爱与人接近，但是深得国主宠爱……

还有两天，还有最后一项工作要做，但这一项工作的难度可能是最大的，两天时间实在是不大够——二十天也未必够。但他没有办法，唯有硬着头皮顶上去。

果然如他所料，第一天完全没有任何成果。国主或是箩妃这样有身份的角色，自然会有人记得他们的一言一行。但席峻锋的父亲就是个普通的街头小贩，谁会记得三十年前的一个无名小贩呢？他得到了一大堆的白眼和“不知道”，还有几条自相矛盾一听就是编造来骗赏钱的描述，结束了这口干舌燥的一天。

第二天仍然如是，仿佛注定了是要徒劳无功。可是如果不能查证这一条，之前所做的工作都是白费心血。云湛拖着沉重的腿脚又跑了一天，傍晚时分，终于累得受不了了，怒气冲冲地找了个街边小酒摊，抓起酒壶就往嘴里倒。

太阳正要落山，残阳在远方的地平线留下最后一抹毫无暖意的余晖，那如血的晦暗红光让云湛不知怎么地就想到了三十年前。据说当席峻锋父亲的尸体被发现时，正好是朝阳初升的时间。那具尸体挂在树上，除了头部，全身上下的每一片肉都被割得干干净净。年幼的席捕头就是在那个时候走上前去，坚强地认领了父亲的尸体，一滴眼泪都没有掉。而当时的处理邪教事务的专家田炜似乎正是由此看中了他的某些潜质，所以才收留了他……

云湛长叹了一声，满脸的懊丧：没有办法了，只好去找田炜了。这是他万不得已之下才会选择的最后一条路，但眼下的确已经陷入了山重水复的境地。田炜既然收养了席峻锋，又替他葬了父亲，当然不可能不弄清死者究竟是个什么人。关键问题就在于这个老头儿多半不会愿意说。听说他和养子席峻锋的感情很好，未必会回答陌生人可能不怀好意的问题。但云湛已经没有时间了。云湛咬着牙，无论用什么手段，也得让你讲出来。

出乎意料的，田炜并没有对云湛询问他义子的事情而感到抗拒。他若无其事地请云湛到书房坐下来，让仆人送上好茶和点心，对云湛说："先吃几块点心吧，我看得出来你已经饿坏了。我年轻的时候，办起案来也是这样不顾惜身体，到老了才知道后悔哟！"

云湛讪笑着，但的确已经一整天没吃东西，刚才又空腹喝了不少酒，一阵阵饥火上升。所以他不客气地抓起点心就往嘴里塞。田炜笑眯眯地看着他："多吃点儿，多吃点儿，放心吧，里面没有毒药。该来的总会来，躲不过去的。"

云湛停住了咀嚼，大口把嘴里嚼到一半的点心硬生生吞到肚里："这么说，您早就有所疑心了？"

"不算疑心，就是始终觉得不对劲儿而已，"田炜叹息着，"小席这个孩子，心里藏了太多的事。他的仇恨是真的，但是未必恨的就是净魔宗，或者说，未必恨的就只有净魔宗。"

"您的意思是说，净魔宗只是他用来掩盖自己真实意图的幌子？"云湛一惊。

"很有可能，"田炜说，"真正的仇恨，并不是需要随时表露出来的，渲染得过多，反而有点儿欲盖弥彰。而且小席父亲的死，其实疑点也相当多。"

他放下茶杯，背着手来到窗前，看着浓云中微微露出一角的明月："三十年前的那天早上，我接到报告，连忙赶到了现场。尸体的惨状我不赘述，你也应该听说过了。可是看到那样的尸体，小席竟然连半点儿眼泪也没有掉。从那个时候起，他的眼里就只有仇恨，而我也能确认一点—— 他一定是清楚知道父亲死亡的真相的。但无论怎么问他，他只是告诉我他不知道，没看见，也不清楚父亲究竟有些什么仇家。”

“我没办法逼问一个小孩儿，只能自己去调查他父亲的背景。他父亲席德群就是一个寻常的菜贩，自称妻子早亡，和儿子相依为命，与世无争，毫不起眼儿，来历也无人知晓。我不甘心，把他的邻居都问了个遍，要求他们提供此人的生活细节，哪怕是爱吃什么菜都不放过。最后我终于筛出了一个小事件，很是有趣，可惜我仍然猜不透其中的玄机。”

“什么事件？”云湛忙问。

“有一个邻居说他偷看到过这个老实巴交的男人在悄悄和一个年轻女人幽会。而那个女人还很漂亮，简直比南淮城里几大青楼的红姑还好看——那可真是羞花闭月啦！”田炜“嘿嘿”笑了起来。

云湛却没有笑，这个信息让他隐隐和之前的某些事件印证起来：“详情是怎么样的？那个邻居偷看到了什么？”

“那家伙曾经是个惯偷，被关过两次之后老实多了，但是小偷小摸的毛病还是改不了，总爱在街坊邻居那儿顺手牵羊一点儿不值钱的玩意儿。那一天是白天，按理席德群应该在外面卖菜，而他看到小席和一群玩伴跑远了，于是想要到席家的窗台上揪一头蒜走，结果听到屋里有人说话，从窗缝偷偷看过去，正看到两个人其中一次说话和……打架的场面。”

“打架？”云湛一愣，“那是怎么回事？”

“那一天是那个邻居第一次看到他们在一块儿。那人看到屋里站着一个很漂亮的年轻女人，席德群正在和她低声说着些什么，但席峻锋鼻青脸肿，身上的衣服也刮破了好几处；再仔细看，屋子里的桌椅东倒西歪，显然他们刚刚动过手，而席峻锋吃了亏。那位邻居一口咬定是席峻锋逼奸未遂。”

云湛摇摇头：“这可太有趣了，竟然还动上手了。”

“更有趣的是，那位邻居从此来了兴趣，暗中观察席德群，又撞到一两次他和那个漂亮女子的偷偷会面，却再也没有见到过打架。不过这两个人会面时警惕性颇高，他不敢靠近，也不知道这两人说些什么，只看到两人神情都有些激动，席德群甚至哭了。后来席德群死了，小席一口一个不知道。我也猜不透那个女人究竟是什么来路，怎么会和一个菜贩子有关联，总不能像那个无良邻居一样，看到男女说话就往风月上面扯……”

“是啊，很不好猜。”云湛随口回答，心里却渐渐有数了。这一次，他真正把线索都串到一起了。一个完全出乎意料的答案浮出水面，虽然还是缺少证据，但比上一个推断更加可信一点儿。

“最后一个问题，能告诉我，您对所谓‘归魔’这一祭，是怎么判断的吗？”

离开田炜的家后，他马不停蹄地赶到亲王府。夜已经很深了，但等到天亮就来不及了，所以云湛仍然上前砸门。开门出来的竟然是洪英。这让云湛意识到亲王府的内部守卫不是一般的严密。

洪英看了他一眼，二话不说就要关门；云湛死皮赖脸地把住门：“喂，是我啊！我有很重要的事情要和王爷谈谈。非得现在谈，不然就来不及了。”

洪英鄙夷地看了他一眼：“来不及什么？来不及陷害王爷吗？我真是瞎了狗眼，以为你能帮助王爷。”

云湛脸上红一阵儿白一阵儿，因为洪英这话说得没错，他的确是怀有其他目的而来，但他还是坚持说下去：“这一次我是真的来帮王爷的！有几句话一定要问清楚，否则王爷会惹上大麻烦！”

“王爷早就惹上大麻烦了，”洪英冷冰冰地说，“你辜负了我的信任，我不会让你再进去做些对王爷不利的事了。”

洪英的态度是决绝的，云湛无可奈何，只能灰溜溜地遁走。他越想越不甘心，远远地绕着亲王府走了一圈，想要找个空隙偷偷翻墙进去。当绕回到正门时，他意外地发现一个熟人从府里走出来，门口灯笼的光正照在他脸上。洪英陪同着他，脸上的表情充满了感激，就像之前对自己时一样。这个熟人的出现，让云湛一下子确认了整个阴谋的关键。这个人就是证据，证明云湛这一次的推理不会再出错了。他必须要在天亮前这段时间里想出一个办法，击破这个可怕的预谋，把一直深藏不露的黑手揪出来，保护清白的人。

三十一

“昨天晚上，不对，今天凌晨去找你的，就是席峻锋，对吧，王爷？”云湛仍然稳稳地用弓指向席峻锋，“他来告诉你，我和公主策划了阴谋，想要利用太子来整治你、构陷你，所以他建议你不要心浮气躁，别和我们动手，而是要求我们把尸体找出来作为证据。只要你问心无愧并没有真的杀人，你自然会答应，因为你相信尸体不会藏在那里，对吗？”

石隆迟疑地点点头：“没错，是这样的。可是现在我糊涂了，整个事件到底是怎么回事？席捕头为什么要害我？”

“那就说来话长了，也许说到天黑都说不完，”云湛回答，“我建议我们先把这位捕头牢牢捆起来，押回去再说。”

“押回去？”席峻锋阴森森地一笑：“就凭你们？”

话音刚落，云湛眼前忽然一道白光闪过。他看得分明，那是席峻锋以闪电般的速度拔出腰刀，正向自己当头劈来。这一刀拔刀姿势怪异，让人猝不及防，出刀后用尽全力，不留后招，云湛如果射出手里的箭，其结果必然是和他同归于尽。他来不及多想，只能收弓侧头，堪堪躲过这一劈，却已经有几根头发被刀锋割断，慢慢悠悠飘落到地上。

好快的刀！云湛心想，那一天晚上席峻锋假装醉酒在雪中舞刀，原来只是伪装，好让自己低估他的功夫。

席峻锋一刀逼退云湛，又是“唰唰”两刀，石隆和石秋瞳也只能选择避其锋芒。他借机向着出口处冲去。但云湛低估了他的刀速，他却也低估了云湛射箭的速度。还没来得及钻进出口，云湛的连珠箭已经射了过来，令他不得不接连后退，而石隆与石秋瞳已经两人齐上，堵住了出口。

席峻锋眼见硬冲无用，而云湛也已经迫了上来，身形一晃，居然反其道而行之，反身跳进了放着镇墓兽的大坑里。云湛追过去时，只看见一片白光过后，士兵们纷纷倒地，席峻锋则拐了几拐，消失在那些高大的陶俑群中。在他的奔跑过程中，好像一直在施放暗器，士兵们个个中招倒地。剩下的士兵不知所措，竟然纷纷攀住坑壁向外爬去。

“笨蛋！快躲到低处别动！”云湛大喊道，但已经晚了。士兵们为了逃命，盲目地把目标暴露给了席峻锋，几乎是在瞬间就一一被打落下来。

石秋瞳眼看着连个出去搬援兵的手下都没了，也别无办法，只能和石隆一起守在坑边，防止敌人逃脱。从席峻锋刚才那几下，她就知道此人武功既强且怪，不敢离开，怕剩下两人不好应付。

云湛向前一跃，刚刚跳到镇墓兽身上，下方“嗖嗖”几声，几枚暗器飞了出来，打向他的脚底。他只好发力变向，也跳到了陶俑阵里，避开暗器。

“席捕头，刀法和暗器功夫都很好啊，”云湛大声说，“你义父怕是培养不出这样狠毒的人才吧？”他跳入坑后，扫了一眼地上的尸体，发现全都肤色发紫，显然席峻锋的暗器上带有剧毒。

“你觉得这样的人才，比天罗如何？”远处传来席峻锋的声音。云湛大致能判断出他的藏身方位，但隔着那么多陶俑，也没办法直接攻击。

“说不上，你得多露两手给我看看才行。”云湛一边说，一边悄悄地移动，但走出没几步，身前的陶俑发出一声脆响，那是席峻锋不知用什么武器所击，溅起无数碎片。云湛只能停下不动：“而且你简直比天罗还警惕，老朋友想和你说说话，都那么不亲热。”

席峻锋的语声里充满恨意：“没办法，我稍微疏忽一下，竟然就被你抢走了。现在不能再有丝毫大意了。云湛，快把东西交出来，不然你今天是没办法活着出去的。”

石秋瞳越听越糊涂：“你们干吗老扯天罗？他到底要你交什么东西？”

云湛掏出刚才抢走的东西向坑外的石秋瞳晃晃，又赶紧收回怀里，冲着她喊道：“你以为我们的石捕头挖空心思设下这么大的一场骗局是为了什么？他想要从镇墓兽里取走三十年前被石之衡埋藏在里面的东西——石之衡从天罗宗主手里抢到的天罗宗主令牌啊！”

“什么令牌？”石秋瞳以为自己听错了。

“天罗宗主令牌！”云湛中气十足地重复了一遍，“原本应该握在天罗宗主手里、可以号令全九州天罗的令牌！”

天罗宗主令牌？

整个墓室里一下子鸦雀无声，石秋瞳和石隆在极度的震惊中一时说不出话来。事情的转折太过诡异突然，已经超出了他们的想象。这起奇怪的案件，一开始指向邪教复兴，其后又转到了隆亲王的杀人布局，而现在，怎么会莫名其妙拐到了天罗令牌上去？

“不愧是云湛，”席峻锋发出一声长叹，“这么说来，全部的细节你都清楚了？”

“不算太清楚。比如你父亲和箩妃之间究竟是什么关系，他为什么最后会被杀害，我就不知道，”云湛说，“但是略去前因不谈，这个案子里你的所有手法和动机，我都大致能推断出来了。”

过了好久，席峻锋才慢慢发问：“你是怎么猜到这些的？我一直觉得我的计划罗织得很周详，应该是没有什么破绽的。所有的证据都指向了石隆，太子也藏得很好，你怎么可能看透？”

“你的破绽就在这一点上，”云湛回答，“你太力求完美了，太想把一切的证据都引到亲王身上了，所以你在获得令牌之前，就迫不及待地趁着他还没有被击倒，赶紧找机会下手对付安学武，好把安学武的事情也栽赃到他身上。”

他接着把头转向石秋瞳：“我本来不想告诉你，可现在没办法了，有什么问题回头再问。简单地说，安学武那个夯货不像你想象的那么无能，他其实是潜伏在南淮的天罗。别瞪我，要骂人也别趁眼下！”

噎住石秋瞳之后，云湛继续对席峻锋说：“如果说你的假推论中忽略掉了什么，就是这一点了，也是唯一的一点。但就是这一点让我百思不得其解：亲王对付安学武干什么？又或者说，他要杀掉安学武或者动用权力撤掉安学武都很容易，为什么要把天罗的纠纷扯进来？别的细节都能解释，唯独安学武实在太突兀，完全是一个没有答案的死结。”

席峻锋长叹一声：“你说得对，我应该先忍一忍的。”

“当然了，现在我很明白你的意图了，”云湛说，“你当然早就掌握了安学武的真实身份。你把宗主令牌夺到手，其目的必然是借此召集号令所有的天罗。而一向坚持不能以宗主令牌作为新宗主标准的安学武，自然成了你的眼中钉。你并不想直接杀他，那样效果不大；你的计划是利用他来挑起天罗内斗，造成相当的损失，以促使天罗们更加迫切地希望能重新归并。”

“至于你拿到令牌之后，究竟是想成为新的宗主还是想以此为契机找机会把天罗一举摧毁，我并不知情；只是以你的性格来说，后者的可能性更大一些。这么多年来，你那满腔的仇恨并非伪装，而是真实的，但所有人还是被你骗过去了。因为你的仇家并不是你总是挂在嘴边的净魔宗，而是天罗！是天罗杀害了你的父亲！”

一声野兽般的凄厉长号从席峻锋口中爆发而出，那声音嘶哑刺耳，充满了来自灵魂深处的痛苦恨意，在墓室里回荡不止，令石秋瞳禁不住打了个寒战。接着她看到坑里有金属的寒光反射，忙大叫一声：“小心！”

席峻锋已经如猛虎般从藏身之处扑向云湛。他右手挥着腰刀，左手却划出了一道闪亮的银线，云湛连忙往身旁的陶俑背后一躲，那银线竟然跟着拐了个弯，卷到了陶俑的胸腹部位。“咔啦”一声，陶俑被那细细的银线切割成两半，倒在地上。

“为了消灭天罗，这些年来我想尽一切办法钻研能破掉他们的武器，”席峻锋面目狰狞，目露凶光，“我的刀索怎么样？不会比天罗丝差吧？”

还真的不比天罗丝差。这种古怪的刀索就像一根微型的鞭子，能直取，也能转弯，比天罗丝更加难于防范。云湛一边在陶俑阵里来回蹿着躲避刀索，一边声嘶力竭地大吼：“不许下来！你下来没用，会让我分神而害死我的！”

这话喊得很及时，石秋瞳本来已经准备跳下来，听了云湛的警告硬生生停住脚步。她虽然心急如焚，却也明白自己的武功与云湛还有差距，下去只能碍手碍脚，一时间脑子里一片乱纷纷的魂不守舍，眼看着云湛狼狈不堪地逃窜。陶土的碎裂声中，已经有十多个陶俑被毁掉，而刀索的飞行轨迹太难于判断，云湛只顾得上逃命，根本无暇反击。

石隆则站在原地纹丝不动，眼睛看着下方的战局。他似乎明白石秋瞳的焦急，有点儿无奈地说：“我不擅长这种躲闪腾挪的功夫，下去和你一样，只能是碍事。啊，那小子还蛮聪明的！”

原来云湛逃了一阵儿之后，开始绕着巨大的镇墓兽转圈。这只镇墓兽一来体形庞大，利于躲闪遮挡，二来材质坚硬，刀索切过，只能割开浅浅的细口，难有用武之地。而云湛身法异常灵活，有着实战中锤炼出来的逃命技巧。与他相比，席峻锋自己摸索出来的兵器和武功虽然威力很强，应用中却明显经验不足，欠缺变化。追逃一阵儿后，两人各据一侧，暂作喘息。

“这座镇墓兽果然结实，”云湛好像故意要激怒对方，“用来藏天罗令是最好不过了。席捕头，令尊就是因为这枚天罗令才被杀死的吧？为什么？因为他出卖了宗主？”

席峻锋狞笑一声，并没有追过来，而是向着云湛藏身的方向抛出了几枚黑乎乎的小圆球。圆球落在地上，表面出现了裂纹。云湛心知不妙，奋力往后一跃。“轰”的几声震天巨响，圆球爆炸了，原来里面填满了火药。

爆炸声后，云湛身前的陶俑已经被炸碎。而席峻锋双手都换上了刀索，灵活地操纵着那柔若蛛丝、利胜刀锋的可怕兵器，拦在云湛与镇墓兽之间，不让云湛再利用镇墓兽做遮蔽物。细而暗的刀索在空气不断划出隐隐的轨迹，偶尔反射一点儿光芒，更加令人心悸。

云湛暗暗叫苦，只能不断后跃躲闪，眼看已经快要退无可退地接近坑壁了。石秋瞳惶急之下，发现即便自己奋不顾身地扑上前去，也不可能救得了云湛了。她心里一酸，忽然一下子觉得心中空空荡荡，好像整个世界都不存在了，只剩下即将被刀索分割得七零八落的云湛。不知不觉中，热泪已经涌出了眼眶。

但就在她以为云湛必死无疑的时候，云湛却充分利用自己的无赖本色，在绝境中寻到了一线生机。他从怀里掏出了抢在席峻锋之前夺到手的宗主令牌，用力将它高高抛起。

“给你令牌！”他喊着。

令牌在空中划出一道漂亮的抛物线，而席峻锋没有任何犹豫，瞬间停止了对云湛的进攻，收回了双手的刀索，将令牌卷住，放到自己怀里。这是他一生所梦寐以求的东西。当它真的唾手可得时，席峻锋根本无暇去想其他任何东西，他的视线中似乎只剩下了这块令牌。他要占有这块令牌，他要号令天罗，他要利用宗主的身份分化、分裂以至于最后彻底毁灭天罗。只有那样，埋藏在心中三十年的仇恨才会消亡，缠绕他三十年的噩梦才会中止。这个强烈的渴望，让他在那短短的一刹那，忽略了云湛的存在。虽然他清楚这摆明了是云湛的诡计，但长达三十年的期盼让他不顾一切。

云湛要的就是这一刹那的空隙。在席峻锋还没来得及继续发动攻势时，他终于找到了出箭的时机。一声清脆漂亮的弓弦响声，七支利箭带着云湛毕生的箭术精粹，分别射向了席峻锋身上的七处要害。

席峻锋百忙中已经来不及躲闪，只能奋起全力用刀索阻挡。两声闷响后，席峻锋的右肩和左腿各中一箭，摔倒在地。而石秋瞳也在此时赶到，脚尖在他后脑一踢，席峻锋两眼翻白，昏死过去。

云湛在地上搜索一阵儿，找到一根刚才工兵们用来捆绑工具的绳子，把席峻锋捆了起来，这才终于松了口气，觉得浑身酸疼难当，身子摇摇晃晃地就要跌下去。石秋瞳抢上一步，揽着他的胳膊扶住了他。

云湛微微侧头，看见石秋瞳的眼角尤带泪痕，不由得一愣。石秋瞳低下头去，觉得脸上烫得厉害，却又并不想放开手，只觉得此刻难得，真希望时间就此停下来，让什么公主、天驱、帝王、野心、使命统统见鬼去。

过了好半天，云湛才回过神来，从席峻锋身上重新取回了天罗宗主令牌。他凝视着这枚刻有古老花纹的银色金属牌，轻叹一声："机关算尽，最后还是没能如愿啊！其实这也是个可怜的人。"

"这到底是怎么回事？"石隆的声音听来很暴躁，"我可不喜欢被当成傻瓜来耍！"

"您并没有被当成傻瓜，"云湛说，"我也是想了很久才想明白的。席捕头之所以挑选你来陷害，其实只是为了一个唯一的理由：你今年主持了王陵的重修。他要把矛头引到王陵上，就必须通过陷害你来完成。"

"从头说起，"石隆一跺脚，"我要弄清楚全部的来龙去脉。"

云湛哼唧了一声："好长哎，这里又没有水可以润润嗓子……那就从头说起吧。这件案子是我所见过的最奇怪的一桩，奇怪到我一直都在怀疑整件事是一个大阴谋，专门针对你的大阴谋。因为在这一个多月中发生了太多事，竟然所有的事件都对你不利。虽然很多细节都是一步步慢慢找出来的，但嫌疑人居然那么早就浮出水面，而且越抹越黑，这反而太不正常了。我觉得你就算真想通过这种复杂的方式来杀害太子，也不应该留下那么多破绽让人去抓。"

"是啊，这两天我也百思不得其解，"石隆说，"只有我自己知道我是无辜的，可我猜不到陷害我的人是谁，是出于什么目的。"

云湛点点头："我虽然不知道你是不是无辜，但我可以先假定你无辜，再去推论有什么漏洞。所以我就开始推理，假如发生的一切真的都只是想要陷害你的阴谋，那到底是为了什么呢？既然谋划了一个这么大的圈套，必然会有很深的动机。这个动机是破案的根本所在，我必须把这个动机猜出来。"

"是啊，到底是什么动机？"石秋瞳插嘴问。

"没有别的办法，只能逆推，"云湛说，"只能从亲王被陷害后会带来什么不同寻常的后果来逆推。我们必须要注意到一点，罪犯犯案的方式都相当高难度，完成的种种罪案也都具备很强烈的耸人听闻的效果，光是那五次可怕的祭礼，就包含了包括周密的情报、高深的秘术、出色的逃遁术等多种技艺；而能够收买雇佣军团，有说明罪犯手里钱财不少。所以问题就来了：以犯罪者的实力，还有什么事情是他干不了而必须通过陷害亲王来完成的？”

“是杀害太子吗？显然不是。如果真是亲王要杀死太子，为了摆脱干系，大概会采取很复杂的手段来掩饰。但其他的罪犯如果想要突入王宫杀死太子，恐怕不难吧。而他也不会像亲王那样，会由于太子之死而被推到嫌疑犯的尴尬境地，杀了人之后拍屁股走掉就行了。是为了扳倒亲王吗？也有很多更加省力的方式。亲王府上那么多江湖人士，从他们入手诬陷亲王谋反，也会比这个简单得多。简而言之，无论是试图杀死太子，还是试图以太子为由头陷害亲王，选择走魔女复生的路线，过程都过于复杂，简直就是放着一条好路不走，非要绕路翻山，傻子才会那么干。可是看看那些缜密的布置，罪犯像是傻子吗？显然不像。”

“另一方面，绝不能忽略魔女复生血祭在此案中的重要作用。如果只是为了渲染魔教的恐怖，完全可以有很多普通民众们耳熟能详的残酷祭典，从一开始就让魔教的概念深入人心，而不必像这样已经死了三四个祭品才让人慢慢摸到点儿头绪。所以我相信，如果魔女复生是一个骗局，那么骗局的重心就在这最后一祭上。它不只为了混淆视听，其本身一定承担着关键性的目的。那么，初步的结论就是这样：罪犯最后想要达到的目的，和魔女复生第六祭有关联之处，而且这个目的一定是通过寻常手段难以达到的。”

“为此我专门请教了田炜。他告诉我，归魔极有可能代表着深深的埋葬。‘埋葬’这个词一下子提醒了我，令我突然想到了我们之前所安排下的计划：把亲王带到王陵，当着他的面挖出尸体。因为要说埋葬一个人，最适合的地方就是墓地了。而这么一想，另一个一直被我忽略了的看似无关的细节又跳了出来，那就是亲王重修王陵的事。我立刻有点儿醒悟了：此事可能与王陵有关。当我连夜琢磨了一下王陵的相关资料后，我发现不只是可能，而是基本确定了。”

“为什么？”石隆不解，“王陵究竟有什么特殊之处？”

“特殊之处就在于令兄三十年前特制的这尊镇墓兽，”云湛说，“天下再精妙的机关或是锁具，都有可能被巧匠打开，但这样实心的大石头，庞大、坚硬，想要弄开它，只有硬碰硬一条路，任何的技巧手法都不管用。即便再高明的盗墓贼钻进了这座王陵，面对着它，都只能束手无策。因为没有什么办法可以破坏它而不发出声音。而只要发出了声响，守卫们必然能听到。”

石隆恍然大悟：“所以你才断定，一定是我大哥在里面藏了什么东西，而席峻锋的目的就是要打开它，找到那件东西。他找上我的原因在于，太子失踪期间，只有我有机会趁着监工之便把太子的尸体藏进去，我是他唯一能通过诬陷而与这尊镇墓兽发生联系的人。”

“完全正确，”云湛说，“席峻锋从你接受国主的任命开始，就盯上了你，密切监视你的动向，开始思考究竟能用什么办法利用你来打开镇墓兽。就这样一直等到了几个月，等到了你从宫里换出太子，送他出游，然后又意外地闯入了净魔宗的总坛。其实也未必是意外。席峻锋的身世与净魔宗联系紧密，他在进行虚假分析时，曾提出翼藏海是你刻意安排的带路人，目的就是把他们引入总坛。我怀疑这话有一半是真的。翼藏海的确是奸细，但不是你安排的，而是席峻锋安排的。”

石隆有些怅然：“这不是我第一次遭人背叛了。”

“这一次背叛为我们的席捕头解决了很多问题呢，”云湛说，“如果不是牵涉太子、牵涉你，其他随便死点儿阿猫阿狗，席捕头怎么可能获得机会进入王陵，来挖开这个镇墓兽？我可以想象，多年以来，席捕头一定是想尽了各种各样的方法，他不知等待了多少年，才等到这么一个机会，所以他一定不能错过。否则的话，再等一个三十年，恐怕席捕头已经老到没力气来干这回事了。所以你不要觉得你被卷入是一种偶然，那只是三十年的等待之后，理应发生的事件。”

云湛又把自己在雷州的所见所闻向石隆简述了一遍：“所以根本不存在一个准备东山再起的净魔宗。净魔宗早就消亡了，不可能再有能力搞出什么大的风浪。一切都是席峻锋设计好的骗局。他在那些尸骨的身上蒙上了崭新的白袍，再加上翼藏海的配合，让你的手下们上了当。他们上了当，你也就慌张了，以为净魔宗会跟踪而来，于是开始做各种忙乱的布置。而那正是席峻锋想要看到的效果。你越紧张，就越让敌人有可乘之机。”

“而绑架案是这样的，他本来准备同时绑架郡主和太子，绑架太子自然是为了最后的第六祭，绑架郡主则是为了迷惑你的视线，让你真的以为是净魔宗来惩罚冲撞了他们祭坛的罪人，让你上当更深。可没想到郡主竟然就选在那一天交换出了太子。于是太子直接落入了席峻锋的手中，可给他省下了大麻烦。不然的话，他还得设计一个绑架太子的方法。他稍微动一下脑筋，就能猜到郡主和太子之间的小猫腻，也决定了根本不用揭破，就让郡主在宫里冒充，稳住各方面的人，并且这一点又能为诬陷你增添新的说辞。这样一来，他就可以把所有的精力都投入到布置魔女复生的祭典了。”

“因为翼藏海的存在，席峻锋很容易就能打探出其余几人的藏身所在，一一想办法或抓或骗，把他们变成血淋淋的祭品。而翼藏海自己也没有料到席峻锋会杀他灭口，拿他完成了第三祭。不过在诱杀翼藏海的过程中，由于翼藏海并非孤身一人，而是在为一个砖窑主效力，席峻锋想要不露面就拿住他比较困难，这就需要一个助手了。这位助手起的作用可不止一次，把安学武带到凝翠楼是他干的，在楼上释放毒粉陷害安学武是他干的，引开砖窑主的注意力、以便让席峻锋诱杀翼藏海还是他干的，最后还被巧妙安排到亲王府灭了口。”

“就是那个暗杀我的捕快？”石隆问。

云湛点点头：“就是他，捕快焦东林。根据我的调查，此人并无其他邪念，一心只想做个好捕快，正是这种心态被席峻锋利用了。席峻锋可能是假装某个帮派组织的成员，说要吸引焦东林入伙。焦东林上了当，以为自己假装答应后有机会混入那个组织玩一把反间，借此来立一大功，获得升职的机会。结果那根本就是谎言，他反间没成功，反被席峻锋利用了多次，最后还给杀了。被杀的那一个夜晚，他当时接受的命令很可能只是到亲王府寻找某件无关紧要的东西，但席峻锋给他错误地指引了方向，把他引到了你的房门口，他自然被当成刺客除掉。根据我的调查，当时很可能有席峻锋的同伙藏在高塔上，用镜子反射月光，为他指路。所以那一夜我在院子里时，眼前隐隐看到有光线闪了一下。”

“原来是这么回事！”石隆恍悟，“我说我想不通他毛手毛脚地来刺杀我干什么呢！”

“这就意味着，所有的祭品都是席峻锋杀害的。但他一直都在装模作样主持着破案工作，而且总是做得一副鞠躬尽瘁的样子。”石秋瞳不知道是憎恶还是佩服。

“所以他才能把握着调查方向不会走偏，”云湛说，“既不能过早地引出亲王与净魔宗、引起他人怀疑，也不能让捕快们一通忙乱后完全不知所措。席捕头在这一点上做得很好，一步一步地前进，一点儿一点儿地把他设置的骗局放出来。身为净魔宗的后人，偏偏在很多地方装作无知，人为制造了无数的弯路。他先假装执迷于净魔宗，再假装幡然悔悟灰心失望，还求教了田炜，完全符合一个捕头步履维艰地破案的过程。在杀害伍肆玖的时候，他甚至不惜使用苦肉计让同伙冻伤自己……对了，王爷，您手里有没有一串上品的涣海砂晶？”

石隆想了想：“涣海砂晶？好像有过一串，应该是国主赏赐的。不过我一向对珠宝之类的东西不大上心，扔到了哪里也不知道了。”

“扔到了哪里也不知道了……”云湛嘀咕着，“所以席峻锋才能用它来诬陷你。你可真是个糊涂王爷。”

“那锁匠梅洛是怎么死的？”石秋瞳又问，“梅洛被杀时，席峻锋一直在另一栋房子里睡觉，无论如何也没有作案时间啊！”

“南淮的冬天冷吗？”云湛莫名其妙地问了这一句。

石秋瞳很纳闷儿，还是回答说：“当然比不上北方，但也不能算作暖和，冬天还会下雪嘛。”

“那你知不知道心之花的生命力如何？”他又问。

“我听说……很坚韧，在各种极端恶劣的环境下都能生存，而只要稍微有点儿机会接近动物，就会迅速寄生。”

云湛好似教小孩儿读书的循循善诱的先生：“也就是说，把它冻在一块冰块里，它一时半会儿死不了，对吧？”

“冰块！”石秋瞳一下子醒悟过来，“席峻锋先把虫子冻在冰块里，在冬季的气温里，冰块一时半会儿不会融化。然后他趁人不注意把冰块藏在号房里随便一个什么角落，离开去睡觉。但是号房里有火盆，温度比外面高，冰块就会慢慢融化，而虫子就会复苏。”

“孺子可教！”云湛伸手捋了捋下颌并不存在的胡须，“我专门询问过当时的细节，也看过号房的格局，一块冰扔在角落里是很难被人发现的，而我们的席捕头那一天碰巧劳累过度在号房里狠狠摔了一跤……至于后来的什么飞在天上的白袍，不过是故弄玄虚转移视线的，让人们以为凶犯就选在那个时候下手。事实上，冰块早就藏在号房里了。”

石秋瞳默默地思考了一阵子，最后展颜一笑：“这么一来，席峻锋的手法总算是揭穿了，但是还缺最后两个最要紧的问题没有解答：他父亲为什么会死在天罗手里？我弟弟被藏到哪儿了？”

“我虽然有一些猜测，但毕竟线索太少，不可能确定，”云湛指了指仍在地上昏迷不醒的席峻锋，“弄醒他来问问吧。我建议我们就在这儿问，只有我们三个能听到。如果我没有猜错的话，那很可能涉及你们王族的……某些秘密。”

他弯下腰，在席峻锋的人中上用力掐了一下；席峻锋咳嗽一声，慢慢醒来。

“你可以先猜一下，看看你聪明的头脑能猜到多少。”席峻锋对云湛说。他被绑得死死的，自知不能逃脱，反而镇静下来，有点儿听天由命的味道。

“那我就胡诌几句了，”云湛也不客气，“当我分析出你的实际阴谋与王陵有关后，我首先想到的就是那个古怪的镇墓兽。虽然我没有生活在那个时代，但一直听说石之衡曾经是一位不错的明君，尤其对百姓宽厚仁爱。但为了这尊镇墓兽，他却是劳民伤财折腾了个够。如果不是因为突然间脑筋糊涂了，那就一定是其中藏了什么别的原因。”

“我们来看一看时间，会发现更有意思的事情：镇墓兽建成不久，箩妃就死了，石之衡也很快随她而去。可见这玩意儿和他们俩有紧密的关系。所以我询问了一些相关人等，主要打听他们去世前半年内发生的事情，意外地发现了一个数字上的差异。”

“什么差异？”石隆问。

“所有人都一口咬定，石之衡遭遇了三次刺杀。安学武曾经告诉我，这是净魔宗花钱请的天罗。但有趣的是，他告诉我的事实是，天罗一共派出了四位杀手。他身为内幕人士，当然不会说错了。那么还有一位杀手去哪儿了？席捕头，你能帮我算一下这个加减法吗？”

“何必明知故问，既然你已经猜到了，”席峻锋的眼神中流露出一种深沉的哀伤，“天罗的确派出了四个人，但第一位杀手并没有动手去杀石之衡。正相反，她潜伏在石之衡身边，保护了他，直到天罗宗主死后、天罗内乱无暇他顾为止。”

“她就是所谓的箩妃，也就是一直和你父亲会面的女人，对吗？”云湛问，“而你的父亲，就是净魔宗安排在南淮的斥候，负责协助他们行动的。”

“你说什么？箩妃？”石秋瞳嚷嚷起来，“她是个天罗？可她为什么要抗命，甚至于和自己的组织作对呢？”

“这就要请席捕头解释了。”云湛一摊手。

席峻锋脸上的肌肉一阵抽动，像是被触及了一块还没愈合的伤疤。他闭上眼睛，长长地叹了口气：“她之所以抗命，是为了我父亲。她本来是来向父亲询问与石之衡有关的种种情报的，可是我父亲表面上全力协助她，却故意说错了宫内的防卫布置，也说错了国主的寝宫方位，想要把她引入死路。幸好她生性警惕，并没有完全相信我父亲所说，凭着自己的观察看出了破绽，并没有现身去送死，保住了一条命。她回头自然要去找我父亲算账。我父亲不是她的对手，很快被制住，告诉了她自己为什么要那么做。”

“是啊，为什么啊？”石秋瞳说，“那不是净魔宗存活的唯一希望了吗？”

“可我父亲根本不希望净魔宗存活。”席峻锋答得很干脆。

“他是个叛徒？”石秋瞳很意外。

“可以那么算吧，”席峻锋咬紧牙关，“他和我母亲，都是净魔宗的信徒。在我不到半岁的时候，我母亲所在的一个分坛被官兵攻破。她本来可以逃跑，却为了转身抢回所谓的‘魔主肉身舍利’，被乱箭射死。净魔宗将她封为圣徒，我父亲却从此开始深恨净魔宗，为了几片弄虚作假的破骨头，自己的妻子竟然会丧失生命，这无论如何不是他心目中的魔主应该赐予信徒的命运。此后他多方调查，发掘出了很多黑暗的事实真相，终于彻底醒悟，虽然仍然不敢公开脱教，却已经开始筹划如何能暗中与净魔宗作对。”

石秋瞳恍悟：“所以他表面上帮忙，实际上希望箩妃刺杀失败，以便我伯父能继续指挥剿灭魔教。”

席峻锋点点头：“那一天，他们俩说了很久的话。我本来在外面玩够了回家，却被父亲给了几枚零钱打发出去。我很好奇，躲在屋后偷听，听见我父亲声泪俱下地不断讲述魔教如何祸害世人，讲我母亲是怎样冤枉惨死的，讲其他教徒的黑暗生活。他恳求她，为了九州的安宁，为了草民也有安稳日子过，不要杀死石之衡。只要她能饶过石之衡，我父亲甘愿被她杀死。箩妃那时候默然不语，受到了很大触动。后来她和我父亲聊过多次，并告诉他，她从小被训练成为一个冷酷的杀手，从来不问世事，只知道执行组织里派下来的指令，但从我父亲那里，她开始学会了用自己的眼睛去看世界，用自己的心去思考对与错、是与非。”

“所以箩妃想通了是非，不但答应了不去杀石之衡，还潜入宫中，成了石之衡的保镖？”云湛问，“她装作失踪，协助石之衡击杀了天罗接下来派出的两位杀手，一直逼到天罗宗主出山。这么说来，王妃的身份也是假的了，只是为了在宫里活动方便而已，对吗？”

“她并没有真正嫁给石之衡。”席峻锋回答。

“可是我还是没想得太明白，其他两位杀手也就罢了，天罗宗主怎么可能那么轻易被她杀死？之前已经有三个人失败了，难道他还没有半点儿警惕？”

“他当然很警惕，可他还是没能想到，自己一向疼爱的女儿会出手杀他。而她的女儿也没有想到，自己每次故意让同伴见到她的面容、利用对方一刹那的犹豫全力下手，却最终杀死了生身父亲，”席峻锋淡淡地说，“没错，箩妃并不是什么魔女，但也和魔女差不多，她是天罗宗主的女儿。”

女儿。父亲。女儿杀死了自己的生身父亲。

石秋瞳听得心里一紧，没有想到三十年前的那三次刺杀中，竟然埋藏着那么错综复杂的关系，和那么无可奈何的悲剧。她定了定神，接着问：“于是国主得到了天罗宗主令牌？”

“是的，他想要以此令牌召唤九州的天罗现身，聚而杀之，完成前人无法完成的伟大功业，又或者将令牌彻底毁掉。箩妃自然拼命反对，以死相逼。石之衡不得已发誓答应了她，却想到了另一个方法，和毁掉令牌也差不多。”

石隆哼了一声：“那就是这尊镇墓兽了。这的确是除了蛮力之外，没有任何破解方法的天下最牢固的机关，把宗主令牌藏在这里面，基本就是万无一失，可惜锁匠梅洛想不明白这一点。”

“那后来箩妃为什么自杀呢？”云湛问。

“因为石之衡痴迷于她，一定要娶她，真正地娶她。”席峻锋一脸恨意，“她坚决不从。石之衡就威胁要自毁誓言，把宗主令牌取出来对付天罗。箩妃没有别的办法，只能自杀了。而石之衡本来身体不大好，受此刺激，伤心过度，不久之后也病死了。”

“你父亲呢？为什么会被杀死？谁干的？”云湛追问。

席峻锋苦笑：“我父亲本来可以不死的。净魔宗已经灰飞烟灭，死去的天罗都是箩妃干的，而并不是他。但他……但他把箩妃的罪责揽到了自己身上，告诉前来调查宗主失踪的天罗们，一切都是他安排的，是他与宫中互通信息，杀死了四位天罗。”

“为什么啊？”石秋瞳刚一问出口，忽然间明白了什么，脸色变得苍白。

“他也爱上了那个女人啊！”席峻锋疲惫地说，“在那段日子里，这两个孤独的人，能够说说话的对象就只有对方而已。我父亲知道自己哪方面都配不上箩妃，根本就没有想过要挑明自己的心意，但是他……甘愿为了她而死。可他并不知道，不久之后，箩妃也会死去，而他的牺牲是毫无意义的。”

“也就是说，我的判断果然没错，杀死你父亲的，并不是什么净魔宗余孽，而是天罗？”云湛的声音也微微颤抖，虽然早已猜中答案，但想到席德群的义烈，内心仍然不能无感。

席峻锋的声音带有一种说不出的狰狞：“他们把他绑在一棵大树上，用天罗丝，就用天罗丝，一片一片地割下他的肉，割得很慢，很小心，唯恐他死得快了。他们说，既然他是一个净魔宗的叛徒，就应该以本教的酷刑来折磨他；而既然净魔宗已经消亡，那就由他们代劳吧。”

“他们把宗主死亡带来的愤怒全部发泄到他身上，一边下手，一边给他涂抹止血药物、喂他吞服各种吊命用的灵药，以便延长他的生命，延长他的痛苦。而我的父亲，从头到尾没有吭过一声，就连脸上都没有什么表情。当第二天人们发现他的尸体时，他还保持着那种平静。”

“而我，那时候就趴在对面的一棵大树上，看着天罗丝割过父亲的身躯，看着他身上的白骨一根一根、一块一块地暴露在空气中。我就眼睁睁看着自己的父亲被天罗以最痛苦的方式虐杀，而没有能力去救他。”

石秋瞳慢慢坐倒在地上，往云湛腿上软软一靠，一时间难以梳理心头千思万绪的种种念头。这一场诡异而残忍、宏大而精巧的可怕阴谋，竟然是发端于三十年前的那样一场悲剧，在仇恨的驱使下，以如此的方式贯穿到了现在，足以让任何听闻这场悲剧的人都感到内心在抽紧。这场欺骗众人的血祭最终应该怪罪谁呢？净魔宗？天罗？席峻锋？席峻锋的父亲？筠妃？石之衡？好像每一个人都有罪，又好像谁都有值得被原谅的理由。

云湛看出了她的心思，轻轻拍了一下她的肩膀："别想得太多。事物的本相永远是错综复杂的，着眼于事实就好了。谁犯了罪，谁就应该得到惩处。"

石秋瞳点了点头，拉着云湛的手慢慢站起身来。之前她对席峻锋无比痛恨，但听完对方讲述的往事后，却无法抑制心底涌起的同情和怜悯。她用尽量柔和的语气说："席捕头，谋事在人，成事在天。虽然你犯了那么大的罪，但我……不会折磨你。只要你告诉我，我弟弟究竟在哪儿，我会争取赐你服毒，让你保有全尸。"

席峻锋爆发出一阵狂笑："我应该跪下来磕头谢恩吗？谢谢公主殿下赐我全尸，让我不会像我父亲那么难看？我那曾经拯救了衍国国主，也就是拯救了这个国家的父亲？"

石秋瞳无言以对，云湛却注意到，席峻锋的腿上有一个微小的动作。他刚刚来得及抓起弓，席峻锋已经从地上弹起，在上身被捆绑的状态下，双足并拢用力，向着墓穴深处跳跃过去。云湛猛然猜到了他的企图，本来已经扣住弓弦的手无力地垂了下来。

"你为什么不放箭？"石秋瞳急问，心里却在纳闷儿，这个人为什么不往门口逃窜，反而跳向了死地？

云湛摆摆手："给他留一点儿尊严吧，人的一生总受命运的主宰，也许只有死亡才是可以供自己选择的。"

石秋瞳一惊，也明白过来。他们进入墓地之前，已经关闭了主通道内的机关，但是席峻锋所奔往的墓穴深处的角落，那些用于防范盗墓贼的机关仍然开启着，随时准备猎杀敢于冒犯帝王们尊严的入侵者。

而席峻锋，就做了近百年来的第一位入侵者。他并非觊觎陪葬财宝的盗墓人，也并非想要破坏王陵的凶徒。他的目的只有一个，那就是寻死。

他不能忍受关押和审判，不能忍受在法场上被千百人指指点点，即便是所谓的“赐死”，也是不可接受的。

他败了，一场完败，彻头彻尾的惨败，让他过去半生的种种谋划顷刻间灰飞烟灭，化为泡影。他的人生因此而完全失去意义。除了死，他已经没有第二条路想走。

触发机关的一刹那，席峻锋想到了父亲平静的脸，田炜慈祥的脸，妻子温柔的脸，以及捕快们崇敬的脸……但那些生动鲜活的脸，都已经不再属于他了。他终于没能完成一生的心愿，而以后也永远不会再有机会了。

几秒钟之后，浑身插满毒箭的席峻锋跌入了一个深深的流沙坑，正在缓慢而毫不停顿地向地下陷落。剧毒发作很快，他的口鼻流出鲜血，已经奄奄一息，却还在努力高昂着头，尽管很快全身都会被流沙所吞没。

云湛忽然想到了什么，大喊起来：“喂！太子究竟被藏在哪里？”

“找到了算你赢，找不到算我赢！”席峻锋用尽最后的力气吼道。他的脑袋终于垂了下去，细沙淹没了他的胸口、脖颈、口鼻……不过眨眼工夫，席峻锋的身体沉入了地下，沙面上恢复平静，半点儿痕迹也没有留下。

墓室里又恢复了那种仿佛连呼吸声都能听得到的静寂。云湛凝视着席峻锋陷落的地方，忽然苦笑一声：“真是足够讽刺，太有戏剧性了。”

“什么意思？”石秋瞳不明白。

云湛指着席峻锋被吞没的方向：“他最后……竟然沉入了地底啊！这就是完美的第六祭，归魔，总算是完成了。可惜的是，魔女永远也不能复生了。”

三十二

也许是刚刚在地下的陵墓里太过压抑，当离开王陵之后，云湛和石秋瞳痛快地接受了石隆的要求，到亲王府的观景塔顶去坐坐，吹吹来自高空的纯净的风。虽然寻找太子仍然是一个艰巨的任务，但无论如何，魔女复生的全部谜团都被揭开了，总是让人稍微舒服一点儿。虽然那个血淋淋的真相就像一块新的石头，仍然沉甸甸地压在心上。

“现在您可以告诉我们了吗？”云湛鲸吞牛饮连喝了几大碗茶，幸福地发现自己终于不会渴死了。

“告诉你们什么？”

“您和太子啊，究竟是怎么回事？”石秋瞳接口说，“他为什么会让你帮他安排出行？你后来送他的那些乱七八糟的玩意儿又是为了什么？”

“哦，这个啊，”石隆摸摸胡子，“他不找我还能找谁呢？他的父亲拼命训斥他，他的姐姐事无巨细地管束他，他能向他们提出自己请求吗？‘我在宫里实在太闷了，再待下去就要发疯了，让我到外面好好透透气，让我体验一下游历闯荡的感觉’，这话说出来他们会听吗？”

石秋瞳脸上红一块白一块：“他……他真的是那么说的？”

石隆轻叹一声：“他是儿子，是弟弟，是你们的亲人啊，不是没有感情的木头。他虽然害羞，不敢亲近人，但是内心深处……还是渴望着能有人爱护他，带给他快乐。你们父女俩做不到，只好我来代劳了。”

云湛一拍大腿：“见鬼！该死！我明白了！你上一次和我扯了半天什么塔、什么蠢事、什么意义，我一直以为你是要通过对太子不利来篡权夺位呢！原来你其实是想说，你没有儿子，就把太子当成自己的儿子一样去对待！”

“废话！”石隆瞪了他一眼，“国主这种累死人的位置，拿轿子抬我我都不去坐！对太子不利就更胡扯了。他是我的亲侄儿，到后来更像我的亲儿子！我怎么可能去害他？你这个年轻人为什么总把别人往坏处想？”

云湛很是尴尬，只能讪笑着转移话题：“照你这么说，那一趟雷州之行，其实是太子主动要求的？”

石隆一摊手：“可不是？我本来答应过要偷偷带他出去玩，心里盘算的是像什么青石、白水、淮安一类的地方，最多不过是幻象森林，结果他一张口要去云望废城，吓得我半死。我想要打消他这个念头，但他吃了秤砣——铁了心，非去不可。我拗不过他，只能答应了；用我的女儿把他换出来，再安排了七个人做随从。”

“我就是从你安排的滑稽伶人伍肆玖猜到的，”云湛说，“如果有谁需要一个伶人来逗乐，那一定是太子，而不是郡主。”

石隆摇摇头：“说真的，我都没想到他会疯到这种地步。我本来让他们尽量在废城之外的地方兜圈子，充其量让他在城外看一眼就是了，没想到他竟然大发雷霆，强令进入废城。小孩子啊，嘿嘿，大人们总以为小孩子心思单纯能被一眼看透，才不是那么回事呢！这副脾气，倒也有点儿我年轻时的风采了。”

其实也有可能是席峻锋的奸细翼藏海暗中挑唆的，云湛想，但看着石隆开心而得意的笑容，也就忍住不说了，转而问道：“那么，你后来送的那些东西又是怎么回事呢？”

石隆很无奈：“那是病急乱投医。他们招惹了净魔宗回来，我不敢告诉国主，只能自己想办法应付。我一方面派手下入宫，命令他们多注意太子的动向，一方面查阅净魔宗的资料，然后发现了一件事：他们名字里的那个‘净’字，并不是说着玩的。他们是的的确确非常注重洁净，所以他们的祭祀里，除了人和人血，从来不会有其他东西。所以我就想，如果我往太子寝宫里多放一些肮脏的、污秽的动物和植物，是不是能让他们靠近时有所顾虑……”

云湛一口茶差点儿喷了出来：“你真是个天才！把我们骗得好惨！我们想来想去，怎么都不明白那些供物的用意，没想到是用来吓唬魔教的！”

石隆搔搔头皮：“病急乱投医嘛，有什么办法都得试试。”

“这样的话，你调动大批手下进入南淮，也就很好理解了，”石秋瞳点点头，“可是，郡主后来被绑架，你为什么也故意按下不说呢？”

话一出口，她惊讶地看到石隆的面色变了，一股悲戚之情从目光中流露出来：“我也爱我的女儿，女儿失踪了我当然比谁都着急，但是……但是……我那时候以为是净魔宗抓走了她，是因为他们认错了人所致，所以我想……我想……”

石隆没有再说下去，但两人都明白他的意思：他其实是隐约想要牺牲自己的女儿保全太子，可有实在不忍心，于是又悄悄委托云湛调查，希望在不打草惊蛇的前提下，靠着云湛的本事找到净魔宗的藏身之处。云湛也明白了，为什么石隆给他的感觉那么奇怪。那是因为石隆的确是忧心着自己的女儿，但他自以为自己清楚女儿落到了谁的手里，所以才会那么矛盾和痛苦。

“我不是一个好父亲。”石隆老泪纵横。

石秋瞳坐到他身边，握住了他的手，柔声说：“你从来都是最好的父亲，最好的伯父。”

三个人谈谈说说，猛一抬头时，才发现日已西沉，暮色将至。石隆兴致很高：“云湛，你下去叫他们把晚饭送上来吧。我们在这儿吃。”

云湛一脸苦相：“我刚才说留个侍从在这儿，你要把他们都赶走。我骗顿饭还得上下两次这破塔。”

他起身向下走去，没走两层，见到有人正上塔而来，正是上次半夜见过的那名仆妇，是一个五十多岁、头发白了大半的老妇。不过这次她并非一个人，身边还有另一个，大约三十来岁，手里拿着笤帚、簸箕等物。两人见到云湛下来，连忙闪身让到一旁。

云湛灵机一动，决定使唤一下那位中年仆妇替他跑腿，反正付点儿钱她一定很乐意。想到这里，他走到那仆妇跟前，正要说话，脸色忽然微微一变。

但那变化一闪而逝，他若无其事地说：“我们马上下去，你们可以去扫塔了。要我帮你们拿东西吗？”

他真的伸手去接簸箕，仆妇慌忙往后一退：“不敢劳动您的贵体！”

云湛一笑，转身疾步向上跑去。

小半个对时之后，已经下塔的三人又重新蹑手蹑脚登上了高处，这次还多了忠心耿耿的洪英。在他们的头顶，就是那一截早已断裂失修的阶梯。但洪英已经准备好了钩绳，四人武功俱佳，沿着钩绳很轻松地攀过了那一段，再沿着更高处还算完好的石阶上了塔顶。在那里，有一扇关闭着的石门。

“我不明白，”石隆低声说，“你说我侄儿一直被关在这个塔顶？那两个打扫卫生的仆妇，就是关押他的人？”

“进去之后你就知道了，”云湛微微一笑，“上次让她跑掉了，这次我绝不能客气了。”

洪英拿出刚才收起的钩绳，把钩子挂在石门的缝隙上，四个人各执一条，发力一拉，“轰”的一声，石门倒在了地上。云湛当先，剩下三人紧跟着冲了进去。

出现在他们眼前的是一间石室，石室内陈设简陋，除了几张桌椅和一张床铺外，并没有其他东西。三个人正站在床铺前，听到声音急忙回过头来。双方打了个照面，都有些发愣。

那两名扫地的仆妇倒是在意料之中，但剩下的一个人却让所有人都意想不到。这个人在南淮城颇有名气，闯进来的四个人都认识这张脸：凝翠楼的当红艺妓，在那个夜晚被怀疑遭到绑架的秦雅君。

“原来是秦小姐，看来那一天晚上在凝翠楼，你们是早就串通好了的。”云湛的弓已经握在了手里。

中年仆妇望着他，倒是并不慌乱：“你是怎么找到这个地方的？”

“我是闻出来的，”云湛说，“那一天夜里，我之所以很快认出你不是秦雅君，就是因为你身上的香气和她不一样。刚才我走到你面前时，又闻到了那股味道——那是一种便宜的刨花油吧？所以我马上明白了你就是当夜袭击我的秘术师。而太子的藏身之所，也就有了答案了：你们当然是利用扫塔的便利，干脆就把太子关在塔顶，以方便你们随时大摇大摆地进来。这里看似最危险，其实根本不会有人注意到，反而很安全。你们刚才扛着的簸箕，其实里面就装着食物，对吧？”

“至于你，”他望向秦雅君，“我一直在奇怪，那天夜里你为什么消失得那么快。现在我明白了，原来是自己长脚跑掉的，当然快了。”

“侄儿，是我！我来救你来了！”石隆却已经迫不及待喊了起来。他看到从床上坐起来一个面色苍白的少年，正是他一直惦记的侄儿、太子石懿。石秋瞳一直对弟弟心怀歉疚，见到他安然无恙，心里也很是激动。奇怪的是，石懿的表情木然，既不欣喜，也不害怕。

老年仆妇冷笑一声：“救他？先救你自己吧！”

她将手一挥，一股异乎寻常的寒流向四人席卷而来。在这小小的斗室中，四人只好就地一滚，狼狈不堪地躲过。与此同时，中年妇人也故技重施，以威力奇大的雷电秘术攻向云湛。云湛闪身避开，一口气射出三箭，分袭三个敌人。这三箭射得很仓促，原本只是想拖延一下敌人的进攻时间，没打算收到什么效果。

老妇动也不动，身前突然出现一面厚厚的冰盾，长箭射入，被卡在冰里，没能透出。中年妇人则用闪电劈掉了箭。但秦雅君却完全没能做出抵挡或是闪避，惨呼声中，箭支正射在胸口，只是由于云湛这三箭本来就是虚招，所以没能透胸而入，受伤不重。但这样看来，秦雅君竟然完全不会武功。

云湛一惊，心里微微有些歉疚，两名仆妇却心神大乱，石隆、石秋瞳和洪英已经趁机抢上前去近身缠斗，让秘术的威力难以施展。云湛赶忙跑到床前，扶住还在发呆的太子："太子！我们是来救你的！"

太子眨巴了几下眼睛，忽然露出一丝浅浅的笑容："你们……来救我的？"

"对！我们来救你回宫！"云湛说着，抱起太子，将他放到了安全的角落。回过身来，双方正在僵持着。两名仆妇身上爆发出强大的精神力，但石隆等三人分别占据三个方向，她们很难顾得周全，何况还有箭术卓绝的云湛。

"你们怎么会把太子藏到这里？"石隆喝问着，手里拿着他惯用的长枪。

仆妇没有回答，云湛却插嘴说："不只是藏在这儿，根本就是在这里把太子抓走的。"

"什么？"石隆等三人异口同声地叫了出来。

云湛说："奔逃而走的马车，斗兽场里的激斗痕迹，都是在席峻锋的策划下布置出来的。他是个捕头，自然知道怎么炮制。事实上，从亲王府门口跑掉的那辆马车，就已经只是空车而已，太子早就不在里面了。从跟踪的保镖被杀光，直到府里的卫士们赶出来之前，大约有二十多秒的空隙，这段时间足够干一件事了。那就是用一根事先准备好的长绳，从墙外把太子直接吊到塔顶！"

石隆呆若木鸡，虽然事实很简单，但这样过于简单的事实反而让他不知所措，嘴里只知道喃喃地重复着："就从我家门口？就一直藏在我家里？"

"最简单的方式往往也是最难捉摸的，"云湛的语气也很带了点儿佩服的意味，"我们都想得太多了，反而忽略了近在眼前的事实。根本没有什么复杂的逃跑路径，从一开始，太子就已经在你家里了，只需要一根绳子就行。"

"王八羔子！"石隆又是愤怒，又觉得丢脸。

"伯父，先别想那么多！"石秋瞳低声说，"大敌当前！"

石隆一凛，回过神来。诚如石秋瞳所说，这两个貌不惊人的仆妇秘术之强令人咋舌，己方虽然以四对二，要取胜也必然需要经过一场激斗。而秦雅君的中箭显然激怒了她们。老妇的两手不断升腾起白雾，隐隐有暴风雪般的啸声响起，让人很容易就能看出，只要稍微沾上点儿便恐怕就会被冻住；中年妇人的身上则电光流动，那些曾经差点儿把云湛烧焦的雷电，不知道会在谁头上炸响。

就在双方剑拔弩张之际，重伤倒在地上的秦雅君忽然用微弱的声音低呼起来："娘……姐姐……"

这两个衰老憔悴的妇人，竟然是当红艺妓的姐姐和母亲？云湛等人都是一怔，老妇却被这一声喊得心神有些乱，不管不顾地强行出手，以她的双手为中心，石室里卷起了一阵夹杂着冰碴儿的汹涌寒气，有如殇州冰原的暴雪，把四个人都裹在其中。

洪英年轻力壮，跌跌撞撞地从气旋中硬闯出去，手里的单鞭向着老妇当头砸下。中年妇人赶忙甩出一道电光，把两人隔开。洪英索性不去理会老妇，直扑向她的女儿。他的单鞭材质古怪，并不传导电流，居然正好能应付敌人的秘术，只是略有些吃力。石隆一把抓住石秋瞳的衣领，把她甩出了寒流的漩涡，让她去相助洪英。石秋瞳剑走轻灵，绕着圈避开雷光，抓住机会就出剑刺向对方要害，以二敌一，稍微占据一点儿上风。

石隆和云湛宽下心来，全力与老妇的秘术相抗。她的秘术的力量来自星辰"岁正"，长于制造寒冷气流，并能将空气中的水分凝成冰碴儿用以进攻，令两人疲于招架。云湛几次抓住空隙出箭，但在强劲的气流中难以保证准头与力度，老妇人的反应更是奇快，不断利用气流、冰盾、冰箭等变化，一一抵挡住云湛的进攻。

石隆则努力向前靠近，一枪接一枪地向老妇身上招呼。但这个看似衰迈的老妇却有着难以置信的速度，一面灵活地躲闪，一面凝成冰刺还击。石隆身上添了不少伤口，但天性中的勇猛顽强反而更加被激发出来，半步也不退让。只是老妇人发出的寒气好不厉害，这样拖下去，难免石隆会受冻伤。

冻伤？云湛一下子反应过来了，在杀害伍肆玖的时候，那个躲在棺材里操纵着伍肆玖的人是谁——就是眼前的这位老妇！所以后来在给席峻锋留下苦肉计的时候，席峻锋身上出现的是冻伤。

但这个老妇人既精通冰冻之术，又能操控他人的精神完成各种复杂动作，其高深的秘术功底，恐怕绝对不逊色于辰月教主。云湛想着，老子的运气还真不错，这辈子没少遇到各种各样的顶级高手。

石室里的空气已经冷到足以滴水成冰。老妇鬼魅般的身法不断游走于石室各处，云湛和石隆不得不疲于奔命地紧随着她。两人倒也想暂时退出去，奈何石秋瞳和洪英激战正酣，如果他们离开石室，在二对二的情况下，难保不会遭毒手，因此只能强撑住。形势变得很微妙，

忽然之间，一声钝响从墙角处传来。众人一齐偏头瞥去，太子已经摔倒在地，不省人事，显然以他单薄的身体很难抵御这样的低温，终于被冻昏了。与此同时，秦雅君头一歪，也晕迷过去，好在胸口还在微微起伏，说明性命还在。

石隆心里一急，就想要拼着挨上两下，先去护住自己的侄儿再说，石秋瞳和云湛几乎在同一时刻也冒出了这样的想法。但让他们完全意想不到的事情发生了。

他们还没来得及行动，两名仆妇竟然陡然间停住了攻势，不顾一切地向着昏迷者扑过去——但她们并没有扑向秦雅君，而是朝着墙角的太子而去！

石隆没有放过这一瞬间的绝佳时机。他抛下手里的长枪，抡起右拳向着老妇的背部全力击出，除了用尽全身的力道之外，并没有任何多余的招式，也没有暗藏什么后招。就只是一拳，直来直去的一拳。

那一刻他好像又回到了年轻时候在街头与人斗殴时的热血岁月，不需要什么值钱的锋利的兵器，不需要什么章法、组织，要的就是赤膊上阵的痛快，拳拳到肉的犀利。他把最近半年多来的种种憋屈、烦恼、愤懑、痛苦和哀伤全部凝聚在了这一拳中，即便这时候有几十把刀枪向自己砍过来刺过来，他也一定要打出这一拳。

老妇人没有半分抵抗和躲闪，好像全部注意力都放到了太子身上。她刚刚跑到太子身前，石隆那带有风雷之势的刚猛一拳就已经重重击在了她的后背上。她被打得直飞出去，猛撞在墙上，整个墙壁竟然碎裂开来，老妇的身体像断了线的纸鸢，从数十丈的高塔顶端跌落下来。

石隆惊疑地看着自己的拳头，无法相信这一拳会有如斯威力。他抬起头看着碎裂的墙洞时，才明白过来。那里本来是一扇窗，不知道在什么年

代被用砖块堵死了，但砖块并没有砌得太牢。如果换成货真价实的石壁，那是无论如何不可能用老妇人的身体去撞破的。

就在他发呆的时候，中年妇人已经抢到了太子身边。她看都没有看自己的妹妹一眼，也不去管母亲的命运，而是赶忙抱起太子放入怀中，居然是要用体温给他取暖！云湛和石秋瞳对望一眼，小心翼翼地靠近，妇人毫无反应，只是一脸惶急地注意着太子的呼吸和脸色，直到确认太子无碍，才松了口气。与此同时，石秋瞳的剑锋已经贴在了她的脖子上。

妇人完全没有理睬她，只是不住口地念叨着："受了点儿冻而已，没有大碍，没有大碍……"那副表情，活脱脱像是个焦急地照顾生病孩子的母亲。石秋瞳微一愣神，手上忽然感到一股无形的大力，把她的剑推向一旁。她知道这是裂章系的操控金属之术，连忙用力抵抗。就在这时候，妇人放下太子，纵身一跃，从刚才自己母亲摔落的那个窗洞跳了出去。过了许久，地面才传来一声沉闷的撞击声。

云湛探头看了一眼，心里一阵说不出的滋味，回过头来，石隆已经把太子抱了起来，石秋瞳和洪英在一旁帮着照料，从他们的表情来看，应该没有大碍。他摇摇头，走向了三名绑架者中唯一还幸存的人——正受重伤昏迷在地的秦雅君，救醒了她。

"你们母女三人，到底是什么人？"他问。

秦雅君毫无血色的脸上绽开一丝微笑："你们永远也不会知道的。永远。"她忽然一用力，把插在胸口的利箭奋力向下一压，随即头一歪，真的不动了。

云湛叹了口气，伸手替她闭上眼睛，想起秦雅君的惊才绝艳，心里难免怅然不已。抬起头来，石隆正在大呼小叫地把太子举在头顶，仿佛那并不是一个十三四岁的大男孩儿，而只是一个两三岁的婴儿。他的外衣已经脱下来，裹在了太子身上，让太子更显得像个小孩儿。

"记不起来了没关系！"石隆嚷嚷着，"现在开始重头记！我是你二伯，全九州最疼爱你的亲二伯！不对，不是二伯，我就是你爹，回头有个老小子要你认他做爹，你可千万别听他的，就认我一个！"

石秋瞳和洪英放声大笑。太子苍白的脸上也带着纯真的笑容，用一种充满依恋的目光看着石隆。他虽然和大学士的爱妾一样被清洗了记忆，完全不记得石隆的身份了，却好像还在内心深处保留了一份无法抹去的亲情纽带。

这个场面总算让云湛在冰窖般的石室里感受到一丝温情和愉悦。他以游侠的职业精神开始四下里检查整个塔顶部分，并在石室的里间找到了一个铁皮桶。桶里装着大半桶灰烬，还有几张没有燃尽的纸，想来是有人试图烧掉些什么，火焰却在刚才那一战造成的寒流中熄灭了，以至于没有烧完。

云湛俯下身，小心地把那些没有被烧完的残页收入怀中。他不去打扰几位王族成员的亲人团聚，举着火把慢慢一层层检查下去，试图发现一些有价值的证物，可惜什么都没有。不知道是不是那三个女人自知末日将至，已经提前都销毁了。

下到塔顶部分的最低一层时，他发现石壁上有些异样，把火把拿近一照，发现那里用木头安装了一扇活动的窗叶。他伸手一推，窗叶打开了，一道明亮的月光照了进来。

“多好看的月亮！”他抬起头，看着夜空中银盘般的圆月，发出了由衷的赞美。身后，石隆正抱着已经昏昏睡去的太子，轻手轻脚地往下走。

余 音

一

“说真的，你要滚蛋了，我还挺舍不得的。”云湛说。

“别他妈恶心我了，隔夜饭都吐出来了！”安学武歪歪嘴。

“我断了你在南淮城做捕头的大好前程，你就一点儿不恨我？”云湛问。

安学武笑了笑：“总好过天罗自相残杀，死掉几十上百号，彻底把有生力量都内耗掉好啊！”说完，他举起了酒杯：“就冲这个，我敬你！”

两个人所在的酒店，正是一个月前饮酒时的老地方，不过那时候是在夜间，现在却是清晨，因为他们喝了个通夜，早就过了打烊时间。掌柜的哪敢驱赶前程无量的南淮知名捕头？只能趴在柜台上打着瞌睡等着，好不断被吵醒拿酒。几天后，当他听说安学武就在那一天辞职离开了南淮城之后，气得差点儿把手里的茶杯摔了。

“老席的老婆还好吗？”安学武放下酒杯，忽然问。

“死了老公怎么也好不起来吧？”云湛忧郁地回答，“不过我总算劝服公主，没有把案子的真相揭穿出来，而是想法子推回到了净魔宗身上。现在老席是力抗魔教殉职的英雄，他老婆能有一笔不菲的抚恤金拿。我见过她，是一个很贤惠的女人，但愿她以后生活好过。”

安学武点点头：“那就好。捕快的日子很苦的，就算当上捕头，也充其量是境况好一点儿的贱民。能拿到抚恤金，也算是能勉强维持生活了。”

云湛挖苦地冲他一乐：“你是兔死狐悲了吗？别忘了你胸口的疤还是拜他所赐。”

“忘不了，所以我才佩服他，”安学武回答，“能让我吃亏的敌人，我都佩服——不包括你，老子可没在你手里吃过亏，从来没有！”

云湛嗤之以鼻：“长得那么糙的一个老爷们儿，跟小孩儿一样赌气。说起来，你今后的打算怎样？离开衍国，换一个地方继续去做捕快？”

“我不打算接着干这一行了，”安学武说，“先把天罗内部的关系理顺吧，再也不能像现在这样被人轻易挑拨了。”

“你想要统一天罗？”云湛斜眼看他，听出了他的弦外之音。

“很难，但我一定要试试，”安学武坚定地说，“分裂的最终方向是灭亡，我不想到那时候再来后悔。”

云湛叹了口气：“既然这样，我就勉勉强强帮你一把吧。”说完，他从身上掏出一样东西，很随意地扔在油腻腻的桌子上。

安学武的眼睛一下子瞪圆了，吃惊得连嘴都合不拢：“你……你怎么把它弄出来的？”

“我找人仿制了个假的，然后趁公主不注意偷偷换出来的呗，”云湛说得轻描淡写，“她又不会没事做拿出来玩，一时半会儿发现不了。再说就算发现了，我和她这么多年交情她也不好意思真砍了我的脑袋。”

安学武低下头，不让云湛看到自己眼中的泪光。片刻之后，他重新抬起头来，已经显得若无其事，尽管把那样东西收起来时，手还是有点儿微微颤抖。

“这是我欠你的人情，”他用严肃的语调说，“这个情，你任何时候来找我，我一定还，哪怕是用自己的命。”

云湛好像没听见，拿起酒壶晃了晃，直接对着嘴灌了下去，喝完后两眼发直：“不行了，不能再喝了，快成醉虾了！”他提起筷子，在狼藉的碗碟里一阵翻，夹起一块鬼知道是什么玩意儿的东西扔进嘴里，却连味道都没有嚼出来。

“菜凉了，酒干了，夯货该上路了！”他说出这句话后，身子一滑，已经到了桌子下面。

安学武哈哈一笑，往桌上放了一枚金铢，站起身来，一步三晃地走出酒馆，没有回头。

二

姬禄又输光了身上的钱。这几乎是他每一次坐上赌桌的必然结局。他沮丧地拍着空空如也的钱袋，却又不甘心离开，开始厚着脸皮到处找人借钱。但鉴于他一向的信用等级，没有任何人愿意借钱给他。

所以他只能坐在一边看热闹，看着狐朋狗友们出牌押注，陪着他们一起大呼小叫。一个朋友忍不住瞪了他一眼：“小声点儿，姬禄！怎么今天不怕被你们家夫人听到？”

姬禄还没来得及回答，身旁的一个人已经插嘴了：“那还用说，每次姬禄这小子有一整夜的时间出来消磨，输光了钱都不着急回去，只能说明一件事，他家的夫人又在收拾老爷，顾不上去管下人了。”

“你还真猜对了！”姬禄“嘿嘿”一笑，“我都记不清家里换过多少个搓衣板了，每一个的棱齿都是被老爷跪平的，他真该去练点儿铁膝功什么的。今晚更绝了，不但跪，头上还要顶蜡烛。我看这么过上三年五载，万一家里没钱了，老爷去表演杂耍也够养家了。”

哄笑声中，一个人好奇地问：“那今天是为了什么事呢？”

“还能为了什么事？我家老爷还能弄出什么事？”姬禄无奈地耸耸肩，“他们两口子刚刚感情升温了没一个月，老爷又忍不住了，跑到凝翠楼里去找……”

“小铭！”他还没说完，赌徒们一并帮他说了出来。大家快活地笑着，这时候一个问题抛到了姬禄面前：“我说，你家老爷活脱脱就是狗改不了吃屎，为什么他不干脆休妻呢？或者你家夫人不干脆踹了他回娘家去呢？”

姬禄皱着眉头想了很久，最后很不确定地开口说：“我也说不上，但我总觉得，他们俩这样闹来闹去，好像也有点儿乐在其中的味道。反正无论怎么闹，到了最后，他们还是……谁也离不开谁吧。他们好像注定就应该是一对，就像是、就像是……”

他左顾右盼了一番，在一张闲置的桌子上找到了他想要的东西。那是一种很常见的玩具小猪，两端各有一只木头猪，彼此紧紧靠着，中间用绳子连着。猪的体内有机簧，姬禄一伸手，把两只小猪拉得很远，好像会被永远地分开，但刚一放手，它们又开始沿着绳子彼此靠拢，在“滋滋滋”的机簧声中，笔直地相拥，幸福地吻在一起。

三

魔女从沉睡中醒来，掀开被子，坐到了镜子前。黄昏的斜阳从窗外照进来，映出镜子里那张高贵美丽的脸，非常符合魔女的身份。

刚才的梦，真的很想留住啊，魔女想着，我又和长老们在一起了。大长老、二长老、三长老……你们都还活着，都还和我在一起，都还在用或亲切或严肃的腔调对我说话。我们都还在地下，在那简陋的地穴里，可那里比现在这处富丽堂皇的所在好上一千倍，好上一万倍。那里的一切都是真实的、纯净的，而这里只有虚假，只有谎言，只有黑白颠倒，只有无穷无尽的邪恶力量。

然而梦境终归只是梦境，苏醒之后，眼前只有冰冷而残酷的现实。没有长老了，也没有其他魔主的子民了，只剩下孤独的魔女，坚强地对抗着这个黑暗的世界。她现在已经陷入了愚昧的人们的包围之中，就像是被埋进了土坑，只能艰难地抬起头，在绝境中呼吸。

魔女慢慢回忆着三位长老的音容笑貌，回忆着他们凄惨的死状，仇恨的火焰不断在胸中澎湃地怒张着。我不会辜负你们的期望的，我会替你们报仇，更重要的是，我会完成魔父赋予我的使命。我是魔女，魔父的女儿，哪怕世上只剩下我最后一个信徒，我也会光复净魔宗，让魔父的光明重现大地。

“我还是没想明白，魔女难道不是那天被救回来的大学士邓文翰的爱妾吗？”

“那是假的，是席峻锋特地授意雇佣兵装扮出来的假货。从那三个所谓的长老，到魔女，都是假的。真正的魔女，就在你的眼前，确定无疑。”

“可是……他是我的弟弟，是一个男孩子啊！而塔顶上的那三个，都是女人啊！怎么可能我弟弟是魔女，而那三个女人是三大长老呢？”

“我问问你，把净魔宗教义里的‘魔’换成‘神’，‘神’换成‘魔’，对魔教的实质会有什么影响吗？”

“那倒是不会……可是，男人和女人的概念，也是说颠倒就能颠倒的吗？”

“动动脑筋啊！对于一个记忆被全部抹去，头脑里一片空白的人来说，他能先天地弄清楚男女的指代吗？在那种时候，你告诉他白就是黑，黑就是白，他也一定会毫无障碍地接受。同样，你把男说成女，女说成男，他也不可能提出什么质疑。”

“但是他已经回来那么多天了，所有人都叫他太子，他自己并没有提出任何否认，他也在称呼我姐姐。”

“那就是靠长老们的洗脑啦！我那天拿回来的那些没被烧完的纸张，好像是你弟弟在塔顶期间写的日记，虽然残缺不全，但马虎还能猜到点儿意思。他一直都被灌输着对魔父的无限忠诚，以及对我们这个世界的刻骨仇恨。长老们告诉他，这个世界黑白颠倒正邪不分，对的被说成错的，所以你们把他当成男孩，他才不会奇怪呢，反而会更加确信长老们的教诲，对这个世界更加警惕，更加敌视。我还可以告诉你一件事，根据那张纸条，你弟弟根本不知道自己在塔顶，一直以为自己是在地底，还观赏了一次月光照进地下的奇迹呢！”

“月光照进地下？”

“是啊，他以为是魔父显灵，一下子上了大当，坚定了自己的信仰。而实际上，在高塔的墙壁上弄开一扇窗户，就能轻松看到月亮了，那有什么稀罕的呢？”

“净魔宗已经毫无势力可言了，他们这样做的目的是什么呢？”

“当然是借助太子的力量重新振兴净魔宗了。我猜测这是席峻锋给他们出的主意，本来是打算绑架郡主，把郡主培养成魔女的。没想到阴差阳错，竟然抓到了太子，那可比郡主还好用多了。至于太子本来是男人，有什么关系呢？一个洗去记忆的人，本来也分不清男女。以后太子就会成为净魔宗埋伏在世间的最大的一颗毒种子。他会假意做一个乖乖的太子，培植自己的势力，慢慢积蓄力量，也许等到有一天还能坐上国主的宝座。到了那个时候，他就能运用自己的权势重建一个更加恐怖的净魔宗，总好过一群过街老鼠躲在阴暗的地洞里瞎琢磨吧。这也可以解释为什么在我们交手的时候，她们会不顾自己的性命去抢救太子。因为在她们的计划里，只有太子才能复兴净魔宗，比她们重要太多了。”

“……这太可怕了。那三位长老……那三个女人，究竟是什么人？真是净魔宗最后的信徒吗？”

“这个，死人的嘴已经永远闭上了，我就只能瞎猜啦。现在我们只知道她们是母女三人，而母亲的秘术强得异乎寻常。再联想到三十多年前净魔宗魔女的离奇失踪，我自个儿编了个能自圆其说的故事，完全没有事实证据，你就权当听书……”

“别废话了，快点儿说！”

“是，公主殿下圣明！我想的是，那位老妇人，兴许就是三十年前失踪的魔女……”

“可是魔女不是不允许结婚生育吗？”

“所以她才失踪了嘛！因为爱上男人，生了孩子，才被教中长老驱逐。而那时候长老们迫不及待地重新复生魔女，也是因为知道她再也不会回来了。看那两个扫塔仆妇的模样，再想想秦雅君的职业，不难想象她们娘儿仨受过怎样的折磨。所以她们一定会深恨残留的净魔宗，觉得他们是抛弃了自己的叛徒。”

“那他们干吗不去找净魔宗出气？”

“你以为她们没找？我一直在猜测，净魔宗总坛里还有几百号人，为什么会一起死在那里，现在想想，多半是这母女三人伙同席峻锋干的。因为那些人死后的跪姿，很有可能还是心之花的效用，那是席峻锋惯用的手法。事后往尸体上罩上白袍，就能让人产生这是一群正在拜祭的活人的错觉，吓唬亲王的手下。她们要消灭背叛自己的叛徒们，培植新的魔女复兴净魔宗；席峻锋则要借助她们的力量完成魔女复生的阴谋，双方各取所需，正好合作。只可惜魔高一尺道高一丈，席峻锋终于失败了。而她们辛苦培育的魔女，还是被聪明如我看穿了真相。”

“有一天不吹牛你就会掉两斤肉吗？”

“不过我倒真是想到了一件非常讽刺的事情，一想到我就觉得世界真够滑稽的。”

“什么讽刺和滑稽？”

“这一次的事件，是有人假借魔教作祟的名头开展阴谋，可是无论席峻锋还是那三位长老，其实都是魔教中人啊。所以我们可不可以说，其实魔教作祟是真的呢？另一方面，魔女复生是这次骗局中最大最吸引眼球的幌子，可是谁又能想得到，真的有一位魔女被培养出来了呢？”

石秋瞳低下头，无限幽怨地叹息了一声：“说到魔女，这些日子以来，我弟弟……他一下子变得那么听话，那么懂事，那么活泼开朗，我还以为因祸得福，这场灾难让他有机会重塑性格。结果……都是假的？他其实深深地恨着我，恨着伯父，却在脸上佯装笑脸，目的仅仅是为了顺利即位，为以后重建净魔宗做准备？”

云湛答非所问：“如果你过去能和你弟弟再亲密一些，能让他稍微再开朗一点儿，这些事情都有可能不发生的。很多悲剧的起源都只是因为无比简单的小细节，但人们从来都会忽略那些细节，所以悲剧永远不可避免。”

石秋瞳眼圈一红，把头侧过去，盯着远方的虚空，声音有点儿哽咽：“那现在……我们该怎么办？他是我的弟弟啊，我要亲手把他抓起来，还是亲手杀了他？杀了我的亲弟弟？”

云湛把手放在她的肩膀上，温和地说：“这些你都不必做。净魔宗能向他灌输错误的概念，你为什么不能把他的人生之路再扳回来？”

石秋瞳霍然转过头来，不解地看着云湛。云湛笑笑：“仇恨这个世界，摧毁这个世界……净魔宗的一切，都不过是以仇恨的煽动为基础的东西，但这样的情感注定无法长久。只要你能给你的弟弟以更高尚、更温暖的情感去替换和清洗。”

“太子和席峻锋不一样。席峻锋目睹了父亲的死亡，而在此后的三十年中，他把这段仇恨埋在心里，没有给旁人消解的机会。但你的弟弟，不过是像填鸭一样被灌输了一脑子的歪门邪道而已，你完全有机会改变他的思想，告诉他，他曾经接收过的那些教诲都是错误的，告诉他世界的本原究竟是怎样的。只要你用心，总有一天，魔女将会消失，而你的弟弟会回来。”

石秋瞳沉思了一会儿：“也就是说，我不必去揭破他，而只需要潜移默化？”

“那样就够了，”云湛说，“别忘了，那三位长老不过是在利用魔女，而你才是真心关怀你弟弟的。你觉得你为此付出的心血会比不上他们三个吗？”

石秋瞳怔怔地呆立了一会儿，脸上充满了困惑：“可是在过去的十多年里，我都没能做好这件事。我以为我帮着老爹管好他，不让他出去捣乱，逼着他学这个学那个就算是尽到心了，可没想到到头来，他只能在自己的伯父和堂姐身上找到亲情。我真是好失败啊！”

“所以你更要好好完成这件事，这是一个机会，”云湛一本正经地说，“一个证明你可以当好一个姐姐的机会。你应该不会放弃这样的机会吧？”

石秋瞳咬了咬嘴唇，忽然间抬起头来，令云湛有些目眩地嫣然一笑：“当然不会。”

世界果然如同长老们所说，一切都是颠倒的，魔女不安地想着，这真是罪恶滋生的温床啊！

但是过去的单纯已经不可能存在了，我已经离开了我的家，来到了这个令人眼花缭乱的邪恶国度。这里没有魔父的福音，没有魔徒的祈祷，那些光明的事物都和魔父的躯体一样，被深深埋在黑暗的地底。

黑暗，所有的金碧辉煌都无法掩饰的深深黑暗，像一个幽深的大洞，随时可能把我吞噬进去，毁灭我的灵魂。这些日子里，我已经感受到了各种各样肮脏的诱惑，我的心志也并非没有过轻微的动摇。

尤其当我面对着那三个人，那两个自称是我“姐姐”的男人，以及那个自称是我“二伯”、还想要做我父亲的老妇人。每当我和他们说话时，我总是难以抑制一种真正的欢愉情绪，一种在长老们面前无法体会到的快乐。那是一种柔软的、温暖的、不可捉摸的情绪，却比最锋利的刀尖还要危险。

这种快乐总让我在噩梦中惊醒，让我看到我的灵魂堤坝的脆弱，让我看到正从脚底蔓延开的泥潭，会把我拖入罪恶深渊的泥潭。但我绝不屈服，绝不屈服……

魔女思考着，忏悔着，面向西方跪了下来，低首开始虔诚的祈祷。慈爱的魔父啊，求你赐予我力量去抵御一切诱惑，抵御心中恶之花的绽放。让我在这个孤独的世界上坚韧地活下去，用我全部的生命和灵魂，等待着净魔宗东山再起的时刻。

我是魔女，魔父忠诚的女儿。总有一天，我会再一次完成长老们未能完成的祭礼；到了那个光荣的时刻，真正的魔女就将迎来复生。

魔女叹息着抬起头，看见夕阳正在坠下，浓重的余晖像一道道暗红的血，流淌着沉入大地的怀抱。黑夜在期待降临，魔女在期待复生。